그, 밤의 속삭임

그 밤의 속삭임

초판 1쇄 찍은 날 | 2017년 10월 24일
초판 1쇄 펴낸 날 | 2017년 10월 30일

지은이 | 적영
펴낸이 | 예경원

편집 | 유경화 · 주승아

펴낸곳 | 예원북스
등록번호 | 제396-2012-000132호
등록일자 | 2012. 7. 25
YRN | 제1-0199호

주소 | 경기도 고양시 일산동구 호수로 646-24 위너스21-Ⅱ 206A호 (우) 10401
전화 | 031-819-9431 팩스 | 031-817-9432
http://cafe.naver.com/yewonromance
E-mail | yewonbooks@naver.com

ISBN 979-11-6098-628-0 03810

적영 장편 소설

YEWONBOOKS ROMANCE STORY

그 밤의
속삭임

여원

C·O·N·T·E·N·T·S

프롤로그

쿵쿵쿵.

고막을 찢을 듯 음악이 울렸다. 불타는 금요일, 어두운 클럽으로 모여든 사람들은 각자 제멋에 취해 흐느적거렸다. 땀 냄새와 향수 냄새, 술 냄새가 어지러이 섞여 코가 마비될 지경이었지만 상관없었다. 한순간이라도 그 쓰레기 같은 놈을 잊을 수만 있다면. 지유는 사람들 틈에서 멍하니 몸을 흔들었다.

새벽 1시가 지나고 2시가 넘었지만 클럽 홀은 갈수록 북적거렸다. 두 시간이 넘도록 맥주를 마시며 춤만 춰댔더니 머리가 빙빙 돌았다. 지유는 사람들 틈을 가까스로 비집고 나왔다. 어딘가 앉을 곳이 필요했다.

이태원에서 가장 핫하다고 소문난 이 클럽에는 테이블과 의자가 별로 없었다. 천장을 3층까지 뻥 뚫어 댄스 플로어를 극대화해

놓은, 그야말로 춤추는 헌팅 핫스팟. 지유에게도 벌써 남자가 몇이나 들러붙었다. 다 내쳐 버렸지만.

'야, 류지유! 누구든 잡아야 될 거 아냐. 이래 가지고 어디 잊겠니?'

내면 깊은 곳에 도사린 또 다른 류지유가 악을 쓰며 외쳤지만 모른 척했다. 그저 쉬고 싶었다.

기어코 3층까지 올라가서야 어둡고 구석진 자리에 놓인 빈 테이블 하나를 발견했다. 지유는 본능적으로 움직여 의자에 주저앉았다. 머리가 뱅글뱅글 돌고 빠른 비트의 음악이 심장을 진동시켰다. 지유는 어깨를 벽에 기댄 채 눈을 감았다. 조금만, 아주 조금만 쉬고 싶었다.

"여기 내 자린데."

불현듯 남자 목소리가 들리며 누군가 옆 의자에 앉는 기척이 났다. 지유는 힘겹게 눈을 떠 옆에 앉은 남자를 슬쩍 보았다. 검은 모자를 깊게 눌러쓴 남자는 입술과 턱밖에 보이지 않았다. 지유는 스르르 눈을 감으며 작게 중얼거렸다.

"잠깐만 쉬다 갈게요."

"많이 마셨나 봐?"

남자가 입꼬리를 슬쩍 올리며 가져온 병맥주를 들이켰다.

지금은 건드리지 말면 좋겠는데. 지유는 미간을 살짝 찌푸리며 힘없이 대꾸했다.

"그냥 힘들어서 그래요."

"그럼 뭐 하러 여기 있어? 집에나 가지."

남자의 입에서 나온 반응은 꽤 냉소적이었다. 아니, 색다르다고 해야 할까? 다른 남자들은 대개 쉬러 가자고 말했는데.

지유는 슬며시 눈을 떴다. 옆에 앉은 남자는 여전히 맥주를 마시며 앞을 응시하고 있었다.

"그러게요. 내가 왜 여기 있을까요? 나아질 것도 없는데."

자기도 모르게 본심이 튀어나왔다. 지유는 말하고도 스스로가 의아했다. 왜 이런 말을 했을까? 이 남자가 여자에게 무심해 보여서?

남자가 고개를 지유 쪽으로 돌렸다. 여전히 입술과 턱밖에 보이지 않았지만 그것만으로도 남자의 이목구비가 꽤 예쁠 거 같다는 생각이 들었다.

"확실히 클럽 죽순이 같은 얼굴은 아니네. 남자 잡으러 온 얼굴도 아니고."

남자가 입매를 비뚜름히 올리며 말했다. 비웃는 듯한 그의 어조에 지유는 얼굴을 찌푸렸다.

"그런 얼굴이 따로 있어요?"

"응. 당신은 둘 다 아니야."

남자는 다시 얼굴을 앞으로 돌리고 맥주를 마셨다. 지유에게는 관심도 없다는 태도. 무례하기 짝이 없는데도 이상하게 자꾸만 그에게 시선이 갔다.

이런 게 나쁜 남자의 매력이란 걸까? 지유는 잠시 남자를 유심히 관찰했다. 병을 잡은 그의 길고 섬세한 손가락과 맥주를 마실때마다 조금씩 벌어지는 붉은 입술. 액체가 꿀꺽 넘어가면서 울리는 남성적인 목울대. 사이키 조명과 주황색 불빛만이 반짝이는 클럽이라 제대로 보이지는 않았지만 남자에게는 분명 사람을 잡아

끄는 힘이 있었다. 아마 가만히 앉아만 있어도 여자들이 알아서 다가왔겠지.

지유는 남자에게서 시선을 떼고 고개를 숙였다. 관심은 가지만 여기서 상처를 더 늘리고 싶진 않았다. 이 상태로 모르는 남자에게 거절까지 당하면 진짜 남자 기피증에 걸려 버릴지도 모르니까.

그녀는 자조적으로 웃으며 중얼거렸다.

"당신도 마찬가지네요. 클럽 죽돌이도 아니고, 여자 때문에 온 것도 아니야."

그러곤 그늘진 표정으로 의자에서 일어났다. 남자가 쳐다보자 지유는 쏟아내듯 그에게 말했다.

"자리 뺏어서 미안해요. 당신 말대로 집에나 가야겠어요. 그럼……."

"나랑 나갈래?"

생각지도 못한 순간 치고 들어온 말에 지유가 멍하니 그를 바라보았다.

남자는 천천히 자리에서 일어섰다. 180센티미터가 넘어 보이는 키에 모델 같은 스타일. 앉아 있을 때는 몰랐던 그의 마른 듯하면서도 훤칠한 외형이 눈에 들어왔다. 남자는 고개를 숙여 지유의 귓가에 대고 속삭였다.

"나가자. 아주 특별한 경험을 하게 해주지."

낮은 목소리가 지독히도 감미로웠다. 마치 인간을 유혹하는 악마의 속삭임처럼.

지유는 고개를 살짝 돌려 코앞까지 다가온 그의 입술을 바라보았다. 남자치곤 선이 무척이나 고운 입술이 엷게 웃고 있었다. 꼭 먹음직도 하고 보암직도 한 선악과 같아 지유는 순간 소름이 돋았다.

'안 돼. 거절해. 이 남자는 위험해!'

'왜? 이런 걸 기다린 거 아니야? 그 새끼를 잊고 싶잖아. 안 그래?'

남자가 느릿하게 고개를 들더니 지유에게 손을 내밀었다. 지유는 길고 예쁜 그의 손가락을 홀린 듯 응시했다. 지나치게 강렬한 유혹의 손길. 너무나 달콤하지만 끝내는 독이 될 그런…….

'여기서 더 떨어질 데가 있니? 차라리 독이라도 쓰는 게 낫지 않아?'

내면의 류지유가 요란한 소리를 내며 비웃었다.

'그래. 여기서 더 떨어질 데가 없지.'

지유는 쓴웃음을 지으며 고개를 숙였다. 그러곤 망설임 없이 남자의 손을 잡았다.

설사 그가 진짜 악마일지라도 한 번만 홀려보기로 마음먹었다.

1. 어둠을 타고 온 남자

"불 켜지 마."

지유가 전등 스위치에 손을 댄 순간 남자가 말했다. 호텔 객실 문을 닫고 들어온 남자는 응접실에 놓인 소파에 털썩 주저앉으며 머리를 뒤로 기댔다. 커다란 창문을 통해 들어온 도시의 현란한 불빛으로 그 정도 움직임은 볼 수 있었다. 남자의 얼굴은 아직도 못 봤지만.

"얼굴을 보이고 싶지 않아요?"

스위치에서 손을 뗀 지유가 조심스럽게 물었다.

그렇게까지 비밀스러워야 할 이유가 있을까? 남자는 지유의 손을 붙들고 클럽 밖으로 나가기 전 마스크를 꺼내 썼다. 모자와 마스크로 얼굴을 완벽히 가린 남자가 자기 차로 안내했을 때, 지유는 당황할 정도로 놀랐다. 차에 대해 잘 모르는 그녀조차 알 만한 엄청난 슈퍼 카였으니까.

그는 지유를 차에 태운 후 도심의 고급 호텔로 향했고, 스위트룸을 빌려 안으로 들어오더니 불까지 켜지 말라고 요구했다. 이쯤 되니 지유는 두 가지 생각밖에 들지 않았다. 그는 누구나 알 만한 유명 인사이거나 얼굴에 큰 콤플렉스가 있을 것이다. 뭐가 됐든 부자인 건 확실하지만.

"나중에 보여줄게. 내가 당신을 안고 난 후에. 지금도 움직이는 데는 지장 없잖아."

남자가 마스크를 벗고 허공을 향해 말했다. 그의 목소리에서 지친 기색이 묻어났다. 몸이 아니라 마음이.

지유는 어둠 속에 앉아 있는 그를 말없이 응시했다. 이 사람에게도 뭔가 안 좋은 일이 있다. 그녀는 상처 입은 자의 본능으로 그것을 느꼈다.

"욕실이 두 개인 거 같은데, 내가 왼쪽을 쓸까요?"

지유가 차분한 음성으로 물었다. 그가 또 피식 웃는 소리가 들렸다.

"센스 있네. 그렇게 해."

"그럼 씻고 나올게요."

지유는 조심스레 한 걸음 한 걸음 움직여 욕실로 향했다. 응접실과 침실이 복도로 분리된 이 스위트룸에는 욕실 두 곳이 나란히 붙어 있었다. 어둠이 눈에 익어 복도 중앙에 위치한 욕실로 가는 데는 그리 어렵지 않았다. 지유는 스위치를 켜고 왼쪽 욕실로 들어갔다.

욕실 문을 닫은 후 그녀는 거울을 보며 한숨을 크게 내쉬었다.

난생처음으로 클럽에서 만난 남자를 따라왔다. 그런데 그는 얼굴도 보여주지 않는 데다 어떤 안 좋은 일을 겪은 듯하다. 스타일도 멋지고 목소리도 감미롭고 굉장히 부자지만 비밀투성이인 남자.

지유는 거울을 보며 다시 한 번 스스로에게 물었다.

'너 정말 괜찮아? 이렇게 막 나가도 되겠어?'

'안 괜찮으면? 또 밤마다 클럽이나 전전할래? 그 쓰레기만 생각하면서 계속 질질 짤 거야? 이독치독이라고 생각해. 혹시 아니? 저 남자가 미치도록 황홀한 경험을 선사해 줄지.'

내면의 류지유가 바로 받아쳤다. 독기 품은 눈을 치뜬 그녀는 지금도 피를 철철 흘리며 나약하고 미련한 지유를 나무라고 있었다. 제대로 된 복수조차 못하고 혼자서 끙끙 앓기나 하는 약해빠진 그녀를.

'그래. 이제 와서 어쩔 건데. 이미 벌였잖아.'

지유는 미간을 찌푸리며 입고 있던 재킷을 벗었다. 원피스의 단추를 풀어 내리고 신고 있던 스타킹도 벗었다. 저 남자, 그래도 나쁜 사람 같지는 않으니까. 처음에는 무례한 말투로 얘기했지만 자기 차에 태울 때 문도 직접 열어주었고 내릴 때도 마찬가지였다. 그 새끼는 한 번도 그런 적이 없었는데. 6년 동안 단 한 번도.

그녀가 또 자기도 모르게 상념에 빠져 있는데, 오른쪽 욕실 문이 열리며 남자가 들어가는 소리가 났다. 이윽고 물 트는 소리. 지유는 서둘러 속옷을 벗고 샤워기의 물을 틀었다. 습관처럼 화장을 꼼꼼히 지우고, 양치질을 하고, 온몸을 구석구석 깨끗이 씻었다. 처음 만난 남자에게 민낯을 보인다는 생각에 잠시 멈칫했지만, 그렇다고 세수만 안 하는 것도 웃겼다.

욕실 벽에 걸린 가운을 입은 지유가 조심스레 문을 열고 밖으로 나가자, 침실 쪽에서 남자가 부르는 소리가 들렸다.

"이리로 와."

남자는 이미 이불 속으로 들어가 있었다. 지유는 천천히 걸음을 옮겨 침대로 향했다. 그러곤 더듬거리는 손길로 이불을 살짝 들춰 남자의 옆으로 아주 조심히 들어가 누웠다.

"뭐야. 가운도 안 벗었어?"

남자가 낮게 웃는 소리가 어둠을 타고 흘렀다. 만져 보지 않아도 그가 알몸이라는 걸 알 수 있었다. 얼굴이 확 달아오른 지유가 기어들어 가는 목소리로 대답했다.

"그래도 좀 그래서……."

"무슨 대답이 그래? 클럽에서 남자 따라 나온 거 처음이야?"

"네."

망설임 없이 답한 게 의외였을까? 남자가 지유를 향해 돌아누 웠다. 침실에는 창이 없어 어둠에 완전히 묻힌 두 사람은 서로 얼굴을 볼 수 없었다. 하지만 지유는 그가 눈을 뜨고 자신의 얼굴을 바라보고 있다는 걸 피부로 느꼈다.

"용기 내서 날 따라온 이유가 뭐야?"

그가 가라앉은 음성으로 물었다. 지유는 보이지 않는 그의 눈을 응시하며 속삭이듯 말했다.

"당신까지 놓치면 아무도 따라 나올 수 없을 거 같아서요."

"왠지 책임감 느껴지네."

"그러지 않아도 돼요. 그냥…… 친절히만 대해주면 좋겠어요."

"그거라면 얼마든지."

남자의 얼굴이 아주 천천히 지유에게 다가왔다. 어차피 어두워서 보이지도 않았지만 지유는 습관처럼 눈을 감았다. 곧 깃털처럼 간지럽고 보드라운 감촉이 그녀의 입술 위로 내려앉았다. 남자는 닿을 듯 말 듯 애를 태우며 지유의 입술을 섬세하게 두드렸다.

"하아……."

드디어 지유가 입술을 벌리며 남자의 끈질긴 구애를 받아들였다. 따뜻하고 촉촉한 혀가 미끄러지듯 그녀의 입안으로 침투했다. 아직 얼굴도 모르는 남자와 나누는 키스인데도 거북하거나 불편하다는 느낌은 들지 않았다. 오히려 남자의 혀에서 그의 목소리만큼이나 달콤하고 유혹적인 맛이 났다.

지유는 본능적으로 입술을 더 벌려 매끄러운 그의 혀를 빨아들였다. 남자가 주는 감미로운 자극에 자신을 내맡긴 채 진한 아이스크림을 먹듯 그와 키스를 나누었다.

"후우……."

남자가 숨을 뱉으며 손을 들어 지유의 뺨을 어루만졌다. 처음 본 순간부터 눈을 뗄 수 없었던 그의 길고 섬세한 손가락이 아주 조심스레 그녀의 뺨을 타고 목선을 따라 흘러내렸다. 마치 유리 조각품을 다루는 듯한 그의 손길에 피부를 타고 찌르르 전율이 흘렀다. 오소소 돋은 소름이 아래로 번져 나가 젖꼭지가 톡 튀어 올랐다.

지유는 자기도 모르게 남자의 어깨에 손을 올렸다. 따뜻하고 부드러운 그의 피부가 손바닥에 닿자, 심장이 뛰는 소리가 먹먹하게 울렸다. 그녀의 행동을 허락이라고 받아들인 남자가 손을 내려 가운 끈을 풀었다. 그러곤 순식간에 지유의 옷섶 안으로 파고들었다.

"아!"

불시에 젖가슴을 잡힌 지유가 반사적으로 신음을 냈다. 남자는 지유를 달래듯 아주 천천히, 부드럽게 살결을 어루만졌다. 흥분으로 톡 튀어 오른 젖꼭지가 손가락 끝에 닿자 그는 검지와 중지를 세워 그 작은 돌기를 살살 굴렸다.

"하아……."

지유가 자극에 반응하며 숨을 길게 내쉬었다. 남자는 두 손가락으로 짓궂고 집요하게 지유의 젖꼭지를 희롱했다. 오른쪽에서 왼쪽, 다시 오른쪽으로. 급기야 그는 양손으로 지유의 젖가슴을 한쪽씩 움켜잡더니, 얼굴을 내려 코를 가슴골 깊이 묻었다.

"좋은 냄새가 나. 베이비파우더 향 같은 거."

남자가 그녀의 보드라운 피부에 코를 비비며 말했다. 지유는 그의 머리를 살짝 끌어안았다.

"그래요? 비누밖에 안 썼는데."

"당신 체향인가 봐. 마음에 들어."

남자가 오른쪽 젖꼭지를 입으로 덥석 물었다. 혀로 살짝 핥더니 쪽쪽 빨았다. 젖꼭지 끝에서 전해져 오는 찌릿찌릿한 감각이 발끝까지 퍼져 나가자, 지유는 본능적으로 등을 휘며 숨을 토했다.

"하아아……."

그녀는 자기도 모르게 발끝을 세우며 두 다리를 그에게 밀착시켰다. 너무 오랜만이라 그럴까? 남자가 선사하는 자극에 몸이 지나칠 정도로 민감하게 반응했다. 남자의 손이 닿기 전인데도 아래가 젖어드는 게 느껴졌다. 허벅지 안쪽에 힘이 들어가 근육이 움찔움찔 떨렸다.

남자는 수컷의 본능으로 지유가 달아올랐다는 걸 알아챘다. 이제 그녀는 준비가 되었다. 지유의 젖꼭지를 맛있게 빨며 왼쪽 가슴을 주무르던 그는 다른 손을 아래로 내려 여린 허벅지 사이로 슥 파고들었다.

"훗!"

남자의 긴 손가락이 순식간에 풍성한 검은 수풀을 지나 조개 속에 감춰진 은밀한 돌기를 건드렸다. 소스라치게 놀란 지유가 소리를 지르며 양손으로 남자의 어깨를 붙들었지만 그는 멈추지 않았다. 그는 지유의 젖가슴을 끈질기게 탐하며 중지 끝으로 가장 민감한 부분을 깔짝깔짝 건드렸다.

"자, 잠깐만요!"

지유가 발을 동동 구르며 외쳤다. 이렇게나 노골적인 행위라니! 자극이 너무 세서 피부가 화끈거리도록 달아올랐다. 갑자기 남자에게 알몸을 내맡긴 자신이 너무 부끄럽게 느껴졌다.

"왜 그래? 아파?"

젖꼭지에서 입술을 뗀 남자가 탁 가라앉은 목소리로 물었다. 지독히도 섹시한 음성. 목소리만으로 완전히 홀릴 것 같았다.

'안 돼! 안 돼!'

지유는 고개를 흔들며 그에게 말했다.

"거, 거긴 안 만졌으면 좋겠어요. 아파요."

"그래? 그럼 더 부드러운 걸로."

남자가 예상 밖의 대답을 하며 머리를 밑으로 쑥 내렸다. 지유의 눈이 동그래졌다.

"설마…… 아!"

뭐라 말하기도 전에 열기를 가득 담은 축축한 혀가 그녀의 검은 수풀 아래를 길게 핥아 내렸다. 지유는 허리를 퉁기며 교성을 내질렀다.

어떻게 처음 만난 여자에게 이런 짓까지 할 수 있을까. 어떻게 이럴 수가 있는 거지? 그 자식은 한 번도 이런 적이 없는데…….

상념이 어지러이 흘러가는 와중에도 남자는 음탕한 행위를 멈추지 않았다. 양손으로 지유의 허벅지 안쪽을 꽉 붙든 그는 맑은 액체가 흘러내리는 질 입구를 혀로 할짝거렸다. 그러다 혀를 뱀처럼 놀려 깊이 숨겨진 음핵을 불시에 건드렸다.

"아흣!"

지유가 비명을 지르며 등을 퉁겼다. 머릿속에서 불꽃이 튀었다. 전기에 펄떡펄떡 반응하는 감각세포처럼 그녀는 그가 주는 자극에 따라 몸을 뒤틀었다. 젖꼭지가 바짝 곤두서고 자기도 모르게 양손으로 베개를 움켜잡았다. 남자의 뜨거운 혀는 쉴 줄을 몰랐다. 너무나도 노련하고, 매끄럽고, 숨이 턱 막혔다.

남자는 물고기처럼 튀어 오르는 지유의 반응을 즐기며 혀끝으로 음핵을 끈질기게 괴롭혔다. 회음부까지 길게 핥아 내리며 혀로 그녀의 치부를 마음껏 맛보았다.

이건 차라리 고통에 가깝다! 너무 좋아서 고통스럽다! 지유는 비명처럼 그에게 애원했다.

"하아! 제발요!"

"제발 뭐? 뭘 원해?"

남자가 고개를 들고 나른한 음성으로 물었다.

드디어 그가 혀를 거뒀다. 하지만…… 하지만!

지유는 쥐어짜 낸 목소리로 겨우 말했다.

"당신을…… 원해요."

말해놓고 나니 더 부끄러웠다. 처음 만난 남자와 이토록 음란한 짓을 한 걸로도 모자라 그를 원하다니……. 예전의 지유라면 상상할 수도 없는 일이었다. 오직 한 남자에게만 순종적으로 길들여졌던 그녀라면 도저히…….

"좋아. 나도 급하니까."

남자가 몸을 일으켰다. 어둠에 제법 익숙해진 눈이 자연스레 움직이는 그의 실루엣을 좇았다. 침대 밖으로 나가 협탁 위를 손으로 더듬은 남자가 찌익 비닐 뜯는 소리를 냈다. 지유는 황급히 고개를 돌렸다. 너무 어두워서 그의 모습이 보이지 않는 게 다행이었다. 그가 새빨갛게 달아올랐을 그녀의 얼굴을 보지 못하는 것도.

다시 침대 위로 올라온 남자는 지유가 입은 가운을 완전히 풀어헤치곤 그녀의 알몸 위로 몸을 포갰다. 단단하고 따뜻하고 살아 있는 커다란 생명체, 두근거리는 심장 소리. 지유는 조심스레 손을 뻗어 그를 감쌌다. 실로 오랜만에 누군가와 체온을 나누는 기분이었다.

"꼭 여자친구를 안는 기분이 들어."

두 팔로 상체를 지탱한 남자가 굵게 부풀어 오른 남성을 지유의 허벅지 사이에 대며 말했다. 미끈거리는 느낌과 함께 딱딱하고 뜨거운 남성이 질 입구를 지분거리자 지유는 신음을 토하며 턱을 들었다. 남자는 어둠 속에서 그녀를 내려다보며 허리를 슬쩍슬쩍 놀렸다.

"좋아?"

"좋아요……."

지유가 그의 팔을 붙잡으며 대답했다. 근육이 탄탄하게 잡힌 멋진 팔. 그는 운동을 꾸준히 해온 사람의 몸을 가지고 있었다. 눈으로 보지는 못했지만 조심스레 만져 본 부위마다 단단한 근육이 자리 잡고 있었다.

"아프면 참지 말고 얘기해."

"아학!"

말하기가 무섭게 그의 남성이 지유를 꿰뚫었다. 지유는 비명 같은 교성을 내지르며 튀어 올랐다. 남자의 팔을 잡은 두 손에 힘이 바짝 들어갔다. 잔뜩 흥분해서 받아들였는데도 그의 것은 버거울 만큼 굵고 길었다. 그가 넣기만 한 채 움직이지 않는데도 꽉 채워진 질 속이 움찔움찔 뛰는 게 느껴졌다.

남자가 몸을 지탱했던 팔을 굽히며 숨을 길게 토해냈다.

"하아……. 당신, 나랑 잘 맞네? 이런 일 드문데."

"드물어요?"

지유가 반사적으로 그의 등을 끌어안으며 물었다. 분명 그의 것은 장대하고 버거웠다. 하지만 조금의 빈틈도 없이 지유를 꽉 채워주어 그것만으로도 그녀를 흥분시켰다.

"대부분 아파했거든. 그래서 별로 좋지가 않았어."

남자가 허리를 조금씩 움직이며 답했다. 아래에 박힌 그의 남성이 리듬을 타고 유영을 시작하자 지유는 본능에 따라 허리를 들썩였다. 그를 조금이라도 더 깊이 받아들이기 위해 저절로 몸이 반응했다.

"후우…… 기분 좋아. 당신은 어때? 괜찮아?"

남자가 부드러운 어조로 물었다. 그녀가 아파할까 봐 염려하는 투였다. 지유는 두 다리로 남자의 허리를 나긋이 감쌌다.

"나도 좋아요……. 당신한테서도 좋은 냄새가 나요."

남자가 움직일수록 그의 체취가 짙어졌다. 독한 남자 향수도, 비누도 아닌 온전히 그만이 가진 살내음. 이성을 유혹하는 페로몬처럼 그의 향은 지유를 취하게 만들었다.

"자제하려 했는데 못하겠다. 이해해."

남자가 허리를 격하게 튕기기 시작했다. 지유는 그에게 매달리며 그의 어깨를 꽉 붙들었다. 질퍽한 소리와 남자의 거친 숨소리, 지유의 신음이 순식간에 방 안을 난잡하게 물들였다.

"앗! 아! 아아!"

아프고, 깊고, 홧홧한 감각이 지유를 사정없이 공격했다. 그러나 지유가 아무리 신음해도 순식간에 야수로 돌변한 남자는 그녀를 봐줄 생각이 없는 모양이었다. 그는 격하게, 다시 격하게 허리를 아래위로 튕겼다. 젖가슴이 출렁이고 질척한 소리가 야릇하게 울려 퍼졌다. 혼이 나간 지유는 남자의 어깨에 손톱을 박았다.

"하읍! 하아악!"

"그러게 날 왜 이렇게 흥분시켰어? 멈출 수가 없잖아."

남자가 숨을 헉헉 몰아쉬며 그녀를 혼내듯이 말했다. 낮은 신음이 섞인 섹시한 저음이 귓가에서 울리자 소름이 오소소 돋았다. 이런 경험은 생전 처음이었다. 그 쓰레기를 열렬히 좋아했을 때도 이렇게 미치도록 흥분한 적은 없었다. 그런데 처음 본 남자와 감정도 없이 몸을 섞으면서 이런 쾌감을 느끼다니.

내가 원래 색정적이었나? 내 몸이 이렇게 야했나? 모르겠다. 알 수 없다. 지유는 머릿속이 새하얘졌다. 온몸의 감각세포가 올올히 곤두서서 오로지 그가 휘두르는 뜨거운 남성만을 받아들이고 있는 것 같았다. 그 순간, 몸이 바르르 떨리며 질 속에서 액체가 왈칵 터져 나왔다.

"아아아!"

"허억!"

남자도 동시에 절정을 맞이해 뜨거운 정액을 내뿜었다. 몸속에 든 그의 분신이 꿈틀꿈틀 움직이며 마지막 몸부림을 쳐댔다. 지유는 파들파들 떨며 그를 꽉 붙들었다. 자극이 고통이 되고 고통마저 쾌락이 되는 감각의 홍수 속에서 그녀는 어찌할 바를 몰랐다.

"기쁘네. 좋아해 줘서."

거친 숨을 고른 남자가 지유의 입술에 가볍게 입 맞추며 말했다. 그 순간에도 지유는 숨을 가쁘게 내쉬기에만 바빴다. 전신으로 스며든 쾌락의 여운이 그녀를 쉽사리 놓아주지 않았다. 남자는 체중을 싣지 않으려고 노력하며 아직도 파르르 떨고 있는 지유를 꼭 안아주었다.

"고마워요."

서서히 흥분을 가라앉힌 지유가 남자에게 말했다. 진심으로 그녀는 남자가 고마웠다. 이 황홀한 섹스도, 그녀를 배려한 말들도, 전부 다 눈물이 날 만큼. 감정에 북받친 지유의 눈에서 한 줄기 눈물이 또르르 흘러내렸다. 그가 보지 못해서 어찌나 다행인지.

"나도. 또 하고 싶을 만큼 좋았어."

남자의 목소리에서 웃음기가 묻어났다. 그는 지유의 젖가슴을 부드럽게 움켜쥐었다. 놀란 지유가 '흡!' 하는 소리를 내며 다시금 그의 손놀림에 반응했다. 남자는 입으로 그녀의 귓불을 빨며 젖가슴을 제 것인 양 주물러 댔다.

"이대로 한 번 더 할까?"

"하아……."

훅 끼쳐 온 숨결에 다시 전신에 소름이 돋았다. 지유는 대답도 못하고 숨만 뜨겁게 뱉어냈다. 그의 손길에 민감하게 반응하며 당장이라도 그러자고 말하고 싶은 자신이 새삼스레 부끄러웠다.

"그래도 약속은 지켜야겠지? 잠깐만 기다려."

남자가 한숨처럼 숨을 내쉬며 손을 거뒀다. 그가 몸을 일으키자 따뜻한 체온 대신 서늘한 기운이 감돌았다.

지유는 고개를 들어 그를 바라보았다. 남자는 어둠 속을 걸어 욕실로 들어갔다.

'무슨 약속을…… 아!'

지유는 그제야 그와 나눴던 대화를 떠올렸다. 안고 난 다음에 얼굴을 보여주겠다는 말. 그는 그걸 약속한 건가 보다. 물론 지유는 그의 얼굴이 무척이나 궁금했다. 하지만 지금 불을 켜면 한껏 흐트러진 자신의 모습 또한 그에게 보일 것이다.

거기까지 생각이 미치자, 지유는 얼른 침대 밖으로 다리를 내밀었다. 그가 욕실에서 나오기 전에 그녀도 외모를 좀 정돈해야 했다.

삐빗.

그러나 지유가 침대 아래를 더듬어 가운을 겨우 찾아낸 순간,

작은 소리와 함께 복도가 환하게 밝아졌다. 아직 가운을 입지도 못한 지유는 후다닥 침대 위로 올라가 이불을 어깨까지 끌어 올렸다. 욕실에서 나온 남자가 가운을 입은 채 침실로 성큼성큼 걸어오고 있었다.

"부탁인데, 너무 놀라진 마. 날 놀리지도 말고."

침실 입구에 선 남자가 스위치에 손을 대며 말했다. 지유는 작은 목소리로 그에게 대꾸했다.

"당신이 날 놀리지 않으면요. 나 지금 엉망일 테니까."

"쿡쿡. 협상 체결."

남자가 재밌다는 듯이 키득거리며 불을 켰다. 지유는 일순간 눈을 찡그렸다. 복도 조명 때문에 그나마 덜하긴 했지만, 장시간 어둠 속에 있던 홍채가 제 역할을 하는 데는 약간의 시간이 필요했다.

1분이 채 지났을까? 눈 안에 또렷이 박힌 그의 얼굴에 지유는 자기도 모르게 입을 벌렸다.

"설마…… 카이저의 이탄?"

"맞아."

"와……."

지유는 이불이 흘러내리는 것도 모르고 놀라서 얼어붙은 표정으로 그를 쳐다보았다. 화면에서 본 것보다 훨씬 아름다운 얼굴선을 가진 남자가 그녀의 눈앞에 서 있었다. 언뜻 날카로워 보이는, 짙은 갈색 눈망울을 품은 눈매. 날렵하게 뻗어내려 베일 것 같은 콧날과 남자치곤 지나치게 붉은 입술. 그리고 점 하나 없이 매끄러운 피부.

이게 꿈일까, 생시일까? 지유는 문득 의문이 들었다. 그녀를 처음으로 황홀경에 빠뜨린 남자가 아이돌 그룹 카이저의 이탄이라니, 너무 심하게 현실감이 없지 않은가?

"생각보단 차분하네."

이탄이 빙긋 웃으며 그녀 곁으로 와서 마주 앉았다. 그러는 동안에도 지유는 그에게서 눈을 떼지 못했다. 국내 최정상 아이돌과 호텔 방에 함께 있다는 게 도무지 믿기지 않았다. 심지어 몸까지 섞었다니!

"나…… 이탄 씨 팬들한테 맞아 죽는 거 아니에요?"

"뭐? 하하핫!"

지유가 갑자기 던진 질문에 이탄이 박장대소를 터트렸다. 허리까지 구부리며 힘을 다해 웃어재끼는 그를 보며 지유가 얼굴을 찌푸렸다.

"왜 웃어요? 난 지금 심각해요!"

"아니, 크크큭! 반응이 참신해서 그래. 내 팬이 아닌 건 확실히 알겠다."

이탄은 겨우 웃음을 멈추고 고개를 들어 지유를 바라보았다. 쌍꺼풀이 없는 큰 눈매가 제법 예쁜 여자가 뾰로통한 얼굴로 그를 쳐다보고 있었다. 일순간 그녀가 귀여워 보여, 이탄은 자연스레 그녀의 머리 위로 손을 뻗었다.

"걱정 마. 들킬 리 없게 내가 먼저 일찌감치 빠져나갈 테니까. 그런데 몇 살이야?"

"스물일곱. 갑자기 나이는 왜 물어요?"

"너무 어려 보여서. 미성년자를 건드린 줄 알고 놀랐어."

이탄이 입술 끝을 올리며 지유의 머리를 강아지처럼 쓰다듬었다. 음, 머릿결도 곱군. 그의 손가락이 지유의 머리카락을 타고 점차 아래로 내려왔다.

"노, 농담도 잘하네요."

지유가 얼굴을 붉히며 이불을 위로 끌어당겼다. 실물을 마주하고 있으면서도 실재인지 환영인지 모르겠는 남자가 자신을 만지작거리며 뚫어져라 응시하고 있다. 지유는 대체 이 상황에 어떻게 반응해야 할지 몰랐다.

"왜 농담이라고 생각해? 연예인이라고 입에 발린 말만 할 것 같아?"

이탄이 고개를 삐딱하게 기울이며 물었다. 입술 끝이 비뚜름히 올라간 그의 미소에서 왠지 모를 씁쓸함이 베어났다. 지유는 급하게 머리를 흔들었다.

"아니에요. 그런 게 아니라…… 내가 그만큼 어려 보이지는 않으니까. 진짜 어린 것도 아니고."

또다시 지난 기억이 스쳤다. 지유는 시선을 내리깔았다. 마음 저 깊은 곳에서 내면의 류지유가 다시 눈을 치뜨며 비웃었다.

'이탄 같은 남자랑 잤으면서 왜 이러니, 너? 이 정도 사건이면 그 새끼 따윈 까맣게 잊어야지!'

이탄은 가만히 지유를 응시했다. 처음부터 눈치챘지만 이 여자에게는 생생한 상처가 있다. 아마도 남자와 관련된. 그는 희미한 미소를 지으며 침대에서 일어났다.

"비밀 지킬 거지?"

"걱정 말아요. 맞아 죽기 싫다니까요."

지유가 그를 올려다보며 설핏 웃었다.

즐거움과 슬픔이 뒤섞인 그녀의 기묘한 표정을 내려다보던 이탄이 입을 열었다. 그러곤 지유가 생각지도 못한 요구를 했다.

"그럼 당신 이름이랑 전화번호 알려줘."

"네?"

지유는 귀를 의심하며 반문했다. 그러자 이탄이 팔짱을 끼며 당당히 말했다.

"서로 알아야 공평하지 않겠어? 당신은 나에 대해 얼마든지 알아낼 수 있잖아."

"내가 이탄 씨 전화번호를 어떻게 알아내요? 방송국 관계자도 아닌데."

지유가 말도 안 된다는 듯 반박하자, 이탄이 바로 대꾸했다.

"전화번호는 보험이야. 서로 조심해도 무슨 일이 생길 수 있으니까."

"그건…… 오늘 밤에 기자가 따라붙었단 뜻인가요?"

지유의 목소리에서 단박에 걱정이 묻어났다.

너무 몰아붙인 걸까? 이탄은 한숨을 내쉬며 고개를 저었다.

"아니. 나오기 전에 철저히 체크했어. 차도 평소에 몰던 게 아니고. 그냥…… 혹시나 해서 그래. 당신도 대충 알잖아, 유명 아이돌의 삶."

이탄은 말하면서도 자신이 왜 이리 구차하게 설명하면서까지 그녀의 전화번호를 받아내고 싶은 건지 이해가 안 됐다.

그녀에게 댄 이유는 분명 사실이었다. 하지만 그보다 충동이 앞섰다. 울컥 솟아오른 감정으로 전화번호를 물은 것이다.

"알았어요. 핸드폰 주세요. 번호 누를게요."

마침내 지유가 납득했다는 듯 고개를 끄덕이며 그를 올려다보았다. 참 맑고 투명한 눈이다. 꼭 부모님 집에서 키우는 포메라니안 강아지 아리의 눈망울 같다. 이탄은 엷게 웃으며 지유에게 다가가 머리를 쓰다듬었다.

"이해해 줘서 고마워."

그러곤 침실을 빠져나가 응접실로 향하는 그의 뒷모습을 지유는 물끄러미 바라보았다. 전화번호를 알아봤자 연락하고 지내지도 않을 텐데. 하긴, 추억이라고 생각하면 나쁠 것도 없다. 이런 경험, 일생에 다신 없을 테니까.

지유는 스스로를 설득하며 입매를 휘었다. 어디 가서 자랑할 만한 일도 아니고, 가장 친한 친구에게도 털어놓기가 어려운 추억을 그녀는 이 밤에 만들었다. 이런 은밀한 추억이 하나쯤 생겨도 괜찮겠지. 그녀는 침실로 다가오는 이탄을 바라보며 짙은 미소를 지었다.

"자, 번호 눌러."

이탄이 핸드폰을 내밀었다. 지유가 화면에 보이는 숫자를 자기 번호 순으로 누르고 핸드폰을 돌려주자 그가 물었다.

"당신 이름은?"

"류지유."

"앞뒤가 같은 이름이네. 지금 전화 걸었어. 내 번호 저장해 놔."

그는 가벼운 말투로 아무렇지도 않게 말했다. 마치 학교에서 알게 된 친구가 자기 번호를 가르쳐 주며 저장하라고 요구하는 것처럼. 지나치게 스스럼없는 태도에 지유는 미간을 찌푸리며 웃었다.

"정말 나한테 가르쳐 줘도 되겠어요?"

"그래야 공평하잖아. 내 핸드폰이 이거 하나뿐인 것도 아니고."

"아…… 그렇겠네요."

지유가 이해했다는 투로 고개를 끄덕였다.

참 순진한 여자다. 아니, 얼굴도 모르는 남자를 따라와서 온갖 짓을 다했으니 순진한 건 아닌가?

이탄은 다시 비뚜름히 그녀를 내려다보았다. 아마 그가 화려하다 못해 질리는 연예계 생활을 오래 해서 지유가 순진해 보이는지도 모른다. 아무리 교묘하게 영악함을 숨겨도 알아챌 만큼 그 또한 닳고 닳아서인지도 모르고.

하여튼 이탄은 지유가 꽤 마음에 들었다. 환한 빛 아래서 얼굴을 드러낸 후 그녀가 보인 반응도 그렇지만, 그와 드물게도 꼭 맞는 그녀의 몸이 더더욱. 당장이라도 저 이불 속에 감춰진 그녀의 알몸을 다시 탐하고 싶을 정도였다.

하지만 더 지체하다간 위험하다. 자신에게도, 그녀에게도.

"아쉽지만 이만 갈게."

이탄이 작게 한숨을 내쉬며 말했다. 지유는 엷은 미소를 띠며 이탄을 올려다보았다.

"그래요. 조심히 가세요."

"더 하고 싶은 말은 없어?"

이탄이 지유를 내려다보며 장난스럽게 물었다. 나쁜 남자 분위기가 풀풀 풍겼던 첫인상과는 다르게 귀여운 악동 같은 얼굴이었다. 그 덕분에 지유의 표정도 한결 풀렸다.

"이탄 씨 말대로 정말 특별한 경험이었어요. 나 혼자서만 잘 간직할게요."

"왜 혼자서만 간직해? 나도 간직할 건데."

이탄이 말을 받아치며 지유에게로 바싹 다가갔다. 그가 코앞까지 오자 지유는 무심결에 상체를 뒤로 뺐다. 이탄은 그녀의 눈을 곧게 응시하며 낮은 목소리로 속삭였다.

"나도 좋은 경험이었어, 류지유 씨."

그러곤 그녀의 입술에 쪽 입 맞췄다.

순식간에 벌어진 일에 지유가 놀라서 눈을 크게 떴다. 환한 불빛 아래서 이렇게 비정상적으로 아름다운 남자 아이돌과 얼굴을 마주 보며 하는 입맞춤이라니! 뺨이 새빨간 사과처럼 달아올랐다.

이탄이 만족스럽다는 듯 빙긋 웃었다. 그는 지유의 머리를 강아지처럼 쓰다듬었다.

"그럼 진짜 갈게. 푹 쉬어."

다가왔을 때처럼 훌쩍 멀어진 이탄이 다시 응접실로 향했다. 불과 몇 분 사이에 옷을 다 입은 그는, 이 객실에 들어왔을 때처럼 모자와 마스크로 얼굴을 꼭꼭 숨긴 채 조용히 밖으로 빠져나갔다.

이탄이 떠날 때까지 침대에 멍하니 앉아 있던 지유는 그의 기척이 완전히 사라지고 난 다음에야 옆으로 풀썩 쓰러졌다. 핸드폰을 열어 시간을 확인하니 새벽 5시 25분. 그와 만나 이 호텔로 들어온 것이 새벽 3시가 조금 넘은 시각이었으니, 세 시간이 채 안 되는 사이에 이 모든 일이 벌어진 거다.

'내가 진짜 이탄과…… 정말 이탄이었을까?'

지유는 갑자기 되도 않는 의심을 하며 핸드폰 화면에 찍힌 낯선 번호를 뚫어져라 응시했다. 왜, 텔레비전에 가끔 나오지 않나? 일반인인데 어떤 연예인을 빰치게 닮은 사람이. 그런데 그 닮은 사람이 해당 연예인 못지않게 부자일 확률은 얼마나 될까?

'아…… 모르겠다. 조금만 자자.'

그녀는 일부러 숨을 크게 들이마셨다 내쉬며 똑바로 누웠다. 짧은 시간에 심하게 파격적인 일을 겪어서 그런지 사고회로가 온전히 돌지 않았다. 너무 졸리기도 했고.

'자고 일어나서 생각하면 낫겠지…….'

모처럼 들어온 고급 호텔의 스위트룸이니까. 그도 푹 쉬라고 했고.

지유는 어느새 스르르 잠들었다.

몹시 피곤해서였을까? 그녀는 몇 달 만에 처음으로 숙면을 취했다. 아무런 꿈도 꾸지 않는, 그 어떤 기억도 그녀를 괴롭히지 않는 깊디깊은 잠을.

2. 그 남자, 이탄

"꺄아아아! 이탄 오빠!"

"카이저! 카이저!"

"소하 오빠, 사랑해요!"

잠실 올림픽 체조 경기장. 떠나갈 듯한 함성과 함께 무대에서 불꽃이 터지며 그룹 카이저가 등장했다. 그들이 단독 콘서트를 연게 아니라 선배 가수 성찬열의 콘서트에 게스트로 나왔을 뿐인데도, 카이저의 열혈 팬들은 티켓을 사서 공연장을 찾았다.

이윽고 카이저의 대표곡 중 하나인 〈너의 존재〉 반주가 울려 퍼지자, 팬들은 자지러지며 더욱 목청을 높였다.

"너는 내 맘 속의 상처, 내 맘 속의 가시. 하지만 네가 있기에 난 행복했어."

"꺄아아아! 오빠아아!"

"카이저! 카이저! 영원불멸 카이저!"

"칸지야, 나랑 결혼해!"

이 콘서트의 호스트인 성찬열이 노래 부를 때와는 비교할 수도 없을 만큼 극성스러운 반응에, 터줏대감 격인 성찬열의 팬들은 얼굴을 찌푸렸다.

하지만 그들은 크게 내색하지 않았다. 어쨌든 성찬열과 카이저는 같은 소속사인 데다, 카이저의 팬들이 아니었다면 콘서트 티켓이 매진되지 않았을 테니까. 게다가 카이저의 팬들은 오빠들의 얼굴에 먹칠할 수 없다며 성찬열의 콘서트가 완전히 끝날 때까지 자리를 뜨지 않을 것이다.

그러니 단 두 곡을 듣기 위해 다른 가수의 비싼 콘서트 티켓을 주저 없이 구입한 카이저의 팬들을 받아들일 수밖에.

"너는 내 존재의 이유, 내가 받은 유일무이한 구원. 이 밤이 지나서도 널 안고 싶어."

"오빠아아! 이탄 오빠아!"

"카이저 사랑해요!"

용암처럼 들끓는 열기 속에서 카이저는 최선을 다해 춤추며 노래를 불렀다. 단 두 곡을 듣기 위해 다른 가수의 콘서트에까지 찾아온 소중한 팬들이다. 그들에게 대충 하는 모습을 보이는 건 말도 안 되는 결례였다.

그래서 카이저는 누구 하나가 심하게 아프거나 쓰러졌을 때가 아니고선 항상 라이브로 노래했다. 그런 카이저의 노력을 알기에 팬들은 더욱 그들을 사랑했다. 근래 발표한 미니 앨범이 혹평을 받아 방송 활동을 재빠르게 접었어도 그 사랑은 변치 않았다.

그 사랑이 때로는 숨 막히게 목을 졸랐지만.

이탄은 속내를 드러내지 않으며 팬들에게 환한 미소를 흩날렸다. 이들이 그룹 카이저를 9년이나 존재하게 만들었다. 이탄이라는 풋내기 아이돌을 저작권 갑부로 만들어주었다. 그에게 '흔해빠진 아이돌'이 아닌 '진짜 뮤지션'이라는 아이덴티티를 부여해 주었다.

그런데 자신이 정말 뮤지션이 맞는 걸까? 누가 보기에도?

그 의문이 머릿속에서 떠나지를 않았다. 이렇게 뜨거운 환호 속에서 노래하고 있는 지금도, 혼자 있을 때는 미치도록.

불현듯 식도를 타고 신물이 올라왔다. 그러나 이탄은 베테랑 중의 베테랑 아이돌답게 표정 한 번 흩트리지 않고 완벽히 공연을 마쳤다. 아무리 '다 떨어진 아이돌'이라는 욕을 먹어도 그 정도는 얼마든지 해낼 수 있었다.

다른 멤버들과 함께 카메라가 하나도 없는 대기실에 와서야 이탄은 명치를 잡으며 얼굴을 찌푸렸다. 기다리고 있던 전담 매니저 표정우가 걱정스럽다는 눈빛으로 그를 보더니 얼른 위장약 하나를 내밀었다. 이탄은 약 봉지를 찢어 하얀 액체를 단숨에 흡입했다. 그나마 속이 조금씩 진정되는 게 느껴졌다.

"많이 안 좋냐? 병원은 갔어?"

그 모습을 옆에서 지켜보던 소하가 물었다. 말투는 무뚝뚝해도 누구보다 염려하는 눈치였다. 이탄은 피식 웃으며 절친한 친구이자 동료인 그의 등을 툭 쳤다.

"괜찮아. 안 죽어."

"너무 오래 가잖아. 너 그러다……."

"괜찮다니까? 나한테 마누라처럼 굴지 말고 그냥 여자를 만나."

"이 새끼는 생각을 해줘도 꼭!"

발끈한 소하가 한 팔로 이탄의 목을 걸었다. 키는 엇비슷하지만 매끈한 모델 체형인 이탄에 비해 근력 운동을 즐기는 소하는 짐승남에 가까웠다. 그래서 완력으로는 이탄이 이길 수가 없었다.

"캑캑! 너 때문에 죽겠다!"

소하가 팔에 힘을 주지도 않았는데 이탄이 엄살을 피웠다. 평소에는 자못 차가운 인상의 이탄과 과묵한 소하였지만, 함께 있으면 둘 다 긴장을 풀고 이런 식으로 티격태격했다. 그런 두 사람의 반전 매력을 팬들은 더욱 좋아했다.

"형들은 체력도 좋아. 난 아주 죽겠구먼! 죽겠어!"

코디네이터가 건넨 수건으로 얼굴과 몸에 흐르는 땀을 대충 닦아낸 칸지가 소파 위로 널브러지며 말했다. 그룹 내에서 가장 어린 칸지는 하는 짓이 제일 늙은이 같아 형들을 종종 얼빠지게 만들었다. 물론 그 뒤에 따라오는 구박은 일상다반사였고.

"어이, 늙은이! 너 요즘 운동 안 하냐?"

이탄을 잡고 있던 팔을 푼 소하가 칸지의 맞은편에 앉으며 어처구니없다는 투로 물었다. 그러자 칸지가 오른손으로 허공을 휘휘 저으며 대꾸했다.

"해! 해! 대표님 몰라? 몸 망가지면 바로 불벼락 떨어지잖아. 그리고 나 요새 일본 활동 준비로 바쁘잖아."

"하긴……."

소하가 납득했다는 듯 고개를 끄덕였다. 어찌 보면 근래 제일 바쁜 멤버가 칸지였다. 재치 있는 입담과 환한 웃음으로 일본에서 유독 인기가 많은 칸지는 카이저가 국내 활동을 쉬는 틈틈이 일본에서 솔로로 활동했다. 그래서 다른 멤버들이 상대적으로 한가한 지금 같은 시기에도 칸지는 움직이느라 바빴다.

"배부른 소리 하고 있네. 이제 감사한 줄도 모르냐?"

소파 뒤에서 벌컥벌컥 물을 마시던 우림이 가시 돋친 어조로 내뱉었다. 뭐가 또 그리 불만인지, 오늘따라 아주 제대로 꼬인 목소리다. 한두 번 겪는 일도 아니지만, 이번에는 칸지도 짜증이 확 치솟아서 대꾸했다.

"형도 뮤지컬 준비로 바쁘다며! 대표님한테 말해서 단박에 따냈다며 왜 또 나한테 시비야?"

"시비? 이제 위아래도 없고 눈에 뵈는 것도 없냐, 너?"

우림이 표정을 사납게 구기며 칸지에게 다가갔다. 이 또한 한두 번 일어난 상황이 아니지만 칸지나 우림이나 유독 예민하게 굴고 있었다. 보다 못한 소하가 한숨을 내쉬며 낮게 깔린 음성으로 경고했다.

"둘 다 그만해라. 형이 나서기 전에."

소하가 드물게도 이렇게 말할 때는 진심이란 뜻이었다. 까불 때는 까불어도 그를 존중하고 무서워하는 칸지는 벌린 입을 스르르 다물었다. 우림이 먼저 시작했기에 다소 억울했지만, 여기서 멈추지 않으면 소하 형이 정말 화낼지도 모르니까.

하지만 우림은 뭘 먹고 왔는지, 아주 대놓고 날을 세웠다.

"형은 저 자식이 한 말을 듣고도 이래? 그렇게 편드니까 더 뵈는 거 없이 굴잖아!"

"그만하라고 했다, 윤우림."

소하가 매서운 눈빛으로 우림을 직시했다. 살갗을 뚫을 듯한 눈초리에 우림도 더 이상은 대들 수가 없었다. 그 눈빛 속에 담긴 질문이 듣지 않아도 들렸기에.

"다들 그만해. 오랜만에 모였는데 왜 이리 살벌해? 이따 대표님 만나야 되니까 벌써부터 힘 빼지 말자."

그때까지 잠자코 있던 이탄이 소하 옆에 털썩 주저앉으며 말했다. 힘이 하나도 없는 목소리로 던지듯 뱉은 말이었지만 그 속에 뼈가 들어 있었다. 소하가 미간을 찌푸리며 옆에 앉은 이탄을 쳐다봤다.

"대표님을 만난다고?"

"여기."

이탄이 고개를 뒤로 젖히며 소하에게 핸드폰을 건넸다. 공연이 끝나면 예약해 둔 일식집으로 오라는 메시지가 보였다. 물론 이탄은 바로 알았다고 답했고.

"진짜 대표님이 오라셔?"

칸지가 이탄의 핸드폰을 향해 상체를 쭉 내밀었다. 소하는 거북이처럼 목을 뺀 막내에게 친히 핸드폰을 들어 보여주었다. 일식집 주소까지 친절히 찍어 보낸 왕 대표의 문자메시지를 읽은 칸지가 엄살을 부리며 소파 위로 나동그라졌다.

"아이고, 아부지! 오늘 밤엔 편히 쉬나 했더니만 그새를 못 참고 대표님이 소환신공을 펴시는구려!"

"그러니까 싸우지들 말고 기운 있으면 웃는 연습이나 해."

이탄이 소하의 무릎 위로 스스럼없이 머리를 올리며 말했다. 왼팔을 들어 눈을 가리는 이탄에게 소하가 가라앉은 목소리로 물었다.

"왜 부르시는지 몰라?"

"몰라. 아! 위 아프다."

이탄이 더는 묻지 말라는 투로 중얼거렸다. 소하는 그런 이탄을 물끄러미 내려다보다 고개를 돌리며 한숨을 내쉬었다. 안 그래도 힘들어하는 녀석들에게 또 무슨 훈계를 하시려는 건지.

그러다 문득 아무 말 없이 고요한 우림에게로 시선이 갔다. 소하에게 최후통첩을 들은 후부터 그는 한마디도 하지 않았다. 그저 자신에게 가장 엄격한 사촌 형을 눈으로 좇으며 가만히 서 있기만 할 뿐.

'내가 아니라 이탄을 보는 건가?'

자신이 마주 봐도 우림의 눈빛이 변하지 않는다는 걸 알고 나서야 소하는 저 내성적인 사촌 동생이 계속 이탄을 보고 있었다는 걸 깨달았다. 예전, 연습생 시절에 이탄을 처음 본 순간부터 늘 그랬듯, 선망과 부러움과 질투가 혼잡하게 뒤섞인 그늘진 눈동자로.

"이렇게 다 같이 밥 먹는 거 오랜만이지?"

아늑하고 밀폐된 다다미방. 상석에 앉은 왕수재 대표가 좌우로 나눠 앉은 카이저 멤버들을 둘러보며 인자한 목소리로 인사를 건넸다. 네 사람은 약속이라도 한 것처럼 왕 대표를 쳐다보며 고개를 끄덕였다.

"네, 대표님."

"진짜 오랜만이죠."

"얼굴이나 볼까 해서 부른 거니까 편히들 먹어. 내가 안 부르면 너희들을 만날 수가 있어야지."

왕 대표는 웃으며 농담이랍시고 한 말이었지만, 전복죽을 떠먹고 있던 칸지는 순간 전복 알갱이가 목에 걸려 사레들릴 뻔했다.

아니 그럼, 엊그제 불러다 놓고 한 시간이 넘도록 훈계한 건 만난 게 아닌가? 저번 주에는 회사 녹음실로 출근해 곡 작업을 하고 있던 소하 형을 불시에 방문했다고 들었다.

칸지는 수저를 내려놓고 맞은편 대각선에 앉은 우림을 흘끗거렸다. 저 형은 대표님을 언제 만났을까? 원래 스케줄이 비어도 회사에 자주 나가는 사람인데. 그렇다면 역시……

그는 옆에 앉은 이탄을 슬쩍 보았다. 왕 대표가 카이저 멤버들 중에서 한동안 못 만난 사람은 역시 이탄뿐이었다. 그럼 이탄 형만 따로 부를 것이지, 단체 소환이 웬 말인가?

'에휴, 막내가 뭔 말이 있겠어. 닥치고 밥이나 먹어야지.'

칸지는 속으로 구시렁거리며 젓가락을 들었다. 데뷔한 지 9년이 넘어도 서열은 불변이었다. 칸지 밑으로 후배들이 수두룩하게 쌓이다 못해 탑을 이뤄도 카이저 내에서 그는 영원히 막내일 뿐이었다. 우라질 시바시바!

"칸지는 다음 주면 일본에 음원 풀리네?"

이제 독심술까지 하는 걸까? 왕 대표가 뜬금없이 칸지에게 먼저 말을 걸었다. 우럭 회를 아구아구 씹던 칸지는 눈을 동그랗게 뜨며 손으로 급히 입을 가렸다.

"네, 대표님. 꿀꺽!"

"그래. 일본 가서도 힘내고. 형이 계속 지켜볼게."

"넵. 하하."

왕 대표는 사석에선 으레 자신을 형이라고 칭했다. 그래 봤자 말뜻은 '네가 잘하는지 농땡이를 피우는지 내가 친히 지켜보겠노라!' 였지만. 칸지는 식은땀을 흘리며 멋쩍게 웃었다.

"우림이는 어때? 연습은 할 만해?"

이번에는 왕 대표의 시선이 우림에게로 향했다. 아무래도 오늘은 질문의 방향이 거꾸로 올라가나 보다. 말 한마디 없이 묵묵히 샐러드를 먹던 우림이 고개를 끄덕이며 대답했다.

"네. 캐릭터 분석에 몰두하고 있습니다."

"음, 그래. 공연 시작하면 와이프랑 가서 볼게."

"네, 실망시키지 않겠습니다."

"잘할 거야, 너는."

실로 모범생과 그를 믿는 선생 같은 대화였다. 우림이야 데뷔 때부터 늘 카이저의 모범생으로 통하긴 했지만, 요즘 들어 그 증세가 더욱 심해지고 있었다. 아마 불안해서 그럴 테지만.

"소하는 어제 보내준 곡 좋던데? 탄이 너도 들어봤어?"

왕 대표의 갑작스러운 화제 전환에 칸지와 우림의 시선이 소하에게로 향했다.

일곱 번째 미니 앨범이 혹평 속으로 사라진 뒤, 소하는 특기인 춤과 랩보다는 작곡에 열중했다. 그건 멤버 모두가 알았다.

하지만 작곡이 어디 쉬운가? 열 살 때 작곡을 시작했다는 이탄조차 안 풀릴 땐 한 곡을 쓰는 데만 몇 달이 걸리는데. 그리고 아무것도 못 쓰겠다며 나동그라진 지도 벌써 1년이 넘었는데.

그런데 소하 형이 한 달 만에 곡 하나를 완성해서 왕 대표한테 보냈다고? 다른 멤버들한테는 얘기도 없이?

"탄이가 리프로듀싱한 겁니다."

"오, 그래?"

소하가 묵직한 저음으로 답하자 왕 대표의 만면에 화색이 돌았다. 드디어 탄이 녀석이 슬럼프에서 한 발짝 벗어난 건가?

그러나 이탄은 미간을 찌푸리며 고개를 저었다.

"아니에요, 형. 이 녀석이 다 쓰고 멜로디만 조금 손댔어요."

"아닙니다. 이탄이 많이 고쳤습니다."

"야!"

이탄이 나무라듯 소리쳤다. 왕 대표 앞에서 자신을 낮추기만 하는 소하에게 화가 치밀었다. 일부러 과장해서 그를 높인 건 더더욱 해선 안 될 짓이었고.

하지만 이탄이 화내든 말든, 왕 대표의 얼굴에는 꽃이 활짝 피었다.

"하하하! 그럼 너희 둘이 같이 쓴 곡이란 거네. 괜찮았어. 그건 조금만 더 다듬어서 완성하고, 소하는 계속 써봐. 진작 곡 쓸 걸 그랬다, 너."

SJ엔터테인먼트의 중추, 보석 중의 보석이라 불리는 카이저였다. 카이저도 다 됐다느니, 이탄이 재능 떨어졌다느니 하는 소리를 들을 때마다 왕 대표라고 해서 어찌 속이 문드러지지 않았겠는가? 다만 기획사 대표로서 체면도 있고, 지나치게 편애하는 모습을 보여서는 안 되기에 다른 가수와 배우의 활동에 집중하는 척했을 뿐.

하지만 어제 소하가 들려준 곡 덕분에 근 1년간 묵었던 체증이 조금이나마 내려간 기분이었다. 왕 대표는 진심에서 우러나온 미소를 지으며 너그러운 음성으로 말했다.

"우리 한 잔씩 하자. 너희가 다들 열심히 해서 형이 오랜만에 기분이 좋다. 자, 탄이부터 한 잔 받아."

"네, 형."

괜히 또 찬물을 뿌려 모처럼 기분 좋은 왕 대표를 언짢게 할 수도 없는지라 이탄은 군말 없이 술을 받았다. 왕 대표는 싱글벙글 웃으며 소하와 우림, 칸지에게 차례대로 술을 따라주었다. 그러고서 이탄에게 술을 받은 후 잔을 들고 외쳐 말했다.

"무서운 새싹들이 매년 치고 올라오지만 아직은 너희가 최고다. 내 눈에만 그런 게 아니라 진짜로 그래. 그러니까 힘내자, 카이저! 파이팅!"

"파이팅!"

카이저 멤버들은 왕 대표와의 술자리에선 늘 그랬듯 다 함께 파이팅을 외치며 잔을 챙 부딪쳤다. 그러곤 원 샷! 그 후부터는 서로 주거니 받거니 술을 따르며 가벼운 한담을 나눴다.

"근데 형은 왜 이탄 형이랑 대표님한테만 들려주고, 나랑 우림 형한테는 말도 안 했어?"

칸지가 맞은편에 앉은 소하의 잔에 청주를 따르며 투덜거렸다. 소하도 칸지의 잔에 술을 따라주며 대꾸했다.

"너희는 바빴잖아. 대표님이 별로라고 하셨을 수도 있고."

"그래도 서운하지! 형이 처음으로 작곡한 건데."

"그러게. 사람 대놓고 무시하는 것도 아니고."

소하 옆에 앉은 우림이 술잔을 단번에 비우며 한마디 보탰다. 소하는 우림의 빈 잔에도 술을 따라주며 미간을 찌푸렸다.

"너희는 어째 공격할 때만 한패야?"

"형이 우리만 따돌리니까 그렇지!"

칸지가 바로 받아치자, 소하가 어이없다는 표정으로 고개를 흔들었다.

"애냐? 초딩이야?"

"어, 초딩이야. 그러니까 곡 보내줘."

"알았다."

소하가 고개를 설레설레 저으며 대답했다. 나이를 먹어도 칸지의 땡깡은 여전했다.

그렇게 세 사람이 티격태격하는 사이, 왕 대표와 이탄은 세상 진지한 표정으로 둘만의 대화에 빠져 있었다. 주로 왕 대표가 열변을 토하고 이탄은 고개를 주억거렸지만, 어쨌든 둘 사이에는 다른 이가 침범할 수 없는 영역이 존재했다. 그 증거로 활동한 지 9년이 넘은 지금까지 왕 대표를 스스럼없이 형이라 부를 수 있는 사람은 이탄뿐이었다. 아까처럼 왕 대표 앞에서 소리칠 수 있는 멤버도 그뿐이고.

'혼자 다 가져 놓고.'

우림은 왕 대표와 이탄을 보며 술을 쓰게 삼켰다. 여기서 뭐가 더 필요한 걸까, 이탄은. 아니, 이제 필요한 게 아무것도 없어서 곡을 못 쓰는 건가?

"누구 말이 진짜야? 형이야, 이탄 형이야?"

우림은 결국 마음속에 담았던 질문을 소하에게 꺼냈다.

칸지와 장난 섞인 농담을 주고받던 소하의 표정이 툭 튀어나온 물음에 일순간 굳었다. 하지만 이내 평정을 되찾은 그는 무덤덤한 어조로 우림에게 대답했다.

"반반. 멜로디는 저 녀석이 많이 손댔어."

"반반이라……."

우림은 뒷말을 잇는 대신 스스로 술을 따라 마셨다. 그런 사촌 동생을 말없이 응시하던 소하가 조용히 회를 한 점 집어 개인 접시에 놓아주었다. 우림은 소하가 준 회를 먹지 않고 물끄러미 보기만 했다. 그러다 겨우 입술을 달싹여 속말을 꺼내려 했다.

"형은……."

"자자! 분위기가 왜 이래, 이거? 진짜 오랜만에 모였는데. 대표님, 제 술 한 잔 받으세요. 우리 리더 형도 내 술 한 잔 받아. 자자자, 여러분! 업됩시다!"

칸지가 갑자기 자리에서 벌떡 일어나 외치더니 왕 대표에게로 갔다. 카이저의 분위기 메이커답게 상황 파악을 잘하는 그였다. 이대로 가다간 저 내성적인 우림의 칙칙한 신세 한탄이 시작될 거 같아 일부러 촐싹거리는 중이었다.

그걸 아는지 모르는지, 왕 대표는 껄껄 웃으며 칸지의 술을 받았다. 이탄도 오랜만에 웃으며 막내가 따라주는 술을 받았다. 자리를 옮긴 칸지가 소하와 우림에게도 억지로 술을 따르고 나자, 왕 대표는 다시 한 번 파이팅을 부르짖으며 다 같이 건배하자고 소리쳤다.

그렇게 왕 대표와 그룹 카이저는 모처럼 화기애애한 분위기 속에서 술자리를 함께했다.

하지만 그것은 겉으로 드러난 모습일 뿐, 멤버들의 가슴속에는 저마다 다른 근심이 꿈틀꿈틀 피어오르고 있었다.

❖

따다단—딴딴—따다단—

핸드폰이 요란한 소리를 내며 침대 맡에서 울려댔다. 이탄은 위로 안 올라가는 눈꺼풀을 억지로 뜨려고 애쓰며 손을 더듬거려 핸드폰을 찾았다. 전담 매니저 정우가 줄기차게 전화하고 있었다.

"어, 형."

잠에 잔뜩 취한 목소리로 대답하는 이탄에게 정우의 걱정 어린 물음이 날아들었다.

[12시가 넘었다, 탄아. 너 또 아침에 잤어?]

"아냐. 4시쯤 잤어."

칸지 녀석 덕분에 제대로 업된 왕 대표는 새벽 2시가 넘어서야 멤버들을 놔주었다. 다들 취한 탓에 매니저가 운전하는 차를 타고 귀가할 수밖에 없었고, 이탄은 부모님과 함께 사는 집이 아닌 혼자 지내는 은신처로 왔다. 아직 그와 전담 매니저 정우만 아는 이곳은 각 집마다 들어가는 입구와 주차장, 엘리베이터가 따로 있어 유명 인사가 살기에 최적이었다.

[한 시간 내로 해장국 사가지고 갈 테니까 슬슬 정신 차려.]

굳이 오겠다는 건 무슨 일이 생겼다는 얘기다. 이탄은 한숨을 쉬며 대답했다.

"알았어."

전화를 끊은 그는 핸드폰을 아무렇게나 내려놓고 베개에 얼굴을 비볐다.

오랜만에 과음해서일까? 머리가 무겁고 전신이 나른했다. 아마 정우가 전화하지 않았다면 이 암막 커튼을 완벽히 친 침실에서 하루 종일 잤을 것이다. 그러곤 밤에 일어나 또다시 자기혐오를 반복하겠지.

그러느니 차라리 지금 일어나는 게 낫다. 이탄은 억지로 몸을 일으켜 욕실로 향했다.

샤워를 마친 이탄이 부드러운 피아노 연주곡을 들으며 머리칼의 물기를 털고 있을 때 문이 열리며 정우가 들어왔다. 손에는 포장해 온 콩나물 해장국이 들려 있었다.

"뭐야, 근처에 있었어?"

한 시간 내로 온다던 사람이 30분이 막 지나서 왔다는 건 이미 이 동네로 와서 전화했다는 뜻이다. 정우는 뜨거운 콩나물 해장국을 식탁 위에 펼쳐 놓으며 말했다.

"너 자고 있으면 깨우려고 빨리 왔지. 먹자. 나도 밥 안 먹었어."

얼핏 잔소리처럼 들리지만 이탄에게 아침밥을 먹이기 위해 수고를 마다하지 않은 것이다.

"전화로 얘기하지 뭐 하러 여길 또 와? 중요한 일도 아니면서."

이탄은 괜스레 툴툴거리며 정우의 맞은편으로 가서 앉았다. 그러자 정우가 숟가락을 탁탁 튕기며 훈계를 늘어놨다.

"안 오면? 또 이 집에 처박혀서 하루 종일 잠만 자다 밤 되면 싸돌아다니려고? 그리고 중요한 일인지 아닌지 듣지도 않고 어떻게 알아?"

"내가 지금 중요한 게 뭐가 있어? 곡도 못 쓰는데."

이탄이 콩나물 해장국을 휘휘 젓다가 한 숟가락 떠먹으며 대꾸했다. 아무렇지도 않게 흘려 말했지만, 정우는 이탄의 심정이 어떤지 누구보다도 잘 아는 사람이었다. 그는 들고 있던 숟가락을 내려놓고 진지한 얼굴로 물었다.

"곡은 못 써도 랩 가사는 쓸 수 있지?"

"왜? 누가 나한테 랩 피처링이라도 해달래?"

이탄이 입술 끝을 비뚜름히 올리며 반문했다. 저번 앨범 평판을 듣고도 그런 사람이 있다면 가서 절이라도 해야 되지 않나?

그런데 정우의 입에서 정말 예상 밖의 대답이 튀어나왔다.

"아유라가 해달래. 다음 앨범 타이틀곡이란다."

이탄이 동작을 멈추고 정우를 쳐다봤다. 이 철저한 매니저는 일 문제로 결코 농담을 하는 법이 없었다. 그는 미간을 찌푸리며 다시 물었다.

"걔라면 누구와도 작업할 수 있을 텐데, 굳이 이 시기에 나한테 연락을 했다고? 아유라가 먼저 연락한 거 맞아?"

"후…… 탄아. 너 힘든 거 아는데, 자기 비하의 늪에서 허우적거리는 것도 잘 아는데, 그래도 너 국내 톱 중 한 명이야. 아니, 아시아 톱이야. 이제 그만 자신감 좀 되찾으면 안 되겠냐?"

정우가 답답한 마음을 억누르며 타이르듯이 말했다.

매니저인 그가 생각하기에 이탄의 슬럼프는 지나친 완벽주의에서 비롯된 것이었다. 사람이 자판기도 아니고, 어떻게 매번 수작 아니면 대박 타이틀을 뽑아내나? 그건 아무리 잘나가는 작곡가라도 불가능한 일이다.

"자신감이라…… 큭! 나는 그게 지나쳐서 이 꼴 난 거 아니었어?"

하지만 이탄은 조소를 지으며 되물을 뿐이었다. 숟가락으로 해장국을 휘저으며 밥을 먹는 둥 마는 둥 하는 그에게 정우가 조심스럽게 물었다.

"할 거지?"

"아유라랑 얘기해 보고. 도대체 나랑 왜 하고 싶은 건지 물어봐야겠어."

이탄이 킥킥거리며 말했다.

그래도 일언지하에 거절하지는 않겠다는 거다. 정우는 안도의 한숨을 내쉬며 내친김에 다른 스케줄 이야기도 꺼냈다.

"금요일에 청담동에서 '아모르' 런칭 파티 있는 거 알지?"

"알아."

"다음 주 수요일에 W앱 영상 촬영 있는 것도?"

"알아. 팬들과 소통해야지."

이탄이 국물을 떠먹으며 대꾸했다. 설렁설렁 대답해도 자기 할 일은 확실히 기억하는 이탄의 모습에 정우는 만족스럽다는 듯 미소 지었다.

"그래. 이래야 이탄이지. 아유라랑은 어떻게 할래? 전화번호 넘겨줘?"

"내일 통화할게. 문자로 번호 보내줘."

"알았어. 이왕이면 잘해봐. 서로 윈윈하면 좋잖아."

"그럴 수 있으면."

이탄이 숟가락을 내려놓으며 잘라 말했다. 더는 얘기하지 말라는 뜻이었다. 그래서 정우도 이쯤 하고 일어나기로 했다. 목적은 대강 이뤘으니.

정우는 자연스레 냉장고로 가서 보약을 한 봉지 꺼냈다. 그것을 전자레인지에 데워서 약물을 컵에 따라 이탄의 앞에 내려놓았다. 이탄은 보약이 든 컵을 내미는 정우를 올려다보며 고개를 설레설레 저었다.

"하여튼 형은 우리 엄마보다 더 해."

"반은 네 엄마지."

정우가 피식 웃으며 식탁 위를 치웠다. 이탄은 부지런히 움직이는 정우를 말없이 쳐다보다 그가 데워준 약을 한 번에 비웠다. 이탄이 혼자 있을 때는 굳이 약을 챙겨 마시지 않는다는 걸 알기에 정우가 일부러 가져다준 것이다.

"그럼 푹 쉬어. 사고는 치지 말고."

쓰레기까지 싹 다 정리한 정우가 집을 나서기 전 이탄을 돌아보며 당부했다. 딱히 그럴 녀석이 아니라는 건 알지만 요즘의 이탄은 언제 무슨 일을 벌여도 이상하지 않을 느낌을 주었다. 그만큼 위태롭고 허공을 붕 떠다니는 것처럼 보인달까?

"쳐도 형이 모르게 칠 테니까 걱정 마."

이탄이 묘한 미소를 흘리며 대답했다. 정우의 표정이 단박에 험악해졌다.

"야 씨, 너 인마!"

"알았으니까 그만 가."

이탄은 정우의 등을 꾹꾹 밀어 그를 문 밖으로 내쫓아 버렸다.

그제야 집 안에 평화가 찾아왔다. 이탄은 소파 위에 드러누우며 정우가 있는 동안 귀에 하나도 들어오지 않았던 음악에 집중했다.

"사고라……."

기억을 타고 얼마 전 일이 슬며시 떠올랐다. 보드랍고 따스했던 여자의 살결, 그와 꼭 맞았던 뜨거운 육체, 강아지처럼 맑은 눈동자.

정말 팬들에게 맞아 죽을까 봐 겁이라도 났는지, 여자는 지극히 조용했다. 뉴스 기사 하나 나지 않았고, 클럽에서 이탄을 봤다는 SNS 글귀 하나 올라오지 않았다. 그래서 일주일이 넘게 지난 지금, 이탄은 그녀와 같이 보냈던 밤이 꿈처럼 느껴졌다.

"그렇다고 연락하는 것도 웃기지."

그러면 진짜 오해를 살 테니까. 아쉬운 마음이 앞서 전화번호까지 받아냈지만.

이탄은 쓸쓸히 웃으며 눈을 감았다. 이런 시기에 여자라니 사치다. 허한 마음에 충동적으로 사고를 치긴 했지만, 두 번째부턴 충동도 사고도 아니다. 게다가 그 여자, 이미 상처를 품고 있지 않나.

그는 떠오르는 망상을 몰아내며 억지로 잠을 청했다. 차라리 자자. 자고 나면 다시 잊어버리겠지…….

쿵쿵쿵.

빠른 비트의 음악이 차 안을 가득 채웠다. 이탄은 밤이 내린 도시의 터널을 질주했다. 새벽 2시가 넘은 시각, 평일의 도로는 한적했고 오직 그만이 요란스러웠다. 몇 시간이 지나도록 어둡고 외진 길만을 골라 달려도 시끄러운 속은 가라앉지를 않았다. 이런 날에는 알코올조차 몸에서 받질 않았다.

또 신경안정제를 먹어야 할까? 얼마나? 언제까지? 아니면 자신을 멈춰줄 누군가를 불러야 할까? 그런데 그게 누구지?

수만 명이 환호하는 무대에 서도 이렇게 울적한 밤에 위로해 줄 사람이 하나도 없었다. 이 미칠 것 같은 어둠 속을 함께 걸을 이가 아무도 없었다. 그렇다면 자신은 도대체 무얼 위해 이 신경이 조각조각 끊어지는 시간을 보내고 있는 걸까.

이탄은 얼굴을 일그러뜨리며 두 손으로 핸들을 때렸다. 고개를 흔들며 가까스로 속도를 줄여 나갔다. 사고는 순식간이다. 속력을 더 내면 안 된다는 이성은 아직까지 남아 있었다.

차를 길가에 세운 그는 심호흡을 하며 스스로를 안정시키려 애썼다. 이러다간 또 과호흡 증세가 나타날 거다. 만약을 대비해 종이봉투를 가지고 다녔지만, 그것도 누가 옆에 있거나 정신이 그나마 온전할 때나 소용 있는 거다.

'혼자 있으면 안 돼. 누구랑 같이 있어야 돼.'

'그러니까 누구랑? 부모님? 정우 형? 소하? 어떤 표정들을 할지 뻔하잖아. 그 사람들도 싫은데 누구한테 이 꼴을 들켜!'

이탄은 핸들에 엎드려 실성한 사람처럼 키득거렸다. 이럴 줄 알았으면 아까 억지로 잠을 청하지 말 것을.

그 짧은 낮잠 동안 거지같이 끔찍한 꿈을 꾸었다. 무대 아래에 모인 팬 수만 명이 이탄을 욕하고 비난하며 카이저 멤버 모두에게 쓰레기를 마구 던지는 꿈을.

식은땀을 흘리며 지옥 같은 기분 그대로 깨어난 이탄은 덜덜 떨면서 신경안정제를 찾아 삼켰다. 그래도 진정되지 않아 정신없이 집 안을 서성이다 컴퓨터를 켜고 작곡하다 만 곡을 열었다. 파일 여기저기를 성급하게 건드리던 그는 몇 분도 넘기지 못하고 악을 쓰며 키보드를 내려쳤다. 그러곤 도망치듯 집 밖으로 나왔다.

무작정 차에 올라 시동을 건 그는 달리고 또 달렸다. 굳이 고속도로를 타지는 않았지만 피하지도 않았다. 그러다 밤이 깊은 것이다.

천천히 숨을 들이쉬고 내쉬려 노력하던 이탄은 조수석에서 줄기차게 울리는 핸드폰을 노려보았다. 아까는 정우 형, 지금은 소하. 그전에는 아버지였던가? 그리고 또 누구였지?

이 우울해서 돌아버릴 것 같은 밤에 속내를 털어놓을 사람이 하나도 없다.

카이저의 이탄을 좋아하는 사람은 수백만인데, 인간 이신재를 드러낼 이가 하나도 없다.

이탄은 팔을 들어 두 눈을 가렸다. 이제 어디로 가야 할까? 더는 갈 곳이 없는데. 이대로 어느 시골구석에 처박혀 버릴까? 스케줄이고 뭐고 다 집어치우고 혼자 숨어버릴까? 제발 누가 날 좀…… 잡아줘.

그는 손을 뻗어 핸드폰을 집었다. 전화번호 목록에서 이름을 찾아내 통화 버튼을 눌렀다. 모르겠다, 이젠. 또 약을 삼키고 혼자서 덜덜 떠느니 지푸라기 한 올이라도 붙잡고 싶었다. 설사 이것이 그녀를 이용하는 꼴이 될지라도 더는…….

통화음이 울리는 동안 심장이 쿵쿵 뛰어 귀가 먹먹해졌다. 이탄은 제발 그녀가 받길, 아니, 받지 않기를 바라며 통화음이 끊기길 기다렸다.

[여보세요?]

그녀의 목소리가 들리는 순간 심장이 쿵 떨어졌다. 이탄은 몇 초간 아무 말도 하지 못했다.

[여보세요, 이탄 씨?]

"……응. 맞아."

그가 겨우 대답하자, 핸드폰 너머로 그녀의 걱정 어린 음성이 들렸다.

[왜 그래요? 무슨 일 있어요?]

"……나올래? 아주 특별한 경험을 하게 해줄게."

결국 얘기해 버렸다.

그녀는 잠시 말이 없었다. 그러나 곧 담담한 어조로 이렇게 답해주었다.

[어디로 갈까요?]

그녀의 대답을 듣는 순간 이탄은 자기도 모르게 안도의 한숨을 터트렸다. 최소한 이 밤에 그는 더 이상 혼자가 아닐 테니.

3. 지독히도 끌리지만

새벽녘에 걸려온 톱스타 아이돌의 전화. 아마 그의 팬이라면 누구나 몇백 번이고 꿈꿔온 일일 것이다. 하지만 지유는 이탄의 이름이 핸드폰 화면에 뜬 순간 심장이 철렁 내려앉았다.

무슨 일이 터진 걸까? 아무 기사도 못 봤는데. 왜 이런 시간에 뜬금없이 전화한 거지?

핸드폰이 울리는 동안 온갖 망상이 떠올랐지만, 그녀는 일단 마음을 가라앉히고 전화를 받았다. 최소한 무슨 일이 생겼는지는 알아야 할 테니.

안 좋은 예감이 맞는 걸까? 핸드폰 너머로 들리는 이탄의 목소리는 굉장히 불안정했다. 심지어 전화로는 얘기하지도 않고 이 새벽에 다짜고짜 나오라니. 지유는 몹시 불안했지만 일단 그를 만나 정황을 들어보기로 했다.

이탄은 차를 몰고 지유가 사는 곳 근처로 오겠다고 했다. 지유는 서둘러 바지와 티셔츠를 꿰어 입고 핸드폰과 지갑만 챙겨서 밖으로 나갔다. 그러곤 이탄에게 일러준 건물 앞으로 가 검은색 디스커버리 차량을 찾았다. 밤이라 도로가 뚫려 그런지, 그는 이미 와서 기다리고 있었다.

"미안해, 이 새벽에 불러내서. 자고 있었어?"

조수석에 올라타 문을 닫자마자 이탄이 사과하며 지유를 바라보았다. 그늘지고 어두운 표정. 지유는 고개를 저으며 그에게 물었다.

"자지는 않았어요. 놀라서 그렇지. 무슨 일 생겼어요?"

"왜? 내일 아침에 대문짝만 하게 스캔들 기사라도 날까 봐?"

이탄이 지유에게서 시선을 떼며 키득거렸다. 지유는 아름다운 곡선을 그리는 그의 옆얼굴을 쳐다보며 이마를 살짝 찌푸렸다.

"무슨 일이 터져서 부른 거 아니에요? 전화로 말하기가 힘들 정도면……."

"전화로 말하기 힘든 건 맞네."

이탄은 텅 빈 도로를 응시하며 쓰게 웃었다. 지유가 급하게 다시 물었다.

"무슨 일인데 그래요?"

"얘기할 만한 데로 가자. 여기다 차 세워놓고 말하긴 좀 그렇잖아."

이탄은 대답을 회피하며 운전을 시작했다. 그러곤 앞만 쳐다보며 어디론가 달려나갔다.

지유는 운전에 집중한 이탄의 옆모습을 힐끗힐끗 보았다. 말 한

마디 없이 차를 모는 그가 불편하진 않았지만 걱정스러운 마음이 가시질 않았다. 그래도 때가 되면 말해주겠지 싶어 일단 기다려 보기로 했다.

40분이 넘도록 도로를 달리던 이탄이 넓은 주택과 독채 빌라가 늘어선 넓은 골목으로 들어섰다. 그는 어느 독채 빌라의 주차장 안으로 들어가 차를 세우고 시동을 껐다.

"다 왔어. 내리자."

한참 만에 입을 연 이탄이 차 문을 열며 낮게 말했다. 지유가 불안한 표정으로 그에게 물었다.

"여기가 어딘데요?"

"조용히 이야기할 수 있는 곳. 걱정 말고 내려."

이탄이 희미하게 웃으며 지유의 머리를 장난스럽게 쓰다듬었다.

이 새벽에 불러내기까지 했으면서. 지유는 항변하는 눈빛으로 이탄을 쳐다봤지만, 그가 사정을 들려줄 때까지는 잠자코 따르기로 했다. 대책 없고 무모한 직감일지 모르지만 저번에도 지금도 그는 나쁜 사람 같지는 않으니.

주차장 안에 설치된 엘리베이터에 올라 곧바로 연결된 집 안으로 들어갈 때까지 이탄은 또 말이 없었다. 거실 등을 환하게 켜고 순순히 따라온 지유의 모습이 빛 아래 온전히 드러나고 나서야 그는 다시 말문을 열었다.

"아무 데나 편히 앉아."

그러곤 냉장고로 성큼성큼 걸어가 캔 맥주 두 개를 꺼내더니, 다리를 오므리고 소파에 앉은 지유에게로 돌아와 하나 내밀었다.

맥주를 받아 든 지유는 이탄이 옆에 앉아 캔을 따 마시는 모습을 조용히 지켜보았다.

"침착하네, 류지유 씨."

맥주를 몇 모금 들이켠 이탄이 툭 내뱉었다. 그러곤 얼굴을 옆으로 돌려 지유를 빤히 바라보았다. 자신을 뚫어져라 보는 그의 시선이 부담스러워 지유가 황급히 고개를 돌리며 대꾸했다.

"물어도 안 가르쳐 주니 말해줄 때까지 기다릴 수밖에요."

"그래. 내가 말도 안 하고 여기까지 끌고 왔지."

이탄은 삐뚜름한 미소를 지으며 다시 맥주를 마셨다.

전화를 할 때부터 그랬지만 역시나 목소리가 불안정했다. 지유는 용기를 내어 그의 얼굴을 쳐다보았다. 한숨을 크게 한 번 내쉬고는 차분한 음성으로 그에게 청했다.

"놀라지 않고 들을게요. 무슨 일인지 얘기해 줘요."

맥주를 마시던 이탄이 시선을 슬쩍 돌렸다. 그는 손에 든 캔을 빙빙 돌리며 잠시 침묵했다. 이윽고 캔을 거실 바닥에 내려놓은 이탄은 지유가 뭐라 할 틈도 없이 그녀의 무릎을 베고 드러누웠다.

"어, 저기……."

눈을 동그랗게 뜬 지유가 둘 곳 잃은 양손을 어찌할 줄 모르고 중얼거렸다. 이탄은 그녀의 손 하나를 잡아 자신의 판판한 가슴 위에 올려놓았다.

"이게 무슨……."

뺨이 새빨갛게 달아오른 지유가 다시 뭐라 말하려 할 때였다.

"불안해서 미칠 거 같아. 잠들면 악몽만 꾸고."

이탄이 눈을 감으며 고백하듯 꺼낸 말에 지유는 스르르 입을 다물었다. 그녀가 가만히 듣고만 있자, 그가 말을 이었다.

"혼자 있으면 무슨 짓을 할지 모르겠어. 그래서 불렀어. 너무 불안해서……. 다른 건 없어."

그러곤 슬며시 눈을 떠 자신을 내려다보고 있는 지유와 눈을 맞췄다.

지유는 이탄의 갈색 눈동자를 조용히 들여다보았다. 그러다 희미하게 미소 지으며 대꾸했다.

"영광이네요. 그럴 때 떠오른 게 나라니."

"당신은 이해해 줄 거 같아서. 당신도 지금 아프니까."

이탄의 입에서 예상치도 못한 말이 튀어나왔다. 지유는 미간에 주름을 드리우며 그의 눈을 뚫어져라 응시했다. 그러다 자기도 모르게 입을 열어 물었다.

"그게 티 났어요?"

"그냥 알아본 거야. 나도 지금 아프니까."

"하아……. 할 말이 없네요."

지유는 그에게서 시선을 떼고 머리를 뒤로 젖혔다.

전혀 티 나지 않을 거라고는 생각 안 했다. 부모님에게, 주변 사람들에게 아무리 괜찮은 척하고 다녀도 문득 자신이 보이는 눈빛으로, 그늘진 표정으로 드러날 거라고, 그래서 그들에게 걱정을 끼칠 거라고 생각했다. 그럼 그들은 물을 것이다. 아직 많이 힘드냐고, 아프냐고. 지유는 그 질문에 더는 대답하고 싶지 않았다.

무리하게 독립을 감행한 것도, 정말 필요한 약속이 아니면 사람 만나기를 꺼린 것도 그 때문이었다. 더 이상 걱정 어린 눈빛을 받는 것도 부담스러웠으니까. 그래서 최대한 잘 지내는 척하면서, 괜찮아진 척하면서 이 시간을 어떻게든 혼자 이겨내려 발악하고 있었다.

이 남자에게 쉽사리 들키고 말았지만.

지유는 천장을 올려다보며 조소 어린 목소리로 중얼거렸다.

"아무리 감춰도 소용없나 보네요. 그래서 그날 밤에 내가 불쌍해 보였나요?"

"당신은 내가 지금 불쌍해 보여?"

이탄의 물음이 칼날처럼 가슴에 박혔다.

지유는 고개를 숙여 다시 이탄의 눈동자를 들여다보았다. 투명한 갈색 눈동자가 금방이라도 울 것처럼 보이는 그녀의 얼굴을 선명히 비추고 있었다. 지유는 가까스로 입을 열었다.

"아뇨. 당신처럼 멋진 사람이 왜요?"

"그럼 그날 밤에 날 따라온 걸 후회해?"

"아니요."

'이 사람도 많이 아파······.'

지유는 머뭇거리며 이탄에게 잡히지 않은 손을 들었다. 손가락이 닿을 듯 말 듯 그의 얼굴을 조심스레 어루만졌다. 설사 그날 밤일을 후회한다 해도 그렇다고 대답할 수 없게 만드는 눈빛으로 그녀를 쳐다보는 그를.

"혼자 있기가 싫었어. 그런데 날 보여줄 사람이 없어. 다들 걱정만 하니까."

지유가 자신의 얼굴을 만지도록 내버려 둔 채로 이탄이 고해하듯 말했다. 그녀는 고개를 살짝 끄덕였다.

"알아요, 무슨 말인지. 그래서 누굴 만나기가 힘들죠."

"잘 아네."

이탄이 입술을 부드럽게 위로 올렸다. 맑고 투명한 검은 눈에 그의 표정이 고스란히 담겼다. 이탄은 홀린 것처럼 지유에게 물었다.

"또 안아도 돼?"

"지금은 안 돼요."

지유는 대답하면서 천천히 얼굴을 내려 그의 붉은 입술에 입 맞췄다. 그녀가 얼굴을 들자 이탄이 장난스럽게 웃었다.

"안 된다면서 왜 유혹해?"

"이탄 씨 입술이 너무 섹시해서요. 그 대신 원하는 만큼 같이 있어줄게요."

"그건 고문하겠다는 거야."

이탄이 상체를 벌떡 일으키며 투덜거렸다. 지유가 등 뒤에서 쿡 하고 웃자, 그가 고개를 슬쩍 돌리며 재차 물었다.

"침대로 가서 같이 자는 건? 그건 돼?"

"잠만 자는 건요."

"와, 단호하다. 그럼 팔베개라도 해줘."

이탄이 소파에서 일어나 지유에게 손을 내밀었다. 지유가 그의 손을 잡고 따라 일어서자, 이탄은 그녀를 끌고 거실을 벗어나 침실로 들어갔다. 킹사이즈는 되어 보이는 푹신한 침대가 방 한가운데에 놓여 있었다.

"오해할까 봐 말하는데, 이 집에 데려온 여자는 류지유 씨밖에 없어."

"네, 오해 안 할게요."

지유가 킥킥거리며 대꾸했다. 그러자 이탄이 티셔츠를 벗어 올리며 말했다.

"믿어주니 고맙네."

"설마 다 벗고 잘 건 아니죠?"

이미 티셔츠를 벗고 반라가 된 이탄에게 지유가 놀란 눈으로 물었다. 그녀가 황급히 고개를 돌리자, 이탄이 머리를 삐딱하게 기울이며 반문했다.

"그럼 다 입고 잘 거야? 그 청바지, 상당히 불편해 보이는데."

지유가 입은 건 다리에 착 달라붙는 스키니 진이었다. 틀린 말은 아니었지만 지유는 스스럼없이 옷을 벗는 그에게 적응이 안 됐다. 조금 전까지만 해도 당장이라도 부서질 것처럼 아픈 눈이었는데, 이 아무렇지도 않은 태도는 뭐란 말인가?

"바지만이라도 벗고 자. 불 다 끄고 내가 먼저 이불 속으로 들어갈 테니까."

이탄이 달래는 목소리로 타이르더니, 지유가 뭐라 대꾸할 틈도 없이 온 집 안의 불을 다 끄고 순식간에 바지까지 벗은 후 침대로 갔다. 그러고 나서도 지유가 머뭇거리자, 그는 옆자리를 손바닥으로 툭툭 두드리며 재촉했다.

"빨리 와. 약속은 지킬 테니까."

'약속……. 이번에도 약속한 건가?'

지유는 이탄을 처음 만난 날을 떠올리며 빙긋 웃었다. 저번에도 그랬으니 이번에도 그는 자기가 한 말을 지킬 것이다. 설사 아니래도…… 상관없었다.

그녀는 스키니 진을 벗고 조심스레 이탄의 옆으로 올라가 누웠다. 그러자 이탄이 지유의 팔을 들어 겨드랑이 사이로 파고들었다. 지유는 어이없다는 듯 웃으며 이탄 쪽으로 돌아누웠다. 그러곤 그를 살며시 끌어안았다.

"나 외로웠나 보다."

이탄이 지유의 가슴에 얼굴을 묻으며 중얼거렸다. 그가 체취를 맡으려는 듯 숨을 크게 들이마시자, 지유는 이탄의 머리칼을 어루만지며 낮게 말했다.

"이탄 씨 좋아하는 사람 많을 텐데."

"많겠지. 그런데 이런 날 좋아할지는 모르겠네."

"흠…… 어렵네요."

"어려워. 그래서 더 외로워지지."

지유는 뭐라 대꾸하는 대신 그를 양팔로 더 꼭 감싸 안았다.

이탄은 엄마에게 안긴 어린아이처럼 지유의 심장 소리를 들으며 눈을 감았다. 그리고 잠들기 전, 그녀에게 중얼거렸다.

"고마워, 같이 있어줘서. 이 은혜 안 잊을게."

"아니에요. 나도…… 혼자 있는 것보다는 나아요."

그가 들었는지 못 들었는지는 모르겠다. 지유 또한 그를 끌어안은 채 스르르 잠들어 버렸으니까.

이탄이 지유에게 선사한 두 번째 숙면이었다.

정신을 차려보니 커다란 침대 위에 홀로 누워 있었다.

지유는 눈을 비비며 부스스 몸을 일으켰다. 방에는 아무도 없었다.

"이탄 씨?"

드넓은 집 안에 지유의 목소리만이 공허하게 울려 퍼졌다.

지유는 천천히 침대 밖으로 나와 일어섰다. 조심스레 걸음을 내디며 방 밖으로 나가보았다. 거실과 주방, 다른 방들에도 그는 없었다. 이 넓은 집 안에 그녀 혼자뿐이었다.

"기척도 없이 나가 버렸네."

지유의 얼굴에 그늘이 드리웠다. 그래도 인사는 하고 가지. 너무 깊이 잠들어서 안 깨운 건가…….

지유는 터덜터덜 침실로 향했다. 침실에 있는 욕실에서 씻고 빨리 나가야겠다는 마음이 들었다. 주인 없는 집에 오래 머무는 건 실례니까.

'혼자 있기가 싫었어. 그런데 날 보여줄 사람이 없어.'

샤워기 아래서 물줄기를 맞으며 지유는 문득 이탄이 했던 말을 떠올렸다. 누구에게도 보일 수 없는 예민한 상처. 그 어떤 위로도 소용없는……. 그 또한 그런 상처의 시간을 보내고 있었다. 그녀처럼. 어쩌면 그녀보다 더 깊이.

지유는 고개를 저으며 물을 잠갔다.

그렇다고 뭘 어쩔 수 있을까? 그녀는 자신에게 난 상처도 치료할 줄 몰라 쩔쩔매며 피 흘리고 있는데. 특별했던 그와의 만남이 조금 도움이 되긴 했지만, 그녀 자신 또한 여전히 고통스러운데.

그리고 그가 그녀에게 계속 만나자고 할 리가 없는데.

지유는 수건으로 몸에 묻은 물기를 닦으며 이탄의 얼굴까지 닦아내려 애썼다. 젖은 듯한 그의 갈색 눈동자도, 유혹적으로 달싹이던 입술도, 말할 때마다 아름다운 곡선을 그리며 울리던 목울대도.

그토록 매력적인 남자와 만난 것만으로도 행운이다. 아시아를 넘어 빌보드 차트에까지 이름을 올린 유명 아이돌과 두 번이나 함께 밤을 보냈으니, 그것만으로도 차고 넘쳤다.

'진짜 그러니? 하여튼 거짓말은.'

내면의 류지유가 갑자기 툭 튀어나와 비웃음을 날렸다. 지유는 인상을 쓰며 반박했다.

'그럼 뭘 더 바랄까? 또 만날 수 있을지 없을지도 모르는 사람한테.'

'문자라도 보내봐. 혹시 아니? 그 남자가 계속 만나자고 할지.'

'됐어. 허튼 기대 안 해.'

'약해빠진 년.'

마음속에 도사린 류지유가 혀를 차며 욕했다. 지유는 애써 그녀를 외면하며 서둘러 옷을 입었다. 그러곤 소지품을 챙겨 빠르게 집 밖으로 나왔다.

어두울 때는 잘 몰랐는데, 환한 대낮에 보니 이곳은 텔레비전에서나 봤던 고급 저택과 값비싼 독채 빌라가 늘어선 동네였다. 길은 한적하고 깨끗했지만, 대중교통을 이용할 수 있는 곳으로 나가기까지 지유는 꼬박 30분을 걸어야 했다.

한숨을 쉬며 겨우 대로변으로 나온 그녀는 때마침 다가온 택시에 올라탔다. 이제 현실로 돌아가야 할 시간. 왠지 마법이 풀린 후 낡은 신발을 신고 터덜터덜 집으로 걸어가는 신데렐라가 된 기분이었다.

'딱히 다르진 않을지도……'

지유는 동화 속 신데렐라와 자신의 현재 상황을 비교하며 픽 웃었다. 그녀가 신데렐라처럼 모진 가정환경을 이겨내고 있는 건 아니지만, 이탄이 현실 속 왕자님인 건 맞았다. 그것도 동화 속 왕자님보다 훨씬 더 많은 여자들의 구애를 열렬히 받는, 아주 유명하고 부유한 왕자님.

만에 하나, 그 왕자님이 정말 그녀를 마음에 들어 한다면…….

'그래도 힘들어.'

그 끝이 해피엔딩일 리가 없으니.

지유가 상념에 잠겨 있는 동안 택시는 달리고 달려 그녀의 집 근처에 도착했다. 차에서 내린 지유는 자신의 동네를 한번 둘러보았다. 번화하고 활기차지만 서울치고는 집세가 싸서 혼자 사는 직장인들이 많은 지역.

지유는 으리으리한 대저택이 모인 이탄의 동네보다 이곳이 훨씬 마음 편했다. 깨끗하고 고급스럽지만 지나치게 조용하고 거북한 그 동네는 지유와 맞지 않았다. 그러니 이탄과는 더더욱 맞을 수가 없다. 다만 상처를 가진 자들끼리 알아보고 한때를 공유한 것뿐.

지유는 집으로 돌아가지 않고 괜스레 행길을 걷다 눈에 보이는 카페로 들어갔다. 커피를 주문하고 빈자리에 앉아 창밖에서 바쁘게 지나다니는 사람들을 멍하니 관찰했다.

그는…… 지금쯤 뭘 하고 있을까? 어디로 갔기에 인사도 없이 사라졌을까? 곡 작업을 하는 걸까?

생각하지 않으려 했는데 정신을 차려보니 어느새 핸드폰으로 카이저와 이탄을 검색하고 있었다.

−이탄

그룹 카이저의 리더, 보컬, 래퍼, 프로듀서

· 출생 : 1990년 8월 29일

· 신체 : 181cm, 65kg

· 소속 그룹 : 카이저, 카이저 M

· 소속사 : SJ엔터테인먼트

· 수상 : 2009년 제3회 오렌지 뮤직 어워드 올해의 앨범상

　　　　제15회 아시안 뮤직 어워드 올해의 앨범상

　　　　mbn 뮤직 어워드 올해의 신인상, 최고 인기상······.

　대충 알고는 있었지만 카이저는 정말 대단한 그룹이었다. 데뷔한 이래로 줄곧 최정상을 유지했고, 멤버 네 명이 각기 특출한 재능을 발휘하는 분야가 따로 있으며, 팬덤 또한 세계적이었다.

　그 대단한 카이저의 중심에 리더 이탄이 있었다.

　"언감생심 바라지도 말아야겠네."

　지유는 씁쓸하게 웃으며 중얼거렸다. 자신에게 각인이라도 시키려는 듯 그 말을 반복해서 곱씹고 되뇌었다. 그러니까 그를 더는······.

　지이이잉—

　갑자기 핸드폰이 진동하는 바람에 흠칫 놀란 지유는 하마터면 핸드폰을 떨어뜨릴 뻔했다. 그런데 화면에 뜬 발신자 이름이 그녀를 더욱 놀라게 했다. 이탄. 지유는 허둥지둥 전화를 받았다.

　"여보세요?"

[왜 가버렸어? 원하는 만큼 같이 있어준다며.]

장난치듯 따져 묻는 음성조차 섹시했다. 지유의 입에서 서투른 변명이 튀어나왔다.

"일어나 봤더니 아무도 없어서요. 일도 해야 하고……."

[문자라도 보낼 걸 그랬네. 깨기 전에 들어오려 했는데 일이 늦어졌어.]

'뭐야? 너무…… 다정하잖아.'

마치 여자친구에게 조곤조곤 사정을 설명하는 듯한 목소리.

지유는 심장 박동이 빨라지는 걸 느끼며 세차게 고개를 흔들었다. 아냐. 아냐. 안 돼.

[그래서 지금 어디야?]

그녀가 아무 대꾸도 없자 이탄이 물었다. 지유는 최대한 침착하게 그에게 답했다.

"집 근처 카페예요. 커피 한 잔 마시고 들어가려고요."

[류지유 씨.]

나지막한 저음으로 그가 또 이름을 불러주었다. 너무도 정중하게, 노래하듯 감미로운 목소리로.

더 이상 쿵쿵 울리는 심장 소리를 무시할 수 없었다. 원하지도 않게 뺨이 붉게 달아올랐다. 지유는 갖은 애를 쓰며 아무렇지도 않은 어조를 가장해 대답했다.

"네, 말해요."

[또 불러내도 돼? 나와줄래?]

"……별일 없으면요."

[그래. 그럼 끊을게. 쉬어.]

"네. 쉬세요."

그가 전화를 끊자마자 지유의 입에서 한숨이 터져 나왔다. 그와 어떻게 대화했는지도 모르겠다. 혹시 그가 떨리는 그녀의 목소리를 알아채진 않았을까?

지유는 주인의 의지와 상관없이 여전히 빠르게 뛰어대는 심장을 온몸으로 느끼며 핸드폰 화면을 뚫어져라 응시했다. 이탄. 최정상 아이돌 그룹 카이저의 리더. 그리고 그녀와…… 어둠 속에서 몸을 섞은 남자.

떠올리는 순간 그날 밤의 색정적인 기억이 지유를 훅 덮쳤다. 허벅지 사이에서 시작된 전율이 순식간에 피부를 타고 올라왔다. 다리 근육이 바르르 떨리고, 유두가 톡 튀어 오르는 게 느껴졌다.

'위험해, 이대론! 너무, 너무……!'

지유는 핸드폰을 움켜쥐고 의자에서 벌떡 일어났다.

그녀는 서둘러 카페를 벗어났다. 그러곤 뛰듯이 걸으며 집으로 향했다. 마음속 깊은 곳에서 또다시 류지유의 새빨간 음성이 들려왔다.

'그만 솔직해지지 그래? 그 남자랑 또 자고 싶잖아?'

'안 돼! 송재림이 준 상처로도 충분히 힘들어. 더 이상은 안 된다고!'

'그러니까 더더욱 이탄이랑 자야지. 이독치독. 잊었어?'

'그러다 진짜 좋아지면? 난 감당 못해!'

지유는 속으로 고함을 지르며 빠르게 발을 놀렸다. 저 어두운 곳에서 고개를 든 시뻘건 욕망을 어떻게든 외면하려 애쓰면서.

두 번째부턴 충동도 사고도 아니다.

그런데도 두 번째를 저지르고야 말았다. 심지어 또 그러고 싶었다.

이탄은 미간을 찌푸리며 엄지로 입술을 쓸었다. 카스텔라처럼 부드럽고 촉촉한 입술에선 은은히 오렌지 맛이 났다. 따뜻하고 말캉한 젖가슴에선 희미하게 베이비파우더 향이 풍겼다. 당장이라도 그녀의 다리 사이로 파고들고 싶은 욕망을 억지로 누르느라 일찌감치 일어나서 나갔다는 걸 그녀는 알까?

이탄은 소파에서 일어나 거실을 서성였다. 아유라가 내민 곡은 하필이면 사랑 노래였다. 달콤한 발라드를 주로 부르는 그녀이니 놀라울 건 없었지만, 문제는 그에게 부탁한 랩의 내용이었다. 사랑을 처음 시작한 순진한 여자아이에게 상처를 입히기 싫어 밀어내면서도 사실은 그녀를 많이 좋아하는 남자의 마음을 랩으로 표현해 달라니. 이 피폐하고 닳아빠진 정신으로 그런 게 쉽사리 써지겠는가?

웃기는 건, 자신이 아유라의 얘기를 들으면서 지유를 떠올렸다는 거다. 모든 상황이 아유라가 원하는 내용과는 정반대로 흘러왔는데도, 이상하게도 이탄은 지유를 생각했다. 나이에 비해 순진해 보이는 그 검은 눈망울 때문일까?

그리고 지금도 그는 지유를 생각하고 있었다.

그가 집을 비운 사이 그녀가 돌아가 버린 건 어제. 아모르 런칭 파티는 내일. 그러니까 오늘은 혼자 음악이라도 들으면서 자숙하는 게 좋다.

그런데 왜 이리 그러기가 힘들까?

왜 자꾸 그녀 생각이 날까.

넓은 거실을 몇 번이고 거닐던 이탄은 자기도 모르게 소파 위에 놓인 핸드폰을 내려다보았다. 또 전화해 볼까? 이번에도 이유를 말하지 않고 무작정 불러낼까?

"민폐도 정도껏이지."

이탄은 핸드폰에서 시선을 떼며 머리를 흔들었다.

이건 명백히 관심 있는 여자에게 하는 짓이다. 물론 젊은 남녀가 육체적으로 할 수 있는 모든 짓을 다 했으니 급격히 관심이 생길 수도 있다.

하지만 섣불리 다가가 그녀를 상처 입히고 싶진 않았다. 그녀 또한 입은 상처가 만만치 않아 보였기에.

"뭐야. 아유라가 원하는 내용이랑 비슷하잖아?"

상황은 전혀 다르나 감정은 흡사하다는 걸 그는 이제야 깨달았다. 그래서 더 생각난 건가?

이탄은 한숨을 길게 내쉬며 핸드폰을 집어 들었다. 그러곤 곧바로 소하에게 전화를 걸었다.

[어.]

소하는 언제나처럼 짧고 무뚝뚝하게 전화를 받았다. 이탄은 픽 웃으며 그에게 물었다.

"어디야? 지금 뭐 해?"

[회사 작업실. 별일 없으면 나오든가. 밥이나 먹자.]

오랜 친구답게 소하는 바로 이탄의 상태를 알아챘다. 이럴 때는 눈치가 귀신같이 빠른 그에게 이탄이 지체 없이 응답했다.

"알았어. 지금 출발한다."

[어.]

지극히 짧은 대답을 끝으로 두 사람은 통화를 끝냈다. 이탄은 차 키를 챙겨 곧바로 집을 떠났다.

류지유를 또 안고 싶다. 하지만 섣부른 행동으로 상처를 덧입히고 싶진 않다.

이 두 가지 마음으로 미친 듯이 싸울 바에야 차라리 소하를 만나 일 얘기라도 하는 게 낫겠지.

이탄은 그렇게 자신에게 브레이크를 걸었다. 그러지 않으면 몇 시간도 못 가서 그녀에게 전화하고 말 테니.

"음…… 작가님. 솔직하게 말씀드릴게요."

근 반년 만에 만난 포털사이트 나이브의 웹소설 연재 담당자 오수정이 뜸을 들이며 말을 꺼냈다. 이런 태도는 지유가 보낸 소설이 탐탁지 않다는 뜻이었다.

지유는 차분한 어조로 대답하며 그녀를 보았다.

"네. 말씀하세요."

"보내주신 소설의 전체적인 설정은 좋았어요. 세계관도 치밀하게 짜셨고, 무엇보다 판타지 소설인데도 각 국의 상황을 현실감 있게 그리셨더라고요. 주인공의 고뇌 이유도 충분히 공감이 갔고요. 문제는……."

수정이 말끝을 흐리며 머뭇거렸다. 지유가 괜찮으니 이야기하라는 눈빛으로 응시하자, 수정이 살짝 돌려 물었다.

"로맨스 소설을 쓰려고 하신 거 아니었나요?"

"그냥 판타지 소설로 보인다는 말씀이시죠?"

지유는 되물으며 잔을 들어 커피를 한 모금 마셨다. 커피가 유독 쓰게 느껴지는 건 기분 탓이겠지.

"네. 그래서 보내주신 소설은 연재가 힘들 것 같아요. 애쓰셨는데 이런 말씀드려서 죄송해요."

수정의 표정은 진심이었다.

지유는 탁자 위에 잔을 내려놓으며 고개를 저었다. 어느 정도 예상은 하고 있었다. A4로 80쪽이나 쓴 걸 버리자니 심하게 아깝긴 했지만, 자신도 담당자도 문제라 느끼는 소설을 그대로 밀고 나갈 수는 없었다.

"혹시 장르를 바꾸고 싶으신 거라면 판타지 쪽 담당자를 소개해 드릴게요."

지유의 얼굴이 어두워 보였는지, 수정이 서둘러 제안했다.

"말씀은 고맙지만, 아니에요. 의도하고 판타지 소설을 쓴 것도 아니고요. 그냥 쓰다 보니까…… 로맨스 요소가 부족해졌어요. 저야말로 죄송해요."

배신에 의한 실연으로 현실 타격을 심하게 받아서 도저히 사랑 이야기를 쓸 수 없었단 말은 하지 않았다. 수정이라면 같이 송재림을 욕해주겠지만, 그녀는 엄연히 담당자고 지유는 연재 작가였다. 아무리 수정과 친하다 해도 개인사로 감정 컨트롤이 안 돼 이도 저도 아닌 소설을 탄생시켰다는 사연을 구구절절 들려줄 순 없었다.

"그래도 이 소설, 버리지 말고 완성하시면 좋겠어요. 로맨스 연재소설로는 부적합하지만 소설 자체로는 재밌게 읽었거든요. 판타지로 연재하는 게 안 내키시면, 완성해서 책으로 내시는 건 어떨까요?"

수정이 분위기를 전환하려는 듯 활기찬 표정을 지으며 말했다. 그녀는 늘 작가에게 용기를 북돋아주려고 노력하는 담당자였다. 원래 성격이 긍정적이고 밝기도 했다.

지유는 엷게 웃으며 그녀에게 답했다.

"네, 알겠어요. 수정 씨 말대로 안 버리고 나중에 꼭 완성할게요. 당장은 로맨스 요소가 가득한 연재소설을 쓰려고 애써야겠지만."

문제는 그러기가 심각하게 어렵다는 거다. 우울의 늪에 빠진 지난 몇 달간은 시도하기도 힘들 정도로.

그래서 머리로만 플롯을 짜고 글을 써 내려갔더니 이 꼴이 났다. 진짜 프로는 자기가 아무리 암울해도 달달한 연애 소설을 쓸 수 있어야 할 텐데, 지유는 도저히 그게 되질 않았다.

'그냥 이탄 씨 같은 남자와 사랑에 빠지는 이야기를 쓰면 될 텐데.'

지유는 자기도 모르게 또 이탄을 생각하다 속으로 흠칫했다. 이게 대체 몇 번째인지. 어쨌든 그 덕분에 송재림 생각을 덜하게 됐으니 고마워해야 될까?

"음…… 작가님. 글이 술술 풀릴 때까지 현실에 있는 멋진 남자를 좋아해 보시는 건 어떨까요? 한마디로 덕질을 좀 하는 거죠. 이를테면 카이저의 이탄 같은 남자한테요."

"네에?"

뜬금없이 튀어나온 수정의 제안에 지유가 화들짝 놀라 눈을 동그랗게 떴다. 물이나 커피를 마시고 있지 않은 게 천만다행이었다. 앞에 앉은 수정에게 분무기처럼 뿜었을 테니.

수정이 덩달아 놀라서 물었다.

"왜 그렇게 놀라세요? 다른 작가님들은 좋아하는 배우나 아이돌 가수를 남주 모델로 종종 쓰시던데. 작가님은 그런 적 없으세요?"

"아, 아니. 네, 뭐, 그렇죠. 없진 않은데…… 왜 하필 이탄 씨를 예로 드세요?"

지유가 횡설수설하듯 물었다. 수정은 고개를 갸웃거리더니 환한 미소를 지으며 대답했다.

"제가 카이저 팬이거든요. 팬클럽 1기랍니다. 사실 저는 소하를 제일 좋아하는데요, 인기가 가장 많은 건 이탄이거든요. 그래서 이탄을 예로 들었어요."

"아…… 그러시구나. 카이저 팬이시구나."

왜 나쁜 짓을 하다 딱 들킨 심정일까?

지유는 앞에 놓인 찬물을 한 모금 들이켰다. 갑자기 목이 탔다. 그녀가 벌인 일을 수정이 눈치채기는커녕 상상도 못 할 텐데, 혼자서 제 발이 저려 어쩔 줄 몰라 하는 꼴이었다.

"작가님은 좋아하는 배우나 아이돌 없으세요?"

지유의 속내를 짐작도 못하는 수정이 해맑게 다시 물었다. 지유는 물컵을 내려놓으며 얼버무리듯 대답했다.

"저는 배우 송강호 님을 좋아해요."

"아…… 연기파를 좋아하시는구나. 송강호 님은 정말 훌륭한 배우죠. 그래도 작가님의 집필에 도움이 되기에는 좀……. 저는 작가님이 이탄처럼 멋지고 예쁜 아이돌 가수를 보고 상상의 나래를 마음껏 펼치시면 좋겠어요. 그래서 또 《사막의 붉은 꽃》 같은 멋진 작품을 쓰시면 좋겠어요."

'내가 지금 이탄 씨를 모델로 쓰려면 당사자한테 허락부터 받아야 될 거 같단 말이에요…….'

진실은 속으로 꿀꺽 삼켰다. 지유는 어색하게 웃으며 고개를 끄덕였다.

"네, 노력해 볼게요."

"작가님을 믿습니다. 파이팅!"

언제나 그랬듯 수정과의 만남은 유쾌하게 마무리되었다.

수정과 헤어진 후 지유는 천천히 거리를 걸으며 골똘히 생각에 잠겼다.

카이저의 이탄을 모델로 소설을 쓴다……. 솔직히 현재의 지유에게 나쁜 제안은 아니었다. 아니, 더 솔직히 말하면 꽤 솔깃한 아이디어였다. 굳이 그러려고 하지 않아도 자꾸만 그가 떠오르니까. 물론 지유가 상상력을 발휘해서 쓴 소설 속 이탄은 현실의 이탄과 많이 다르겠지만.

지유는 한숨을 푹 내쉬었다. 진짜 전화로 물어라도 봐야 하나? 이 일을 핑계 삼아 문자라도 보내볼까?

'솔직해지라니까. 그냥 연락해 보고 싶은 거잖아.'

저 깊은 곳에서 들린 목소리에 지유는 얼굴을 찌푸리며 쓰게 웃었다. 그래, 부정 안 해. 그가 또 보고 싶긴 해. 보고는 싶은데…….

지유는 피식 웃으며 고개를 저었다.

만약 모든 기억을 끌어안고서 시간을 되돌려 그날 밤, 그 아름다운 남자와 처음 만났던 순간으로 돌아간다면 지유는 지체 없이 그의 손을 잡을 것이다.

만약 송재림과 만나기 전으로 돌아간다면, 지유는 송재림과는 절대 사귀지 않아도 그 밤에 이탄과 만났던 클럽에는 갈 것이다. 하늘이 불행한 이별을 겪은 그녀를 위로하려고 이탄이란 선물을 보내준 건지, 아니면 그녀와 이탄이 무조건 만날 운명이었던 건지 궁금하니까.

집에 도착해 잠들기 전까지 지유는 이런 말도 안 되는 망상을 끊임없이 되풀이했다.

단 두 번을 만났을 뿐인 남자에게 연락하고 싶지만, 차마 용기가 나지 않아 핸드폰을 들지 못하는 자신을 그런 식으로라도 달래 보았다.

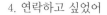

4. 연락하고 싶었어

세계적인 명품 브랜드 아모르가 청담동에 4층짜리 공식 매장을 오픈했다. 아모르는 국내외 유명 연예인들을 초청해 화려한 런칭 파티를 열었고, 그 소식을 들은 언론 매체 기자들이 몰려와 포토 존 앞에서 장사진을 이뤘다.

5년 전부터 아모르의 파리 패션쇼와 크고 작은 행사에 꾸준히 초대받은 이탄도 소하와 함께 청담 숍을 찾았다. 아모르의 짙은 와인색 셔츠 위에 스트라이프 무늬 정장을 갖춰 입은 이탄과 올 블랙 정장 차림의 소하가 포토 존에 서자, 카메라 플래시가 사방 에서 셀 수 없이 터졌다. 두 사람은 기자들을 향해 톱모델 못지않 은 포즈를 취하며 미소 짓다가 매장 안으로 들어갔다.

『웰컴, 탄! 웰컴, 소하!』

행사에 맞춰 한국을 찾은 아모르의 수석 디자이너 모니카 얀센이 두 팔을 활짝 벌려 이탄과 소하를 맞이했다. 두 남자는 차례대로 그녀와 가볍게 포옹하며 다정한 인사를 나눴다.

『오랜만이에요, 모니카. 정말 멋진 숍이네요.』

『당신의 감각적인 디자인이 돋보이는 곳이에요. 완벽해요.』

『호호호! 고마워요. 두 사람도 오늘 아주 멋지군요. 부디 마음껏 즐겨줘요.』

짧게 대화를 나눈 모니카 얀센은 또 다른 초대 손님을 맞이하기 위해 떠났다. 소하와 이탄은 예술 작품처럼 진열된 아모르의 의상과 패션 소품을 구경하며 천천히 매장을 거닐었다.

아모르 특유의 로고와 핑크색과 보라색이 섞인 환상적인 조명, 눈부시게 꾸며 입은 유명 연예인들. 이탄은 서버가 건넨 샴페인을 들고 그 모든 것이 조합된 풍경을 둘러보았다. 파리나 뉴욕에 있는 숍처럼 크지는 않지만, 이 청담 숍은 그 두 곳보다 확실히 현대적이고 화려했다. 건물의 외관이나 내부 인테리어도 그렇고, 여기모인 사람들도 그렇고.

"어머, 이탄 오빠! 소하 오빠!"

만개한 붉은 꽃이 오색의 비즈들과 함께 수놓인 남성용 클러치를 유심히 보고 있는데, 앳되고 귀여운 목소리가 그들을 불렀다. 이탄의 옆에 서 있던 소하가 먼저 고개를 들어 목소리의 주인공을 확인했다. 보름 전에 앨범을 발매하고 승승장구 중인 걸 그룹 트윙클의 멤버 효미가 상큼한 미소를 지으며 눈앞에 서 있었다.

"오랜만이네. 요즘 좋더라."

소하가 특유의 굵고 낮은 음성으로 인사를 건네자, 효미가 생긋 웃으며 답했다.

"고마워요, 오빠. 열심히 하고 있어요. 그런데 이탄 오빠는 그 클러치가 그렇게 마음에 드세요?"

자신이 한껏 치장한 모습으로 나타났는데도 클러치에만 눈길을 주는 이탄에게 효미가 애교 섞인 투정을 부렸다. 이탄은 그제야 시선을 들어 효미를 보았다.

"미안. 이게 정말 마음에 들어서. 잘 지내지?"

"인사하기 힘드네요, 진짜. 잘 지내고요, 저번에 오빠한테 문자도 보냈어요. 왜 답장 안 해줘요?"

'그거야 네 속을 아니까.'

이탄은 보일 듯 말 듯 입 끝을 올렸다. 그러곤 그녀가 기분 상하지 않도록 짧게 대답했다.

"녹음실에 있어서 몰랐나 봐."

"뭘 녹음했는데? 요즘에는 곡 좀 쓰나 보지?"

짓궂게 비틀린 음성이 세 사람 사이로 끼어들었다. 이탄과 소하는 동시에 미간을 찌푸리며 소리가 들린 쪽을 보았다. 그룹 KOK의 리더이자 효미와 소속사가 같은 남자 아이돌 유주가 건들건들 걸어오고 있었다.

"오랜만이네. 너도 초대받았어?"

눈에는 눈, 이에는 이. 이탄이 입가에 냉소를 물고 응했다.

이번에는 유주가 얼굴을 구겼다. 그는 적의를 가득 담은 눈을 숨기지 않으며 비아냥거렸다.

"현재로썬 추락하는 카이저보다 KOK를 초대하는 게 국내 브랜드 이미지에 더 도움이 되지 않겠어? 외국인들이라서 그런가. 확실히 국내 사정에는 어두워. 안 그래?"

소하가 울컥 치밀어 올라 한 걸음 앞으로 나섰다. 이탄이 그런 소하의 팔을 빠르게 붙들었다. 옆에서 눈치를 보던 효미도 얼른 유주의 팔 한쪽을 붙잡고 늘어졌다.

"아이, 오랜만에 만나서 왜 그래요? 저쪽으로 가요, 유주 오빠. 반가운 사람이 많이 보이더라고요. 이탄 오빠, 소하 오빠, 나중에 봐요."

효미는 유주를 억지로 잡아당겨 그 자리를 떠났다. 유주는 끝까지 이탄을 노려보았지만, 효미에게 못 이기는 척 두 사람에게서 멀어졌다. 이런 공개적인 장소에서 감정싸움을 더 벌여봤자 결국 자신에게도 손해라는 걸 잊지는 않은 것이다.

"너답지 않게 왜 이리 흥분해? Keep cool. 잊었어?"

효미와 유주가 다른 사람들 무리로 가서 섞이는 모습을 냉정한 시선으로 응시하며 이탄이 말했다. 소하는 고개를 옆으로 돌리며 낮게 혀를 찼다.

"저 새끼가 선을 넘었잖아. 어디다 대고 지금……."

"나한테 질투 나서 그래. 알잖아?"

이탄이 입매를 비뚜름히 올리며 장난스럽게 대꾸했다. 소하가 짜증난다는 표정으로 이탄을 향해 고개를 확 돌렸다.

"저 새끼 대신 네가 맞을래?"

"쟤가 멋대로 질투하는 걸 어쩌라고."

"언제는 KOK 애들이 우리를 좋게 봤냐? 새삼스레 웬 질투 타령…… 설마!"

"빙고."

'유주 자식이 효미한테 마음이 있다고? 언제부터?'

소하는 순간 머리가 어질했다.

안 그래도 카이저라면 무조건 이부터 갈고 보는 KOK였다. 10
일 차이로 데뷔한 두 그룹은 여러 프로그램에서 라이벌 관계로 다
뤄졌는데, KOK가 음원 판매로는 거의 매번 카이저에게 밀렸다.
그렇게 9년이 넘도록 쌓인 억하심정은 이루 말할 수 없을 지경이
었고, 특히 KOK의 리더 유주의 이탄에 대한 자격지심과 분노는
하늘을 찔렀다.

그런데 유주 자식이 하필이면 하고많은 여자 중에 효미한테 관
심이 생겼다고? 자기는 이탄 오빠를 만나기 위해 아이돌 가수가
됐다고 공공연하게 떠들고 다니는 저 트윙클의 효미한테?

"진짜 뭣 같이 꼬였구만."

소하가 욕처럼 뱉어냈다. 이탄을 슬쩍 보니, 그는 유리장 안에
진열된 손목시계를 유심히 보고 있었다. 소하는 이탄에게로 가까
이 다가가 조용히 말했다.

"너……."

"말 안 해도 알아서 해."

이탄이 말을 꺼내기도 전에 자르며 대꾸했다.

하긴, 아니다 싶을 때는 칼같이 냉정한 놈이다. 오히려 너무 차
게 굴어 적을 만든 적이 여러 번이니까.

소하는 낮게 한숨을 내쉬었다. 친구가 옆에서 무슨 걱정을 하든
지 말든지, 이탄은 여전히 손목시계에만 눈이 팔려 있었다. 그러
다 고개를 획 돌리더니 소하에게 말했다.

"저 시계 마음에 든다. 모니카한테 부탁해서 선구매할까?"

"그래, 네 마음대로 해라."

소하는 퉁명스럽게 한마디 내뱉고는 성큼성큼 저쪽으로 걸어가 버렸다.

멀어져 가는 소하의 뒷모습을 바라보며 이탄은 고개를 비뚜름히 기울였다. 그러다 한숨을 내쉬며 작게 중얼거렸다.

"어렵네, 진짜."

저 심연 깊숙이 아프고 뒤틀린 속내를 감추며 살기에는 더더욱.

그는 미간을 살짝 찌푸리며 쓴웃음을 지었다. 그러기를 몇 초, 이탄은 만면에 화사한 미소를 지으며 얼굴을 아는 사람들과 인사를 나누었다.

어느덧 자정. 밤이 깊었는데 잠은 오지 않았다. 차라리 미친 듯이 일이나 할 수 있으면 좋으련만.

지유는 의자에서 일어나 기지개를 켰다. 천천히 목을 돌리고 스트레칭을 하며 뻐근해진 근육을 풀려고 애썼다. 그러고 났더니 이 야심한 시각에 정신은 더 또렷해졌고, 새하얀 모니터에서 깜빡이는 커서는 더욱 선명히 보였다. 하루 종일 문장을 썼다 지우길 몇 번이나 반복했더라?

이대로는 도저히 안 되겠다. 그녀는 핸드폰과 지갑을 챙겨 들고 집 밖으로 나갔다. 오피스텔을 벗어나 가장 가까운 편의점으로 향했다.

밤이라 기온은 내려갔고 스산한 바람이 제법 불었지만, 지유는 개의치 않고 차가운 캔 맥주 두 개와 과자 한 봉지를 사서 편의점

앞에 놓인 의자에 앉았다. 그러곤 맥주를 따서 몇 모금을 마셨다.

이렇게 종일 한숨만 쉬며 보낸 날이 얼마나 되더라?

지유는 지나간 시간을 대충 헤아려 보았다. 연재 작가가 됐을 때만 해도 이럴 줄은 몰랐는데…….

그 무렵의 지유는 행복한 희망만을 품은 소녀처럼 기쁨에 가득 차 있었다. 국내 최대 포털사이트 나이브에서 그녀가 대학생 때부터 취미로 올린 소설을 정식 연재하자고 제의했고, 재림과는 결혼을 약속했다. 그 후로 1년간 지유가 연재하는 소설은 나날이 인기를 끌어 회사에 다니지 않아도 될 만큼의 수익을 안겨주었고, 재림과도 자주 미래를 의논하며 달콤한 상상에 빠지곤 했다.

앞으로도 계속 그럴 줄 알았다. 재림과 소설이 있는 한 행복하게 살 수 있을 거라 생각했다. 물론 살다 보면 힘들고 어려운 일이 닥치겠지만, 지유는 재림과 함께 이겨내며 잘살 거라고 믿어 의심치 않았다.

그게 얼마나 쉽게 부서질 수 있는 망상인지도 모르고.

그녀가 착각에 빠져 있는 동안 나날이 비틀려 가던 송재림의 속내도 모르고.

재림은 어리석은 그녀를 보며 얼마나 비웃었을까? 그녀가 얼마나 멍청해 보였기에 눈앞에서 다른 여자를 만나고도 그리 뻔뻔했을까?

지유는 순식간에 다 비운 맥주 캔을 거칠게 구겼다. 지난 5개월 간 끝없이 되풀이하며 스스로를 괴롭혔던 질문을 또 하고 있는 꼬락서니라니!

'그냥 이탄한테 연락하라니까?'

두 번째 맥주 캔을 따는데 불쑥 목소리가 들렸다. 지유는 저 깊은 곳에서 지긋지긋하게 살아 숨 쉬고 있는 류지유를 비웃으며 맥주를 들이켰다.

'연락해서 뭐라고 할까? 망할 송재림을 잊을 때까지만 만나달랠까? 아니면 내 소설의 주인공이 되어달라고 해? 뭐가 됐든 웃기잖아.'

'뭐가 웃긴데? 둘 중 하나라도 해결되면 되는 거 아냐?'

'그 사람이랑 딱 두 번 만났어. 너무 뻔뻔하다는 생각 안 들어?'

'새삼스럽게 뭐가? 너, 그날도 그 쓰레기를 잊으려고 그 남자랑 잔 거잖아. 그래야 글을 쓰든 앞으로 나아가든 할 테니까. 그때나 지금이나 목적은 같지 않니?'

"그래, 맞아. 그래도 못해."

지유는 허공을 향해 중얼거리며 맥주를 꿀꺽꿀꺽 마셨다. 왜 취하지도 않을까? 정신이라도 몽롱해져야 이 모든 문제를 내일로 떠넘길 수 있을 텐데.

그녀는 어두운 표정으로 의자에서 일어났다. 핸드폰으로 시간을 확인해 보니 새벽 1시. 답답한 마음을 토로하기 위해 만날 사람도, 전화할 사람도 없었다. 다섯 달이 넘도록 겪고 있어도 지유는 이런 기분을 흘려보내는 게 여전히 힘들고 지쳤다.

'어려워. 그래서 더 외로워지지.'

이탄의 목소리가 귓가에 맴돌았다.

'당신도 그날 밤에 이런 기분이었을까? 그래서 날 불러냈을까?'

만약 그가 유명 아이돌이 아니라면 연락하기가 쉬웠을까?

지유는 이내 고개를 흔들었다. 그놈의 만약, 또 만약! 그녀는 빈 캔과 과자 봉지를 쓰레기통에 던져 버린 후 터덜터덜 집으로 향했다.

'나 외로웠나 보다.'

이탄의 음성이 또다시 머릿속을 스쳤다.

이탄처럼 멋진 남자를 좋아해 보라는 수정의 제안 때문일까? 지유는 갈수록 이탄이 생각났다.

두 번밖에 안 만났으면서. 또 만날 수 있을지도 모르는데. 그렇게 자신을 다그쳐도 의지와 상관없이 그가 떠올랐다. 웃기게도 어떤 때는 송재림을 곱씹다가 이탄의 얼굴을 그리며 생각을 멈췄다.

정말 뒤죽박죽. 엉망진창. 지유는 이 상황을 좋아해야 하는 건지, 더 엉망이 됐다며 괴로워해야 하는 건지도 판단이 서지 않았다.

"물론 홀릴 만큼 멋있긴 하지만."

하긴, 그렇게 멋있고 예쁜 남자와 입 맞추고 섹스를 했는데 생각이 하나도 안 난다면 그게 더 이상하지 않을까?

지유는 또 혼잣말을 하다 버릇처럼 고개를 저었다. 차라리 자야겠다. 잠이 올 리가 없지만, 델타사운드라도 들으면서 어떻게든 자야겠다. 맥주까지 마셨으니 그나마 낫겠지.

오피스텔 입구에 다다르기 전, 지유는 습관처럼 핸드폰을 눌러 한 번 더 시간을 확인했다. 아니, 확인하려 했다. 누군가에게 걸려 온 전화를 미처 울릴 새도 없이 받았다는 걸 인지하기 전에는.

해치우듯 마셔 버린 맥주 때문에 안 그래도 빠르게 뛰던 심장이 쿵쿵쿵 급격한 템포로 울렸다. 지유는 이게 현실인가 싶어 핸드폰을 꽉 쥐고 화면을 노려보았다.

왜? 또 불러내도 되냐고 물었으니까? 그렇지만…… 왜?

찰나의 순간 머릿속에 수많은 질문이 떠올랐다. 하지만 손에 쥔 기계에서 들린 목소리에 모든 게 날아가 버리고 말았다.

[류지유 씨?]

"여, 여보세요?"

지유는 허둥지둥 핸드폰을 귀로 가져갔다. 건너편에서 옅은 웃음소리가 들렸다.

[다행히 안 잤네. 뭐 하고 있었어?]

"집 근처에서 맥주 마셨어요. 이제 들어가려고요."

[그래? 누구랑 같이 있어?]

이탄의 음성이 미세하게 날카로워졌다. 딱히 그럴 이유도 없건만, 지유는 서둘러 부정했다.

"아뇨, 혼자 마신 거예요. 지금 집 앞이고요."

[위험하잖아, 이 시간에 여자 혼자 술 마시면서 돌아다니면.]

그의 목소리가 금세 부드러워지며 다시 옅은 웃음기가 섞였다.

또 이러네. 이 남자는 왜 이리 쓸데없이 다정할까?

지유는 얼굴을 찌푸리며 웃었다. 착각하기 싫은데. 기대하기는 더 싫은데. 그런데도 전화 한 통으로 이토록 흔들리는 꼴이라니.

그녀는 마음을 감추려고 일부러 뾰족하게 물었다.

"그러는 이탄 씨는 이 시간에 뭐 해요? 왜 또 밤에 전화했어요?"

[만나고 싶어서. 나 그때 그 건물 앞에 와 있어.]

귓가에서 울리는 나지막한 저음이 그녀의 심장을 발밑으로 떨어뜨렸다. 쿵쿵쿵. 고막을 터뜨릴 것처럼 뛰어대는 심장 소리를 들으며 지유는 반사적으로 입을 벌렸다.

"왜……요? 왜 자꾸 날 만나요?"

[외로우니까. 보고 싶기도 하고.]

지독히도 달콤하고 부드러운 악마의 속삭임. 지금의 류지유가 도저히 거부할 수 없는…….

그녀는 비로소 그가 얼마나 영악한 남자인지 깨달았다. 어쩌면 그가 처음에 예상했던 것보다 훨씬 더 위험할지 모른다는 것도.

하지만 대답하기도 전에 다리가 먼저 움직였다. 몸이 이미 기억하고 있는 장소로 향했다. 찬란하고 아름답지만 치명적인 빛을 향해 날아가는 불나방처럼 지유는 뛰듯이 이탄의 차가 서 있는 건물 앞으로 갔다. 머릿속에서 새빨간 사이렌이 왱왱 울리고, 남아 있는 이성 한 조각이 비명을 지르며 뜯어말려도, 그녀는 이탄의 차로 뛰어가 창을 두드리고야 말았다.

"말이 없어서 끊어버린 줄 알았어."

조수석의 문을 열어 지유를 차 안으로 들인 이탄이 다정한 어조로 말했다. 지유는 숨을 가쁘게 내쉬며 그를 바라보았다. 그림처럼 멋진 텔레비전 속의 남자. 그녀는 아무 말도 없이 그저 촉감으로 확인하려는 듯 이탄의 얼굴을 조심스레 만져 보았다.

"이게 현실인지 아닌지 확인하는 거야?"

이탄이 킥 웃으며 얼굴을 만지는 지유의 손을 부드럽게 잡았다. 솜이불처럼 보드랍고 따스한 감촉이 손등을 덮자, 지유는 눈초리를 휘며 희미한 미소로 답했다.

"네. 현실 맞네요. 곧 사라져 버리겠지만."

"왜 그렇게 얘기해?"

물어보는 이탄의 얼굴에서 웃음기가 가셨다. 딱딱하게 굳은 그를 보며 지유는 슬프게 웃었다. 이탄이 낮게 물었다.

"무슨 일 있었어?"

"이탄 씨한테…… 연락하고 싶었어요."

그녀의 입에서 뜻밖의 말이 튀어나왔다. 이탄은 한층 누그러진 음성으로 말했다.

"하지 그랬어. 나도 참다가 한 건데."

"이탄 씨가 불편해할까 봐요. 그렇게 만들고 싶지 않았거든요."

"안 불편해."

이탄은 조금도 망설이지 않고 대답했지만, 지유는 그늘진 표정으로 쓸쓸한 미소만 지을 뿐이었다. 그녀를 보며 잠시 생각하던 이탄이 신중한 어조로 물었다.

"내가 유명 연예인이 아니면 고민 없이 연락했겠어?"

"아뇨. 그래도 고민은 했을 거예요. 지금보다는 덜했겠지만."

지유는 입술을 올릴 듯 말 듯 대꾸했다.

그가 지나치게 유명해서 더 꺼려지는 건 맞았다. 지나치게 아름다워서 더 끌리는 것처럼.

하지만 그가 유명 아이돌이 아니거나 아예 다른 남자였다 해도 만남을 이어가는 건 깊이 고민했을 거다. 상대가 이탄일 때만큼 심각하지는 않겠지만, 어쨌든 지금의 지유는 누구도 섣불리 만나지 못하고 있으니까.

누구와도 깊게 관계하고 싶지 않은, 이미 난 상처도 어쩌지 못해 또 다른 상처를 입을까 봐 전전긍긍하며 고슴도치처럼 가시를 뾰족하게 세우고 몸을 잔뜩 움츠린 시기. 이탄은 그런 때 지유에게 온 것이다. 그래서 더 강렬하게 느껴졌지만.

"그럼 아이돌 이탄이 아니라 클럽에서 만난 남자 이신재라고 생각해. 나도 그게 편하니까."

이탄이 고개를 돌리며 정면을 향해 말했다. 여전히 지유의 손을 꼭 잡은 채로.

지유는 시선을 들어 그의 옆얼굴을 보았다. 창을 통해 들어온 주황색 가로등 빛이 그를 쓸쓸한 음영으로 물들였다. 그래, 어차피 고민할 거라면……. 지유는 용기를 내어 물었다.

"그럼 이신재 씨는 나를 뭐라고 생각하는데요?"

"만나고 싶은 여자. 나를 이해해 줄 것 같은 여자. 그리고…… 나처럼 많이 아픈 여자."

마지막 말은 다시 고개를 돌려 그녀의 눈을 응시하면서 했다. 입술로는 부드러운 선을 그리고 있지만 눈으론 전혀 웃지 못하면서.

지유는 미간을 찌푸리며 입을 열었다. 그러곤 가장 깊은 곳에 있던 물음을 그에게 던졌다.

"이러다 당신도 날 상처 주면요? 그래서 내가 지금보다 더 아파지면요?"

"그러지 않을 거란 장담은 못해."

이탄은 지유의 두 눈을 똑바로 들여다보았다. 그리고 가라앉은 눈빛으로 말을 이었다.

"하지만 갑자기 연락을 끊는다거나 잠적하는, 그런 말도 안 되는 짓은 안 해. 거짓말도 안 할 거고. 내가 날 편하게 드러낼 상대를 찾듯 나도 당신한테 그런 상대가 될게. 당신도 그런 사람이 필요하잖아."

"……그거 참 솔깃하네요. 부정도 못하겠고."

지유가 희미한 미소로 인정했다. 고개를 숙여 이탄의 시선을 피한 그녀는 잠시간 고민하다 얼굴을 들었다. 그러곤 그의 눈을 직시하며 말했다.

"좋아요. 그럼 우리 서로에게 그런 사람이 되어줘요. 서로가 원할 때까지. 그리고 이왕에 그러는 거, 내 부탁 하나만 들어줄래요? 나도 이신재 씨 부탁 하나 들어줄게요."

"부탁이 뭔데?"

이탄이 짙어진 눈빛으로 그녀를 바라보며 물었다. 지유는 그의 눈을 마주 보며 침착하게 말했다.

"내 소설의 남자 주인공이 되어줘요. 난 웹소설 작가거든요."

"……생각지도 못한 전개네."

이탄이 얼빠진 표정으로 중얼거렸다. 그녀의 직업조차 이제 알았으니 당황하는 것도 당연했다.

갑작스레 전환된 분위기에 지유는 웃음이 났다. 뭐라고 대답해야 할지 모르겠다는 표정의 이탄을 보는 게 새로웠다. 그런 얼굴조차 멋지긴 했지만.

그녀는 한결 풀린 목소리로 말했다.

"물론 직업은 바꿔서 쓸 거예요. 전부 똑같이 쓰면 모델이 이탄씨라는 게 너무 티 날 테니까. 스토리도 짜면 보여줄 거고요. 안 될까요?"

"아니. 안 된다기보다, 정말 생각도 못해봐서 그래."

"인터넷에 보니까 카이저 팬픽 엄청 많던데. 그거랑 비슷하다고 생각하면 돼요."

"설마 류지유 씨……."

"나는 나이브에서 연재해요. 전체관람가의 남녀상열지사를 씁니다."

이탄이 뭘 물을지 눈치챈 지유가 진지한 얼굴로 잘라 말했다.

"흠."

이탄은 고민하듯 미간을 찌푸리며 손가락으로 핸들을 톡톡 두드렸다. 그러더니 다시 지유의 얼굴을 빤히 보면서 물었다.

"내가 허락하면 당신도 뭘 부탁하든 들어줄 거야?"

"들어줄 수 있는 건요. 내가 먼저 말 꺼냈잖아요."

지유가 차분히 답하며 고개를 끄덕였다. 그러자 이탄이 차에 시동을 걸며 말했다.

"그럼 나도 비슷한 부탁을 해야겠군. 일단 우리 집으로 가자."

"집에는 왜요?"

"더 얘기하고 싶어서. 보여주고 들려줄 것도 있고. 아직 안 졸리지?"

"네, 졸리진 않아요. 알았어요."

지유가 동의하기도 전에 이탄은 이미 차를 출발시켰다. 지유는 서둘러 안전벨트를 맸다. 그 모습을 흘끗 보며 이탄이 장난스럽게 말했다.

"허락 없이는 안 잡아먹을 테니까 걱정 마."

"내가 이탄 씨를 잡아먹을지도 몰라요."

지유가 쿡쿡거리며 받아쳤다. 이탄은 운전하다 말고 입을 벌리며 그녀를 보았다.

"와, 당신! 오늘 날 먹으려고 작정했어?"

"딱히 그런 건 아닌데 자꾸 장난치게 되네요. 그새 이탄 씨한테 옮았나 봐요."

지유가 밝은 음성으로 그를 보며 말했다. 그러자 이탄도 눈초리를 부드럽게 휘며 대꾸했다.

"그 표정 보기 좋네. 그냥 신재라고 불러. 그게 더 듣기 좋으니까."

"알았어요, 신재 씨."

지유가 옅게 웃으며 응했다. 왠지 특별해진 기분. 그에게 방문을 여는 열쇠 하나를 받은 느낌이었다. 단지 본명으로 부르라는 한마디 때문에.

'좋은 건 좋은 거야.'

지유는 고개를 숙이며 스스로에게 말했다. 많이 아프다고 해서 좋은 것마저 어두운 색깔로 물들이고 보진 말자고.

그냥 지금은 이 좋은 기분만으로 저 아름다운 남자를 바라보자고.

"이게 다 당신이 쓴 거야?"

"네. 그중 《그림자 속의 남자》랑 《사막의 붉은 꽃》을 나이브에서 연재했어요. 지금은 새 작품을 구상 중이고요."

이탄은 지유와 함께 집 안으로 들어오자마자 소파에 앉으며 그녀에게 필명이 뭐냐고 물었다. 그래서 지유는 이탄의 옆에 앉아 조곤조곤 자신에 대해 설명해 주었다. 로맨스 소설을 쓸 때 필명은 '류', 판타지 소설을 쓸 때 필명은 '청랑'이며, 지금까지 네 편의 장편 로맨스 소설을 썼다고. 그리고 판타지 소설은 주로 중단편을 쓰며 웹진《드림》이라는 곳에서 활동 중이라고.

그러자 이탄은 소설을 보여달라고 했고, 지유는 핸드폰으로 나이브의 완결 소설란에 등재된 작품과 전자책을 보여주었다.

"흠. 당신 꽤 유명하네? 그런데 왜 필명을 다 남자 이름처럼 지었어?"

지유의 소설을 죽 훑어보던 이탄이 물었다.

"음…… 류라는 필명은 그냥 성에서 딴 거고요, 판타지 소설을 쓸 때 필명은 성별을 알리고 싶지 않아서 그렇게 지었어요. 판타지 소설계에는 남자 작가가 훨씬 많거든요."

"청랑이 무슨 뜻인데?"

"푸른 늑대."

"뜻 예쁘네."

이탄이 지유를 바라보며 빙긋 웃었다. 입술을 씩 올리며 개구지게 미소 짓는 그의 얼굴에 지유는 새삼 가슴이 두근거렸다. 정말 보면 볼수록 잘생긴 남자다.

"그래서 신재 씨 부탁은 뭐예요?"

지유가 급히 고개를 돌리며 물었다. 얼굴이 화끈거려서 그의 미소를 똑바로 쳐다볼 수 없었다. 뺨이 붉게 달아오른 건 이미 들켰겠지만.

"잠깐만. 뭐라도 마시면서 얘기하자."

이탄이 소파에서 일어나 성큼성큼 냉장고로 향했다. 그러곤 냉장고 문을 열더니 지유에게 외쳐 물었다.

"뭐 마실래? 맥주랑 커피 있는데."

"커피 주세요."

"그래, 그럼."

이탄은 캔 커피 두 개를 들고 와 다시 지유 옆에 앉았다. 그가 캔 하나를 따서 건네주자 지유는 두 손으로 그것을 받았다. 그녀는 커피를 몇 모금 마시며 이탄이 먼저 화제를 꺼낼 때까지 조용히 기다렸다.

"당신이 로맨스 소설을 쓴다니까 도움을 받을 수 있을 거 같아서. 내가 랩 가사를 하나 써야 되는데, 그게 사랑 이야기거든."

"신재 씨 그런 거 잘 쓰지 않아요? 카이저 노래 중에도 사랑 이야기 많던데."

지유가 고개를 갸웃하며 물었다.

그룹 카이저가 유명해진 이유 중 하나는 대표곡과 히트곡 대부분을 이탄이 프로듀싱했기 때문이었다. 지금이야 작곡을 직접 하는 아이돌 가수가 꽤 늘었지만, 카이저가 데뷔할 때만 해도 그건 독보적인 재능이었다.

지난 앨범에는 이탄이 작곡한 곡이 하나도 없어서 비판을 받았다는 얘기야 지유도 인터넷 검색을 하다 알게 됐지만, 그렇다고 그가 작사 하나 못하게 된 건 아닐 테니.

"그게…… 내용이 좀 애매해. 순수한 여자아이의 사랑을 받아주고는 싶은데, 그 애를 상처 입힐까 봐 섣불리 다가가지 못하고 망설인다는 얘기거든. 그 여자애를 좋아하는데 말이지."

이탄이 차분한 표정으로 설명했다. 그러다 지유를 보며 은은한 미소를 머금었다.

"류지유 씨를 생각하다가 어떤 감정인지 조금은 알게 됐지만."

"왜 날 생각하니까 알게 됐어요?"

지유가 그의 짙은 갈색 눈을 바라보며 물었다. 이탄도 그녀를 지그시 마주 보며 대답했다.

"당신에 대한 내 감정하고 비슷한 구석이 있어서. 안 그래도 힘들어하는 여자, 내가 더 힘들게 만드는 건 아닌가. 그런 생각, 안 한 거 아니야."

그러곤 커피를 한 모금 마시며 잔잔한 미소를 지었다. 지유는 그런 이탄을 응시하다 피하듯 고개를 돌렸다.

'너무 깊어지면 안 돼.'

그녀는 서둘러 그에게 물었다.

"내가 뭘 도와주면 될까요?"

"샘플 곡을 듣고 내가 쓴 가사 초안을 한번 봐줘. 여자 입장에서 어떤지, 내가 얘기한 내용에 입각해서 감정 전달이 잘되는지."

"네, 그럴게요."

지유가 고개를 끄덕였다. 이탄은 그녀의 옆모습을 물끄러미 보다가 소파에서 일어나며 말했다.

"그럼 작업방으로 가자."

이탄이 지유의 눈앞으로 손을 내밀었다. 지유는 갈등하는 눈빛으로 잠시 그의 손을 쳐다보다 용기를 내어 살짝 잡았다. 그러자 이탄이 손에 힘을 주어 그녀를 번쩍 일으킴과 동시에 가슴팍으로 끌어당겼다.

"아!"

지유는 중심을 잃고 이탄에게 안겨들었다. 그녀를 양팔로 꽉 끌어안은 이탄이 고개 숙여 낮게 속삭였다.

"말했잖아, 생각 안 한 거 아니라고. 그러니까 그렇게 경계하지 마. 그럼 서로 편해질 수가 없잖아."

"경계를 너무 안 해서 문제잖아요."

지유가 한숨을 내쉬며 대꾸했다.

사람에게 이런 식으로 안기는 게 얼마 만인지……. 지유는 그를 밀어낼 마음 따위 들지 않았다. 그에게 안겨 있는 게, 생생한 그의 심장 소리를 듣는 게 조금도 불편하거나 어색하지 않았다.

그리고 그게 문제였다. 일말의 거부감도 들지 않는다는 것. 돌이켜 보면 얼굴도 모른 채 안겼던 그날 밤부터 지유에게 이탄은 그랬다.

"그런 건 문제가 안 돼."

이탄이 지유의 보드라운 목 피부에 입술을 대며 중얼거렸다. 지유가 흠칫하는 게 느껴졌지만 그는 그녀를 더 꽉 끌어안았다. 그녀의 체향을 흠뻑 들이마시며 여린 피부를 따라 입술을 미끄러뜨렸다.

"문제가 아니야."

이탄이 주문을 외듯 읊조렸다.

지유는 그의 셔츠 자락을 움켜잡았다. 뜨거운 숨결과 습기를 머금은 매끄러운 입술이 그녀를 점차 열기 속으로 몰아넣었다. 그의 거칠어지는 숨소리와 열로 달아오른 육체가 무얼 원하는지는 너무나도 명백했다.

그녀는 그의 품 안에 갇혀 신음처럼 그를 불렀다.

"신재 씨…… 흡!"

그다음 말은 그에게 입술이 막혀 할 수 없었다.

그는 맹렬히 혀를 밀어 넣으며 잡아먹을 것처럼 그녀에게 키스했다. 지유는 그의 숨결을, 축축하고 열정적인 입맞춤을, 급격히 달아오른 욕망을 받아내느라 숨이 막힐 지경이었다. 예고도 없이 하늘에서 번쩍 울린 천둥처럼, 그는 순식간에 불덩어리가 되어 자신을 받아달라고 온몸으로 말하고 있었다.

"이번엔 거절하지 마. 소용없으니까."

가까스로 입술을 떼어낸 이탄이 지유를 내려다보며 지독히도 낮은 음성으로 속삭였다.

지유는 물기 어린 눈으로 말없이 그를 올려다보았다. 그녀의 눈빛에서 대답을 읽은 이탄은 엷게 미소 지으며 다시 입술을 덮쳤다.

지유는 그의 목을 열렬히 감싸 안으며 눈을 감았다. 설사 나중에 후회한다 할지라도 지금은 이 남자에게 안기고 싶었다.

설사 어떤 대가를 치른다 해도.

"으흑!"

지유는 허리를 비틀며 엉덩이를 들썩였다. 쾌락과 고통이 뒤섞인 신음을 흘리며 얼굴을 찡그렸다.

하지만 이탄은 그녀를 놔주지 않았다. 두 손으로 그녀의 엉덩이를 단단히 붙잡은 그는 그녀가 자신을 온전히 느낄 수 있도록 아주 천천히 남성을 밀어 넣었다. 지유가 못 참겠다는 듯이 소리 지르며 침대 시트를 쥐어뜯었지만 그는 결코 그녀를 봐주지 않았다.

"훗! 신재 씨, 자극이 너무 심해요. 제발 살살…… 아훗!"

참다못한 지유가 몸서리치며 애원했다. 그러나 이탄도 그녀의 사정을 봐줄 처지가 아니었다.

"나도 터지기 직전이야."

할 때마다 안간힘을 쓰며 자제했지만 그녀는 매번 그를 날뛰게 만들었다. 남성을 뿌리까지 빨아들이며 머릿속을 까맣게 태워 버렸다.

이번에도 본능에 져 버린 이탄은 그녀의 허리를 붙들고 미친 듯이 질주하기 시작했다. 안 그래도 장대한 자신의 남성을 뒤에서 받아들이면 더 굵고 버겁게 느껴지리라는 걸 알았지만 도저히 제어할 수가 없었다.

"으훗! 아! 아! 아아아!"

뒤에서 사정없이 찔러드는 그의 거친 몸놀림에 지유는 쉴 새 없이 비명을 내질렀다. 새벽에 음악 작업을 할지 몰라 집 안 전체에 방음 장치를 해놓은 게 천만다행이었다. 이런 식으로 유용하게 쓰일 줄은 꿈에도 몰랐지만.

"당신 때문이야."

허리를 격하게 짓치며 이탄이 신음처럼 내뱉었다. 지유는 그가 주는 격렬한 자극에 정신이 혼미해 대꾸조차 하지 못했다.

"날 자꾸 미치게 하잖아. 도망칠 생각하지 마."

"그게 무슨…… 아학!"

미처 다 묻지도 못했다. 거세게 짓쳐 드는 그 때문에 정신을 차릴 수가 없었다. 팔이 후들후들 떨려 몸이 앞으로 무너져 내렸다. 지유는 얼굴을 베개에 묻고 폭풍처럼 밀어닥치는 그를 받아내려 애썼다. 그가 몰고 온 쾌락의 회오리 속에서 전신의 감각 세포가 바들바들 떨며 환희에 찬 비명을 내질렀다.

"흡! 읍! 읍! 으흡!"

"헉!"

마침내 이탄이 커다란 신음과 함께 절정에 다다랐다. 그는 탐스럽게 솟아오른 지유의 엉덩이를 꽉 붙든 채 움찔움찔 떨며 파정했다.

숨을 길게 내쉬며 흠뻑 젖은 그녀의 동굴에서 빠져나온 그는 콘돔을 벗고 지유와 자신의 몸에 묻은 타액을 휴지로 부드럽게 닦아냈다. 그러곤 그녀의 등을 끌어안으며 옆으로 털썩 드러누웠다.

"우리, 몇 번이나 한 거지?"

이탄이 문득 궁금하다는 듯이 킥킥거렸다. 지유는 기운이 다 빠진 목소리로 말을 흘렸다.

"몰라요……."

"다섯 번인가? 여섯 번? 많이 힘들어?"

지유는 이탄을 향해 눈을 흘기며 자신을 뒤에서 껴안은 그의 팔을 가볍게 때렸다.

"그걸 이제야 물어요? 무슨 체력이 그렇게 좋아요?"

"당신 때문이라니까. 여자 만난 지 오래되기도 했고."

"피, 거짓말."

"진짜야. 왜 자꾸 내 말을 안 믿어?"

이탄이 말하면서 지유를 더 깊이 끌어안았다. 지유는 피식 웃으며 저항 없이 그에게 안겨들었다. 그러곤 농담조로 그에게 대꾸했다.

"신재 씨 인기 많잖아요. 여자들이 가만히 안 뒀을 텐데, 뭘."

"그렇다고 내가 여자를 자주 만나고 다닐 처지는 아니잖아. 사람도 가리는 편이고."

"하긴……."

지유는 말끝을 흐리며 눈을 감았다. 새벽에 만난 데다 너무 격하게 그와 사랑을 나눴더니 잠이 와락 몰려왔다. 이 남자는 희한하게도 만날 때마다 그녀를 졸리게 만들었다.

"4년쯤 됐을 거야, 사귀던 여자랑 헤어진 지. 소하랑 매니저 형 빼고는 아무도 모르게 만났거든. 그런데 스캔들이 터진 거야. 어차피 알려진 거, 난 인정할 생각이었어. 그런데 그 여자가 아니라고 잡아떼더라고. 나한테 상의 한마디 없이……. 자?"

나지막한 음성으로 과거를 이야기하던 이탄이 지유의 머리에 대고 물었다. 지유는 대답이 없었다. 색색거리는 숨소리만 규칙적으로 들려올 뿐.

"그래. 푹 자."

이탄은 엷은 미소를 지으며 그녀의 목덜미에 얼굴을 묻었다. 뽀얀 피부에서 살내음이 은은히 풍겼다. 마음을 편하게 만드는 따뜻한 체온과 고른 숨소리. 이런 느낌이 얼마 만인지…….

이탄은 천천히 눈을 감았다. 함께 밤을 새워 버린 이 여자와 하루 종일이라도 자고 싶었다. 그러다 잠에서 깨면 같이 맛있는 음식을 먹어야겠다. 그리고…….

의식하지도 못한 사이, 그는 수마의 세계로 빠져들었다. 정말 오랜만에 꿈도 꾸지 않는 깊디깊은 잠 속으로, 지유를 품에 꼭 안은 채.

5. 서로가 서로에게

"안녕하세요, 우리는 카이저입니다!"

특유의 손동작과 함께 카이저 멤버 모두가 카메라를 향해 동시에 인사했다. W앱에 접속한 팬들의 채팅 내용을 실시간으로 확인하며 영상을 촬영하기 위해 일본에 가 있던 칸지까지 돌아온 참이었다. 카이저가 4개월 만에 공식적으로 모습을 드러낸 자리인지라 접속자 수가 가히 폭발적이었다.

"정말 오랜만에 팬 여러분께 인사를 드리네요. 저희가 보고 싶으셨나요?"

칸지가 카메라를 향해 애교를 떨며 묻자 채팅창에 '네!' 라는 대답이 폭주하듯 올라왔다. 이탄과 소하, 우림, 칸지는 약속이라도 한 듯 환한 미소를 지으며 카메라를 향해 두 손을 흔들었다. 칸지는 방송에서 쌓은 MC로서의 재능을 마음껏 뽐내며 너스레를 이어갔다.

"저희도 여러분이 정말 보고 싶었습니다. 어떻게 하면 더 나아진 모습으로 여러분을 뵐 수 있을까, 지금도 계속 고민하고 있답니다. W앱에서 이런 좋은 자리를 마련해 줘서 이렇게라도 인사를 드리니 가뭄에 단비를 맞은 것처럼 기쁘네요. 자, 그럼 요즘 어떻게 지내는지 멤버들과 이야기를 나눠볼까요? 먼저 이탄 형, 말씀해 주세요."

"네. 안녕하세요, 이탄입니다."

칸지의 왼쪽 옆에 앉아 있던 이탄이 정면의 카메라를 응시하며 말했다. 고작 인사 한마디를 했을 뿐인데도 채팅창 속에선 아주 난리가 났다.

—이탄 오빠아아!

—오빠, 왜 요즘 인스타에 사진 안 올려요?

—이탄 오빠, 선글라스 좀 벗어주시면 안 돼요?

—오빠 얼굴 좀 제대로 보여줘요. 숨 막힌단 말이에요!

—맞아요, 벗어요! 벗으란 말이에용!

"하하, 알겠습니다. 오랜만이니까 벗을게요."

팬들의 반응을 찬찬히 살피던 이탄이 입술 끝을 씩 올리며 쓰고 있던 선글라스를 벗었다. 안 그래도 강렬한 눈매를 더 도드라져 보이도록 메이크업한 눈이 서서히 드러나자, 온갖 숨넘어가는 소리와 신음이 채팅창에 글자로 쳐져 미친 듯이 올라왔다.

이윽고 선글라스를 완전히 벗은 이탄은 카메라를 향해 눈초리를 내리며 여우처럼 웃었다. 그 순간, 채팅창 접속자 수가 폭발하 듯 증가해 일시적으로 화면이 멈췄다.

"하하하! 여러분, 이탄 형이 정말 보고 싶으셨군요? 채팅창이 그만 멈춰 버렸네요. 곧 복구될 겁니다. 자, 그럼 이탄 형, 계속 말씀해 주시죠."

칸지가 전문 MC처럼 추임새를 넣었다. 이탄은 카메라를 곧게 응시하며 은은한 미소와 함께 입을 열었다.

"아까 칸지 씨가 말씀하신 것처럼 저도 어떻게 하면 여러분께 더 나아진 모습을 보여 드릴까 계속 고민하고 있어요. 제가 저번 앨범에서 팬 여러분께 실망을 끼쳐 드려서……."

이탄의 표정에 살짝 그늘이 드리우자, 겨우 복구된 채팅창에서 또 난리가 났다. 팬들은 저마다 말도 안 된다, 우린 언제나 오빠 편이다, 사람이 어떻게 매번 잘하느냐며 이탄을 달래기에 바빴고, 그 때문에 채팅창의 전송 속도가 현저히 느려졌다.

이탄은 그런 팬들의 반응을 보며 다시 밝은 미소를 지어 보였다.

"감사합니다. 그런데 이렇게 마음 쓰신다는 걸 알기 때문에 저는 더 고민이 돼요. 어떻게든 나아지려는 노력도 하고 있고요. 여행도 가고, 쉬기도 하고, 이런저런 분의 도움도 받고……. 다행히 지금은 제 스스로 방법을 찾아서 곡 작업을 조금씩 하고 있어요."

"와! 그거 참 반가운 소식이네요. 그렇죠, 여러분? 아, 그러고 보니 소하 형도 요즘 곡을 쓰신다고 들었어요."

"하하, 네. 아직 습작 수준이지만요."

칸지가 대화의 중심을 의뭉스럽게 자신에게로 돌리자, 소하는 쑥스럽다는 표정으로 웃으며 고개를 끄덕였다.

이건 사전에 약속된 질문이 아니었다. 칸지 이 자식이 저번에 대표님과의 술자리에서 자기들을 따돌렸네 어쩌네 쫑알거리더니 아직도 삐친 게 남았는지, 빼도 박도 못하게 생중계 카메라 앞에서 갑자기 터트린 것이다.

소하는 속으로 칸지를 향해 주먹을 쥐며 이야기를 계속했다.

"아직 뭔가를 보여 드릴 단계는 아니고요, 저도 더 좋은 모습으로 팬 여러분 앞에 서기 위해 이런저런 시도를 하다 보니 곡을 쓰게 됐습니다. 이탄 씨의 도움도 많이 받고 있고요. 이거 부끄러워서 얘기 안 하려고 했는데 칸지 씨가 말해 버렸네요."

"아이, 그게 왜 부끄러운 일이에요? 다 같이 기뻐할 일이죠. 안 그래요, 우림 형?"

"그럼요. 요즘 저희가 공식적인 활동을 안 해서 여러분이 속상해하신다는 건 알지만 이렇게 다 같이 노력하고 있으니까요, 조금만 더 믿고 기다려주시면 감사하겠습니다. 그리고 기쁜 소식 하나, 제가 조만간 뮤지컬 〈체사레〉로 여러분을 찾아갈 예정입니다."

"참, 그렇죠! 여러분, 혹시 알고 계셨나요? 우림 형이 곧 뮤지컬 〈체사레〉로 무대에 섭니다! 우림 형, 맡은 배역과 뮤지컬에 대해 자세히 설명해 주시겠어요?"

"네. 제가 맡은 역할은 주인공 체사레 보르자이고요……."

제대로 작정을 했는지, 우림은 노련하게 칸지의 말을 받아 유창한 화술로 뮤지컬을 홍보했다. 그 또한 피 나는 연습을 통해 얻은 장족의 발전이었다.

칸지는 오늘따라 이야기를 술술 풀어내는 우림을 보고 그를 띄워주기로 마음먹었는지, 촬영하는 내내 화제를 우림에게로 제일 많이 돌렸다.

멤버들이 번갈아가며 다양한 주제로 얘기하다 보니 한 시간이 훌쩍 지났다. 카이저는 아쉬워서 우는 얼굴을 셀 수 없이 채팅창에 올리는 팬들을 향해 마지막 인사를 하고 자리에서 일어났다. 그러곤 함께 촬영을 마친 W앱 스탭 전원에게 허리 숙여 인사했다.

"수고하셨습니다!"

"수고하셨습니다. 감사합니다!"

"고생하셨습니다!"

촬영장에 모인 스탭들은 웃으며 네 사람과 인사를 주고받았다. 카이저는 연예계에서 예의 바르기로 소문난 아이돌 그룹 중 하나였다. 조금만 이름이 알려져도 싸가지 없이 뻗대는 연예인이 태반인 터라, 최정상에 선 다음에도 태도가 한결같은 카이저는 방송 관계자와 스탭 사이에서 평판이 상당히 좋았다. 그것은 앨범에 대한 평가가 좋든 안 좋든 카이저에게 방송 프로그램 섭외가 끊이지 않는 이유 중 하나로 작용했다.

현장에 모인 스탭들 모두와 인사를 마친 칸지는 하품을 쩍 하며 두 팔을 높이 들어 기지개를 켰다. 이탄이 그의 뒤로 다가가 격려하듯 등을 툭툭 쳤다.

"수고했다, 막내. 바로 일본 가?"

"오늘은 집에서 푹 자고 내일 넘어가려고. 형도 수고했어. 형이 얼굴 보여주니까 팬들이 좋아 죽던걸?"

이탄은 픽 웃으며 다시 칸지의 등을 툭 쳤다. 그때, 옆에서 메인 PD와 대화를 마친 우림이 칸지를 소리쳐 불렀다.

"야, 막내!"

칸지가 왜 부르냐는 표정으로 쳐다보자, 우림은 칸지 앞으로 뚜벅뚜벅 걸어왔다. 그러곤 온몸의 용기를 모아 겨우 입을 열었다.

"오늘…… 고마웠다."

그러자 칸지가 소스라치게 놀라며 반사적으로 비명을 내질렀다.

"으악! 왜 이래, 이 형! 뭐 잘못 먹었어? 징그러! 하지 마! 하지 마! 차라리 지랄을 해!"

이 많은 스탭들 앞에서 대놓고 무안을 주는 칸지 때문에 우림의 얼굴이 금세 붉으락푸르락해졌다. 우림은 즉시 칸지의 목에 팔을 걸어 그를 응징했다.

"이건 사람이 진심으로 말을 해도……."

"아, 아파! 안 놔? 고맙다며!"

칸지가 양팔을 바동거리며 외쳤다. 그들의 옆과 뒤에서 현장을 정리하던 스탭들은 키득거리며 그 모습을 재미지게 구경했다.

두 사람을 옆에서 지켜보고 있던 소하가 한숨을 푹 내쉬며 고개를 절레절레 흔들었다.

"저것들 사이는 10년이 지나도 종잡을 수가 없어."

"저 정도면 좋은 거지."

이탄이 입꼬리를 올리며 피식 웃었다. 소하가 그를 보며 물었다.

"다음 스케줄 있어?"

"회사 녹음실 가려고. 작업할 게 있어."

"뭐야? 곡 썼어?"

소하의 눈이 커다래졌다. 이탄이 신곡을 쓴다면 카이저에게 그보다 더 기쁜 희소식은 없을 테니.

하지만 이탄은 미간을 찌푸리며 웃었다.

"아니야. 브릿지로 넣을 랩 가사 하나 썼어. 궁금하면 같이 가든가."

"애들한테 인사하고 가자."

소하가 턱을 살짝 들어 아직까지도 투닥거리고 있는 칸지와 우림을 가리켰다. 이탄은 고개를 끄덕이곤 소하와 함께 두 사람에게로 다가갔다. 칸지는 아까 말했듯 쉬다가 내일 일본으로 떠날 예정이고, 우림은 곧장 뮤지컬 연습을 하러 간다고 했다. 네 사람은 각자 일정을 위해 촬영 현장에서 인사를 나누고 흩어졌다.

소하의 전담 매니저 동수가 운전하는 밴을 타고 회사로 들어가는 길에, 이탄은 옆에 앉은 소하에게 던지듯 말했다.

"나보다 우림이를 더 신경 써."

"뜬금없이 무슨 소리야?"

소하가 의아하다는 눈빛으로 이탄을 쳐다봤다. 선글라스를 쓰고 있어 도무지 읽을 수 없는 표정으로 이탄이 대답했다.

"말 그대로 나보다 우림이를 더 신경 쓰라고. 네 사촌 동생이잖아."

"충분히 그러고 있어. 그리고 걔 멘탈이 너보다 강한 거 몰라?"

소하는 어이없다는 투로 반문하며 머리를 뒤로 기댔다. 지금 누가 누구를 걱정해?

"알아. 그래도 그렇게 해."

"좀 이상한데? 너 무슨 일 있어?"

"아니. 예전부터 생각했던 거야. 내가 신경 써봐야 윤우림은 맹렬히 거부할 테니까 네가 그러라고."

이탄이 머리를 뒤로 기대며 말했다. 그러곤 고개를 옆으로 돌리며 자려고 자세를 취하는 바람에 소하는 더 이상 아무 말도 하지 못했다.

다만 의문이 가득한 눈으로 이탄을 바라볼 뿐.

소하와 함께 SJ엔터테인먼트 지하에 위치한 녹음실로 들어온 이탄은 말없이 작업에 열중했다. 들고 온 멜로디에 맞춰 랩하며 마음에 들 때까지 녹음을 다시 했다.

소하는 녹음실 소파에 앉아 아무 말 없이 이탄이 하는 양을 지켜보았다. 작업을 그럭저럭 마무리하고 나서야 이탄은 말을 꺼냈다.

"이거 아유라 곡이야."

"아유라? 아유라 곡에 피처링하는 거야?"

"응. 해달래."

"좋네."

소하는 성격답게 짧고 굵게 소감을 전했다. 아유라의 곡에 피처링으로 참여한다는 사실도, 이탄이 쓴 랩 가사도 꽤 좋았다. 희한한 게 하나 있다면…….

"근데 가사가 엄청 달달하네? 너 랩은 이렇게 안 쓰잖아."

"아유라가 원하는 내용이야. 맞춰 쓰느라 무진장 애썼다."

"흠. 그런 것치곤 엄청 잘 뽑았는데? 이래서 우림이를 더 신경 쓰라고 한 거야? 너는 이런 걸 쓸 만큼 나아졌으니까?"

소하가 한결 밝아진 표정으로 물었다.

이탄에게 또 다른 부담이 될까 봐 겉으로 표현은 대수롭지 않게 했지만, 소하는 늘 그의 상태를 주시하고 있었다. 중학교 때부터 단짝 친구로 지낸 녀석이, 타고난 뮤지션이라고 믿어 의심치 않았던 그가 어느 날부터 머릿속이 하얘졌다며 위장약과 신경안정제를 달고 사는데 어떻게 신경을 안 쓸까?

단지 도와줄 수 있는 뾰족한 방법이 없어 묵묵히 곁만 지켰을 뿐.

"나아지려고 발광하는 중이지. 이런저런 시도도 해보고. 옆에서 다 보고 있잖아."

이탄이 양팔을 위로 쭉 뻗어 기지개를 켜며 말했다. 소하는 이리저리 걸으며 스트레칭을 하는 이탄을 눈으로 좇다가 쓴웃음을 지으며 말했다.

"미안하다. 별로 도움이 못 돼서."

"무슨 소리야? 네가 없으면 내가 어떻게 버텼겠어?"

이탄이 정색하며 어이없다는 투로 받아쳤다. 소하는 그런 이탄의 얼굴을 보며 피식 웃었다.

"그렇게 생각한다면 다행이고."

"항상 그렇게 생각해. 카이저는 우리 둘이서 시작했잖아. 물론 동생들이 잘해줬고, 많은 사람들이 도와줘서 여기까지 온 거지만."

이탄이 소하의 옆에 털썩 앉으며 말했다. 소하는 보일 듯 말 듯 입술을 올리며 고개를 끄덕였다.

"그렇지. 도움도 많이 받고 사랑도 많이 받았지. 곧 10년이네."

"그러게. 세월 참 빨라. 너랑 듀오를 하자고, 우린 무조건 듀스의 신화를 깨버리자고 설치던 때가 엊그제 같은데."

"그러니까. 여기까지 온 것만 해도 감사하다."

"제대로 감사하려면 때맞춰서 10주년 앨범을 발매하든가, 콘서트를 열든가 해야겠지. 젠장. 생각만 해도 벌써 속 쓰리다."

이탄이 아련한 회상을 깨며 다시 현실로 돌아왔다. 일 생각을 하니 또 신경이 곤두섰는지 그는 눈을 찡그리며 손으로 명치를 짚었다.

소하는 혀를 쯧쯧 차며 고개를 저었다. 천성이 그런 건지, 아이돌 생활이 그를 그렇게 만든 건지, 이탄은 일과 관련되면 조건반사처럼 신경을 과하게 썼다. 그러다 탈이 난 것이다.

"작작 해라. 요만큼 나아진 거 또 이만큼 과부하 걸리지 말고."

"잔소리 그만하고 나가서 밥이나 먹자. 먹으면 좀 나아지겠지."

이탄이 여자친구에게 매번 듣는 잔소리를 또 들은 남자 같은 얼굴로 일어나며 말했다. 소하는 매번 똑같은 얘길 해도 지지리 말 안 듣는 이탄을 두드려 팰 수가 없어 짜증이 솟구친다는 표정으로 일어섰다.

겉으로는 완전히 정반대로 보이지만, 사실 말수가 적고 상남자로 보이는 소하는 엄마 같은 구석이 있었고, 섬세하고 날카로우며 모델처럼 보이는 이탄은 투박한 면이 있었다. 그래서 둘 사이에선 종종 남들이 외모를 보며 상상했던 것과는 상반된 대화가 오가곤 했다.

"그러니까 밥 좀 제때 챙겨 먹고 다녀. 위장약 먹다 죽고 싶냐?"

"너, 솔직히 말해봐. 채린이한테 잔소리하다 차였지?"

"언제 적 채린이 타령이야? 이 자식은 꼭 이렇게 매를 벌어!"

급기야 소하는 양손으로 이탄의 목을 잡아 조르기 시작했고, 이탄은 과장되게 캑캑거리며 장난을 쳐댔다.

서로를 믿고 의지하는 오랜 친구 사이에서나 할 수 있는 장난과 다툼 섞인 대거리를 툭툭 던지며 이탄과 소하는 SJ엔터테인먼트의 건물을 빠져나갔다. 그 또한 15년이 되어가도록 우정을 쌓은 그들이 서로에게 마음을 전하는 방식 중 하나였다.

'우리의 합작'이라는 이름으로 이탄에게서 음악 파일이 전송돼왔다.

지유는 얼른 파일을 다운받아 핸드폰의 볼륨을 높이고 그것을 열었다. 마치 실제로 좋아하는 여자에게 진심을 고백하는 것처럼 감미로운 이탄의 목소리가 달달한 멜로디와 함께 방 안에 부드럽게 깔렸다.

"진심을 말하지 못해 애처로운 밤, 널 돌려보내며 굳게 눈을 감은 나."

지유는 침대 위에 무릎을 끌어안고 앉아 머리를 기댔다. 그러곤 이탄의 음성을 반복해서 들으며 그와 함께 보낸 밤을 생각했다.

그날의 정사는 격렬했다.

이탄은, 아니, 이신재는 진심으로 사랑하는 연인을 품듯 열정적으로 지유를 안아주었다. 조심스러운 손길로 다정하게 그녀를 쓰다듬으며 그녀의 몸 구석구석에 셀 수 없이 입을 맞췄다. 그리고 달아오를 대로 달아오른 남성을 앞세워 몇 번이고 그녀의 안으로 들어왔다.

마음을 전할 수 없어 안타깝다는 내용의 노래를 듣고 있는데도 지유의 두 뺨은 발갛게 물들었다. 그를 생각할 때마다 열락의 순간이 떠오르는 건 이제 어쩔 수 없는 일이 되어버렸다. 지유는 고개를 저으며 얼굴을 무릎 사이에 푹 묻었다. 보는 사람도 없는데 괜스레 부끄러웠다.

또로롱—

귀로는 이탄이 보내준 파일을 반복 재생해 들으면서 머리로는 계속 그를 생각하고 있는데 갑자기 문자메시지가 왔다. 지유는 서둘러 메시지를 확인했다. 누구한테 온 건지도 모르면서 잔망스러운 심장이 벌써부터 콩닥거렸다.

「보낸 거 들어봤어? 왜 아무 반응이 없어?」

메시지를 읽은 지유의 입매가 저절로 올라갔다. 지유는 서둘러 답장을 보냈다.

「너무 좋아서 계속 듣고 있었어요.」

「진심이야? 빈말 아니고?」

이탄에게서 바로 반응이 왔다. 지유는 장난스럽게 웃으며 그에게 답했다.

「백 퍼센트 진심이에요. 왜 사람 말을 못 믿어요?」

「하하. 알았어. 당신 덕분에 랩이 잘 나왔어.」

「도움이 됐다니 기쁘네요. 나도 얼른 써서 보여줄게요.」

「그래, 기대할게. 내일모레 당신 집에 놀러 가도 돼?」

"네?"

그 순간 지유는 문자메시지로 대화한다는 사실을 잊고 소리쳐 반문했다. 느닷없이 치고 들어온 그의 물음이 몹시 당황스러웠다. 짧은 시간, 그녀는 온갖 의문을 머릿속에 떠올렸다. 그러다 조심스럽게 그에게 답변을 보냈다.

「괜찮을까요? 누가 알아보면 어떡해요.」

「다 가리고 밤늦게 갈게. 옷도 수수하게 입고.」

"당신은 그래도 눈에 띄어요. 차는 또 어떻고……."

지유는 이탄이 눈앞에 있는 것처럼 작게 한숨을 쉬며 중얼거렸다. 그러자 이탄이 그녀의 생각을 읽기라도 한 것처럼 메시지를 보냈다.

「내 차 말고 쉐어링카 렌트해서 갈 거야. 걱정 마.」

어지간히도 오고 싶나 보다.

지유는 머뭇거리다 결국 그에게 허락의 답문을 보냈다. 어쩐지 거절하면 그가 진심으로 서운해할 거 같다는 느낌이 들었다. 그리고 그녀도 두 번이나 그의 비밀스러운 집에 갔으니까.

「알았어요. 신재 씨 집에 비하면 많이 초라하니까 놀라지 마세요. 청소는 해놓을게요.」

「청소 안 해도 돼. 그럼 내일모레 봐:)」

문자메시지에서 그의 웃음소리가 들리는 듯했다. 지유는 그와 주고받은 내용을 다시 읽다 길게 한숨을 내쉬었다.

"후우……."

그의 페이스에 말려들었다는 생각도 들었다. 음악 얘기로 시작해서 난데없이 집에 놀러 오겠다니.

이건 잘하는 짓이 아니다. 그를 보고 싶어도 못 보는 상황이 현실로 닥치면 기억을 품은 이 공간은 고통으로 변해 버릴 테니까. 이미 비슷한 상황을 진저리 나게 겪은 그녀로선 은근슬쩍 불안한 마음이 드는 게 당연했다.

"됐어. 그만하자."

벌써 약속해 놓고 뒤늦게 고민한들 무슨 소용이 있을까. 그에게 안 되겠으니 오지 말라고 번복할 용기도 없으면서.

지유는 스스로를 다그치며 침대에서 일어났다. 부정적인 생각을 떨쳐 내려 애쓰며 두 손을 깍지 껴서 높이 들었다. 상체 스트레칭을 몇 번 한 그녀는 곧장 컴퓨터 앞으로 가서 앉았다. 이탄이 음악 파일을 보내줬으니 그녀도 그가 왔을 때 스토리를 조금 보여주고 싶었다. 거기다 대청소까지 하려면 시간이 상당히 빠듯했다.

"이건 고마워해야겠네."

어쨌든 일에 몰두하게 만들어주었으니 말이다.

컴퓨터를 켜고 한글 파일을 연 지유는 곧바로 작업에 열중했다. 그러곤 집중하려고 억지로 애쓰는 게 아닌, 이야기에 빠져들어 신들린 것처럼 키보드를 두드리는 몰입감을 근 반년 만에 처음으로 맛보았다.

새벽 1시, 어둠을 틈타 이탄이 찾아왔다.

말했던 대로 렌트카를 끌고 와 오피스텔 지하 주차장에 세운 그는, 헐렁한 검은색 티셔츠와 청바지에 청재킷을 걸치고 지유의 눈앞에 나타났다. 검은색 모자와 마스크로 얼굴을 완벽히 가리고.

문제는 그렇게 입어도 패션모델처럼 보인다는 거지만.

인터폰 화면에 얼굴을 온통 검은색 천으로 뒤덮은 남자가 나타나자마자 지유는 현관문을 열고 그를 안으로 끌어당겼다. 문을 닫기 전에 복도와 엘리베이터 앞을 살피며 아무도 없는지 확인하는 것도 잊지 않았다.

"집 예쁜데? 나 못 오게 하려고 엄살 피웠구나?"

이탄이 모자와 마스크를 벗으며 말했다. 열 평 남짓한 주방과 거실은 화이트 톤의 가구와 귀여운 소품으로 아기자기하게 꾸며져 있었다. 실내 인테리어에 관심 많은 사람이 애써서 꾸민 흔적이 엿보인다고 해야 하나?

현관문을 꼭꼭 걸어 잠근 후에야 이탄을 따라 거실로 들어온 지유가 한숨을 내쉬며 대답했다.

"신재 씨 온다고 해서 오랜만에 대청소했어요. 그전에는 사방팔방에 머리카락 굴러다니고 난리도 아니었다고요."

청소하다 진을 다 빼기라도 했는지, 지유는 못 본 사이에 얼굴이 약간 수척해져 있었다.

이탄은 지유에게 다가가 손으로 턱을 살짝 들어 올렸다. 그러곤 그녀의 눈을 내려다보며 빙긋 미소 지었다.

"하지 말랬잖아. 뭐 그리 대단한 손님이 온다고."

"엄청 대단한 손님이죠. 그리고 우리 집에 처음 오는데 어떻게 더러운 꼴을 보여요?"

지유가 미간을 살짝 찡그리며 말했다. 이탄은 고개 숙여 그녀의 입술에 가볍게 입 맞췄다.

"나 보고 싶었어?"

겨우 입술을 달싹일 수 있을 만큼만 고개를 든 이탄이 물었다. 지유는 엷게 웃으며 대답했다.

"계속 생각했어요. 우리 집에 왔을 때 뭐라도 보여줘야 되는데, 이러면서."

"당신 소설? 그래서 많이 썼어?"

이탄이 진심으로 궁금하다는 투로 물었다. 지유는 고개를 도리도리 저었다.

"간단한 시놉시스랑 인물 설정만 잡았어요. 그거라도 볼래요?"

"보여줘. 당신이 나를 어떻게 쓸 건지는 알아야지."

"그전에 마실 거 먼저 줄게요. 커피랑 맥주, 녹차 있어요."

"당연히 맥주지."

이탄은 대답하며 지유를 놓고는 눈에 딱 띄는 청록색 패브릭 소파로 가서 앉았다. 지유는 냉장고에서 캔 맥주를 꺼내 이탄에게 건넨 후 소파 맞은편에 놓인 프린터로 다가갔다. 그러곤 미리 출력해 놓은 프린트물을 순서대로 정리해 그에게 주었다.

"그럼 읽어볼까?"

이탄은 캔 맥주를 거실 바닥에 내려놓고 지유가 쓴 글에 집중했다. 그사이 지유는 주방으로 가서 커피포트에 물을 끓였다.

누군가 자신의 글을 읽고 평가하길 기다리는 순간은 언제나 긴장됐다. 게다가 소설의 주인공으로 쓴 모델이 눈앞에서 그녀의 글을 읽는 건 난생처음이었다. 그 옆에 앉아 초조하게 기다리느니 차라리 커피라도 끓여 마시기로 한 것이다.

"재밌는데?"

지유가 커피를 타고 난 후에도 이탄의 곁으로 가지 못하고 주방에서 서성이는데, 그가 짤막하게 한마디 던졌다. 이탄을 흘끗거리며 커피를 홀짝이던 지유가 조심스럽게 물었다.

"그래요? 괜찮아요?"

"설정이 재밌네. 뱀파이어 슈퍼모델과 어리바리한 사진작가 지망생이라니. 스케일도 크고. 그런데……."

이탄이 말끝을 흐리며 주방에 서 있는 지유를 쳐다보았다. 지유는 쭈뼛거리며 그에게 가까이 갔다.

"왜요? 뭐가 이상해요?"

"응. 당신이 이상해. 왜 그렇게 불안하게 서성대?"

지유가 바로 앞까지 다가오자, 이탄이 그녀의 손을 잡으며 얼굴을 올려다보았다. 지유는 고개를 살짝 돌려 그의 눈길을 피하며 중얼거렸다.

"긴장해서 그래요. 신재 씨한테 안 좋은 소리 들으면 엄청 상처받을 거 같거든요."

"에이, 나도 앨범 낼 때마다 비슷한 처지가 되는데 사납게 굴겠어? 옆에 앉아."

이탄은 지유를 부드럽게 끌어당겨 옆에 앉혔다. 지유가 앉고 나자 그는 그녀의 얼굴을 보며 물었다.

"그런데 왜 나를 모델 겸 뱀파이어로 만들었어? 무슨 이유라도 있어?"

"처음 만난 날 신재 씨가 그렇게 보였거든요. 모델처럼 스타일이 좋고 멋진데, 현실 같지가 않게."

지유가 희미하게 입술을 올리며 대답했다. 이탄이 눈초리를 내리며 장난스럽게 말했다.

"그날 밤에 내가 좀 그랬지?"

"사실 지금도 그래요. 만날 때마다 현실 같지가 않아요."

지유는 피식 웃으며 말했지만 이탄의 얼굴에선 미소가 사그라졌다. 그는 무표정한 얼굴로 지유를 바라보았다. 그러다 그녀의 왼손을 잡아 천천히 자신의 오른쪽 뺨에 가져다 댔다.

"이렇게 보면서 만지고 있어도?"

손바닥에 닿은 그의 뺨은 따뜻했다. 손등을 덮은 그의 섬세하고 아름다운 손도.

지유는 엷은 미소를 지으며 그의 두 눈을 들여다보았다. 투명하고 짙은 갈색 눈동자 속에 스민 그의 숨겨진 상처.

"아주 기분 좋은 꿈을 꾸는 거 같아요. 이렇게 멋진 남자는 원래 꿈속에서나 만날 수 있잖아요."

부드러운 어조로 농을 섞어 말했지만 이탄은 굳게 다문 입술로 그녀를 바라볼 뿐이었다. 지유는 조심스레 오른손을 들었다. 그러곤 그의 얼굴을 손가락으로 살며시 더듬어갔다. 이탄이 아무 말 없이 가만히 보고만 있자, 그녀는 용기를 내어 그의 입술에 살짝 입 맞췄다.

"유령 취급해서 화내려고 했는데."

이탄이 미간에 주름을 드리우며 쓴웃음을 지었다. 지유는 오른팔로 그의 목을 두르며 그를 살짝 안았다. 이탄이 잡고 있던 왼손을 놓아주자, 그녀는 양팔로 그를 끌어안았다.

"유령 취급한 거 아니에요. 단지 내 현실에 있기엔 너무 과분한 사람이라 그런 생각이 드는 거죠."

"뭐가 과분해? 내 상태가 더 엉망진창일 텐데. 그러니까 잠도 못 자고 자꾸 당신을 찾아오잖아."

이탄은 두 팔로 지유를 세게 끌어안으며 그녀의 어깨에 얼굴을 묻었다. 딱히 그럴 생각이 없었는데 또 제멋대로 속내가 튀어나왔다. 폭주하기 직전, 지푸라기라도 붙드는 심정으로 그녀에게 연락했던 그날 밤처럼 안으로 꾹꾹 눌러 삼켰던 본심을 토해내고 말았다.

"나도 잘 못 자요. 희한하게 신재 씨만 만나면 잘 자지만."

지유가 나지막한 음성으로 속삭였다.

이 여자에겐 남다른 재주가 있다. 대단찮은 말로 그의 마음을 어루만지는 재주. 처음에는 상처를 가진 자들이 갖는 공감대 때문에 그런 줄 알았는데 이제 보니 그게 다가 아니었다.

이탄은 입매를 위로 올리며 그녀의 어깨에 눈을 비볐다. 그러면서도 심술 난 말투로 투덜거렸다.

"화나게 했다가, 달랬다가. 남자를 다룰 줄 아네, 류지유 씨. 알고 보면 선수 아냐?"

"……정말 선수였다면 내 눈앞에서 바람피울 때까지 모르지는 않았을 거예요."

"어떤 새낀지 돌았네."

이탄의 입에서 즉시 거친 반응이 튀어나왔다.

그가 욕에 가까운 말을 뱉은 건 처음이라 조금 당황했지만, 지유는 한편으론 기분이 좋았다. 그가 일말의 망설임도 없이 그녀의 편을 들어주었기에.

이탄은 고개를 들어 지유를 바라보았다. 그녀가 온화한 표정으로 엷게 미소 짓자, 그는 서둘러 입을 열었다.

"미안해. 그냥 투정 부려본 거야. 기분 상하게 할 생각은 없었어."

"알아요. 편들어줘서 고마워요."

"그럼 더 안아줘."

이탄은 지유의 대답을 듣지도 않고서 다시 그녀를 와락 끌어안았다. 그러는 그가 갑자기 불안해 보여 지유는 마주 안아주면서도 의아했다.

이 사람은 무엇 때문에 이리도 불안정한 것일까.

지유는 그 이유가 이제 진심으로 궁금했다.

하지만 이탄이 그녀의 과거에 대해 함부로 묻지 않는 것처럼 그녀 또한 그에게 먼저 묻지 말아야 했다. 서로 편한 사이라는 건 어쭙잖은 호기심으로 상대에 대해 캐묻지 말아야 한다는 걸 전제로 하기에.

"신재 씨, 배고프지 않아요?"

그를 꼭 안고 있던 지유가 느닷없이 말했다. 이탄이 그녀를 끌어안은 팔을 살짝 풀며 물었다.

"왜? 당신 배고파?"

"네. 저녁에 주스 한 잔밖에 안 먹었거든요. 간장 떡볶이라도 만들어 먹어야겠어요."

"간장 떡볶이? 이 시간에?"

이탄이 진심이냐는 투로 물으며 그녀를 놓았다. 지유가 배시시 웃으며 말했다.

"오랜만에 먹고 싶어서요. 나 그거 잘 만들거든요. 배가 안 고프면 맛이라도 봐요."

"알았어. 먹을게. 실은 나도 배고프거든."

이탄이 그제야 편안하게 풀린 표정으로 말했다.

지유는 방긋 웃고서 소파에서 일어났다. 경쾌한 발걸음으로 주방으로 간 그녀는 냉장고를 열어 고기와 야채, 떡을 꺼내더니 곧 고소하고 달콤한 냄새를 풍기며 본격적으로 요리를 시작했다.

작게 콧노래를 흥얼거리며 간장 떡볶이를 만드는 지유의 옆모습을 보면서 이탄은 생각했다. 어떤 미친 새끼가 저 여자를 상처 입혔을까. 저렇게 따스하고 매력적인 여자를. 저 여자라면 분명 상대에게 헌신적으로 애정을 줬을 텐데.

하긴, 그 새끼 덕에 그녀가 그날 밤 통째로 그에게 날아들었으니 오히려 고마워해야 할까?

이탄은 비틀린 미소를 지었다. 어떤 새낀지 후회나 실컷 하라지. 다음에 어떤 여자를 만나든 결국에는 저 여자가 그리워질 테니까. 류지유 본인은 자신이 어떤 힘을 가졌는지 아직 잘 모르는 것 같지만.

"뭐, 나는 알게 됐으니까."

효과가 상당히 좋은 그만의 새로운 치료약.

이탄은 씩 웃으며 소파에서 일어났다. 그러곤 밝은 목소리로 물으며 지유에게 다가갔다.

"내가 도와줄 건 없어?"

"거의 다 되어가요. 맛있게만 먹어주세요."

"냄새부터 맛있는데 뭘."

이탄이 지유를 등 뒤에서 살며시 끌어안으며 대꾸했다. 지유는 눈초리를 아래로 휘며 요리를 맛나게 마무리했다.

식탁에 마주 앉은 두 사람은 가벼운 대화를 나누며 사이좋게 떡볶이를 나눠 먹었다. 영화 얘기, 음악 얘기, 책 얘기, 그리고 주변 사람들 얘기. 말하다 보니 서로 취향이 의외로 잘 맞고 가족 분위기가 비슷하다는 걸 알게 되었다. 흥이 난 두 사람은 두 시간이 넘도록 수다를 떨었다.

그렇게 먹고 마시며 오랜만에 만난 친한 친구들처럼 놀다 보니 어느덧 아침 해가 밝아왔다. 이탄은 오전 6시가 되기 전에 지유의 집을 나섰다. 현관문을 열기 전, 그는 지유의 뺨을 손등으로 쓸어내리며 미안해하는 표정으로 말했다.

"나 때문에 또 밤새웠네. 많이 피곤하지?"

"아뇨. 그렇진 않은데……."

지유가 시선을 아래로 내리며 말끝을 흐렸다. 이탄은 부드러운 말투로 그녀를 재촉했다.

"뭔데? 말해봐."

"아쉬워서요. 더 편하게 볼 수 있으면 좋을 텐데."

"미안. 그래도 기분은 좋네."

이탄은 빙긋 미소 지으며 지유를 끌어안았다. 순순히 안기는 그녀의 귓가에 대고 그는 달콤한 음성으로 속삭였다.

"연락해. 나도 연락할 테니까. 소설 열심히 쓰고."

"네, 그럴게요. 조심히 가요."

"응. 또 봐."

대답을 끝으로 이탄은 지유의 이마에 살며시 키스했다. 그러곤 문을 열어 그녀의 시야에서 사라졌다.

"후……."

지유는 이탄이 나간 뒤에도 현관을 떠나지 못하고 문을 바라보며 서 있었다. 방금 전까지 그가 존재했던 자리를 응시하며 멍하니 생각에 잠겼다.

그는 육체관계만을 원하지는 않는다. 그녀를 여자로 보지 않는 것도 아니다. 더없이 다정하고 달콤한 그는…… 굳이 입 밖으로 소리 내어 부탁하지 않아도 만날 때마다 그녀의 상처를 어루만져 준다.

그는 왜 이리 그녀에게 잘해주는 것일까.

"너무 깊이 빠지게 만들지는 마요……."

지유는 중얼거리면서 자조 섞인 웃음을 지었다.

이미 그에게 많은 걸 허락해 놓고, 그의 상처 또한 달래주고 싶으면서 이런 이율배반적인 감정이 들다니. 사실은 그녀 자신이 더 그를 이용하고 있으면서.

'그를 가지고 싶어졌으면서.'

저 깊은 내면의 웅덩이에서 새빨간 혀가 섬뜩하게 고개를 디밀었다.

지유는 세차게 고개를 저으며 두 팔로 스스로를 껴안았다. 머릿속으로 몇 번이고 단호히 부정하며 서둘러 현관을 떠났다.

하지만 늘 그랬듯 욕망으로 가득 찬 마음속의 류지유는 그녀를 편히 놔두지 않았다.

'솔직해지지 그래? 너, 그 남자가 가지고 싶잖아.'

'시끄러워!'

지유는 고개를 흔들며 거실을 가로질렀다. 밤을 새운 피로로 몰려들었던 잠이 확 달아나 버렸다. 이대로 침대에 누우면 뒤척거리며 못 잘 게 뻔했다. 차라리 글을 쓰다 지쳐 쓰러질 때쯤 눈을 감는 게 나을 거다.

그녀는 얼른 컴퓨터 본체를 켜고 의자에 앉았다. 조금만 빈틈을 보이면 여지없이 공격해 올 검은 웅덩이 속 류지유를 막기 위해 이미 써놓은 글을 읽고 또 읽었다. 그러다 점차 살을 덧붙여, 이탄을 모델로 쓴 소설의 시놉시스를 보다 스펙터클하고 완성도 높은 이야기로 만들어 나가기 시작했다.

6. 쉬운 일은 하나도 없다

"정말 감사합니다, 선배님. 선배님 덕분에 곡이 확 살았어요."

아유라가 진심 어린 목소리로 말을 꺼냈다. 이탄은 엷은 미소를 지으며 고개를 살짝 저었다.

"오히려 내가 고마워해야지. 다른 사람도 많은데 나한테 제의해 줘서 고마워."

아유라가 소속된 로운 엔터테인먼트의 작업실에서 곡 녹음을 마친 두 사람은 잠시 휴게실에 앉아 대화를 나누는 중이었다.

처음 만났을 때부터 그랬지만, 아유라는 알수록 더 싹싹하고 예의 바른 후배였다. 그래서 이탄도 함께 작업을 하고 난 후에 그녀를 더 호의적으로 대하게 되었다.

"무슨 말씀을요! 저는 무조건 이탄 선배님만 생각했는걸요? 거절하셨으면 집으로 찾아갔을지도 몰라요."

"하하! 그렇게까지 날 고집한 이유가 뭐야?"

"음…… 제가 방송에서 밝혔듯이 카이저 팬이라 카이저 곡은 다 들어봤거든요. 그래서 이탄 선배님이 곡의 성격에 따라 랩을 부드럽게도 하셨다, 거칠게도 하셨다, 자유자재로 바꿀 수 있으시다는 걸 알아요. 제가 부탁드린 가사 내용의 성격상, 선배님이 아니면 이만큼 잘 표현해 줄 래퍼가 없을 거라고 생각했어요."

아유라의 표정에선 거짓이 묻어나지 않았다. 대선배에게 하는 말치고는 지나치게 솔직해서 탈이었지만.

"듣기 나쁘진 않네. 그런데 방송용은 아니다."

이탄이 입술 끝을 올리며 말했다. 아유라는 고개를 살짝 숙이며 수줍게 웃었다.

"제가 너무 솔직했죠? 죄송해요. 방송에선 잘 포장해서 말할게요."

"나한테 죄송할 게 뭐가 있어. 날 너무 높이 평가해서 탈인데."

이탄이 탁자 위에 놓인 커피를 한 모금 마시며 후후 웃었다. 그 모습을 보고 있던 아유라가 조심스러운 어조로 다시 이야기를 꺼냈다.

"그런데요, 선배님. 한 가지만 더 부탁드려도 될까요?"

"말해봐."

이탄이 커피 잔을 내려놓으며 단번에 대답했다. 아유라는 조금 안심한 표정으로 본론을 꺼냈다.

"제가 이번 컴백 때 첫 무대랑 마지막 무대를 sbc 뮤직레인에서 가질 예정이거든요. 선배님 스케줄만 괜찮으시면 그 두 무대에 함께 섰으면 해서요. 그럼 정말 영광일 거예요."

"첫 무대와 마지막 무대라……."

이탄은 시선을 내리며 잠시 생각에 잠겼다.

현재의 그에게는 꽤 괜찮은 제안이었다. 팬들은 그를 마땅히 볼 기회가 없어서 안달난 상태고, 카이저가 언제 새 앨범을 들고 컴백할지는 아직 미지수니까. 아마 매니저 정우라면 무조건 하겠다고 답한 후 이탄에게 달려와 설득했을 것이다.

생각을 마친 이탄이 가볍게 고개를 끄덕였다.

"좋아. 그러자."

"우아! 감사합니다, 선배님!"

두근거리는 마음으로 이탄의 얼굴을 살피던 아유라가 박수를 치며 함박웃음을 지었다. 그 모습이 꼭 간식을 눈앞에 둔 강아지 같아서 이탄은 피식 웃고 말았다.

"너무 좋아하는데?"

"당연하죠! 어떻게 안 좋아하겠어요? 제가 이탄 선배님과 함께 무대에 서는 최초의 여자 가수가 됐는데!"

"그런가?"

이탄은 고개를 살짝 기울이며 기억을 더듬어보았다. 그러고 보니 여자 가수와 듀엣 무대를 가져본 적은 없었다. 다른 여자 가수에게 부탁받아 피처링은 몇 번 해봤지만, 무대에 같이 서는 건 아유라가 처음이었다.

"생각해 보니 그러네. 그런 걸 다 기억하고, 너 정말 카이저 팬이구나?"

"그렇다니까요? 아, 좋아라! 이로써 저도 성공한 덕후가 됐네요. 얼른 매니저 오빠한테 알려야지. 선배님, 진짜 감사합니다!"

아유라가 의자에서 벌떡 일어나더니 깊이 허리 숙여 인사했다. 이탄은 후후 웃으며 자리에서 일어나 그녀의 어깨를 톡톡 두드려 주었다.

"스케줄 확정되면 연락해. 같이 연습해야지."

"네, 선배님! 제일 먼저 연락드릴게요."

아유라가 생기발랄하게 대답했다. 강아지처럼 해맑게 폴짝거리는 아유라가 귀여워서 이탄은 끝까지 웃으며 그녀와 작별 인사를 했다.

건물의 지하 주차장으로 내려온 이탄은 작게 콧노래를 흥얼거리며 승용차에 올랐다. 그가 프로듀싱한 곡도 아니고, 카이저 활동도 아니지만, 근 1년 만에 가담한 일이 잘되어서 기분이 괜찮았다. 아유라의 곡이 워낙에 좋은 데다 랩도 꽤 잘 나와서, 음원이 풀리고 나면 시장 반응이 상당할 것이다. 그건 프로의 감각으로 알 수 있었다.

"그 여자 덕일지도."

이탄은 주차장을 벗어나며 부드러운 미소를 머금었다. 지유를 만난 후부터 엉망진창으로 꼬여 있던 내면의 실 뭉치가 조금씩 풀려가고 있었다. 미처 깨닫지 못한 순간부터 분명 그렇게 되어가고 있었다. 이래서 더 본능적으로 그녀를 찾는지도 모르겠다.

생각하니 또 지유가 보고 싶었다. 소설 쓰는 데 방해가 될지도 모르지만, 이탄은 그래도 지유에게 전화해 보기로 했다. 그가 간간이 먼저 연락을 해야 그녀도 편히 연락할 수 있을 테니.

막 지유에게 전화를 걸려는 찰나, 매니저 정우에게서 전화가 왔다. 하여튼 시어머니, 타이밍이 기가 막힌다. 이탄은 고개를 설레

설레저으며 전화를 받았다.

"어, 형."

[녹음은 잘했어?]

"끝내고 나왔어. 지금 운전 중이야."

이탄이 용건만 간단히 하라는 뜻으로 말했다. 오늘은 더 이상 스케줄이 없다는 걸 알 텐데 굳이 연락한 이유가 있을 테니까.

[별일 없으면 대표님이 보자셔. 회사로 들어올 수 있어?]

"무조건 오란 소리잖아. 알았어. 바로 갈게."

[그래. 기다린다.]

이탄은 한숨을 내쉬며 전화를 끊었다.

하기야, 왕 대표에게서 뭐라 말이 나올 때가 되긴 됐다. 저번 앨범 때도 왕 대표는 인내심을 최대한 발휘해 참고 또 참다가 카이 저의 신곡을 다른 작곡가들에게 나눠 맡긴 거였다. 결과는 이탄의 우려대로 참패였지만.

이탄은 차선을 변경해 SJ엔터테인먼트 쪽으로 방향을 틀었다. 그러곤 왕 대표가 어떤 카드를 꺼낼지 몇 가지로 추려보았다. 문제는 그중 무엇도 다른 멤버들에게 미안한 마음이 든다는 거였다. 그가 카이저를 위해 그럴 듯한 곡을 써내지 않는 한 뭐가 됐든 마찬가지였다.

"또 늦게야 연락하겠네."

이탄은 얼굴을 찌푸리며 차의 속도를 높였다. 역시 세상에 쉬운 일은 단 하나도 없다.

"아유라랑 녹음은 잘했고?"

"네, 곡이 괜찮게 나왔습니다. 아유라가 활동 첫 무대랑 마지막 무대에 같이 서달라고 해서 그러겠다고 했고요. 둘 다 뮤직레인에서 한답니다."

"오, 잘됐네!"

이탄과 소파에 마주 앉아 향이 은은한 녹차를 즐기던 왕 대표가 들고 있던 찻잔을 탁자에 내려놓으며 환한 표정을 지었다.

고작 20대 초반의 나이에 독보적인 싱어 송 라이터로 자리매김한 아유라와 카이저의 이탄이 한 무대에 선다. 이건 한마디만 흘려도 당장에 기사화되어 인터넷 실시간 검색어 순위 1위를 차지할 톱뉴스였다. 메마른 카이저의 팬들에게는 단비가 되어줄 희소식이었고.

왕 대표는 입가에 진한 미소를 띠며 이탄에게 물었다.

"같이 작업해 보니 어땠어, 아유라. 괜찮아?"

"예의 바르고 음감이 뛰어납니다. 분위기 있는 음색이야 충분히 아실 테고요. 그 애는 앞으로 더 괜찮은 가수가 될 겁니다."

"흠. 네 입에서 나오기 힘든 극찬이네. 우리 쪽하고는 어떨 거 같아? 오면 잘 맞을 거 같아?"

이탄이 침착하게 대답하자 왕 대표가 은근한 목소리로 물었다. 이탄은 몇 초간 고민하더니 신중한 태도로 입을 열었다.

"SJ에 소속된 프로듀서 중에 아유라랑 잘 맞을 사람이 몇 있죠. 하지만 본인 의사가 가장 중요할 것 같습니다. 아무래도 로운은 아유라를 발굴해서 지금까지 키워낸 회사고, 아유라는 말씀드렸

듯이 예의가 바른 친구니까요."

"음, 그래. 그럼 더 신중히 접근해야겠네."

왕 대표는 진중한 얼굴로 다시 찻잔을 들어 입으로 가져갔다.

왕 대표가 예전부터 아유라에게 관심이 깊었다는 건 이탄도 알았다. 그러니 SJ엔터테인먼트의 대표로서 대주주 중 한 명인 이탄에게 이런 질문을 하는 건 당연했다. 이것이 본론은 아닐 테지만.

이탄은 맞은편에 앉은 왕 대표가 말을 꺼내길 조용히 기다렸다.

"탄아."

"네, 형."

왕 대표가 새삼스레 이름을 부르자, 이탄은 시선을 들어 그의 눈을 곧게 응시했다.

여우 같은 녀석. 왕 대표는 형용할 수 없는 감정으로 이탄을 마주 보며 씁쓸한 미소를 지었다. 회사 내에서 유일하게 왕 대표를 '형'이라고 부르는 이탄을 대할 때마다 그의 마음이 얼마나 약해지는지 이탄은 잘 알고 있었다. 그러니 지금도 이리 선수를 쳐 자연스레 형이라 부르는 것이겠지.

하지만 그렇다고 이야기를 안 할 수는 없었다. SJ엔터테인먼트의 왕수재 대표란 사람은 이탄에 대한 애정도 크지만 그룹 카이저에 대한 애정 또한 컸기에.

"소하가 저번에 만든 곡 말이야, 네가 리프로듀싱한 거. 완성본 들어봤다."

"어떠셨어요?"

"아주 괜찮아. 카이저보단 카이저 M에 더 맞겠더라."

왕 대표가 찻잔을 내려놓으며 드디어 카드를 꺼냈다.

이탄은 낮게 한숨을 내쉴 뿐 아무런 대꾸도 하지 않았다. 이 또한 예상 못한 바는 아니었다. 아니, 왕 대표가 꺼낼 카드 중 가장 가능성이 높은 게 이것이었다. 근시일 내에 다시 카이저로서 활동하기에는 만들어놓은 곡이 하나도 없을뿐더러, 우림과 칸지는 현재 개인 활동으로 바쁘니까.

게다가 소하가 작곡하고 이탄이 편곡한 곡으로 둘이서 유닛 활동을 하면 카이저가 여전히 건재하다는 걸 드러내기에도 더없이 좋다.

이탄이 가만히 있자, 왕 대표는 이야기를 계속했다.

"그 곡을 메인타이틀로 잡고, 너희 둘이서 강렬한 랩을 선보이는 힙합 곡 하나, 애절한 발라드 곡 하나를 넣어서 미니 앨범을 만들자. 발라드 곡은 내부 작곡가한테 맡기고, 힙합 곡만 둘이서 만들어봐. 발표는 아유라가 활동 마치고 나서 열흘 정도 기간을 두고 하고. 어때?"

말로는 이탄에게 의사를 물었지만, 왕 대표는 꼭 그랬으면 한다는 강한 의지를 담아 그를 응시했다.

이탄은 말없이 시선을 내려 자신의 두 손을 바라보았다. 왕 대표는 카이저라는 그룹을 어떻게든 유지시키기 위해 애쓰는 거다. 안다. 잘 아는데…….

"하라고 말씀하시면 하겠습니다. 그런데 솔직히 내키지가 않아요."

마침내 입을 연 이탄이 온갖 감정이 뒤섞인 눈으로 말했다.

그에게 무조건 곡을 만들어내라고 강요하는 사람은 아무도 없었다. 심지어 왕 대표와 팬들조차 그걸 원하지는 않았다.

하지만 그 자신은, 껍데기만 남은 채 방황하는 이탄이란 가수는 어떻게 되찾아야 할까.

그는 아직 답을 찾지 못했다. 그걸 찾기 위해 1년이 넘도록 방황하고 발광하다 이제야 뒤틀리고 엉킨 실 뭉치의 끝자락 하나를 발견했을 뿐이다. 그것도 여러 사람의 도움으로. 그나마 그 여자를 만난 후에.

그래도 프로니까 대표가 시키면 할 수는 있었다. 멀쩡한 척, 멋있는 척 다시 프로페셔널 아이돌의 가면을 쓰고. 작곡은 또 다른 사람에게 맡기고.

"하아…… 그럼 이렇게 하자."

혼란한 표정의 이탄을 물끄러미 바라보던 왕 대표가 한숨을 길게 내쉬며 제안했다.

"소하랑 둘이 의논해서, 너희가 힙합 곡이든 발라드 곡이든 한 달 안에 한 곡을 써내면 긍정적으로 생각하는 거야. 단, 최선을 다해서 달려들어야 된다."

왕 대표도 아무리 카이저가 중하다지만 이탄을 병들게 만들면서까지 강요하고 싶지는 않았다. 그건 지난번으로 충분했고, 또 그랬다가는 이탄을 아예 수렁 속으로 밀어 넣을지도 모른다. 그럼 카이저는 진짜 끝이다.

"알겠습니다, 형. 그럴게요."

이탄이 이번에는 순순히 고개를 끄덕였다. 왕 대표로서는 양보할 만큼 양보한 것이기에.

"그래. 오늘은 이만하자. 나중에 소하랑 같이 밥이나 먹자."

왕 대표가 먼저 소파에서 일어나며 말했다. 이탄은 따라 일어서며 그에게 인사했다.

"네, 형. 그럼 들어가 보겠습니다."

"그래."

이탄은 왕 대표에게 꾸벅 고개 숙이고는 대표 이사실을 나섰다.

문 밖으로 나가기 직전, 책상 앞에 서서 떠나는 이탄의 뒷모습을 보던 왕 대표가 낮은 음성으로 그를 불러 세웠다.

"탄아."

"네, 형."

이탄이 고개를 돌리며 대답했다. 그러자 왕 대표가 진짜 아끼는 동생을 바라보는 눈빛으로 그에게 말했다.

"누가 뭐래도 카이저의 중심은 너야. 알지?"

"네. 잘 알아요."

이탄이 입매를 희미하게 올리며 답했다. 왕 대표는 인자한 미소를 지으며 고개를 끄덕였다.

"그래. 조만간 또 보자."

이탄은 다시 한 번 고개 숙여 인사한 후 대표 이사실을 벗어났다.

카이저의 중심, 카이저의 리더, 프로듀서. 그 말을 들을 때마다 자신이 얼만한 무게의 책임감을 짊어지는지 왕 대표는 알까?

아니, 잘 아니까 굳이 그 말을 던진 걸 거다. 왕 대표는 누구보다도 '이탄'을 잘 아는 사람이니까.

"후우……."

갑자기 목이 조이고 숨이 막혔다. 고산지대에 온 것처럼 가슴이 답답하고 미세한 이명이 들리기 시작했다.

이탄은 엘리베이터 앞에 서서 급하게 버튼을 눌러댔다. 1층, 2층, 3층……. 올라오는 속도가 너무 느려서 도저히 견딜 수가 없었다.

그는 뛰듯이 걸어 비상계단으로 향했다. 그러곤 뭔가에 쫓기는 도망자처럼 성급히 계단을 내려갔다. 정신없이 계단을 내디디는데 재킷 주머니에서 핸드폰이 윙윙 울려댔다. 이탄은 확인할 새도 없이 난간을 붙잡고 거칠게 계단을 뛰어내렸다.

드디어 1층. 그러나 야외 주차장에 세워둔 차에 오를 때까지도 그는 핸드폰을 확인하지 않았다. 급하게 차 문을 열고 거칠게 시동을 걸어 최대한 빨리 회사 건물에서 벗어날 뿐이었다.

"하아……."

지유는 다시 핸드폰을 들어 시간을 확인했다. 밤 11시 반. 이탄에게선 아무런 소식이 없었다. 용기 내서 처음으로 먼저 연락한 거였는데.

그에게 문자를 보낸 건 저녁 7시. 소설의 1장을 마친 후 모처럼 성취감을 느끼며 의자에서 일어났을 때였다. 스스로 보기에도 술술 읽히는 글이 나와서 이탄에게 제일 먼저 보여주고 싶다는 생각이 들었다. 아무 이유 없이 그저 마음만 가득 찼던 때와는 달리 그에게 연락할 명분이 생긴 거였다.

「소설 1장을 다 썼어요. 가장 먼저 보여주고 싶어서요.」

두근거리는 마음으로 한 자 한 자 정성껏 글자를 찍어 이탄에게 보낸 그녀는 핸드폰 화면을 뚫어져라 쳐다보며 그에게서 올 답변을 기다렸다.

하지만 1분이 지나도, 2분이 지나도, 5분이 지나도 이탄에게선 답장이 없었다. 지유는 할 수 없이 핸드폰을 내려놓고 냉장고로 향했다. 컴퓨터 앞에 다시 앉아봤자 글이 손에 잡힐 리가 없으니, 간단히 저녁이라도 때우면서 그의 연락을 기다려 보기로 했다.

그러나 한 시간이 지나도, 두 시간이 지나도 이탄에게선 아무 소식이 없었다. 그사이 지유는 혹시라도 연락이 왔을까 봐 몇 번이고 핸드폰을 들었다 놨다 했다. 잠시 한눈을 판 사이에 문자나 전화가 오는 소리를 못 들었을지도 모르니까.

그러다 이 시간쯤 되니 아무리 안 그러려고 애써도 자꾸 시무룩해지고 말았다.

그처럼 잘나가는 아이돌 가수는 원래 잘 시간도 없이 바쁜 법이니, 아마 그도 하루 종일 핸드폰에 신경 쓸 겨를도 없이 바빴을 것이다. 음악을 하는 사람들도 글을 쓰는 사람들처럼 밤에 작업이 더 잘되는 이가 많다고 하니, 어쩌면 그는 오늘 밤새워 작업에 몰두할지도 모른다. 요즘은 공백기라 시간이 여유로워서 그녀를 만났을 뿐, 언제고 활동을 재개하면 얼굴 한 번 보기도 어려워지겠지…….

생각이 꼬리에 꼬리를 물고 이어졌다. 무릎을 끌어안고 소파에 시무룩하게 앉아 있던 지유는 머리를 부르르 흔들었다. 이래서 기대하지 않으려 했는데. 벌써부터 이 모양이면 나중에 어떡하려고.

지유는 소파에서 일어났다. 차라리 맥주나 한 캔 마시고 자는 게 나을 것이다. 아무리 술의 힘을 빌려 잠드는 게 나쁘다 해도 부정적인 생각을 하다 밤을 꼴딱 새는 것보단 나았다. 그도 언젠가는 답장을 하겠지. 갑자기 연락을 끊는 짓은 안 하겠다고 약속했으니까.

주방으로 간 지유는 냉장고에서 차가운 캔 맥주를 꺼내 식탁에 올려놓았다. 찬장에서 쥐포와 오징어도 꺼내 구워서 땅콩과 함께 접시에 놓았다. 그러곤 핸드폰으로 즐겨 듣는 어쿠스틱 기타 음악을 튼 후 의자에 앉아 차가운 맥주를 한 모금 들이켰다. 이런 식으로 스스로를 달래는 일도 이제는 일상이 되어버렸다.

지유가 씁쓸한 미소를 띠며 맥주를 한 모금 더 마시려는 찰나, 인터폰이 요란하게 울려댔다. 간이 떨어질 만큼 놀라 하마터면 맥주 캔을 바닥에 떨어뜨릴 뻔했다.

지유는 불빛이 반짝이며 울리는 인터폰을 떨리는 마음으로 쳐다보았다. 누굴까, 이 자정이 넘은 시각에. 혹시…….

지유가 문을 열어주지 않자 또다시 인터폰이 울렸다. 어정쩡한 자세로 의자에서 일어난 그녀는 인터폰으로 다가가 버튼을 누른 후 잔뜩 경계하는 목소리로 물었다.

"누구세요?"

그러자 귀에 익은 남자 목소리가 기계를 통해 흘러나왔다.

―나야, 이신재. 들여보내 줄래?

그다. 그가 찾아왔다! 또다시 어둠을 틈타, 여기까지.

지유는 얼른 열림 버튼을 눌렀다. 이탄이 엘리베이터에 올라 현관문 앞에 도달할 때까지, 그녀는 거실을 서성이며 마음을 차분히 가라앉히려 노력했다. 저녁 내내 연락도 없던 사람이 불쑥 찾아온 데는 이유가 있을 것이다. 혹시 무슨 일이라도 생긴 걸까? 아니면······.

마침내 문 앞에 도착한 이탄이 초인종을 눌렀다. 지유는 서둘러 현관문을 열었다. 저번처럼 검은 모자와 마스크로 얼굴을 가린 그가 품이 넉넉한 카키색 점퍼를 걸치고 서 있었다.

"다시 한 번 확인하고 열어야지. 내가 아니면 어쩌려고."

집 안으로 들어온 이탄이 신발을 벗으며 말했다. 곧이어 모자와 마스크, 점퍼마저 벗는 그에게 지유가 어쩔 수 없다는 듯 웃어 보였다.

"신재 씨 목소리를 듣는 순간 판단력이 흐려져서요. 너무 놀랐거든요."

"미안해, 허락도 없이 불쑥 찾아와서. 많이 놀랐어?"

이탄도 지유를 바라보며 애써 미소 지었다. 몹시도 지치고 피곤한 표정으로. 지유는 그에게 다가가 조심스레 손을 이마에 대었다.

"혹시 어디 안 좋아요? 며칠 새 얼굴이 까칠해졌네요."

"그냥······ 잠을 좀 못 잤어."

이탄이 이마에 닿은 지유의 손을 잡아 뺨으로 가져갔다. 부드럽고 따스한 온기가 느껴지자 그는 지유의 손바닥에 얼굴을 비비며 아픈 눈으로 물었다.

"나 엉망으로 보여?"

"아뇨. 여전히 멋있어요. 여전히 나보다 예쁘고."

"뭐야, 그 대답은."

지유가 엷은 미소로 답하자 이탄이 미간을 찌푸리며 웃었다. 그러곤 지유를 끌어당겨 그녀의 목에 얼굴을 묻었다.

"후우……. 이제야 좀 안심되네."

이탄이 입술을 보드라운 살결에 대며 속삭였다. 살짝 부르터서 거칠어진 그의 입술과 뜨거운 숨결이 귀 뒤로 와서 닿자, 지유는 오소소 소름이 돋았다. 의도치 않게 온몸이 바짝 긴장하며 모든 감각이 그에게로 쏠리는 기분이었다.

지유는 어색하게 웃으며 그의 팔을 붙잡았다. 그가 이러는 게 처음도 아닌데 이상하게 몸에 힘이 들어갔다.

"신재 씨, 우선……."

"나 밀어내지 마."

이탄이 지유를 더 세게 끌어안으며 말했다. 그녀를 숨 막히도록 팔 안에 가두고 오직 그녀의 체온으로만 살아 있음을 느끼겠다는 듯이.

다시 마음이 불안해진 걸까? 아니면 그를 불안하게 만드는 어떤 일이 생긴 걸까?

지유는 가만히 그를 보듬어주었다. 평소보다 조금 더 뜨겁고, 조금 더 막무가내인 그가 정말 아파 보였기에. 그리고 사실은 그녀도 그를 기다리고 있었기에.

"미안해, 이래서. 미안해."

이탄은 거듭 사과하면서도 지유를 놓아주지 않았다. 꼭 붙잡고 있지 않으면 견딜 수가 없어 찾아 헤매는 라이너스의 담요처럼, 그녀를 품에 안고 밤새도록 서 있을 기세였다.

지유는 천천히 그의 등을 쓰다듬었다. 은밀한 밤에 그녀를 찾아든 지치고 힘든 그를 달래기 위해 부드러운 말투로 읊조렸다.

"서로에게 자신을 보여도 되는 상대가 돼주기로 했잖아요. 그러니까 미안해하지 말아요."

조곤조곤 얘기하며 토닥여 주는 그녀 덕분에 조금은 안심이 된 걸까?

이탄이 두 팔을 느슨하게 풀었다. 그러곤 탁 풀린 목소리로 고백했다.

"문자 봤어. 그거 보고 온 거야. 어떻게든 참아보려고 했는 데……."

"안 그래도 기다리고 있었어요. 왜 답을 안 해주나 서운하기도 했고."

지유가 보일 듯 말 듯 입술을 올리며 나직이 말했다. 이탄은 다시 그녀를 꽉 끌어안으며 속삭였다.

"괜찮아진 다음에 연락하려고 했어. 또 이런 꼴 안 보이고."

"괜찮아요. 아무 연락도 없는 것보단 나은걸요."

"관대하네. 따뜻하고."

이탄이 쓰게 웃으며 지유를 안은 팔을 풀었다. 그러곤 그녀를 지그시 바라보자, 지유가 생긋 미소 지었다. 그런 그녀가 너무 예뻐 보여, 이탄은 슬며시 다가가 입술을 훔쳤다.

아쉽게 입술을 떼는 그에게 지유가 두 눈을 감은 채 속삭였다.

"유혹하는 건가요?"

"그렇다면, 넘어와 줄래?"

"신재 씨 이야기 들어보고요."

지유가 천천히 눈을 뜨며 답했다. 짙은 갈색 눈동자로 그녀를 줄곧 바라보고 있던 이탄이 작게 입술을 달싹였다.

"무슨 얘기?"

"어디가 그렇게 아픈지. 왜 아픈 건지."

지유가 그의 두 눈을 직시하며 말했다. 그런 그녀를 내려다보며 이탄은 쓰디쓴 미소를 지었다.

"처음으로 묻네."

"털어놓으면 나아질 수도 있으니까. 말하기 힘들면 하지 말아요. 말하는 것 자체만으로도 아프다면……."

"당신은 어떤데? 말하는 것만으로도 아파?"

이탄이 손을 들어 지유의 뺨을 살며시 어루만졌다. 지유는 눈을 감으며 자신을 부드럽게 만지는 그의 손길을 느꼈다. 그러곤 속삭이듯 말했다.

"아직은 그런 것 같아요. 내가 사랑했던 모든 시간이 부정적으로 물들어 버렸으니까. 아직은 나를, 그 일을 객관적으로 바라보지 못하겠어요."

"……나도 그래. 그렇게 기를 쓰며 해온 일들이 왜 이리 어렵고 부담스러워진 건지 모르겠어. 왜 불안해진 건지……."

이탄이 한숨을 섞어 토해냈다.

지유는 그가 이렇게나마 속내를 털어놓은 것도 꽤 용기를 냈음을 알았다. 그녀에겐 처음부터 스스로를 드러낸 그였지만, 마음을 곪아터지게 만드는 고민을 고백하는 건 쉬운 일이 아니므로.

"우리, 천천히 가요."

지유가 눈을 뜨며 나지막한 목소리로 말했다. 이탄은 가만히 그녀를 바라보았다.

"아픈 게 나을 때까지 시간을 들여서 천천히 가요. 급하게 고친답시고 이거저거 해봐도 잘 안 됐잖아요."

"발악도 해보고, 클럽 가서 객기도 부리고? 그래도 그 덕분에 나랑 만났잖아."

이탄이 피식 웃으며 대꾸했다. 지유도 옅게 웃으며 그에게 말했다.

"신재 씨 만난 걸로 충분해서 더 이상 안 가잖아요. 덕분에 글에도 집중할 수 있게 됐고요. 고맙게 생각해요."

"뭐야. 날 잘 이용하고 있는데?"

"서로 그러기로 했잖아요, 우리. 그래서 이런 야심한 밤에도 막 찾아오는 거 아니었어요?"

"와, 갑자기 얄밉다!"

이탄이 짓궂게 말하며 지유의 볼을 살짝 꼬집었다.

"아파요!"

지유는 일부러 엄살을 피우면서 그의 허리를 끌어안았다. 그러곤 그의 가슴에 머리를 기댔다. 이탄은 은은한 미소를 띠며 그녀를 따뜻하게 감싸 안았다.

"나도 고마워. 날 편히 대하는 게 쉽지 않은 거, 알아."

"신재 씨도 나한테 그래 주는데요, 뭘."

"그렇다면 다행이고."

이탄은 지유를 더욱 꼭 끌어안았다. 그의 품에 안겨 있던 지유가 작은 목소리로 물었다.

"이제 뭐 하고 싶어요? 푹 자고 싶어요? 아니면 뭐라도 먹을래요?"

"음, 그보단 편히 누워서 당신 소설 읽고 싶어. 프린트해 줄 수 있어?"

"그럼요."

이탄이 팔을 풀자, 지유는 얼른 컴퓨터 앞으로 가 프린터를 켰다. 출력 버튼을 누른 후 그녀는 뒤돌아 이탄에게 물었다.

"맥주 줄까요?"

"맥주는 됐고, 당신 침대에 눕고 싶은데. 저번에 침실은 보여주지도 않았잖아."

이탄이 씩 웃으며 말했다.

몇 번이나 느끼는 거지만 이 남자는 분위기 전환을 참 자유자재로 한다. 지유는 눈을 흘기며 대꾸했다.

"대놓고 훅 들어오네요?"

"내가 언제는 안 그랬어? 그리고 오해하지 마. 소설만 읽고 잘 거니까. 당신이 날 덮치지만 않는다면 말이지."

"아하하!"

그의 뜬금없는 발언에 지유가 소리 내어 웃었다. 이탄은 짙은 미소를 띠며 그런 지유를 바라보다가, 그녀가 내민 프린트물을 받아 들며 말했다.

"자, 그럼 침실로 안내해 주실까요?"

"네, 따라오세요. 아, 잠옷은 따로 마련되어 있지 않으니 그냥 벗고 주무세요, 손님."

"헐! 서비스가 너무 엉망인데요? 어쩜 그런 말을 아무렇지도 않게…… 뭐야. 침대가 왜 이리 커?"

지유와 주거니 받거니 농을 던지다 그녀가 침실 문을 활짝 열어젖히자, 침대를 본 이탄이 미심쩍다는 얼굴로 눈썹을 치켜세웠다. 여자 혼자 사는 집의 침대가 퀸 사이즈는 족히 돼 보였다.

"오해하지 말아요. 저 침대 같이 써보는 사람, 신재 씨가 처음이니까. 나도 좁은 침대는 싫거든요."

"좋아, 믿을게. 당신이 내 침대를 믿어줬으니까."

이탄이 인심 썼다는 표정으로 고개를 끄덕였다. 지유는 킥킥거리며 두 손으로 침대를 가리켰다.

"네, 손님. 그럼 편히 누워서 읽으세요."

"그러지요. 당신은? 같이 안 누워?"

"커피 한 잔 타서 옆으로 갈게요."

"긴장하지 말라니까 그러네. 안 물어뜯어요."

이탄이 지유의 머리를 강아지처럼 쓰다듬으며 말했다.

정말 무섭도록 눈치 빠른 남자. 지유는 어쩔 수 없다는 듯이 웃으며 대꾸했다.

"첫 번째 독자가 읽는 거잖아요. 어쨌든 커피 타서 올게요."

"그래."

이탄은 침대 위로 올라가 다리를 길게 꼬고 누워 소설을 읽기 시작했다.

지유는 주방으로 나가 커피포트에 물을 올렸다. 보글보글 물이 끓는 소리와 종이가 사락거리는 소리 외에는 들리지 않는 조용하고 차분한 시간이 흘렀다. 지유의 입가에 온화한 미소가 피어올랐다. 조용하지만 적막하지 않고, 함께 있지만 편안한 이 공기. 이런 분위기가 얼마나 그리웠는지.

이윽고 그녀가 커피 잔을 들고 와 침대 위로 올라가서 앉자, 이탄이 글에서 눈을 떼지 않으며 물었다.

"남자 주인공이 꽤 카리스마 있네. 날카롭고 차갑지만. 당신한테는 내가 이렇게 보여?"

"신재 씨 첫인상이 그런 편이었죠. 그리고 아무래도 뱀파이어니까. 아! 카이저 뮤직 비디오 중에 〈악의 꽃〉을 보고 참고하기도 했어요."

"그것도 뱀파이어가 콘셉트였지."

"네. 굉장히 멋있더라고요."

"그래서, 이 소설은 언제부터 연재해?"

지유가 준 프린트물을 다 읽은 이탄이 옆에 앉은 그녀에게 물었다. 지유는 뜨거운 커피를 한 모금 마시고서 차분히 그에게 설명했다.

"담당자랑 상의해 봐야 해요. 그전에 소설의 전체 시놉시스랑 반 권 분량을 써서 담당자에게 보내줘야 하고요. 담당자가 소설이 연재하기에 괜찮다는 판단을 내리면 사내 회의를 통해 승인받고, 그다음에 연재 일정이 정해져요. 연재 시작 전에 한 권 분량 이상은 꼭 써야 하고요."

"복잡하네. 아직 어떻게 될지 모른다는 거잖아. 당신도 힘들겠어."

이탄이 종이를 바닥에 내려놓으며 중얼거렸다. 편히 누워 자려는 것처럼 자세를 취하는 그에게 지유가 조심스레 물었다.

"어때요, 소설? 괜찮아요?"

"재밌어. 내 캐릭터가 많이 미화되긴 했는데, 그거야 소설이니까. 다음 편 쓰면 또 보여줘."

"그렇게 말해주니 조금 안심되네요."

지유가 스르르 눈을 감는 이탄을 보며 작게 웃었다. 졸음이 몰려오는지, 그는 눈을 감은 채로 그녀에게 부탁했다.

"불 좀 꺼줄래? 갑자기 졸리네."

"알았어요."

지유는 커피 잔을 들고 침대 아래로 내려갔다. 그러곤 침실의 전등을 끄고 주방으로 나가려는데 뒤에서 그가 작게 부르는 소리가 들렸다.

"어디 가, 지유야."

그 순간, 그녀는 멈칫했다. 지유야. 고작 이름 한 번을 불렸을 뿐인데 심장이 함부로 날뛰기 시작했다. 고작 친근히 이름을 한 번 불러줬을 뿐인데도.

그녀는 어색하지 않은 목소리를 애써 가장해 조그맣게 말했다.

"커피 잔만 치우고 올게요. 옷 벗고 편히 자요."

"알았어. 빨리 와."

제발 이 귀까지 울려대는 쿵쿵 소리가 그에게 들리지 않기를.

이 좁은 집 안에는 도망갈 구석도 없건만, 지유는 조용히 침실 문을 닫고 나와 재빨리 걸음을 옮겼다. 커피 잔을 싱크대에 내려놓고 서투른 손길로 물을 틀어 컵을 닦았다. 이대로 다시 방 안으로 들어간다면 금세 그에게 들킬 것이다. 그 때문에 심장이 이토록 격렬하고 뜨겁게 뛰고 있다는 걸 알아채고 말겠지.

그래서 지유는 욕실로 들어갔다. 일부러 천천히 공들여서 이를 닦고, 가볍게 샤워를 하고, 그러고 나서도 괜히 욕실 안에서 서성였다. 10분이 지나고, 20분이 지나자, 심장이 뛰는 속도가 점차 정상으로 돌아오는 게 느껴졌다.

그제야 지유는 가운을 걸치고 욕실 밖으로 나갔다. 다행히 이탄은 그새 잠들었는지, 그녀가 어둠 속에서 살짝 문을 열고 방 안으로 들어가 가운을 벗고 원피스 잠옷을 꿰어 입는 동안에도 아무런 기척이 없었다.

하지만 그것은 그녀의 바람, 혹은 착각일 뿐이었다.

"왜 이렇게 오래 걸렸어? 커피 잔만 치운다며."

지유가 조심히 이불 속으로 들어간 순간 이탄이 그녀를 등 뒤에서 바짝 껴안으며 낮게 속삭였다. 훅 끼쳐 오는 그의 체취와 뜨거운 숨결에 지유가 몸을 가늘게 떨며 말했다.

"씻느라……. 안 잤어요?"

"언제 오나 기다렸지. 날 봐."

이탄이 낮게 깔린 목소리로 요구했다.

지유는 천천히 그를 향해 돌아누웠다. 쿵쿵쿵. 또 심장이 질주하기 시작했다. 일부러 느릿하게 움직이며 시간을 끌었건만, 다 허사가 되고 말았다. 초식동물의 목을 덮치기 위해 숨죽이고 기다리는 맹수처럼 이탄은 순식간에 그녀를 장악해 버렸다.

이탄의 품 안에서 그를 향해 얼굴을 돌리자, 매끈하고 탄탄한 그의 가슴이 입술에 닿는 게 느껴졌다. 지유는 흠칫 놀라 얼른 그에게서 떨어졌다. 이탄이 머리 위에서 킥킥 웃는 소리가 들렸다.

"아직 부끄러운 게 남았어? 저번에 그렇게 격렬했는데."

"노, 놀리지 말아요."

지유가 기어들어 가는 목소리로 더듬거렸다. 이탄은 그녀의 머리칼을 부드럽게 쓸어내리며 말했다.

"그래서 귀엽긴 해. 날 더 열정적으로 원하면 좋겠지만."

"그러다 너무 빠지면 안 되니까……."

지유는 들릴 듯 말 듯 말끝을 흐렸지만, 이탄은 그녀의 말속에 담긴 진심을 듣고 말았다. 그는 지유의 이마에 살며시 입 맞췄다. 그러곤 나직한 음성으로 그녀를 타일렀다.

"왜 안 돼? 그래도 돼. 괜찮아."

"그러다 신재 씨가 불편해지면 어쩌려고요."

"또 그런다! 내가 이렇게 날 내보이고 있잖아. 자꾸 그러면 나도 참기 싫어져."

말과 동시에 이탄이 왼쪽 허벅지를 지유의 다리 사이로 불쑥 밀어 넣었다. 탄탄하고 긴 다리가 거세게 침입해 오자 지유는 깜짝 놀라 두 손으로 그의 가슴을 밀었다. 이미 딱딱하게 부풀어 오른 남성이 허벅지와 함께 그녀의 은밀한 곳을 아프게 찔렀다.

"신재 씨!"

"더 이상 안 할 테니까 밀어내지 마. 당신이 밀 때마다 상처받아."

투정하듯 말했지만 말속에서 진심이 느껴졌다.

지유는 그의 가슴에 댄 두 손을 떼지 않고 머뭇거렸다. 그러다 그의 목을 와락 끌어안으며 말했다.

"미안해요, 겁쟁이라. 아직은…… 어쩔 수가 없어요."

귓가에 대고 속삭이는 그녀의 목소리에서 물기가 느껴졌다. 이탄은 그녀의 등을 손바닥으로 다독이듯 쓸어내렸다.

"알아. 서로 어떤지 알고 만나는 거잖아, 우리. 모르는 거 아니잖아."

지유의 등을 따뜻하게 어루만지며 이탄은 누구에게 하는 건지 모를 말을 중얼거렸다. 그녀에게, 자신에게, 혹은 둘 다에게.

"그래도 당신을 만나서 좋아요. 진심으로."

지유가 그를 꼭 끌어안은 채 말했다. 용기를 내어 고백한 그 말에, 이탄은 그녀의 뺨에 입 맞추며 따스한 어조로 응했다.

"나도 그래. 당신을 만나서 다행이라고 생각해."

다행이다……. 그 말이 왜 이리 사무치게 들리는 걸까.

지유의 눈에서 눈물 한 방울이 또르르 흘러내렸다. 지유는 우는 걸 들키지 않으려고 그를 더욱 세게 안았다. 이탄은 그녀를 받아 주며 두 팔로 강하게 감싸 안았다.

"자자. 이러다 못 참고 덮치겠어. 어서 자."

이탄이 장난과 진심을 섞어 속삭였다.

지유는 피식 웃으며 손으로 슬쩍 눈물을 닦았다. 그녀가 우는 걸 알면서도 모른 척해주는 그가 고마워서, 지금 곁에 누워 따뜻한 체온으로 덮어주는 그가 너무 다정해서 그에게 키스하고 싶어 졌다. 그와 열정적으로 입 맞추고 싶었다.

그래서 지유는 두 팔을 풀고 그가 뭐라 할 새도 없이 기습적으로 입술을 덮쳤다. 혀를 내밀어 조심스레 그의 입안으로 밀어 넣으며 처음으로 용기 내어 그에게 매달렸다.

"후우…… 사람 미치게 만드네. 이거 책임질 거야?"

길고 열정적인 키스를 마치고 지유가 간신히 입술을 떼었을 때 이탄의 입에서 볼멘소리가 터져 나왔다. 그녀의 자극으로 더 크고 굵게 부풀어 오른 남성이 허벅지 사이에서 아우성을 쳐 대고 있었 다. 지유는 후후 웃으며 다시 한 번 그에게 입 맞췄다.

"책임질게요. 안아줘요."

지유가 이탄의 목을 끌어안으며 말했다. 이탄이 짓씹듯 내뱉었다.

"당신 집에서 안 이러려고 내가 얼마나 노력했는지 모르지?"

"고마워요. 그러니까 이번엔 내가 덮친 걸로 할게요. 내가 원해서⋯⋯. 안 될까요?"

"당신 진짜⋯⋯."

이탄은 말을 채 끝내지도 못하고 급하게 그녀의 입술을 찾았다. 허겁지겁 작은 혀를 빨아들이며 아까부터 미칠 것처럼 그를 유혹했던 말랑한 그녀의 젖가슴을 손에 가득 움켜쥐었다. 지유는 거칠게 밀고 들어오는 그의 혀와 뜨거운 타액을 받아 삼키며 열렬히 그에게 안겨들었다.

"신재 씨!"

"거칠어도 이해해. 참다 터져서 그런 거니까. 당신 오늘 못 자."

"아⋯⋯."

다시금 입술을 덮쳐 오는 그를 열정적으로 받아들이며 지유는 두 눈을 질끈 감았다. 사납게 달려드는 그만을 느끼며 그가 열어 준 쾌락의 세계로 함께 빠져들었다.

적어도 이 밤, 이탄은 오롯이 류지유만의 남자였다.

7. 빨갛게 물든 밤

　이탄은 꼬박 24시간을 지유와 함께 보냈다.

　지유의 집에서 몇 번이나 그녀와 격렬한 정사를 치르다 까무룩 잠들었고, 커튼 사이로 스며드는 빛과 희미하게 풍기는 음식 냄새에 잠에서 깨어났다. 부스스 일어나 침실 밖으로 나가니, 지유가 가스레인지 앞에 서서 요리하다가 밝은 미소로 그를 맞아주었다.

　"잘 잤어요?"

　"응. 언제 일어났어?"

　이탄이 지유에게 다가가 그녀를 뒤에서 껴안았다. 목에 코를 대고 체취를 흠뻑 마시며 배와 허리를 쓰다듬었다. 지유는 허리를 휘며 간지럼을 탔고, 그는 일부러 더 짓궂게 그녀를 만졌다.

　지유와 함께 편히 웃고 먹으며 얘기하다 보니 금세 또 해가 저물었다. 이탄의 마음에 슬며시 갈등이 일었다.

이대로 돌아가기에는 아쉬운데 갈아입을 옷도 없고 해결해야 할 문제도 있다. 지유의 집 안으로 들어오는 순간 핸드폰을 꺼버렸기 때문에 전원을 켜면 문자 또한 미친 듯이 날아올 것이다. 그럼에도 이토록 그녀의 집에서 떠나기 싫은 건 도피하고 싶은 마음 탓일까, 아니면 그녀와 함께 있고 싶기 때문일까.

"초조해하지 말고 돌아가요."

언제 속내를 들켰는지, 가까이 다가온 지유가 그의 볼에 살짝 입 맞추며 말했다. 이탄은 괜히 어린아이처럼 투덜거렸다.

"내가 그만 갔으면 좋겠어?"

"아뇨. 신재 씨 마음이 불편해 보여서요. 가서 불편한 일 해결해요. 나도 소설 쓰고 있을게요."

"당신 소설 쓰려고 날 내쫓는 게 아니고?"

이탄이 지유의 가녀린 허리를 잡아채며 심술궂게 말했다. 지유는 몸서리치며 까르르 웃었다.

"어쨌든 나는 소설을 써야 살잖아요. 신재 씨도 음악을 해야 살고."

"그래. 알았어."

이탄은 쓴웃음을 지으며 나갈 차비를 했다. 부드럽게 등 떠밀며 그에게 다시 현실을 대면하라 설득하는 지유 때문에 고개를 살래살래 저으면서.

이탄이 집 밖으로 나가기 직전, 지유가 등 뒤로 다가가 살며시 그를 끌어안으며 말했다.

"잠이 안 오면 또 연락해요."

"잠이 잘 와도 연락할 거야. 소설 잘 써."

이탄이 뒤돌아서 그녀를 마주 보며 대꾸했다. 그러곤 마스크를 내려 그녀의 입술에 부드럽게 입 맞췄다.

지유의 집에서 나와 오피스텔 지하 주차장으로 내려간 이탄은 빠르게 차에 올라 건물을 벗어났다. 어디서 들어본 건지 기억이 나지 않는 멜로디를 흥얼거리며 운전하던 그는 도로로 빠져나오자마자 핸드폰 전원을 켰다. 예상대로 핸드폰이 쉴 새 없이 울렸다. 대략 열서너 통쯤 왔을까?

이탄은 핸드폰을 방치한 채 운전에 집중했다. 머릿속에서 맴도는 거칠면서도 서정적인 멜로디. 분명 아는 노래일 텐데 누가 부른 건지 전혀 기억이 나지 않았다. 워낙 많은 곡을 들어봤고, 또 만들어도 봤으니까 하나둘쯤 잊는다고 해서 이상하진 않았다. 하지만 류지유 생각을 하다 말고 왜 갑자기 이 멜로디가 떠오른 걸까?

어둠이 짙게 깔린 도로를 밝히는 주황색 빛을 헤치고 적막이 가득한 골목길로 들어가 집 주차장에 차를 세울 때까지도 이 멜로디가 누구 노래인지는 기억나지 않았다. 그러다 차에서 내려 엘리베이터에 올랐을 때 번개가 번쩍 치는 것처럼 불현듯 생각이 떠올랐다.

이탄은 집 안으로 들어서자마자 급하게 작업방으로 뛰어 들어가 컴퓨터를 켰다. 이 기억이 맞다면!

"찾았다."

미완성곡을 연도별로 모아놓은 파일을 뒤지던 끝에 그는 드디어 그 곡을 찾아냈다. 이 멜로디는 4년 전, 다름 아닌 그 자신이 작곡하다 그만둔 것이었다.

"이게 왜 생각났을까."

거칠게 갈겨쓴 기타 리프 속에서 상처받은 남자의 분노 섞인 슬픔이 묻어났다. 이탄은 미간을 찌푸리며 조소를 지었다.

이 곡은 4년 전, 그가 실연 아닌 실연을 당한 후 화풀이하듯 써 내려간 것이었다. 대중 앞에 서는 아이돌 가수답지 않게 어둡고 파괴적인 내면의 욕망을 담아 음악으로 분풀이를 해댄 거였다. 그와 상의 한마디 없이 일언지하에 관계를 부정해 버린 그 여자, 설진 때문에.

"미친!"

이탄은 어금니를 씹으며 머리를 뒤로 젖혔다. 그러면서도 곡을 반복 재생해 계속 틀어놓았다.

혼자 보는 일기처럼 쓴 멜로디라 완성하지도 않은 채 파일을 닫았고, 그 후로 다시는 쳐다보지 않았다. 자신이 이런 곡을 쓰다 말았다는 사실조차 잊었을 만큼 아예 기억 자체를 지우려고 했다. 한순간에 그의 모든 진심을 뭉개 버린 그 여자 때문에.

그렇게 잔인할 만큼 그녀를 지운 덕분에 이탄은 지금 눈앞에 설진이 나타나도 누구보다 차가운 눈빛으로 바라볼 수 있게 되었다. 아무 감정도 담기지 않은 유리알 같은 눈동자로.

그런데 왜 새삼 이 멜로디가 그를 이토록 집요하게 끌어당기는 것일까? 그것도 설진이 아닌 류지유의 얼굴과 함께.

이탄은 의자에서 일어나 방 안을 서성였다. 분명 어떤 이유가 있을 것이다. 무의식이 이 곡과 지유의 연관성을 찾아내 그에게 말을 걸었을 것이다. 그게 뭘까? 뭔지 알아내야 할 것 같은데…….

이탄은 집요하게 기억을 물고 늘어지며 방 안을 빙빙 돌았다.

그러다 번뜩 짚이는 게 있어, 컴퓨터와 음향기기 맞은편의 책장에 꽂아두었던 노트 몇 권을 서둘러 꺼내 펼쳤다. 종이를 획획 넘기며 기억의 실마리를 어지럽게 찾아 헤매던 그는 마침내 볼펜으로 갈겨쓴 가사 몇 줄을 발견해 냈다.

> 그 목을 꺾어 널 가질 수 있다면
> 그 목을 물어 네 피를 볼 수 있다면
> 그래, 나 미쳤어. 지쳤어. 울었어. 아팠어
> 너 때문이야. 날 미치게 만들었잖아, my lady
> 오, 제발 가지 말아요. 내가 그댈 찢어버리기 전에

"진짜 미쳤었네."

이탄은 허탈한 웃음을 흘리며 몇 번이고 과거의 자신이 쓴 노래 가사를 읽었다. 정신과 전문의가 이 노랫말로만 그의 상태를 진찰한다면 그를 집중 관찰 대상으로 분류해 주의 깊게 살펴볼 만한 내용이었다. 귀에 때리듯 박히는 드럼 연주와 거친 기타 리프가 기막히게 잘 어울리는 가사이긴 하지만.

그런데 이 가사가 류지유와 무슨 상관이 있지? 오히려 그녀는 애달프기만 한데. 이 파괴욕과 집착으로 얼룩진 노래가 그 여자와 대체 무슨 상관이…… 아!

"피. 집착. 뱀파이어."

이탄은 손가락으로 입술을 매만지며 중얼거렸다. 그러다 컴퓨터 앞에 놓인 의자를 끌어와 책상 앞으로 가서 앉았다. 하얀 종이에 휘갈겼던 섬뜩하고 미완성된 가사가 그를 빨아들이는 것처럼

흡수해 펜을 들게 만드는 기분이었다.

시간이 얼마나 지나는 줄도 모르고, 밤이 가고 아침이 밝아오는 줄도 모르고, 그는 정말 미친 사람처럼 곡에 매달렸다. 오직 음악과 자신만의 세계에 무섭도록 빠져.

이탄이 그토록 원하고 갈망했던 창작의 쾌감이 다시 그를 찾아온 순간이었다.

❖

"탄이가 작업실에 틀어박혔다고?"

왕수재 대표의 얼굴에 활짝 핀 꽃처럼 환한 웃음이 떠올랐다. 왕 대표는 책상 앞에 선 이탄의 매니저 표정우에게 재차 물었다.

"언제부터? 곡 작업하는 거 맞아?"

"오늘 오전에 왔답니다. 곡 작업 중이고, 그 이상은 물어보지 못했습니다. 아시잖습니까, 탄이."

"하하! 그 녀석이 드디어!"

왕 대표가 기쁨을 주체할 수 없다는 표정으로 의자에서 벌떡 일어나며 외쳤다. 정우가 이렇게 말할 정도면 이탄이 제대로 작곡을 하고 있다는 얘기였다. 이게 얼마 만인가!

저번에 이탄에게 말은 그렇게 했어도 속으로 전전긍긍하고 있던 왕 대표였다. 오히려 긁어 부스럼을 만들진 않았나 하는 생각이 들 때마다 엄습하는 걱정을 떨칠 수가 없었다. 그런데 이탄이 본격적으로 곡 작업에 들어갔다니, 이게 웬 하늘의 도우심이란 말인가!

"소하더러 당장 들어오라고 해. 탄이한테 붙으라고. 아, 탄이 밥 잘 챙겨 먹이고. 그 녀석은 작업만 했다 하면 뭘 안 먹잖아. 아유라 첫 무대가 언제랬지?"

왕 대표가 쏟아내는 폭풍 같은 질문에, 정우가 차분한 음성으로 하나씩 답변했다.

"아유라의 첫 무대는 3주 뒤 뮤직레인에서 생방송으로 진행됩니다. 소하는 바로 들어오라고 하겠습니다. 소하한테 식사를 들려 보내면 탄이도 먹을 테니까요."

"오, 좋은 생각이야! 3주 뒤면 시간도 넉넉하네. 그때까진 탄이 녀석, 간간이 챙겨주기만 하고 놔둬. 하하하!"

곡 하나를 완성해 낸 게 아니라 막 작업을 시작했을 뿐인데도 왕 대표는 이탄이 기특해 죽겠다는 표정이었다. 그만큼 이탄에 대한 그의 애정은 남다르고 컸다.

그래서 이탄이 더 부담스러워하는 거겠지만, 정우는 왕 대표의 기분을 거스르지 않기로 했다. 그도 이탄을 아끼는 사람으로서 그간 근심이 말도 못했을 테니.

"그럼 틈틈이 보고드리겠습니다."

"그래, 수고하고."

정우가 고개를 꾸벅 숙이고 물러나자, 왕 대표는 흡족한 미소를 지으며 손을 내저었다.

정우는 대표 이사실을 빠져나오자마자 소하의 매니저 동수에게 연락해 그가 어디 있는지를 확인했다. 그 후 바로 전화를 걸어온 소하에게 자초지종을 설명하니 두말없이 이탄에게 가겠다고 했다.

소하와 이탄이 먹을 점심 식사를 직접 사러 나가며 정우는 잠시 생각에 잠겼다. 자신도 그렇지만, 왕 대표도 소하도 지나치게 이 탄을 신경 쓰고 있었다. 어느 날 사고처럼 이탄에게 찾아온 공황 장애 증상 때문에 더 그랬지만, 정우는 이따금 지인들마저 과도하 게 관심을 쏟아붓는 탓에 이탄의 증세가 더 심해지진 않았을까 하 는 우려가 들었다. 그래서 더 숨이 막히고 아무것도 할 수 없었던 게 아닐까.

"후우⋯⋯. 일단 지켜봐야지."

지금으로썬 그것밖에 해줄 게 없으니.

이탄이 좋아하는 회사 근처의 일식집으로 향하며 정우는 마음 을 다잡았다.

이탄이 기타 치는 모습을 정말 오랜만에 보았다.

정우가 사온 초밥과 전복죽을 작업실 안 탁자 위에 펼쳐 놓고 기다리며, 소하는 이탄의 섬세한 손가락이 빚어내는 기타 선율에 집중했다. 거칠지만 풍성한 코드 변화와 강렬한 멜로디. 가이드라 인만 들어도 이탄이 일렉트릭 기타와 내리꽂히는 드럼 연주로 이 곡을 채우리라는 걸 알 수 있었다. 흡사 헤비메탈과 하드코어 장 르를 섞은 듯했다.

"랩메탈로 갈 거야?"

기타를 내려놓고 녹음실 밖으로 나온 이탄에게 소하가 물었다. 이탄이 씩 웃으며 대꾸했다.

"역시 내 마누라. 가사 써놓은 거 볼래?"

"보여줘."

이탄이 가사 파일을 열어 핸드폰을 내밀었다. 소하가 그걸 받아 들고 읽는 동안 이탄은 탁자 앞 소파에 앉아 전복죽을 먹기 시작했다. 낮 3시가 지나도록 한 끼도 안 먹고 작업에만 열중했더니 허기가 심했다.

"심하게 센데? 방송 불가 판정은 벌써 땄네."

웬만한 일에는 놀라지 않는 소하가 눈을 크게 뜨며 말했다.

그동안 카이저가 낸 앨범에 '19세 이하 청취불가 곡'이나 '방송 불가 판정 곡'이 없는 건 아니었다. 하지만 대중음악을 선도하는 그들이다 보니 방송 불가 판정을 받으면 가사를 우회적으로 고치곤 했다. 이탄이 끝까지 고집한 몇 곡을 빼고는.

그런데 이 곡은 가사를 통째로 바꾸지 않는 한 수정이 불가능했다. 처음부터 끝까지 잔인하고 피 칠갑이니.

"이왕 그럴 거, 뮤직비디오도 고딕호러풍으로 만들려고. 영화 〈뱀파이어와의 인터뷰〉나 〈슬리피 할로우〉를 모티브로 해서. 〈악의 꽃〉보다 훨씬 파격적으로 갈 거야."

"흠. 멋지긴 한데……."

소하가 이탄의 핸드폰을 탁자 위에 내려놓으며 말끝을 흐렸다. 이탄이 바로 말을 잡아챘다.

"밀어붙일 거야. 어차피 메인타이틀은 네가 쓴 곡으로 할 거니까, 이 곡은 내가 하고 싶은 대로 할게."

이탄이 전복죽을 떠먹으며 단언했다. 이미 마음을 굳혔다는 뜻이었다.

소하는 팔짱을 끼고 정말로 배고팠다는 태도로 음식을 먹는 이 탄을 바라보았다. 이 녀석이 음악 때문에 고집부리는 모습을 얼마 만에 본 걸까? 이렇게 허겁지겁 뭔가를 먹어대는 모습은?

마치 창작욕과 식욕이 연결된 것처럼 이탄은 곡을 쓰지 못하게 됨과 동시에 입맛을 잃었다. 누구를 만나 어디를 가든 먹는 둥 마는 둥이었고, 그래서 나날이 말라갔다. 1년이 넘도록 이탄에게 음식이란 그저 살기 위해, 아이돌 가수로서 몸을 유지하기 위해 억지로 섭취해야 하는 불편하고 귀찮은 물질이었다.

그랬던 녀석이 자기 마음대로 곡을 쓰고, 창작가로서 고집을 피우고, 먹성 좋게 식사하고 있다. 무엇이 원동력이 되어 회복한 건지는 모르겠지만, 어쨌든 지금 이러고 있다는 사실이 중요하지 않을까?

소하는 고개를 끄덕이며 말했다.

"좋아. 밀어붙이자. 지원사격 할게."

왕 대표가 뭐라고 하든, 설사 심하게 반대한다 해도 소하는 진심으로 이탄이 뜻대로 할 수 있게 도울 결심을 했다. 사실 데뷔한 지 10년이 되어가는 마당에 회사 대표의 눈치를 살피느라 곡 하나 맘대로 못 쓰는 것도 웃겼다. 설사 이탄이 원하는 방향이 카이저 활동을 하면서 쌓은 이미지를 깨부순다 해도.

"고맙다."

이탄은 숟가락을 내려놓고 진한 미소로 소하를 응시했다. 소하는 피식 웃으며 이탄에게 물었다.

"또 도와줄 건 없고?"

"윤경림 드러머 섭외해 줘."

"뭐?"

이탄이 1초의 망설임도 없이 요구하자, 소하가 입을 벌리며 외쳤다.

소하의 먼 친척인 윤경림은 괴팍하고 까다롭기가 에베레스트산을 넘어 하늘로 승천할 정도라고 소문이 파다한 천재 드러머였다. 자기 마음에 들지 않는 사람과는 절대로 협업하지 않으며, 설사 작업을 시작했더라도 중간에 뭔가 삐끗하는 게 생기면 녹음실을 박차고 나가기가 일쑤라고 했다.

문제는 소하가 어렸을 적 친척 모임에서 그를 두어 번 본 걸 빼고는 한 번도 만난 적이 없다는 거였다. 물론 서로 연락한 적도 없고.

"야, 전화번호도 없어!"

"알아내. 나도 파일 들고 같이 가서 설득할 테니까."

소하가 빽 소리치자, 이탄이 젓가락으로 참치 초밥 하나를 집어 들며 받아쳤다.

"다른 실력파 드러머들 있잖아! 해외에도 있고."

"노노. 무조건 윤경림 드러머여야 돼. 이 곡에는 그 사람의 한 맺힌 드럼 연주가 필요해."

"돌겠네, 진짜!"

소하는 머리를 짚으며 의자에서 벌떡 일어났다. 그러곤 초조하게 작업실 안을 왔다 갔다 했다. 데뷔하기 전에는 물론 데뷔 후 카이저로 승승장구할 때도 연락 한 통 하지 않았는데, 그 괴팍한 양반한테 이제 와서 무슨 낯짝으로 얼굴을 들이민단 말인가. 찾아갔다 처맞지나 않으면 다행 아닐까?

그러거나 말거나, 이탄은 그동안 없었던 식욕이 폭발했는지 초밥을 종류별로 냠냠 맛있게 먹고 있었다. 소하는 이탄의 목을 양손으로 조르며 딸딸 흔들고 싶다는 충동이 불쑥 일었다.

"너, 이거 다 계산한 거지? 나 만나면 이 얘기하려고 계속 타이밍 재고 있었지?"

소하가 우뚝 멈춰 서서 이탄을 내려다보며 음산하게 물었다. 이탄은 물 한 모금을 마신 후 천연덕스럽게 대꾸했다.

"그런 건 아닌데, 네가 뭐든 도와준다며. 그래도 회사 통해서 컨택하기 전에 친척 동생한테 먼저 듣는 게 낫잖아. 안 그래?"

"이 여우 새끼!"

"뭘 새삼스레. 일단 앉아서 밥이나 먹어."

이탄은 다시 초밥 하나를 젓가락으로 짚으며 소하를 말똥말똥 올려다보았다. 그러곤 초밥을 입에 쏙 넣는데 어찌나 얄미운지!

소하는 이를 부득부득 갈다 한숨을 내쉬며 의자에 털썩 주저앉았다. 이탄을 빤히 쳐다보던 그는 결국 졌다는 투로 선언했다.

"좋아. 알아보지. 근데 설득한다는 보장은 못해."

"알아."

이탄이 픽 웃으며 소하에게 나무젓가락을 내밀었다.

나무젓가락을 받아 포장을 북북 찢으며 소하는 생각했다. 그래, 좋게 가자, 좋게. 이 녀석이 곡을 쓰니까 됐잖아. 그래도 경림 형은…… 된장!

소하는 먹구름이 잔뜩 낀 심정으로 초밥을 씹었다. 밥 알갱이가 입안에서 모래알처럼 하나하나 따로 노는 기분이 들었다.

[나 내쫓고 소설은 잘 쓰고 계시나?]

헤어진 지 나흘 만에 이탄에게서 연락이 왔다. 전화를 받자마자 그가 건들거리는 말투로 던진 질문에 지유는 픽 웃고 말았다. 말투가 이리 장난스러운 걸 보니 그를 불편하게 했던 문제가 조금은 풀린 모양이다.

지유는 밝은 목소리로 답했다.

"네, 신재 씨 덕분에요. 잘 지내고 있어요?"

[나도 당신 덕분에 곡을 만들고 있지. 뱀파이어 소재로.]

"와! 진짜요? 언제 들을 수 있어요?"

지유가 반색하며 묻자, 이번에는 이탄이 피식 웃는 소리가 들렸다. 그는 능청스러운 어조로 대꾸했다.

[성급하긴. 나보다 내 노래가 더 궁금한가 봐?]

"둘 다 궁금해요. 나도 이제 카이저 팬이니까요."

[호오, 그래? 기왕 이렇게 된 거, 당신 소설이랑 내 노래를 동시에 풀까? 서로 덕 좀 보게.]

"에이, 내 미미한 인지도가 카이저한테 도움이 되겠어요? 말만으로도 감사하네요."

[하하!]

전화로 재잘재잘 떠드는 것만으로도 즐겁고 반가웠다. 여기서 보고 싶다고 하면 욕심이겠지. 곡 작업 중이면 바쁠 테니까.

지유는 애써 웃으며 그에게 물었다.

"잠은 잘 자고 있나요?"

[아니, 별로. 원래 곡 작업 들어가면 예민해져서 잘 못 자거든.

당신이 안아주면 푹 잘 텐데.]

"그래도 잠을 잘 자야 몸에 무리가 안 가는데."

[당신은 어때? 잘 자?]

"나도 별로요. 그냥 글 쓰다 지치면 자요."

[이런. 당신도 내가 필요한가 보군.]

"그런가 봐요."

지유가 쓸쓸한 미소를 지으며 말했다. 사실은 계속 당신 생각이 나요. 이 말은 끝내 속으로 삼켜 버렸다.

[좋아, 봐줬다. 내가 먼저 말하지. 보고 싶어. 우리 집으로 올래? 아니면 내가 갈까?]

"어…… 내가 갈게요. 나도 차 있어요."

생각도 해보기 전에 대답이 먼저 튀어나왔다. 핸드폰 너머로 이탄이 낮게 웃는 소리가 들렸다.

[문자로 주소 찍어 보낼게. 주차장 앞에 도착하면 전화해.]

"알았어요. 얼른 준비하고 나갈게요."

[응. 운전 조심하고.]

심장이 쿵쿵 울리는 소리와 함께 이탄과의 통화를 마쳤다.

지유는 핸드폰을 책상 위에 내려놓고 허둥지둥 욕실로 들어갔다. 세수를 한 후 가볍게 화장을 하고, 옷을 갈아입고, 머리를 매만지고, 검은색 재킷을 걸치기까지 고작 30분이 걸렸다. 핸드백과 차 열쇠를 챙긴 그녀는 서둘러 주차장으로 내려갔다. 그사이 이탄에게서 문자가 와 있었다.

차에 올라 내비게이션을 켜고 이탄의 집으로 가는 내내 심장이 빠르게 뛰었다. 오랜만에 하는 운전이라 조심해야 하건만, 주책맞은 심장이 좀처럼 도와주질 않았다. 숨을 몇 번이나 깊이 들이마셨다 내쉬어도 아무 소용이 없었다. 지유는 잔뜩 긴장한 채 운전을 계속했다. 얼마나 긴장을 했는지, 손등에 핏줄이 푸르게 올라왔다.

마침내 이탄의 빌라 주차장 앞에 도착한 지유가 애써 침착한 목소리로 그에게 전화를 걸었다. 그가 문을 열어주자, 지유는 조심스레 주차장 안으로 들어가 차를 세운 후 심호흡을 하고선 내렸다. 그러나 엘리베이터에 올라 집 안으로 들어설 때까지도 심장의 상태가 도무지 나아지질 않았다.

"이 밤에 오느라 고생했어."

엘리베이터 문이 열리자, 그 앞에 서서 기다리고 있던 이탄이 빙긋 웃으며 지유를 맞이했다. 지유는 그의 얼굴을 쳐다보며 발걸음도 떼지 못한 채 서 있었다. 이탄이 손을 내밀었다.

"이리 와."

지유는 홀린 것처럼 그에게 나아갔다. 카이저의 이탄. 어둠을 타고 그녀 앞에 나타난 남자, 이신재. 누구보다도 강렬하고 아름다운 모습으로 지유의 눈앞에 서 있는 남자가 그녀를 향해 손짓하고 있었다.

지유는 불나방처럼 이탄에게 안겨들었다. 이 깊은 밤, 그녀를 부르는 그의 목소리를 듣자마자 생각할 겨를도 없이 그에게로 달려오고 말았다. 그의 단단한 팔에 안겨 어깨에 머리를 기대고 체향을 흠뻑 들이마셨다.

"보고 싶었어요."

이탄의 체온을 온몸으로 느끼며 지유가 눈을 감은 채 속삭였다.

머리 위에서 그가 후후 웃는 소리가 들렸다.

"그 말을 이제야 해주네."

"보고 싶었어요. 무서울 정도로……."

지유가 이탄의 어깨에 얼굴을 비비며 다시금 속삭였다. 물기 어린 목소리에 반응한 이탄이 두 손으로 그녀의 허리를 더 가까이 끌어당겼다. 자신의 훅 달아오른 하반신을 그녀가 부끄러울 만큼 느낄 수 있도록.

"내 대답이야. 키스해 줘."

낮고 뜨거운 음성이, 열로 달아오른 입술이 지유의 귀를 간지럽혔다. 일순간 확 일어난 소름이 피부를 타고 전신으로 퍼져 나갔다.

지유는 본능적으로 두 손을 들어 이탄의 뺨을 감쌌다. 허겁지겁 그의 입술을 찾아 입을 벌렸다.

"후……."

축축하고 끈적하게 혀와 혀를 섞으며 나누는 성마른 키스. 지유는 유독 열정적으로 그에게 매달렸다. 안 그래도 성난 남성에 자신의 아랫배를 비비며 그의 혀를 아이처럼 빨아들였다. 그에게 딱 달라붙어 떨어지고 싶지 않았다. 오히려 이탄이 적극적인 그녀의 공세에 입술을 떼고 뒤로 물러났다.

"잠깐만. 이러면 내가 또 정신을 못 차려."

이탄은 일부러 심호흡을 하며 지유에게서 떨어졌다. 그 또한 달 대로 달아올랐지만 단지 그녀를 안기만 하려고 부른 건 아니었다. 다시 곡을 쓰게 만들어준 그녀에게 감사 인사를 하고, 지나가다 그녀가 생각나서 산 선물을 건네주고, 소설 얘기를 하고, 또…….

"왜 밀어내요?"

지유가 서운함을 가득 품은 눈으로 말했다. 그녀 딴에는 엄청 용기 내서 표현한 거였는데 그가 거절해서 상처받았다는 얼굴이었다. 이탄은 서둘러 다가가 다시 지유를 끌어안았다.

"오해하지 마. 나도 참는 거니까."

"왜 참아요? 나도 원하는데."

지유가 말을 마치며 다시 이탄의 입술에 입 맞췄다. 평소답지 않게 놀랍도록 도발적인 태도였다.

이탄은 신음을 삼키며 졌다는 듯이 그녀의 혀를 받아들였다. 그녀를 두 팔로 꼭 껴안고 잡아먹을 것처럼 진한 키스를 나눴다.

길고 긴 입맞춤이 끝나자 이탄이 성급히 지유의 옷을 벗기며 말했다.

"얘기할 것도 많은데 왜 또 이성이 나가게 만들어?"

"이성이 다시 돌아오면 얘기해요. 지금은 신재 씨랑 이러고 싶으니까."

"당신 진짜!"

이탄이 거칠게 셔츠를 벗어 던지며 지유의 입술을 물었다. 그녀의 아랫입술을 살짝 깨물고 빨아 삼키며 등을 더듬어 브래지어 버클을 풀어 내렸다. 지유가 서투르게 손을 움직여 그의 바지 버클과 지퍼를 열자, 이탄은 바지와 팬티를 한 번에 벗어 내리며 중얼거렸다.

"다른 때랑 너무 다르잖아. 무슨 마음으로 이러는 거야?"

"그냥…… 신재 씨가 보고 싶었고……나한테 매달려 주면 좋겠어요. 그게 다예요."

"아직도 부족하단 말이지?"

이탄이 지유를 거실 바닥에 드러눕히며 으르렁거렸다. 마른 듯 하면서도 굴곡진 곡선을 가진 지유의 부드러운 여체가 한눈에 들어오자 하체로 피가 잔뜩 몰리는 게 느껴졌다.

이탄은 성급히 그녀 위로 몸을 포갰다. 지유의 알몸을 가린 단 하나의 천 조각을 서둘러 벗겨 내린 그는 울긋불긋 부풀어 오른 남성을 허겁지겁 그녀의 허벅지 사이에 끼워 넣었다.

"하아!"

뜨겁고 딱딱한 불기둥이 투명한 타액을 흘리며 그녀의 수풀 속 가장 은밀한 샘을 건드렸다. 이탄은 허리를 아래위로 들썩이며 팽창할 대로 팽창한 남성을 부드럽게 문질렀다. 그녀를 더욱더 달아오르게 하기 위해, 그를 원한다고 울부짖게 만들기 위해 일부러 닿을 듯 말 듯 끄트머리를 비벼댔다.

그의 장대한 남성을 허벅지로 꽉 문 지유가 달대로 달아올라 다리를 배배 꼬았다. 흥분으로 붉게 부푼 그녀의 입술에서 못 견디겠다는 항복의 신음이 터져 나왔다.

"신재 씨, 이제 그만……."

"그만 뭐? 말해봐."

"안아줘요."

"더 간절하게."

"당신을 원해요."

지유가 촉촉한 눈빛으로 이탄을 올려다보며 애원했다. 그런 그녀를 오만한 표정으로 내려다보며 이탄이 짓궂게 속삭였다.

"더 정확히 말해야지. 그래야 내가 원하는 걸 들어주지 않겠어?"

"당신 걸…… 넣어줘요……. 제발…… 으흣!"

이탄은 자비 없이 지유를 꿰뚫었다. 단숨에 난입한 그의 남성이 버거워, 지유는 반사적으로 허리를 들썩이며 그의 어깨를 붙들었다. 그녀가 어쩔 줄 몰라 하며 교성을 높이자, 그 모습에 더 흥분한 이탄은 발정 난 종마처럼 내달리기 시작했다.

"미치겠어! 제어가 안 돼."

이탄은 숨을 헉헉 뱉어내며 신음했다. 그의 허리 아래서 쾌락에 젖어 바르작거리는 지유가 흡사 남성의 정기를 빨아들이는 매혹적인 악마 서큐버스처럼 느껴졌다. 이 여자와는 처음부터 속궁합이 기막히게 좋았지만, 어쩐지 지금은 유독 정신을 차릴 수가 없었다. 정말 이대로 혼이 나갈 것만 같았다.

"으흑! 아아! 아! 신재 씨!"

"젠……장! 피임해야지."

이탄이 마지막 남은 이성 한 올을 가까스로 붙들며 말했다. 어쩐지 감도가 미치도록 좋다 했다. 날것 그대로 그녀의 안을 느끼고 있으니 당연히 콘돔을 쓸 때와 비교가 안 될 수밖에.

이탄은 고통스럽게 얼굴을 찌푸리며 그녀 안에서 빠져나오려 했다. 하지만 그 순간, 지유가 두 다리로 그의 허리를 나긋이 감싸며 속삭였다.

"괜찮아요. 안전한 날이에요."

"그래도 위험해."

말은 그렇게 했어도 이탄은 지유에게서 빠져나오지 못했다. 거칠게 내달리던 속도를 한 박자 늦춘 것만으로도 그는 못 견디게 괴로운 표정이었다. 지유는 허리를 비틀며 그를 유혹했다.

"정말 괜찮아요. 이대로 해줘요……."

"크흣!"

참고 참았던 이성 한 올이 뚝 끊겼다.

이탄은 신음을 터뜨리며 허리를 강하게 튕겨 지유를 공격했다. 홧홧하게 달아오른 불기둥이 거칠고 요란하게 안으로, 계속 안으로 짓쳐 들자 지유는 본능과 쾌락에 몸부림치며 비명을 내질렀다.

그녀는 이탄의 등을 부둥켜안고 야생마처럼 내달리는 그를 버겁게 받아들였다. 욕정과 소유욕이 머리끝까지 치솟아 올라 눈앞이 빙빙 돌았다.

"아아! 신재 씨! 신재 씨!"

"하아!"

두 사람 다 최고조로 흥분해 다른 때보다 빠르게 절정을 맞이했다. 서로의 몸을 칭칭 얽은 채 이탄과 지유는 마지막 교성을 터뜨리며 쾌감의 끝에 다다랐다. 그러다 분출하기 직전, 이탄이 지유의 몸에서 빠져나와 그녀의 배 위에 뿌연 액체를 흩뿌렸다.

"하아하아……."

지유는 황홀경에 젖어 몸을 바르르 떨며 그의 대단한 남성이 우윳빛 정액을 흘리는 모습을 지켜보았다. 움찔거리며 파정을 마친 그가 지유 옆에 드러누우며 중얼거렸다.

"다 내보였네. 봐, 나도 별거 없지?"

겉으로 어떻게 치장하고 있어도 상대를 향한 욕정에 휩싸이면 다 똑같아진다. 이탄은 그 말이 하고 싶었다. 그러니 스스로 위축되지 말라고. 내 껍데기를 너무 대단하게 취급하지 말라고.

지유는 살짝 웃으며 이탄의 볼에 쪽 뽀뽀했다.

"여전히 멋있는데요, 뭘."

"당신도 예뻐. 특히 이럴 때."

이탄이 손을 들어 지유의 머리칼을 만지면서 중얼거렸다. 잘 익은 복숭아처럼 달아오른 뺨, 붉게 부푼 입술, 뱀처럼 남자를 칭칭 얽어매는 늘씬한 다리.

얼핏 소심해 보이는 평소 모습과는 다르게, 류지유는 남자를 유혹할 때면 대단한 요부로 돌변하는 여자였다. 그도 지금에서야 그녀의 이런 면모를 제대로 알게 됐다. 그녀는 자신이 침대 위에서 남자를 얼마나 미치게 만드는 줄 알기나 할까?

"다른 남자, 없는 거지?"

이탄이 갑자기 미간을 찌푸리며 물었다. 지유가 말도 안 된다는 투로 소리쳤다.

"당신을 두고 어떻게 다른 사람을 만나겠어요. 아니, 다른 사람을 만날 수나 있을까요?"

그녀의 물음에는 진심 어린 걱정이 스며 있었다.

내내 이탄이란 남자를 생각하면서 소설을 쓰고, 자꾸만 그와 만나고, 그에게 매달려 말 못하게 황홀한 정사를 치르면서 지유에게 생긴 또 다른 고민. 언젠가 그와 헤어졌을 때 과연 다음 남자를 만날 수는 있을까? 이렇게 근사하고 아름다운 남자와 만나다가 쓸데없이 눈만 높아져서 다른 사람은 만나지도 못하는 게 아닐까?

그것은 그에게 푹 빠져 헤어나지 못할까 봐 걱정하는 것과는 별개의 문제였다. 이래도 걱정, 저래도 걱정이면서 그가 부를 때마다 두말 않고 달려오는 그녀 자신이 제일 문제지만.

이탄이 지유의 머리칼을 부드럽게 쓸어내리며 말했다.

"됐어, 그럼. 나도 당신밖에 안 만나."

"고마워요."

지유가 시선을 내리깔며 말했다. 그녀의 검은 눈동자에 쓰디쓴 과거가 슬쩍 스쳤다.

이탄은 지유의 얼굴에 드리운 그늘을 몰아내겠다는 듯이 그녀의 뺨을 어루만졌다. 이걸 다 없애놓아야 그에게 좀 더 마음을 열어줄 텐데 아직은 이른 거겠지.

그는 단숨에 몸을 일으키며 지유에게 말했다.

"잠깐만 있어."

그러곤 의아해하는 지유를 두고 성큼성큼 방 안으로 걸음을 옮겼다. 잠시 후 가운을 걸친 그가 물티슈와 고급스러워 보이는 검은색 상자를 들고 거실로 나왔다. 지유의 옆에 앉은 그는 물티슈를 몇 장 뽑아 그녀의 몸에 묻은 타액을 꼼꼼히 닦아내기 시작했다.

"내가 할게요."

지유가 당황하며 물티슈로 손을 뻗었다. 그러나 이탄은 단호하게 거절하며 하던 일을 계속했다.

"안 돼. 내가 못 닦게 하면 같이 샤워할 거야."

지유는 뺨을 붉히며 손을 거뒀다. 부끄러워할 게 없을 만큼 적나라한 행위를 다 했는데도 샤워라는 단어가 무척 야릇하게 들렸다. 6년을 사귄 송재림과도 함께 씻은 적이 한 번도 없었으니까. 재림은 항상 먼저 일어나 욕실로 들어가곤 했다.

"자, 닦는 건 다 했고."

이탄이 휴지 뭉치를 들고 일어나며 말했다. 검은색 상자를 지유 옆에 내려놓고 화장실로 들어간 그가 휴지를 버리고 나오면서 장난스럽게 물었다.

"그게 뭔지 궁금하지?"

"네. 뭐예요? 혹시 내 선물인가요?"

지유가 장난스럽게 되물었다. 사실은 곡이 다 완성되어 USB에 담아온 게 아닐까 생각하면서.

"빙고. 다시 곡을 쓰게 만들어준 보답이야."

이탄은 씩 웃으며 그녀에게 다가와 상자를 열어 보였다. 그러자 자태를 드러낸 눈부시도록 아름다운 보석에 지유가 자기도 모르게 입을 벌리며 물었다.

"이걸 날 준다고요?"

"응. 받을 자격 있어. 내가 주고 싶기도 하고."

이탄이 상자 안에서 초커를 꺼내 들며 말했다. 검은색 실크로 엮은 줄에 투명하고 새빨간 보석이 매달려 매혹적인 빛을 발하고 있었다. 보석에 대해 잘 모르는 사람이 봐도 한눈에 값비싼 물건이라는 걸 알아볼 만큼 선명한 빨간색을 가진 것이었다.

"너무 과해요!"

지유가 당혹스럽다는 어조로 항의했다.

그러거나 말거나, 이탄은 초커를 들고 지유에게 다가가 그녀의 목에 채워주었다. 지유의 뽀얀 살결 위에서 흔들리는 새빨간 보석을 감상하듯 바라보며 그는 만족스럽다는 미소를 머금었다.

"역시 내가 보는 눈이 있어. 엄청 잘 어울려."

"신재 씨, 아무리 그래도 이건……."

"내 성의 무시할 거야? 나 상처받는다? 아님 화낼까?"

눈초리를 부드럽게 휘며 얘기하고 있지만 그는 진심이었다.

지유는 할 말을 찾지 못하고 몇 초간 입을 다물었다. 그러다 조심스레 물어보았다.

"내가 대체 얼마짜릴 목에 걸고 있는 건가요?"

"집 한 채 값은 아니야. 걱정 마."

"신재 씨!"

부담스러워서 도저히 안 되겠다. 지유는 소리치며 초커의 잠금 쇠에 손을 댔다.

대단한 부자인 그에게는 아무렇지도 않게 살 수 있는 보석이겠지만 그녀는 아니었다. 이런 걸 아무렇지도 않게 덥석 받고 싶지도 않았다. 그가 진심으로 좋기에 더더욱.

"빼지 마. 이걸 사면서 설레었던 내 마음은 뭐가 돼?"

이탄이 지유의 손 위로 자신의 손을 포개며 그녀의 입술 위에서 중얼거렸다. 그녀가 일순간 멈칫하자, 이탄은 그녀의 손을 붙잡아 아래로 내리며 조르듯이 속삭였다.

"좋아하는 걸 보려고 산 거지, 화내는 걸 보려고 산 게 아니야. 당신이 안 가지면 쓰레기통에 던질 거야. 당신 거니까."

"그건 협박이잖아요."

지유가 미간을 찌푸리며 종알거렸다. 이탄은 그녀의 입술에 쪽 입 맞추며 말했다.

"응, 협박이야. 그러니까 해. 이 목걸이 볼 때마다 내 생각도 하고."

그러곤 지유의 왼 뺨에, 이마에, 오른 뺨에 깃털 같은 입맞춤을 퍼부었다. 지유는 인상을 쓰며 투덜거렸다.

"못됐어, 진짜. 그럼 나도 신재 씨한테 선물할 거예요. 이 목걸

이보다 훨씬 싼 거겠지만."

"뭘 주든 감사히 받을게."

이탄은 후후 웃으며 지유에게서 조금 떨어져, 초커만 걸친 채 알몸으로 비스듬히 앉아 있는 그녀를 감상하듯 바라보았다. 이윽고 그의 눈가에 잔잔한 미소가 피어올랐다.

"꼭 〈올랭피아〉 속의 여인 같군."

"그래요?"

지유가 입술을 엷게 올리며 물었다.

명화 〈올랭피아〉 속의 도발적인 여인은 창부였다. 이탄이 그런 뜻으로 말한 건 아닐 테지만, 현재 그녀가 그의 숨겨진 정부와도 같은 건 맞았다. 그도 그녀에게 똑같은 역할을 해주고 있지만.

"내 뮤즈야, 당신은. 나도 당신한테 그렇잖아."

이탄이 얼굴을 불쑥 가까이 들이밀더니 서슴없이 지유에게 키스하고선 말했다. 지유는 본능처럼 눈을 감으며 그의 입술을 받아들이다 살며시 눈을 떠 그의 짙은 갈색 눈동자를 바라보았다. 맑고 투명한 갈색 수정에 오직 그녀의 얼굴만이 비치고 있었다.

이탄이 대답을 재촉했다.

"안 그래?"

"맞아요. 신재 씨는 내 뮤즈예요."

지유는 다시 눈을 감으며 그에게 키스했다. 두 팔로 매달리듯 그의 목을 끌어안으며 그에게 열렬히 입 맞췄다. 이탄은 그녀를 오만하게 내려다보며 그녀의 입안 깊숙이 혀를 밀어 넣었다.

욕망으로 빨갛게 물든 밤이 또 한 번 지나가고 있었다.

8. 질투하고 선망하다

「오늘 뮤직레인 꼭 봐.」

이른 아침, 이탄에게서 문자메시지가 왔다.

지유는 오후 5시가 지나자마자 텔레비전을 켜고 소파 아래에 기대 앉아 물끄러미 화면을 응시했다. 예쁘고 화려하게 치장한 아이돌 그룹 여럿이 나왔다 들어갔지만 얼굴을 제대로 알아본 이는 몇 없었다. 지유는 새삼 자신이 얼마나 연예계에 관심이 없는지 깨달았다. 저 조명 아래서 별처럼 빛나는 아이돌 중에 카이저만큼 유명해진 그룹이 얼마나 될까?

"이런 거 안 보잖아?"

남동생 지한이 소파 위에 털썩 앉으며 웬일이냐는 투로 물었다. 지유는 텔레비전에서 눈을 떼지 않으며 멍하니 대꾸했다.

"좋아하는 가수가 나온대서."

"누구? 고딩 때도 안 그러더니 웬일이래?"

지한이 의아하다는 낯빛으로 고개를 갸웃했다. 그 와중에도 지유의 눈은 여전히 화면에만 고정돼 있었다.

"좋아하는 가수가 생겼나 보지. 그런데 넌 오늘 안 나가니?"

식탁 앞에 앉아 과일을 깎던 어머니 지경숙 여사가 사과와 배가 소담스레 담긴 접시를 들고 지유 옆으로 와서 앉으며 물었다. 주말만 되면 기를 쓰고 기어나가던 녀석이 왜 토요일에 집에 붙어 있냐는 뜻이었다. 독립한 후 얼굴을 자주 보기가 힘들어진 딸과 오랜만에 담소 좀 나누려는데, 시커먼 놈이 옆에 죽치고 있으니 신경 쓰이기도 하고.

"나도 누나 얼굴이나 보려고 있는 거지. 엄마는 내가 하루만 집에 있어도 구박이더라?"

지한이 사과 하나를 집어 아작아작 씹어 먹으며 투덜댔다. 지경숙 여사는 아들을 때리는 시늉을 하곤 지유에게 배를 집어주었다.

"먹어봐. 달더라."

"응. 엄마도 먹어요."

지유는 엄마가 건네준 배를 오물오물 씹으며 계속 뮤직레인에 집중했다. 굳이 보라고 했으니 그가 나올 것이다. 아니면 그의 노래라도.

그때, 신곡을 발표한 아유라가 등장하며 귀에 익숙한 멜로디가 울려 퍼졌다. 지한이 옆에서 호들갑을 떨며 리모컨으로 소리를 높였다.

"아유라 컴백이 오늘이었어? 오 예!"

지한은 눈을 반짝반짝 빛내며 상체를 앞으로 쑥 내밀었다.

군대도 다녀온 놈이 연예인에 환장하는 꼴이라니. 지경숙 여사
가 혀를 쯧쯧 차며 철부지 아들을 타박했다.

"으이그, 으이그! 영주가 너 이러는 거 아냐?"

"그럼! 우린 서로의 팬질을 지지하거든. 걘 이탄한테 목매달았
어."

"서로 잘 만났다 그래."

엄마는 고개를 설레설레 저으며 어이없다는 투로 말했지만, 지
유는 그의 이름을 듣는 순간 속으로 움찔했다. 대한민국에 사는
누가 팬이래도 이상하지 않은 남자. 아니, 그는 케이 팝의 선두에
선 가수이니 전 세계의 누가 팬이래도 이상하지 않겠지.

아무리 이탄이 아닌 이신재로 보려고 해도, 미치도록 끌리는 한
남자로만 대하려고 해도, 이렇듯 예상치 못한 순간에 그 존재의
무게감을 또다시 깨닫고 만다.

"어? 이탄이다!"

"어?"

아유라를 뚫어지게 쳐다보고 있던 지한이 소리쳤다.

혼자만의 생각에 잠겼던 지유는 화들짝 놀라 다시 텔레비전을
응시했다. 하늘색 체크무늬 정장을 차려입은 이탄이 무대 위로 깜
짝 등장해, 아유라를 다정한 눈빛으로 바라보며 노래하고 있었다.
지유에게 파일로 보내줬던 바로 그 곡을, 그녀와 함께 고치면서
완성한 그 랩 가사를, 진짜 연인처럼 달콤한 목소리로 아유라에게
불러주고 있었다.

말이 안 나올 만큼 멋지고, 눈부시고, 그리고…… 심장이 조여
들 만큼 아프다. 누가 봐도 명백한 질투…….

지유는 두 눈을 질끈 감았다. 그러곤 자리에서 벌떡 일어났다.

"나 잠깐 나갔다 올게요."

"어디 가게?"

딸의 행동이 이상하다고 느낀 지경숙 여사가 서둘러 따라 일어서며 물었다. 지유는 엄마에게 얼굴을 보이지 않으며 서툴게 대답했다.

"만두 사 올게. 갑자기 먹고 싶어서. 저녁에 먹을 고기도 사 오고. 아빠 오시면 다 같이 구워 먹어요."

"반찬 다 있는데 왜? 엄마가 꽃게탕 해놨어."

지유가 방 안으로 들어가 핸드백에서 지갑과 핸드폰을 챙겨 들자, 지경숙 여사가 딸을 말리며 말했다. 지유는 현관까지 쫓아오는 엄마에게 애써 웃어 보이며 문을 열었다.

"바람도 쐬려고. 다녀올게요."

지경숙 여사는 황급히 밖으로 사라지는 딸을 걱정이 가득 담긴 눈빛으로 바라보았다. 조금은 괜찮아진 줄 알았는데. 아직도 많이 힘든 걸까……

그러다 고개를 휙 돌려 아직도 입을 헤벌리고 텔레비전을 보는 아들놈 지한에게 앙칼지게 소리쳤다.

"류지한! 당장 누나 따라가."

"방해 아닐까? 혼자 있고 싶어서 나간 거 같은데."

지한이 제법 어른스러운 목소리로 대답했다. 지경숙 여사도 그걸 모르는 게 아니었지만, 안 그래도 혼자 사는 딸이 집에 와서까지 외떨어지려는 걸 놔두고 싶지 않았다. 누나 걱정은 눈곱만큼도 안 하고 텔레비전에만 넋 나간 저놈도 꼴 보기 싫고.

"당장 안 따라가? 오늘 저녁 굶을래?"

"알았어요, 알았어! 가면 또 누나가 왜 따라왔냐고 뭐라 할 텐데. 에이, 씨!"

지한은 투덜거리며 핸드폰만 집어 들고 밖으로 나갔다. 대체 '아들아들' 한다는 집은 어느 나라 집인 거냐고 구시렁거리면서.

적어도 이 집에선 딸, 딸, 그저 딸뿐이었다.

아유라의 앨범은 발매되자마자 음원 차트에 순위 줄 세우기를 시작했다. 1위는 당연히 이탄이 피처링한 메인타이틀곡 〈그 밤의 속삭임〉. 이틀 전 아유라의 새 앨범이 공개됐을 때, 효미는 질투가 나서 그 밤을 꼴딱 새웠다.

그걸로 모자랐는지 아유라는 뮤직레인 첫 방송에 보란 듯이 이탄을 대동했고, 효미는 지금 입술을 깨물며 그 무대를 지켜보고 있었다.

독보적인 여성 싱어 송 라이터, 음원 여왕, 대한민국 삼촌들의 공식 조카. 아유라가 데뷔한 지 5년이 지났지만, 그녀가 받은 이 별칭들을 빼앗은 여자 가수는 나타나지 않았다.

효미 자신이 미치도록 그 자리를 꿰차고 싶었지만, 안타깝게도 그녀에게는 아유라 절반만큼의 가창력도 음악성도 없었다. 오직 여자 아이돌로서 귀엽고 발랄한 이미지와 성공에 대한 갈증뿐.

"그러니까 탄이 오빠가…… 탄이 오빠는……."

효미는 치뜬 눈으로 텔레비전 속의 아유라와 이탄을 노려보며 스커트 자락을 아프게 움켜쥐었다.

저 무대에는 아유라 년 대신 자신이 서야 했다. 이탄의 옆에 선 최초의 여가수는 자신이어야 했다. 걸 그룹 트윙클로 데뷔해 많은 팬들에게 사랑받고, 음악 프로그램에서 1위를 하고, 3년이 넘도록 그 인기를 유지하고 있는데 왜 자신은 저기에 서지 못한 걸까?

심지어 이탄은 효미의 연락조차 안 받기 일쑤였다. 방송에 나가 자신은 이탄 선배님을 보고 아이돌 가수가 됐다고 아무리 말해도, 카메라 뒤에서 만날 때마다 한결같이 호감을 표시해도 늘 예의 섞인 인사뿐. 그 이상 절대로 친해지려 들지 않았다.

그래서 지금 이 순간, 효미는 서럽고 또 서러웠다.

"왜 혼자 이러고 있어?"

회사 내 가수 전용 휴게실에 혼자 앉아서 대형 텔레비전을 뚫어지게 보고 있는 효미를 밖에서 유리창으로 들여다본 유주가 안으로 들어오며 물었다. 효미는 대답도 없이 화면만 응시했다. 텔레비전에 누가 나오는지 확인한 유주가 쓴웃음을 지으며 그녀 옆에 앉았다.

"부러운 게 누구야? 이탄이야, 아유라야?"

"둘 다요."

발끈할 수도 있는 질문에, 효미의 입에서 솔직한 대답이 튀어나왔다.

이래서 이 아이가 마음에 들었다. 솔직하게 욕망하고, 원하는 걸 얻기 위해 독하게 투지를 불태운다. 카메라가 돌면 귀여운 여자 아이돌로 변신해 애교를 남발하지만, 사실 효미의 원래 모습은 이런 것이었다.

유주는 입술을 비틀어 올리며 은근한 목소리로 제안했다.

"내가 솔로 앨범 준비 중인 거 알지? 네가 피처링 한 곡 해줄래?"

"메인타이틀인가요?"

효미가 시선을 유주에게 돌리며 주저 없이 되물었다. 유주는 미간을 찌푸리며 웃었다.

"아니. 그런데 네 목소리랑 아주 잘 어울리는 곡이야."

"……최선을 다하겠습니다, 선배님."

효미는 고개를 꾸벅 숙이곤 의자에서 일어났다. 평소에는 오빠라고 잘도 부르더니 선을 확 그은 것이다.

유주는 자리를 떠나려는 효미의 오른손을 낚아챘다. 그러곤 천천히 몸을 일으켜 효미의 두 눈을 내려다보면서 말했다.

"내가 훨씬 잘할 거야. 내가 널 더 도울 수 있고. 그러니까 이제 그만 날 봐. 어차피 저 새낀 네 앞날에 도움이 안 돼."

"그럴지도 모르죠."

효미는 시선을 내리깔며 애처롭게 웃었다. 유주는 효미의 손을 더 꼭 붙들며 애타는 음성으로 그녀를 불렀다.

"효미야……."

"그래도 포기 못하겠는 걸 어떡해요."

효미가 고개를 들어 유주를 올려다보며 말했다. 커다란 두 눈에 눈물이 그렁그렁 맺혀 있었다.

"날 여기까지 오게 만든 사람이, 바득바득 이 자리에 서게 만든 사람이 이탄 오빠인 걸 어떡해요. 미안해요, 유주 오빠……."

그러곤 유주의 손을 뿌리치고 휴게실 밖으로 뛰쳐나갔다.

유주는 그녀를 부르며 쫓아가려다 이곳이 회사인 걸 자각하고 걸음을 멈칫했다. 사방 어디에나 대표 이사의 눈과 귀가 깔린 장소에서 한 편의 신파 드라마를 찍을 수는 없었다.

감정에 못 이겨 그 자리에서 안절부절못하던 유주는, 결국 두 손으로 책상을 거칠게 내려치며 울분을 토해냈다.

"씹새끼! 이 씹새끼야!"

도대체 몇 명의 마음을 지옥으로 몰아넣어야 만족할까, 이탄은. 자기가 다른 사람을 그렇게 만든다는 걸 알기나 할까?

아니, 절대로 모를 거다. 그 새끼 심장에는 얼음 칼이 들어 있으니까. 다른 모두가 그의 예의 바른 태도 때문에 감쪽같이 속을지 몰라도, 유주는 이탄이 그런 인간이라는 걸 뼛속 깊이 알고 있었다. 스스로 허락하지 않은 사람이 곁으로 다가올 때마다 이탄이 그 칼을 사정없이 휘두른다는 것도.

"가만 안 둬!"

무슨 수를 써서라도 무너뜨리고 만다.

유주는 눈을 부릅뜨며 텔레비전을 노려보았다. 아유라와 이탄은 이미 들어가고 없었지만, 그는 아직도 카메라가 이탄을 비추고 있는 것처럼 이글이글 타오르는 눈으로 화면을 응시했다.

스스로 몰락하지 않겠다면 더러운 재라도 뿌려주지. 너라고 켕길 게 하나도 없겠어? 어디 한번 들이파 보자고.

음원 차트 순위, 인지도, 가수로서의 자존심마저 짓밟힌 걸로 모자라 좋아하는 여자까지 이탄이 차지하게 둘 수는 없었다. 봐줄 만큼 봐줬고 참을 만큼 참았다. 이제는 어떻게든 이탄을 무너뜨리리라. 그러기 위해 수단과 방법을 가리지 않을 것이다.

유주는 사납게 눈을 치뜨며 휴게실 문을 박차고 나갔다.

❖

무대를 마치고 내려온 이탄은 오랜만에 얼굴을 마주친 방송 관계자 및 선후배 가수들과 반갑게 인사를 나눴다. 그러곤 아유라와 다음 만남을 기약한 후 정우와 함께 밴에 올라타자마자 핸드폰을 확인했다.

이른 아침에 메시지를 보냈으니 지유는 분명 그의 무대를 봤을 것이다. 그녀가 어떤 얘기를 할지 너무 궁금했다. 그에게 소설을 보여줄 때마다 지유가 이런 심정이었던 건가 싶어 이탄은 피식 웃음이 났다.

역시 예상대로 지유에게서 문자메시지가 와 있었다.

「정말 멋진 무대였어요. 아유라랑도 잘 어울리고. 이탄이란 가수가 얼마나 눈부신지 새삼 깨달았어요.」

"흠……."

이탄은 오른손으로 턱을 매만지며 지유가 보낸 메시지를 반복해서 읽었다. 대단한 극찬인데 묘하게 위화감이 느껴졌다. 순수한 감탄인 걸까, 그래서 새삼 멀게 느껴졌다는 뜻일까.

"언론 반응 살피는 거야?"

옆에 앉아 있던 정우가 핸드폰 화면을 뚫어져라 보는 이탄에게 물었다. 이탄은 핸드폰에서 눈을 떼지 않으며 대꾸했다.

"응."

"좋던데, 뭘. 말도 안 되는 악플 달리면 바로 고발 조치할 거니까 걱정 말고."

정우도 말하면서 핸드폰으로 인터넷 창을 열었다. 포털사이트 나이브와 세움의 실시간 검색어 순위에 '뮤직레인, 아유라, 이탄'이 나란히 올라 있었다. 언론 매체도 뮤직레인이 끝나기 전부터 이탄과 아유라가 함께한 무대에 대해 앞다투어 호의적인 기사를 내보냈다.

드물게 이탄이 아유라한테 묻어가려고 한다느니, 이탄이 자기 재능 떨어져서 아유라한테 업힌 거라느니 하는 헛소리가 보였지만, 그건 아유라가 〈라준열의 노트북〉에 출연해 사실을 밝히면 그만이다. 이미 담당 피디와 그러기로 약속돼 있었다.

"마음 편히 가져. 너 오늘 진짜 잘했으니까."

이탄에 대한 칭찬 글을 굳이 일일이 다시 읽어본 정우가 흐뭇한 미소를 띠며 이탄에게 말했다. 이탄은 심각한 표정으로 계속 핸드폰만 보다가 갑자기 정우에게 고개를 돌려 얘기했다.

"형, 나 회사 들렀다 바로 집에 갈게."

"왜? 작업한다며?"

이탄이 작업실로 가겠다고 해서 기꺼운 마음으로 회사로 향하는 길이었다. 진짜 원래대로 돌아오려나 보다 하고 정우는 속으로 얼마나 방방 뛰었는지 모른다. 그런데 이 무슨 변덕인가? 설마 이 녀석 또……

"집에서 먼저 할 게 있는데 깜빡했어."

이탄이 급하게 입을 열었다. 긴장으로 굳었던 정우의 표정이 부드럽게 풀렸다.

"그래? 그럼 가야지. 편하게 해, 편하게."

"응."

살짝 찔렸지만 거짓말은 하지 않았다. 그 먼저 하려는 일이 지유와 연락해서 만나거나 제대로 얘기하려는 것임을 굳이 밝히지 않았을 뿐.

이탄은 입을 꾹 다물고 SJ엔터테인먼트 건물 앞에 도착할 때까지 내내 핸드폰만 만지작거렸다. 그리고 밴에서 내리자마자 주차해 둔 자기 차에 올라 바람같이 사라졌다.

부모님은 지유가 독립해 나간 뒤에도 딸의 방을 그대로 두었다. 심지어 엄마는 일주일에 한 번씩 지유의 방을 꾸준히 청소해 주었다.

빨아서 뽀송뽀송한 침대 시트 위에 누워 포근한 솜이불을 덮은 지유는 오랜만에 안락함을 느꼈다. 혼자서만 아프다고 가시를 꼿꼿이 세우며 나가 버렸는데도 넓은 마음으로 그녀를 품어주는 가족. 지유가 이 정도 방황으로 상처를 치유해갈 수 있는 건 항상 뒤에서 그녀를 받쳐주는 가족이 있기 때문이었다.

그리고 그를 만났기 때문에…….

지유는 또다시 이탄을 떠올리며 씁쓸히 웃었다.

일부러 산책을 하고, 장을 보고, 집으로 돌아와 온 가족이 함께 고기를 구워 먹는 와중에도 무대 위에서 눈부시게 빛나던 그가 끊임없이 생각났다. 일부러 엄마 아빠와 대화를 계속 하고, 괜히 지한에게 이것저것 묻고, 저녁 식사 후 다 같이 모여 앉아 영화까지 봤는데도 머릿속의 이탄은 떠날 줄 몰랐다.

그러다 잠자리에 들려고 방으로 들어와 무심결에 핸드폰을 봤는데, 이탄에게서 전화와 문자가 일곱 통이나 와 있었다. 일순간 당황한 지유는 그에게 바로 전화하려다 그만두었다. 그사이 그가 누군가와 함께 있을지도 모르니까.

'그래도 문자는 보내는 게 좋겠지······.'

이불 속에 모로 누운 채 핸드폰을 만지작거리던 지유는 이탄에게 간략한 메시지를 보냈다. 부모님 집이라 핸드폰을 늦게 확인했다고. 미안하다고.

그런데 문자를 보낸 지 30초도 못 가서 그에게 답장이 왔다.

「지금 전화 받을 수 있어?」

지유는 당황해서 이탄이 보낸 메시지를 재차 읽었다. 벌써 밤 12시가 넘었는데 뭐라고 대답해야 할까.

그러기를 잠시, 지유가 먼저 이탄에게 전화를 걸었다. 연락을 일곱 통이나 한 그에게 미안하니까. 그녀가 피하는 거라고 그가 오해할지도 모르니까. 그의 목소리가 듣고 싶으니까······.

[걱정했잖아.]

전화를 받자마자 이탄이 까칠한 목소리로 툭 내뱉었다. 지유는 어색하게 웃으며 사정을 설명했다.

"핸드폰을 방에 두고 거실에 계속 있었거든요. 몇 달 만에 부모님 집에 온 거라서요. 그래도 신재 씨 무대는 잘 봤어요."

[알아. 문자로 얘기했잖아. 언제 당신 집으로 가?]

"내일 저녁에요. 빨리 소설 써야죠."

[많이 썼어?]

"일주일 후에는 담당자한테 보낼 수 있을 거 같아요."

[잘됐네.]

왠지 대화가 겉에서 빙빙 도는 느낌. 그도 지유도 진짜 하고 싶은 말을 숨기는 기분이 들었다. 핸드폰 너머로 이탄의 한숨 소리가 들려왔다.

[후우…… 보고 싶다.]

지유는 미간을 찌푸리며 어금니를 깨물었다. 감정이 녹아내려 심장이 따끔거렸다.

나도 그래요……. 이 말을 해야 하는데, 그에게 해줘야 하는데 왜 이리 목이 메는 걸까…….

[보고 싶다고, 류지유. 도망 안 갈 거지?]

이탄의 목소리가 불안하게 흔들렸다.

그는 왜 이런 걸 묻는 걸까? 그토록 찬란한 사람이, 수백만 명의 마음을 뒤흔드는 사람이 대체 뭐가 아쉬워서…….

"안 가요."

지유는 가까스로 목소리를 냈다.

[그런데 왜 꼭 도망칠 거 같지? 당신은 늘 떠날 준비를 하고 날 대해.]

이탄이 기묘한 웃음소리를 내며 말했다.

느닷없이 정곡이 찔려 버렸다. 지유는 입을 꾹 다물었다. 이 남자가 얼마나 눈치 빠른 사람인지 또 잊고 있었다. 굳이 표현하지 않아도 상대의 마음을 귀신같이 잡아채는 남자라는 것도.

그녀는 대답을 찾지 못하고 망설였다. 침묵이 길어지자, 그가 비틀린 웃음소리로 뇌까렸다.

[부정하진 않는구나. 그거 알아? 난 당신의 이런 점이 좋아. 좀 아프긴 하지만.]

"안 도망가요. 약속할게요."

지유는 밀물처럼 밀려드는 감정을 꾹꾹 내리누르며 그에게 말했다. 이걸로 부족하겠지만 밑바닥부터 우러나는 진심을 그에게 토해낸 거였다.

다행히 그가 조금 누그러진 음성으로 답했다.

[좋아, 믿을게. 우리 어디로 놀러 갈까?]

"갑자기요? 어디로?"

[어디든. 낮에도 편하게 같이 있을 수 있는 곳으로. 일주일 후에 가면 괜찮지 않아?]

이탄이 분위기를 전환하려는 듯 일부러 밝게 물었다. 지유는 몇 초간 머뭇거리다 얼른 그에게 대답했다.

"네, 괜찮아요."

[장소는 내가 알아볼게. 해외로 나가고 싶지만 그건 힘들고…… 전망 좋은 펜션이 낫겠다. 사람 없는 곳으로.]

"알겠어요. 그럼 장은 내가 볼게요."

[응. 또 간장 떡볶이 해줘. 맛있더라.]

이탄이 아이처럼 웃으며 말했다. 그녀가 여행을 허락해서 꾸밈 없이 기쁘다는 투였다.

그래서 마음이 아렸다. 분명 그녀도 좋은데, 평범한 남자친구처럼 같이 놀러 가고 싶다고 말하는 그가 너무 기쁜데, 마음 한편에서 슬픔이 밀려왔다.

상반된 감정이 뒤섞여, 지유는 고통스러운 미소를 지었다. 그녀

는 핸드폰 너머의 그에게 들키지 않으려고 애쓰며 밝은 음성으로
재잘거렸다.

"또 먹고 싶은 거 있으면 말해요. 해줄게요."

[알았어. 리스트 쫙 정리해서 문자로 보낼게. 내일 집에 가서 연
락해.]

"네. 잘 자요."

[당신도.]

그렇게 전화가 끊겼다.

지유는 힘없이 핸드폰을 침대 위에 내려놓았다. 베갯잇으로 투
명한 눈물 한 방울이 또르르 굴러내려 소리 없이 사라졌다.

"도망치지 말아요……."

말도 없이 떠나지 말아요. 상처 주지 말아줘요…….

그건 지유가 하고 싶은 말이었다.

온 마음을 담아 그에게 부탁하고 싶은 단 하나였다.

푸르고 맑기만 했던 스물한 살의 봄날, 지유는 송재림과 처음
만났다.

인터넷 영어 공부 카페에서 알음알음 친해진 대학생들이 신촌
에서 스터디 모임을 갖자며 의기투합했고, 지유는 같은 과 친구의
권유에 따라 그곳에 합류했다. 거기에 재림이 있었다.

긴 생머리에 순하고 맑은 눈망울을 가진 지유와 준수한 모범생
같은 얼굴에 목소리가 부드러운 재림은 다른 학생들에게도 인기

가 많았다. 그러다 둘이서 눈이 맞아 사귀기로 했을 때 받은 질투와 부러움은 말도 못했다.

그래도 그땐 서로 좋기만 했다. 이렇게 따뜻한 미소를 가진 사람이 자신의 첫 남자친구라니, 지유는 그를 보면서 혼자 얼굴을 붉히곤 했다. 재림은 그런 그녀가 귀엽다며 꼭 안아주었다.

함께 책을 읽고, 영화를 보고, 산책을 하고. 지유와 재림은 취미가 비슷하고 관심사도 겹쳤기에 서로 좋아하고 의지하며 몇 년 동안 연애를 지속했다.

그사이 재림은 군대를 갔다. 지유는 2주에 한 번씩 꼬박꼬박 재림에게 면회를 가며 그를 기다렸다.

그 후 재림은 학교로 복학했지만, 1년 후 호주로 어학연수를 떠났다. 지유는 그의 선택을 응원하며 바쁘게 취업 준비에 매달렸다.

6개월 후 한국으로 돌아왔을 때, 재림은 여러모로 변해 있었다.

따뜻한 미소와 부드러운 말투는 여전했지만 그에게선 종종 담배 냄새가 풍겼다. 호주로 떠나기 전에는 입에도 대지 않던 거였는데.

지유 앞에서 그늘진 얼굴로 한숨을 쉬는 횟수도 늘어났다. 자기는 앞으로 뭘 해야 할지 모르겠다며, 너는 취업해서 좋겠다며 지유에게 부러움 섞인 푸념을 늘어놓기도 했다.

사회 초년생으로서 정신없이 하루하루를 보내고 있었지만, 그래도 지유는 만날 때마다 재림을 위로하려고 애썼다. 학점도 좋고, 어학연수도 다녀왔고, 토익 점수도 높으니 어디든 입사할 수 있을 거라며 긍정적인 말로 재림에게 힘을 북돋아주려고 노력했다.

그러나 재림은 갈수록 짜증이 늘었다. 너는 모른다며, 이미 네 길을 잘 가고 있지 않으냐며 질투 섞인 투정을 자꾸 부려댔다.

지유는 여전히 재림을 좋아했지만 점점 지쳐서 시들어갔다. 지유가 입사한 홍보 회사는 안 그래도 일이 산더미처럼 많았고, 아직 서툴기만 한 그녀는 재림이 괴롭히지 않아도 밤마다 파김치가 되어 잠들기 일쑤였다. 그런 데다 틈틈이 만나는 재림마저 이러니 마음이 퍼석하게 말라가는 듯했다.

다시 소설에 손댄 건 그 무렵부터였다. 책을 좋아하는 지유는 원래 고등학생 때부터 취미로 소설을 쓰고는 했다. 그러다 대학교에 입학한 후 포털사이트 나이브의 웹소설 자유 연재란에 자신이 쓴 소설을 올리곤 했는데, 취업 준비 때문에 아예 손도 못 대다가 다시 글을 쓰기 시작한 것이다.

그것이 지유의 유일한 감정 배출구이자, 고통 중화제였다. 재림에게 화내지 않기 위해, 어떻게든 회사 생활을 해나가기 위해 그녀는 일부러 즐거운 망상에 빠져 키보드를 두드렸다. 분량이 어느 정도 쌓이자 연재도 재개했다.

그러던 어느 날, 나이브의 웹소설 연재 담당자 오수정에게서 연락이 왔다. 그녀는 지유의 소설이 재밌고 독자 반응이 좋다며, 정식 연재를 하는 게 어떻겠냐고 제의했다.

지유는 근무 중에 사무실에서 방방 뛸 뻔했다. 겨우 정신을 가다듬은 그녀는 이 기쁜 소식을 가장 먼저 재림에게 알렸다. 그는 자기 일처럼 기뻐하며 정말 잘됐다고 축하해 주었다. 그러곤 다정한 목소리로 우리 스물여덟에는 결혼하자고, 자기도 힘내서 노력하겠다고 말했다. 지유는 눈물을 흘리며 그러자고 대답했다.

그 후로 1년간 지유는 뭐든 열심히 하려고 노력했다. 회사에선 부지런히 일하고, 틈틈이 소설을 쓰고, 재림과도 최선을 다해 노력하며 연애를 계속했다. 온 진심을 다해 그를 좋아했으니까. 온 힘을 다해 그와의 미래를 준비하고 싶었으니까.

비록 재림이 예전만큼 환하게 웃어주지 않아도, 가끔씩 차갑고 낯선 표정으로 그녀를 밀어내도, 그를 의심하는 짓 따위는 하지 않았다. 오직 결혼하자는 그 말을 굳게 믿었을 뿐이었다. 노력하고 또 노력해서 첫사랑이자 마지막 사랑이 될 그와 끝까지 함께하고픈 마음뿐이었다.

그래서 그날 그 일이 닥쳤을 때, 팽창할 대로 팽창한 그녀의 마음은 산산이 깨져 버리고 말았다.

그날은 재림의 생일 다음날이었다. 재림의 생일날 밤 11시까지 야근하는 바람에 함께 있어주지 못한 지유는 미안한 마음에 퇴근하자마자 그의 집 앞으로 찾아갔다. 미리 사놓은 선물과 작은 케이크를 들고 재림 앞에 깜짝 등장할 참이었다.

지유는 일부러 재림이 사는 동네에 와서야 그에게 어디 있냐고 문자를 보냈다. 만약 다른 데 있다면 올 때까지 근처 카페에서 기다릴 생각이었다. 실망스럽게도 재림은 아직 학교에 있다고 답했다. 지유가 어제 못 만났으니 오늘은 꼭 보고 싶다고 얘기했지만, 그는 늦을 것 같다고 말했다.

지유는 고민하며 재림의 동네에서 서성였다. 이대로 포기하고 돌아가고 싶지는 않았다. 학교로 찾아가야 할까……

그렇게 고민에 빠져 있는데, 골목 끄트머리에서 앙칼진 여자 목소리가 희미하게 들렸다. 지유 쪽으로 다가오고 있는지, 여자의 목소리는 점점 선명해졌다. 그리고 그를 뒤쫓는 남자의 다급한 발걸음 소리도.

"도대체 언제까지 기다려야 되는데? 언제 헤어질 건데?"

"곧 말할 거야. 조금만 더 기다려 달라고 했잖아."

"그러니까 그게 언제냐고! 우리 벌써 석 달 됐어. 내가 언제까지 참아야 해?"

"희영아……."

남자는 애타는 목소리로 이름을 부르며 여자의 손을 낚아채 그녀를 가슴팍으로 끌어당겼다. 남자에게 폭삭 안긴 여자는 그에게서 벗어나려 몇 번 앙탈했으나, 곧 남자의 허리에 찰싹 달라붙어 앵앵거렸다.

"오빠가 나한테 이러면 안 되는 거잖아. 나만 보겠다고 했잖아!"

"이번 주말에 얘기할게. 미안하다, 진짜."

남자가 그녀의 정수리에 뺨을 비비며 속삭였다. 사랑스러워서 못 견디겠다는 태도로. 마치 자신에겐 그녀밖에 없다는 듯이.

그건 너무나도 익숙한 얼굴이었다.

그건 너무나도 잘 알지만 전혀 모르는 남자의 얼굴 같았다.

눈앞에서 펼쳐지는 한편의 촌극을 보며 지유는 아무 말도 하지 못하고 입만 벙긋거렸다. 지금 이 순간이, 이 상황이, 마치 선 채로 눈을 뜨고 꿈을 꾸는 것만 같았다. 차라리 소름 끼치도록 끔찍한 악몽을 꾸는 거라고 믿고 싶었다. 제발…….

"지, 지유야!"

그제야 지유를 본 그 남자 재림이 눈을 크게 뜨며 소리 질렀다. 당황한 그는 순간적으로 희영을 밀어내려 했지만, 희영은 그의 몸에서 떨어지지 않았다. 오히려 그를 더 꽉 끌어안으며 표독하게 눈을 치떴다.

"아니라고 말해……."

지유는 넋 나간 표정으로 중얼거렸다.

자신을 붙들고 떨어지지 않는 희영과 충격으로 얼룩진 지유의 얼굴을 번갈아 보던 재림은 비겁하게 고개를 돌렸다. 지유의 두 손에 들려 있던 선물 가방과 케이크가 바닥으로 툭 떨어졌다.

"아니라고 말해……. 아니라고 말하라고!"

말이 비명으로 변해 튀어나왔다.

지유는 자기도 모르게 재림에게 소리쳤다. 제발 아니라고 해. 잘못된 거라고 말해! 이런 식으로 우리 관계를 깨버리지 마. 제발, 제발…….

"아니. 나, 희영이랑 만나. 이런 식으로 알게 해서 미안하다."

재림이 시선을 피한 채 말했다. 지유의 얼굴을 차마 쳐다보지는 못했지만 매우 단호한 말투였다.

"6년이야, 우리……. 나, 그동안 너만 봤어. 무슨 일이 있어도 너만 봤다고……. 너도 그랬잖아."

지유가 고통스럽게 얼굴을 일그러뜨리며 토해냈다.

생각지도 않았고, 일어나리라고 의심도 못했던 일이었다. 세상의 다른 누가 바람피운다 해도 재림은 그러지 않을 거라고, 자신이 재림에게 그런 애정을 바치듯 재림도 그러고 있다고 굳게 믿었다. 그리고 재림도 자기 입으로 그렇게 말해왔다.

"결혼하자고 했잖아. 나한테 결혼하자고 말했잖아, 이 나쁜 자식아······."

어느새 툭 터진 눈물이 지유의 두 뺨을 타고 흘러내렸다. 이럴 거면 그런 말이나 하지 말지, 왜 순진하게 그녀 혼자 착각하게 만들었을까. 왜 그녀 혼자서 재림과의 결혼을 꿈꾸게 만들었을까.

지유는 넘치는 감정을 주체할 수 없었다. 심연 저 밑바닥에서부터 한 번도 느껴본 적 없는 시커먼 분노가 혈관을 타고 독처럼 퍼져 나가는 기분이 들었다. 송재림을, 그의 품을 차지하고 있는 저 작은 계집애를 용서할 수 없었다.

"이봐요, 언니. 나도 재림 오빠랑 10년간 알고 지냈어요. 우리, 이 동네에서 같이 살았다고요."

"뭐?"

희영이 재림을 놓더니 당당하게 지유의 얼굴을 마주 보며 말했다. 지유가 어처구니없다는 얼굴로 되묻자, 희영은 더욱 자신만만하게 눈을 빛내며 쏘아붙였다.

"오빠가 힘들어하든 말든 자기 일에만 빠져 있었던 건 언니잖아요. 그렇게 잘난 언니니까, 오빠 아니어도 얼마든지 다른 사람 만날 수 있잖아요. 안 그래요?"

"뭐라고? 네가 뭘 안다고 그런 소릴 하니? 우리 사이에 대해 뭘 안다고! 송재림, 네가 말해봐. 너, 나한테 이러면 안 되는 거잖아. 우리 결혼하기로 약속했잖아!"

제발, 재림아! 제발······. 이거 다 없던 일로 할게. 다 용서할게. 그러니까 제발! 재림아······.

지유는 눈물이 가득한 눈으로 재림을 쳐다보며 속으로 빌고 또

빌었다.

재림은 그제야 시선을 들어 지유와 눈을 맞췄다. 그러곤 한 번도 보인 적 없는 낯선 눈빛으로 지유의 가슴에 거리낌 없이 대못을 박았다.

"약속 못 지켜서 미안하다. 그런데, 희영이 말이 맞아. 나, 그동안 힘들었어. 잘난 너 때문에…… 많이 힘들었다고. 그러니까 네 갈 길 가. 넌 나 없어도 잘살 테니까."

"하…… 하아……."

6년간 지키려고 안간힘을 썼던 사랑이, 앞으로도 죽 함께하리라 믿었던 관계가 그렇게 박살났다.

지유는 두 사람을 보면서 말없이 눈물만 흘렸다. 더 이상 무슨 말도 못하고, 바보같이 따지지도 못하고, 마치 피를 토하듯 울컥울컥 눈물만 쏟아냈다. 그러다 겨우 짜내어 가까스로 한마디를 뱉어냈다.

"용서 못해……. 용서 안 할 거야, 둘 다……."

그러곤 비칠비칠 걸음을 옮겨 그 자리를 벗어났다. 그것이 그날 기억의 마지막이었다.

비가 부슬부슬 내리는 창밖의 도로를 바라보며, 지유는 최대한 객관적인 시선으로 그날을 회상했다. 이제 그 정도는 할 수 있었다. 아직 다른 사람에게 차분히 이야기하긴 힘들어도, 그녀 혼자서 조용히 그 사건을 들여다볼 수는 있게 되었다.

그 후로 한 달 동안 그녀는 어떻게 사는지도 모르고 하루를 살아냈다. 다음 날 아침에 눈뜨자마자 회사로 출근해 돌연 사표를 던졌고, 걱정하는 부모님에게 소설에 전념하고 싶다는 그럴듯한 핑계를 대고 독립을 선언했다. 그러고는 독립을 반대하는 부모님의 뜻을 거스르고 혼자 살 집을 알아보러 다녔다.

딸의 상태가 정상이 아니라는 걸 눈치챈 엄마 아빠는 말려도 보고, 회유도 하고, 윽박도 질렀으나, 결국 한동안 지유를 그냥 놔두기로 결론 내리고 독립 자금을 보태주셨다. 그 대신 지유가 살 집을 같이 보러 다녀야 하며, 일주일에 한 번은 꼭 연락해야 한다는 조건을 달았다.

지유는 선선히 그에 응했다. 끈 하나가 잘리면 이대로 떨어져 나갈 것 같았던 당시의 그녀에게 부모님과의 약속은 유일하게 세상과 연결된 끈이었으니까.

독립한 후에는 밤마다 거리를 전전했다. 낮에는 집을 꾸미며 어떻게든 소설을 써보려고 노력했지만, 밤만 되면 몽유병에 걸린 환자처럼 여기저기를 나돌았다. 홍대, 이태원, 강남, 신천 등 유흥가라는 유흥가는 죄다 쏘다녔고, 클럽에 들어가서 미친 듯이 몸을 흔들었다.

정신과에 상담을 받으러 갈까도 생각했지만, 뱉어낼 이야기가 없어서 그만두었다. 그 당시의 지유는 그 일을 남에게 말하기는커녕 제대로 떠올릴 수조차 없었으니까.

그렇게 혼자서 애쓰고, 방황하고, 미친 사람처럼 밤거리를 헤매는 날들이 몇 달 동안 이어졌다. 다른 남자를 만나고 싶었다. 제발 만나보고 싶었다. 다른 남자와 섹스라도 하면 송재림이 지워질까 싶어서.

그런데 그것도 쉽지 않았다. 6년 동안 온몸과 마음을 쏟아부은 남자를 씻어내기란 정말이지 쉬운 일이 아니었다.

지유는 얼굴을 찌푸리며 킥킥거렸다. 그 새끼는 이미 다른 여자를 만나고 있는데 멍청한 자신은 지금도 그게 안 된다고 자책하면서. 그런 자신에게 환멸을 느꼈다.

그러다 그날 밤에 이탄을 만난 것이다.

너무나도 매혹적이고 악마처럼 달콤한 그를 만나 빠져든 것이다.

어쩌면 지유는 그가 진짜 악마이길 바랐는지도 모른다. 영혼을 팔아서라도 송재림에 대한 기억을 모조리 지워 버리고 싶었으니까.

하지만 이탄은 너무나도 아름다운 사람이었다.

너무 아름다워서 그녀를 다시 살게 만든 그런 사람이었다.

그래서 지유는 이제 그 때문에 눈물이 났다. 첫인상과는 다르게 몹시도 다정하고 불안하게 흔들리는 그를 진심으로 좋아하게 되어버려서. 또다시 아프게 누군가를 좋아하는 그녀 자신이 불쌍하고 안타까워서 자꾸만 눈물이 났다.

하지만 결코 후회하진 않았다. 그리고 앞으로도 후회하진 않을 것이다.

누가 뭐래도 이탄은, 이신재는 하늘이 지유에게 내려준 선물이니까.

지유는 쓸쓸한 미소를 지으며 버스에서 내렸다. 엄마가 며칠 더 있다 가라고 뜯어말렸지만 소설을 써야 한다는 이유로 돌아오는 길이었다. 그 대신 2주 후에 다시 부모님 집으로 가서 며칠간 머물겠다고 약속했다.

벌써 밤 11시. 의정부에 사는 부모님과 지유가 혼자 사는 집까지는 거리가 꽤 멀었다. 차도 막혀서 9시 반이 조금 넘어 부모님 집에서 출발했는데 이제야 동네에 도착하고 말았다. 지유는 우산을 쓰고 터덜터덜 걸어가며 이탄에게 문자메시지를 보냈다. 집에 잘 도착했다고, 신재 씨도 푹 쉬라고.

그는 바쁜지, 지유가 오피스텔 안으로 들어가 엄마가 싸준 반찬을 냉장고에 정리해 넣고 뜨거운 물로 샤워를 마칠 때까지도 아무런 대답이 없었다. 때가 되면 보겠지 싶어, 지유는 커피포트에 물을 올렸다. 따뜻한 허브 티 한 잔을 마시고 잠을 청하려 했다.

펄펄 끓는 물을 머그컵에 따라 막 티백을 담갔을 때야 비로소 핸드폰이 또로롱 울렸다. 지유는 힘없이 핸드폰을 집어 들었다. 비가 와서 몸이 축축 늘어지는 데다 샤워까지 했더니 몹시 노곤했다. 얼른 차와 함께 이불 속으로 들어가고 싶었다.

「문 좀 열어줄래?」

문자로 찍힌 한마디가 정신을 확 깨웠다.

지유는 서둘러 현관으로 나가 문을 열었다. 머리부터 발끝까지 새까만 복장을 한 이탄이 문 앞에 거짓말처럼 서 있었다. 지유는 그를 황급히 끌어당겨 집 안으로 들인 후 문을 닫았다.

"뭐예요? 어떻게 왔어요?"

"누가 밖으로 나와서 주차장 문이 열렸어. 처음 온 것도 아닌데 왜 이리 놀라?"

이탄은 마스크와 모자를 벗으면서 멋쩍게 웃었다. 자신이 지유를 깜짝 놀라게 한 건 맞지만, 그녀의 말투가 꼭 화내는 것처럼 들렸기 때문이다.

"당연히 놀라죠! 이러다 누가 알아보면 어쩌려고 그래요? 진짜 스캔들이라도 나면 어쩔 건데요?"

지유가 얼굴을 찌푸리며 따져 물었다. 눈물은 흘리지 않지만 마치 우는 듯한 표정에 이탄이 당황하며 그녀의 어깨를 붙잡았다.

"왜 그래? 혹시 집에서 무슨 일 있었어?"

"아니요. 당신이 너무……."

좋아요. 좋아져 버렸어…….

차마 이 말을 입 밖으로 내지는 못했다. 지유의 눈에서 결국 눈물이 흘러내렸다.

"울리려고 온 거 아닌데……. 내가 엄청 잘못한 거 같잖아."

이탄이 푸념하며 지유를 두 팔로 살며시 감싸 안았다. 그러곤 지유가 맘 편히 울 수 있도록 등을 조심스레 쓸어내리며 그녀를 토닥토닥 달래주었다.

그리고 얼마나 서 있었는지 모르겠다. 지유는 두 손으로 그를 꼭 붙들었다.

이제는 정말 나중에 어떤 일이 생긴대도 상관없었다.

그 어떤 대가를 치른다 해도, 이탄이 이 순간 그녀를 마음으로 안아준 것만큼은 오래도록 기억 속에 남아 있을 테니까.

9. ALL DAY & ALL NIGHT

왕 대표는 심각한 표정으로 소파에 앉아 이탄과 소하가 들고 온 음악 파일을 들어보았다. 정통 헤비메탈에 가까운 반주에 지나치게 파격적인 랩 가사. 독특하지만 거칠고, 멋지지만 아이돌 그룹 카이저의 이미지와는 전혀 맞지 않았다. 탄이 녀석이 이런 걸 만들었단 말이지?

"기타는 탄이 네가 친 거냐?"

"네. 본녹음 때는 프로 기타리스트를 섭외할 겁니다."

"드럼은?"

"윤경림 드러머를 섭외할 예정입니다."

"윤경림? 그 친구가 하겠대?"

"어떻게든 설득하려고요. 소하랑 같이 얘기하면 잘될 겁니다."

이탄이 입매를 살짝 올리며 말했다. 그 옆에 앉은 소하는 왕 대표 앞에서 뭐라 말도 못하고 속으로 이만 뿌득뿌득 갈았다. 경림 형과는 겨우 전화만 두 통 했을 뿐이다. 그것도 본론은 아직 꺼내 지도 못했다.

"아, 소하 사촌이랬나?"

왕 대표가 기억났다는 얼굴로 소하를 보며 물었다. 속으로는 짜 증이 치솟았으나, 어쨌든 소하는 덤덤한 어투로 왕 대표에게 답했 다.

"사촌은 아니지만 친척 관계입니다. 경림 형이랑은 며칠 전에 통화했고, 대표님께서 허락해 주신다면 파일 들고 탄이랑 만날 예 정입니다."

"흠, 그래?"

왕 대표는 턱을 매만지며 잠시 고민에 잠겼다.

이 곡을 발표하면 이탄의 음악성이 건재하다는 걸 증명할 수는 있을 테다. 하지만 방송 불가 판정에 19세 이하 청취 불가 딱지는 당연히 붙을 거고, 아무리 팬들이 나서서 힘을 실어준다 해도 이 곡이 차트 순위 10위권 내에 들기는 어려울 것이다. 물론 반전이 일어날 수도 있지만.

그렇다면…….

"좋아. 이 곡은 이대로 진행해."

고심에 고심을 거듭하던 왕 대표가 마침내 허락을 내렸다. 이탄 이 환한 미소로 그에게 인사했다.

"감사합니다, 형. 멋지게 만들어볼게요."

"그래. 그 대신 메인타이틀곡에 신경 많이 써야 돼."

"네. 걱정 마세요."

이탄이 실로 오랜만에 왕 대표 앞에서 자신만만한 미소를 지었다. 왕 대표는 흡족하다는 듯 고개를 끄덕이며 소파에서 일어났다.

"자, 그럼 가서들 일해. 형이 틈틈이 들여다볼 테니까."

"네, 형."

"감사드립니다, 대표님."

이탄과 소하가 왕 대표를 따라 일어서며 말했다. 왕 대표가 미소 띤 얼굴로 그만 가보라고 손짓하자, 두 사람은 꾸벅 인사하고는 바로 대표 이사실을 빠져나왔다.

"후유! 한 고비 넘겼네."

비서실에서 벗어나 엘리베이터 앞에 섰을 때야 비로소 소하가 숨을 크게 내쉬며 중얼거렸다. 이탄이 피식 웃으며 소하의 어깨를 툭 쳤다.

"고생했다. 네 덕분이야."

"진짜는 아직 시작도 안 했거든? 경림 형 어떡할 거냐고."

소하가 투덜거리며 엘리베이터에 올랐다. 이탄이 그를 뒤따라 엘리베이터를 타며 대꾸했다.

"약속만 정해. 설득은 내가 할 테니까."

"네가 그 양반의 괴팍함을 몸소 체험해 보지 못해서 이러지. 그리고 나보단 우림이랑 더 친할걸?"

"우림이라……. 이제 애들한테도 얘기해야지?"

"대표님 허락 떨어졌으니까 말해야지. 둘 다 눈코 뜰 새 없이 바빠서 말해봤자 신경도 안 쓰겠지만. 그리고 칸지는 이번 일본 활동 끝내면 솔로 앨범 준비하고 싶어 하던데?"

"우림이는? 뮤지컬 끝나면 뭐 하고 싶대?"

"글쎄. 아직 얘기 안 해봤어."

"신경 좀 쓰라니까. 내가 우림이한테 더 신경 쓰라고 했잖아."

"너 수발드느라 바빠서 정신이 없었다, 이 자식아! 네가 요즘 날 좀 못살게 굴었냐?"

"내가 언제 널 못살게 굴어? 내가 잠을 안 재우길 했어, 내 옆에 딱 붙어 있으라고 말하길 했어? 지가 만날 찾아와서 끈끈이주걱처럼 달라붙어 놓고 무슨 헛소리……."

"뭐라고, 이 시키야?"

"컥!"

급기야 소하가 이탄의 목을 양손으로 조르며 딸딸 흔듦과 동시에 엘리베이터의 문이 열렸다. 엘리베이터를 기다리고 서 있던 음향기사 조필현이 둘의 모습을 딱 목격하고는 고개를 설레설레 저었다.

"너희는 아직도 그러고 노냐?"

"음흠흠!"

소하가 멋쩍어서 헛기침을 하며 잡고 있던 이탄을 얼른 놓았다. 이탄은 하하 웃으며 그에게 반갑게 인사했다.

"오랜만에 뵙습니다, 기사님. 어디 가시는 길이세요?"

"점심 먹으러. 너희도 밥 먹고 일해. 몸 상한다."

"네, 알겠습니다. 천천히 드시고 오세요."

마치 친삼촌처럼 챙겨주는 조필현 음향기사에게 이탄이 깍듯이 말했다. 그가 엘리베이터를 타고 떠나자, 이탄은 옆에 뻘쭘하게 서 있는 소하에게 고개를 까닥하며 말했다.

"우리도 밥이나 시키자. 뭐 먹을래?"

"웬일이냐? 먼저 밥 먹자는 말도 다 하고."

소하가 뜨악한 눈초리로 물었다. 상태가 안 좋을 때는 물론이고, 괜찮을 때도 작업만 시작했다 하면 남이 밥상을 차려 눈앞에 가져다 바쳐도 먹을 생각을 안 하는 놈이다. 그런데 요즘은 뭔 일일까?

"더 마르면 걱정할 거 아냐."

이탄이 픽 웃으며 작업실 안으로 들어가 음식점 책자를 뒤지기 시작했다. 소하는 고개를 갸웃하며 그를 뒤따르다 의미심장한 목소리로 물었다.

"누가 걱정하는데?"

"너 포함해 전부 다."

이탄이 책장을 넘겨보며 건성으로 대꾸했다.

'왠지 수상한데?'

15년 지기 친구의 감으로 소하는 어떤 낌새를 포착했다.

하지만 그건 녀석의 사생활. 때가 되면 알아서 말해주겠지. 이탄은 결코 함부로 행동할 녀석이 아니니까.

소하는 묵묵히 소파에 앉아 이탄이 음식점에 전화 거는 모습을 지켜보았다. 일부러 말하지 않아도 알아서 친구가 좋아하는 음식을 주문하는 이탄을 소하는 믿었다.

그리고 어떤 일이 벌어진다 해도 믿을 것이다. 10년 전부터 그러겠다고 마음먹었으니까.

뮤지컬 〈체사레〉는 관객의 호평을 받으며 연일 매진을 기록했다.

　공연을 시작한 지도 벌써 한 달. 일요일 저녁 공연을 마치고 매니저가 운전하는 차에 올라 집으로 돌아가며, 우림은 편안히 안도의 한숨을 내쉬었다.

　처음에는 말도 많고 탈도 많았다. 쟁쟁한 뮤지컬 배우들이 섭외된 공연에 아이돌 가수가, 그것도 뮤지컬이라고는 한 번도 해본적 없는 우림이 왕 대표의 입김으로 더블 캐스팅 중 한 명이 됐으니 당연했다. 아마 왕 대표가 이 뮤지컬의 투자자 중 한 명이 아니라면 우림이 남자 주인공을 맡지는 못했을 것이다.

　그래서 우림은 기를 쓰고 연습에 몰두했다. 이제야 기회가 왔을뿐 사실 그는 3년 전부터 뮤지컬 연기 수업을 받았고, 사사받은 교수님께 재능을 타고났다는 찬사를 들었다. 그는 다른 뮤지컬 배우에게 얕보이지 않기 위해, 뒷배로만 배역을 따낸 게 아니라는 걸 증명하기 위해 악을 쓰고 달려들었다. 그리고 무대로 올라가기 전에 같이 출연하는 기라성 같은 뮤지컬 배우들의 인정을 받는 데 성공했다.

　마침내 첫 공연의 막이 올라가자, 우림은 무대를 압도하며 열정을 폭발시켰다. 그룹 카이저로 9년이 넘게 활동하면서 무대 경험을 어마무시하게 쌓은 우림에게 사실 그건 어려운 일이 아니었다.

　그때부터는 호평, 대호평! 뮤지컬 팬과 우림의 팬이 합쳐져 관객석은 늘 만석이었고, 특히 우림이 출연하는 공연은 마지막까지 빈자리가 단 한 석도 남지 않았다. 우림은 비로소 행복을 느꼈다.

그것은 카이저로 활동하면서 아시아를 넘어 월드 투어를 했을 때도 맛보지 못했던 극도의 쾌감이었다.

우림은 지금에서야 무대를 온전히 장악했다는 만족감에 사로잡혔다.

"오늘도 고생 많았어. 내일은 집에서 쉴 거야?"

우림의 전담 매니저 승준이 운전하면서 뒤에 앉은 그에게 물었다. 우림은 기지개를 죽 켜며 대답했다.

"네. 모처럼 푹 쉬려고요. 형도 내일은 쉬세요."

"난 회사 들어가야 돼. 카이저 매니저들끼리 회의도 해야 하고."

"그러고 보니 저도 다른 멤버들하고 연락한 지 꽤 됐네요."

우림이 상체를 축 늘어뜨리며 대꾸했다. 본격적으로 뮤지컬 연습에 들어가면서 다른 멤버들과 연락하는 게 소원해졌다. 칸지야 아직 일본에서 안 돌아왔지만, 이탄과 소하는 한국에 있는데도 말이다.

다 같이 얼굴을 본 것도 저번 W앱 촬영 날이 마지막이었다. 세 사람 모두 우림의 첫 공연 때 엄청난 크기의 화환을 보내주긴 했지만.

"내일 연락 한번 해봐. 이탄이랑 소하도 요즘 앨범 준비로 바쁘다더라."

"앨범 준비요? 무슨 앨범?"

우림이 순간적으로 미간을 찌푸리며 물었다. 뒤에 앉은 우림의 표정을 보지 못한 매니저 승준이 평온한 말투로 답했다.

"요즘 그 둘이 카이저 M 앨범 준비하잖아. 탄이가 많이 나아졌는지 곡을 썼다더라고. 자세한 건 나도 아직 모르고, 내일 회사 가면 확실히 알겠지."

"탄이 형이…… 곡을 썼다고요?"

"응. 천만다행이지. 저번 앨범 때 생각해 봐. 어휴! 그런 참사, 다시는 안 겪고 싶다."

"그러게요……."

우림은 더 이상 입을 열지 못했다. 복잡 미묘한 감정이 엉망진창으로 몰려와 쓰나미처럼 그를 덮쳤다.

이탄이 다시 곡을 쓰게 되어 진심으로 다행이라 생각했다. 그래야 그룹 카이저가 유지될 테니까. 우림 자신의 곡만으로 앨범 한 장을 만들어내기에는 역부족이니까.

그래서 정말 다행이긴 한데…… 저 깊고 어두컴컴한 밑바닥에서부터 스멀스멀 기어올라 오는 이 더러운 기분은 뭘까. 지독하고 이기적인 패배감…….

우림은 인상을 쓰며 눈을 꼭 감았다. 왜 이탄과 소하는 아무 연락도 안 했을까? 우림이 뮤지컬 공연으로 바빠서? 대표님 승인이 떨어지지 않아서? 승준까지 알고 있는 걸 보면 이미 확정된 모양인데, 우림에게는 언제 이야기하려고 했을까?

하긴, 애초에 카이저 M은 우림과는 아무 상관이 없었다. 카이저 내에서 가장 인기 있는 두 멤버 이탄과 소하로만 결성된 유닛이니까. 카이저 M은 왕 대표의 지시로 만들어진 거였고, 아무도 거기에 토를 달지 못했다.

그래서 칸지가 더더욱 독을 품고 일본 활동에 매달린 것이다. 언어와 예능에 천부적인 감각을 가진 칸지는 금세 일본에서 폭발적인 인기를 끌게 되었고, 근래에는 중국어까지 유창하게 구사해 중국 방송에서도 적잖이 러브콜을 받고 있었다.

'여전히 바닥이구나, 난.'

우림은 쓰디쓴 웃음을 흘리며 고통스러운 눈빛으로 창밖을 바라보았다. 소하를 따라 무작정 SJ엔터테인먼트로 가서 데모 테이프를 내밀었던 그때가 떠올랐다.

왕 대표가 우림에게서 가능성을 보고 연습생으로 발탁해 주었을 때, 그는 난생처음으로 미친 듯이 소리 지르며 기뻐했다. 성적이 아무리 올라도 느껴보지 못한 그 희열, 그 쾌감.

우림은 우등생처럼 연습에 매진했다. 춤도, 노래도, 작곡도 이토록 열정을 쏟다 보면 자신은 반드시 데뷔해 정상에 오를 거라고 자신했다. 그 모든 걸 선천적으로 가지고 태어난 이탄을 만나 좌절하기 전까지, 우림은 달콤한 꿈에 부풀어 SJ엔터테인먼트에 매일 출근 도장을 찍었다.

하지만 이탄은 우림이 어떻게 해도 따라잡을 수 없는 존재였다. 그때도, 지금까지도.

그럴 바에는 차라리 이탄의 곁에 머무르는 것이 나았다. 그를 넘어설 수 없다면 아군이라도 만들어야 했으니까. 그 또한 피나는 노력을 필요로 했지만 우림은 해내고 말았다. 그리고 이탄, 소하와 함께 그룹 카이저가 되어 여기까지 온 것이다.

"우림아, 다 왔어."

우림이 부모님과 함께 사는 아파트 주차장에 차를 세운 승준이 상념에 잠긴 그를 불렀다. 우림은 힘없이 승준에게 말했다.

"고마워요, 형. 들어갈게요."

"그래, 푹 쉬어. 힘들어 보인다."

"네."

승준은 차에서 내린 우림이 건물 안으로 들어가는 걸 보고선 바로 출발했다.

유리문을 통과한 우림은 승준이 주차장을 빠져나갈 때까지 가만히 서서 기다렸다. 승준이 주차장에서 완전히 떠나자, 그는 근처에 세워두었던 자기 차로 빠르게 걸음을 옮겼다.

이대로는 잠들 수 없었다. 이대로는…….

우림은 서둘러 운전석에 올라 시동을 걸었다. 어디로 가든 상관없었다. 이 모나고 뒤틀린 감정을 삭이기 위해서라면 어디로든 가야만 했다.

드디어 소설의 시놉시스와 반 권 분량을 담당자 오수정에게 보냈다.

메일을 전송한 지유는 의자에 앉은 채 기지개를 힘껏 켰다. 이제 결과는 하늘의 뜻. 이야기에 푹 빠져 신들린 것처럼 키보드를 두드렸으니, 나이브 측에서 긍정적인 답변을 해주길 바랄 뿐이었다. 그래야 남자 주인공의 모델이 되어준 이탄에게 미안하지 않을 테니.

지유는 모처럼 여유로운 표정으로 일어나 주방으로 향했다. 원고를 넘겼으니 이탄과의 여행 준비를 할 차례. 그녀는 콧노래를 흥얼거리며 커피포트에 물을 올린 후 핸드폰을 집어 이탄이 보낸 문자메시지를 다시 확인했다.

「맛있는 김치찌개 먹고 싶어. 제육볶음이랑 닭볶음탕도. 아, 야식은 매운 당면볶음. 비엔나소시지랑 맥주도 먹고 싶어.」

매일같이 미슐랭가이드 선정 레스토랑에 가서 코스 요리만 먹어도 재산이 넘쳐 날 만큼 많은 사람이 원하는 메뉴치곤 참 소박했다. 아니면 그런 요리를 너무 많이 먹어서 물린 걸까?

지유는 고개를 갸웃하며 커피를 타 마셨다. 어쨌든 그가 오늘 밤에 찾아오기 전까지 마트에 가서 장을 다 봐야 했다. 그래야 내일 새벽에 일찍 출발할 테니까.

가벼운 마음으로 차를 몰고 대형 마트로 외출한 지유는 이탄이 말한 것 외에도 같이 먹으면 좋겠다 싶은 메뉴를 정해 재료를 한가득 샀다. 그러곤 집으로 돌아와 여행 가방을 챙기고 샤워를 마친 후 두근거리는 마음으로 이탄을 기다렸다.

근 2년 만에 가보는 여행이었다. 그것도 이탄처럼 멋진 사람과 함께 가다니 설레는 게 당연했다. 그래서인지 지유는 이탄이 밤 12시가 넘어서 올 거라는 걸 알면서도 자꾸 시계에 눈이 갔다. 텔레비전을 틀어놓고도 집중하지 못하고 애꿎게 채널만 돌렸다.

드디어 인터폰이 울리며 이탄이 왔음을 알렸다. 지유는 한달음에 현관으로 뛰어가 문을 열었다. 청바지에 티셔츠, 면 재킷을 입고 나타난 이탄이 얼른 집 안으로 들어와 모자와 마스크를 벗고는 그녀의 어깨에 얼굴을 묻으며 중얼거렸다.

"나 오늘 진짜 힘들었어."

"그럼 빨리 씻고 자야겠네요."

지유는 입매를 위로 올리며 그를 두 팔로 감싸 안았다. 어리광을 부리는 그가 귀엽게 느껴졌다.

지유가 포근히 받아주자, 이탄이 그녀의 목에 얼굴을 비비며 칭얼거렸다.

"당신이 재워줘야 잘 거야. 혼자 안 잘 거야."

"후후. 어떻게 재워주면 되나요?"

"팔베개도 해주고, 자장가도 불러주고, 같이 얘기도 하고, 또……."

이탄이 말끝을 흐리며 고개를 들더니 지유의 입술에 쪽 뽀뽀했다. 그러곤 이어서 종알거렸다.

"나 예뻐해 주고."

"아하하! 이렇게 애교스러운 줄 몰랐네요. 그런데 정말 많이 피곤한가 봐요."

지유를 내려다보는 이탄의 눈 밑에 다크서클이 진하게 올라와 있었다. 지유는 미간을 살짝 찌푸리며 손을 들어 그의 뺨을 어루만졌다. 못 본 사이에 피부도 까칠까칠해졌다.

그녀는 걱정하는 눈초리로 그를 올려다보며 물었다.

"여행 가도 괜찮겠어요? 집에서 쉬어야 되는 거 아니에요?"

"당신이랑 거기 가서 쉬면 돼. 여기는 괴롭히는 사람이 너무 많아."

이탄이 씩 웃으며 얼굴을 만지는 지유의 손을 붙잡았다. 그러곤 그녀의 두 눈을 지그시 바라보며 손등을 입술에 대었다.

"당신도 피곤해 보이기는 마찬가진데? 글 쓰느라 무리했구나."

"괜찮아요. 담당자한테 원고도 보냈고요."

그의 깊고 그윽한 눈빛에 붙들린 지유가 어색하게 웃으며 대꾸했다. 한순간에 사람을 이리 꼼짝 못하게 붙들 수 있는 남자. 지유는 시선을 살짝 내리깔며 그에게 물었다.

"배고프지는 않아요? 그냥 씻고 쉴래요?"

"집에서 씻고 왔어. 배도 안 고프고. 들어가서 자기만 하면 돼."

"아!"

이탄이 말을 마치며 지유를 번쩍 들어 올렸다. 지유가 눈을 동그랗게 뜨며 짧게 비명을 내질렀다. 그러거나 말거나, 이탄은 지유를 안아 든 채 침실로 성큼성큼 걸어 들어갔다.

"말랐다고는 생각했는데 엄청 가볍네. 당신도 살 좀 쪄야겠다."

이탄이 지유를 침대 위에 조심스럽게 내려놓으며 말했다. 그러곤 재킷을 벗는 그에게 지유가 작게 투덜거렸다.

"놀랐잖아요! 그리고 여자 아이돌에 비하면 무거울 텐데요, 뭘."

뮤직레인에서 본 가녀리고 반짝반짝 빛나는 어린 여자 가수들. 이탄은 그런 여자 아이돌을 부지기수로 만나왔을 것이다. 그중에는 그에게 애정 어린 눈빛을 발산하며 적극적으로 다가온 여자도 있었겠지. 지유가 인터넷에서 이탄을 검색해 봤다가 찾은 '이탄이 이상형인 여자 아이돌과 여자 탤런트'의 수만 해도 열 명이 넘었으니까.

"걔들은 심하게 말랐지. 굳이 취향을 말하라면 난 약간 통통한 여자가 좋아."

티셔츠와 바지, 양말마저 벗어버린 이탄이 지유 옆으로 올라와 누우며 말했다. 한쪽 팔로 머리를 받치고 모로 누운 채 그녀를 말똥말똥 올려다보는 모습에 지유는 피식 웃음이 터졌다. 소탈하다고 해야 되는 건지, 스스럼없다고 해야 되는 건지. 여하튼 텔레비전 속의 톱스타 이탄과는 영 거리가 멀었다.

지유는 머리를 살래살래 흔들며 침대 밖으로 다리를 내밀었다. 이탄이 재빨리 그녀의 팔을 붙잡았다.

"어디 가? 애써 여기까지 데려왔더니."

"양치하고, 불 끄고, 핸드폰으로 알람 맞추려고요. 편히 누워서 쉬고 있어요."

"알았어. 최대한 빨리 와."

이탄이 선선히 지유의 팔을 놓으며 이불 속으로 꾸물꾸물 들어갔다. 지유는 조그맣게 웃으며 침대에서 일어나 방에 불을 껐다.

지금처럼 평범하기 그지없어 보이는 이탄도 좋았다. 그만큼 그녀를 친근하고 편하게 대한다는 뜻이니까. 현재 이탄의 이런 모습을 볼 수 있는 여자는 자기밖에 없을 거라고 생각하니 지유는 자꾸만 입매가 위로 올라갔다.

그녀는 이탄의 말대로 재빨리 잘 준비를 했다. 얼른 그 옆에 누워서 아까 얘기한 걸 다 들어줄 참이었다. 팔베개도 해주고, 자장가도 불러주고, 같이 얘기도 하고, 또……

10분이 채 지나기도 전에 다시 침실로 들어온 지유는 어둠 속에서 잠옷으로 갈아입고 조심조심 침대 위로 올라갔다.

"자요?"

이불 속으로 들어가도 이탄이 아무런 기척이 없자, 지유가 조심스레 소리 내어 물었다. 색색. 규칙적인 숨소리만이 대답으로 돌아왔다. 지유는 엷은 미소를 띠며 그를 향해 모로 누웠다.

눈이 어둠에 익어 고이 잠든 그의 옆얼굴이 점점 선명히 보였다. 수려하고 고운 얼굴선을 눈으로 따라가던 지유는 천천히 눈꺼풀을 내렸다. 옆에 그가 누워 있는데, 이렇게나 기분 좋게 심장이 두근거리는데 이상하게도 졸음이 몰려왔다. 그의 심장 소리, 따스한 체온, 그라는 사람의 존재감. 지유는 이 모든 것에 취해 잠이 들었다.

그 밤에 지유는 꿈을 꾸었다. 이탄의 손을 잡고 번화가를 즐겁게 돌아다니며 그와 해맑은 표정으로 대화를 나누는 꿈이었다.

그건 그저 꿈일 뿐이었다. 하지만 바라보기만 해도 기분 좋은, 그런 꿈이었다.

"와! 여기 정말 멋지네요!"

이탄이 미리 예약해 둔 펜션 안으로 들어선 지유가 탄성을 지르며 눈을 휘둥그렇게 떴다.

펜션이라기보다는 독채 별장에 가까운 곳이었다. 주차장이 전용으로 마련돼 있고, 80평이 넘는 복층 구조인 데다, 넓은 베란다에는 작은 풀장만 한 스파 욕조까지 있었다. 베란다 밖에는 해변 없는 바다가 끝없이 펼쳐져 있어 두 사람이 바다를 보면서 스파를 즐긴다 해도 아무도 훔쳐볼 수 없는 구조였다.

"이런 데는 처음 와봐요. 신재 씨 덕분에 좋은 경험하네요."

"마음에 든다니 다행이네."

지유가 산 식재료들과 여행 가방을 주방에 내려놓으며 이탄이 말했다. 2박 3일간 그를 돼지로 키우려고 작정했는지, 지유는 음식 재료를 육해공 종류별로 다 샀다. 이 정도 양이면 사흘이 아니라 일주일이라도 버틸 수 있을 것이다.

하지만 그를 그만큼 생각해 준다는 뜻 같아서 기분은 좋았다. 두리번거리며 펜션 여기저기를 둘러보는 지유에게 다가간 이탄은 그녀를 뒤에서 살며시 끌어안았다.

"저 옆에 커다란 숲이 있대. 모자 쓰고 얼굴 가리면 같이 산책할 수 있을 거야."

"안 그래도 돼요. 계속 이 안에만 있어도 좋을 거 같아요."

지유는 입매를 싱긋 올리며 그의 가슴에 머리를 기댔다. 그러자 이탄이 지유의 귓가로 바짝 다가가 짓궂게 속삭였다.

"왠지 야하게 들리는데? 우리, 여기 있는 내내 홀딱 벗고 지낼까?"

"뭐예요?"

지유가 앙탈하듯 그를 툭툭 때리며 몸을 뒤틀었다. 이탄이 자연스레 그녀의 허리를 팔로 감자, 지유는 두 손으로 그의 목을 끌어안으며 그 아름다운 얼굴을 지그시 바라보았다. 그러곤 그를 향해 부드럽게 미소 지었다.

"고마워요, 이렇게 멋진 곳에 데려와 줘서. 신재 씨는 나를 늘 좋은 데로 데려오네요."

"내가 그랬나?"

이탄은 씩 웃으며 연분홍빛으로 반짝이는 지유의 입술에 살짝 키스했다. 립글로스가 그녀의 피부색과 어울려 입술이 유독 매혹적으로 빛났다.

"오늘 엄청 예뻐 보여."

이탄이 눈초리를 휘며 말했다.

잠을 4시간밖에 못 잤는데도 지유의 얼굴에는 화장이 은은하게 잘 배어 있었다. 날 듯 말 듯 코끝을 스치는 산뜻한 향기도 그녀의 분위기와 조화롭게 녹아들었다. 진한 무대용 화장과 독한 향수 냄새로 도배한 여자 가수들만 만나다 보니, 이탄은 지유의 이런 자연스러움이 좋았다.

"고마워요. 칭찬 들었으니까 저녁에 맛있는 거 해줄게요."

"좋지."

두 사람은 마주 보며 빙긋 웃었다. 그러곤 사이좋게 재잘거리며 식재료를 냉장고에 정리해 넣었다.

그 후에 같이 커피를 마시며 음악을 듣고, 시간이 흘러 저녁이 되자 텔레비전을 켜놓은 채 식사 준비를 했다. 이탄은 라면과 계란프라이밖에 할 줄 몰랐지만, 도와주겠다며 지유의 곁을 떠날 줄 몰랐다. 마치 커다란 멍멍이가 주인을 졸졸 따라다니는 것 같아서 지유는 기분 좋은 웃음이 났다. 그에게 그냥 식탁에 앉아서 자신이 요리를 잘하는지만 지켜봐 달라고 했다.

지유가 돼지고기를 넣고 끓인 김치찌개와 매콤하게 조리한 닭볶음탕, 갓 지은 쌀밥으로 맛깔난 저녁상을 차리자, 이탄은 탄성을 지르며 먹성 좋게 모든 음식을 골고루 먹었다. 한 입씩 맛볼 때마다 지유에게 맛있다며 찬사를 보내는 것도 잊지 않았다.

여행을 와서 식욕이 돋는지, 두 사람은 평소 식사량의 두 배를 먹었다. 그래서 소화를 시킬 겸 얼굴을 가리고 함께 숲길로 나갔다가, 한 시간 동안 산책한 후 돌아와 베란다의 스파 욕조에 물을 받았다.

이탄은 지유가 방에서 옷을 갈아입는 동안 준비해 온 향초와 와인으로 욕조 주변을 꾸몄다. 수영복을 입고 촛불만이 은은히 빛나는 거실로 나온 지유가 감탄사를 연발했다.

"우아! 나는 이런 거 생각도 못했는데. 신재 씨 되게 로맨틱한 사람이네요?"

"내가 좀 그렇지? 안으로 들어와."

먼저 욕조 안으로 들어가 있던 이탄이 탄탄한 가슴근육을 드러내며 지유에게 손짓했다.

지유는 부끄럽다는 듯 시선을 내리며 그에게 사뿐사뿐 걸어갔다. 촛불 빛을 받아 비키니만 입은 지유의 몸매가 조각상처럼 우아한 곡선을 그렸다. 이탄은 만족스러운 미소를 띠며 곁으로 온 지유의 손을 다정하게 잡아주었다.

"물 온도 어때? 따뜻해?"

지유가 물속으로 조심스레 들어와 앉자, 이탄이 와인을 잔에 따르며 물었다. 지유는 수줍게 웃으며 고개를 끄덕였다.

"네, 딱 좋아요."

"그럼 한잔할까?"

"그래요."

지유는 이탄이 내민 와인 잔을 조심히 받아 들었다. 이윽고 이탄이 잔을 가볍게 챙 부딪히자, 지유는 미소와 함께 차갑고 향긋한 와인을 한 모금 들이켰다.

단번에 잔을 비운 이탄은 고개를 들어 밤하늘을 올려다보았다. 근처에 불빛이 별로 없고 하늘이 유독 맑아 무수히 많은 별이 눈에 들어왔다. 지유도 그를 따라 하늘을 바라보았다. 예쁘게 뜬 초승달이 수많은 별과 함께 보석처럼 밤하늘에 박혀 있었다.

"이러는 거 진짜 오랜만이다."

이탄이 여전히 두 눈을 밤하늘로 향한 채 말했다. 지유가 고개를 돌려 그를 보며 물었다.

"쉬려고 여행 온 거 말이에요?"

"응. 재작년에 가족들하고 놀러 갔던 게 마지막이거든. 해외 투어 다닌 거 빼고."

"나도요. 거의 2년 만이에요."

지유는 입술 끝을 살짝 올리며 대꾸했지만, 이탄은 그녀의 목소리에서 묻어난 씁쓸함을 놓치지 않았다.

그는 시선을 돌려 지유의 까만 눈망울을 응시했다. 그녀가 엷게 미소 지어 보이자, 이탄이 빈 잔에 와인을 채우며 나지막한 목소리로 말했다.

"다른 생각은 하지 마."

"안 해요. 신재 씨가 옆에 있는데 다른 생각이 나겠어요?"

지유가 피식 웃으며 농담조로 대답했지만, 이탄은 와인을 단숨에 비우곤 가라앉은 눈빛으로 그녀를 직시했다. 그러다 낮게 가라앉은 음성으로 요구하듯 뱉어냈다.

"과거 생각도 하지 마. 특히 남자 생각."

"안 해요, 진짜. 신재 씨 생각만으로도 벅차요."

지유의 말은 거짓이 아니었다. 이탄도 분명히 느낄 수 있을 만큼. 그런데도 그는 미간을 찌푸리며 그녀의 말을 부정했다.

"거짓말."

"왜 안 믿어요?"

"방금 전에도 그 새끼 생각했잖아."

듣는 그녀보다 말하는 그의 표정이 더 고통스러워 보였다.

지유는 자기도 모르게 손을 뻗어 이탄의 뺨을 조심스럽게 어루만졌다. 그가 가만히 서 있기만 하자, 지유는 그에게 더 가까이 다가가 두 팔로 감싸 안았다. 왜인지는 모르겠지만 그녀보다 더 아파하는 그를 꼭 끌어안으며 조그맣게 속삭였다.

"생각한 게 아니라, 순간적으로 기억이 스쳐 간 거예요. 나도 그게 싫어요."

"……미안해. 내가 치졸했다."

이탄이 얼굴을 일그러뜨리며 힘주어 지유를 끌어안았다. 그녀의 보드라운 목선에 뺨을 비비며 놓아주지 않을 것처럼 두 팔로 강하게 그녀를 얽어맸다. 마치 몸이 아니라 감정을 부딪치는 것처럼.

"남자가 나밖에 없다고 생각해."

이탄이 격앙된 목소리로 말했다. 지유가 아무 대꾸도 없자, 그는 고개를 들어 지유의 두 눈을 내려다보았다. 그러곤 강요하는 어조로 다시금 요구했다.

"다른 남잔 생각도 하지 마. 정말 싫으니까."

"그럼 신재 씨는요. 신재 씨도 나만 생각해 줄 건가요?"

이번에는 지유가 차분한 어조로 물었다.

그러기가 다른 어떤 남자보다도 힘들 카이저의 이탄. 아시아를 넘어 전 세계에 팬을 보유한 아이돌 그룹의 리더. 이신재이나 이탄인 당신이 이렇게 평범하고 초라한 나만 볼 수 있나요? 그 많은 여자의 유혹을 뿌리치고 나로 만족할 수 있어요?

이탄을 바라보는 지유의 눈빛에는 그런 물음이 담겨 있었다. 이 관계가 언제까지 계속될지 모른다. 그가 언제 다시 바빠질지, 그래서 그녀와 언제 멀어질지, 이 달콤한 시간이 언제 추억으로 돌아설지 모른다.

그런데도 당신은 나만 만날 수 있나요? 나랑 관계를 유지하는 동안만이라도…….

"말했잖아, 난 당신만 만난다고. 네가 그러는 한 나도 그럴 거야, 류지유."

이탄은 주저 없이 대답했다. 그러곤 고개 숙여 지유의 입술을 삼킬 것처럼 빨아들였다. 두 손으로 그녀의 머리를 붙잡고 맹렬히 키스를 퍼부어댔다.

지유는 이탄의 두 팔을 붙잡고 가까스로 키스를 받아들였다. 서 있기도 힘들 만큼 버겁도록 밀어붙이는 그가 왠지 상처 입은 야수처럼 느껴졌다. 상처를 입은 건 그녀였는데, 그와 언제 끝날지 모른다며 차마 원하지도 못했던 건 그녀였는데…….

불안하고 아파서 자꾸만 확인하고 싶어 하는 쪽은 이탄이었다. 그녀가 언제 떠날지 몰라서 노심초사하는 사람은 오히려 그였다.

지유는 지금에야 그 사실을 깨달았다. 자신이 조금이라도 밀어내려 할 때마다 이탄이 왜 그리 진저리를 치며 싫어했는지도.

그는 만인에게 사랑받지만, 그 사랑을 언제 잃을지 몰라 항상 불안했던 것이다. 심지어 지유에게조차…….

"우리, 침대로 가요."

마침내 지유에게서 입술을 뗀 이탄이 그녀를 꼭 끌어안자, 지유가 먼저 제안했다. 이탄은 그녀의 뺨에 얼굴을 비비며 달아오른 목소리로 속삭였다.

"대답부터 해줘."

"무슨 대답?"

지유가 희미하게 미소 지으며 물었다. 그의 마음을 알면서도 이렇게 묻는 자신이 얄궂게 느껴졌다.

하지만 이 아름다운 남자의 애타는 목소리를 듣는 게 좋았다. 그토록 대단한 그가 오직 그녀만을 원한다는 사실이 가슴 뛰었다. 그래서 괜히 알면서도 그가 조르게 만들고 만 것이다.

이탄은 설레도록 유혹적인 음성으로 그녀의 얄궂은 바람을 들어주었다.

"나만 보겠다고 해. 나만 만난다고."

"이미 그러고 있는걸요."

지유가 고개를 들어 그의 귓가에 대고 속삭였다. 그러곤 그에게서 조금 떨어져 그의 투명한 갈색 눈을 들여다보며 분명히 말했다.

"신재 씨만 만나고, 신재 씨 생각만 하고 있어요."

"내가 더 엉망진창으로 망가져도…… 그래서 이탄이 아니게 돼도 그럴 거야?"

이탄이 자조 섞인 목소리로 물었다.

그 순간, 지유는 깨달았다. 그가 진심으로 묻고 싶었던 건 바로 이 질문이라는 것을. 지유는 그를 보며 아프게 웃었다.

"차라리 나한텐 그게 더 낫겠죠. 못돼먹은 생각이지만……. 그러니까 신재 씨가 하루빨리 나아지길 바랄게요. 그리고 낫고 나서도…… 날 만나고 싶어 하길 바랄게요. 그래 줄 건가요?"

이탄은 대답 대신 지유를 와락 끌어안았다. 숨 막히도록 그녀를 안고서 잔뜩 잠긴 목소리로 그녀에게 약속했다.

"당연하지. 내 엉망인 꼴을 보일 수 있는 여자가 당신뿐인데."

"고마워요, 그렇게 말해줘서."

날 진심으로 대해줘서 고마워요. 설령 시간이 지나 당신이 정말 괜찮아져서 날 더 이상 만나고 싶지 않게 되더라도…… 난 괜찮을 거 같아요. 당신이 지금 나한테 진심을 줬으니까.

지유는 눈을 감으며 그를 꼭 끌어안았다. 그의 따뜻한 체온과 심장 소리를 느끼며 차마 그에게 다 하지 못한 말을 온몸으로 전했다.

그녀 또한 그에게 진심을 내준 것이었다.

"고마워. 항상 차고 다닐게."

지유가 오른쪽 손목에 채워준 순은 뱅글을 보며 이탄이 진한 미소로 말했다. 뱅글 안쪽에는 두 사람이 처음 만난 날의 날짜가 새겨져 있었다. 겉면에는 작고 푸른 사파이어 한 알이 박혀 있었다. 심플하면서도 세련된 디자인이라 어떤 스타일의 옷에도 잘 어울릴 팔찌였다.

"신재 씨가 준 선물에 비하면 약소하지만, 그래도 신경 써서 골랐어요."

지유가 침대 위에 엎드려 다리를 한들한들 흔들며 말했다. 격한 정사를 한 차례 치른 뒤, 그녀가 줄 게 있다면서 침대에서 일어나 가방을 뒤지더니 선물 상자를 꺼내와 막 이탄에게 팔찌를 채워준 참이었다.

이탄은 애교를 피우듯 침대에서 뒹구는 지유의 볼에 쪽 뽀뽀했다. 그러다 문득 생각났다는 투로 물었다.

"그런데 내가 준 목걸이는 왜 안 해?"

"너무 비싼 물건이라 하고 다니기가 부담스러워서요. 집 안 깊숙한 곳에 고이 숨겨뒀어요."

"그러라고 준 거 아니야. 나 만날 때라도 해."

"알았어요."

지유가 쿡쿡 웃으며 대답했다. 이탄은 누운 채로 팔을 들어 지유가 채워준 뱅글을 유심히 보면서 중얼거렸다.

"이거랑 같은 걸 사줄까? 그럼 당신도 늘 차고 있을 거 아냐."

"후후. 안 그래도 돼요."

"왜? 나랑 같은 팔찌 차는 게 싫어?"

"그런 게 아니라, 신재 씨 요즘 바쁘잖아요. 일부러 시간 내서 선물하지 않아도 된다는 말이에요. 이 여행도 나한테는 선물이고."

"후우……. 나한테 더 선물이겠지."

이탄이 오른팔을 이마 위에 얹으며 대꾸했다.

지유는 두 손으로 턱을 괸 채 시선을 내려 그의 얼굴을 보았다. 그러곤 작게 웃으며 그에게 말했다.

"괜찮으니까 얘기해요. 나한테 할 말 있잖아요."

"이제 독심술도 하네."

이탄이 입매를 살짝 올리며 피식 웃었다. 잠시 머뭇거리던 그는 팔을 내리고 그녀의 얼굴을 올려다보며 낮은 음성으로 말을 꺼냈다.

"카이저 M 앨범 준비를 하고 있어. 서울로 돌아가면 꽤 바쁠 거야."

"잘됐네요! 저번에 말했던 뱀파이어 노래가 완성돼 간다는 뜻이잖아요. 그렇죠?"

"맞아. 당신 덕분이지."

이탄은 대답하면서 상체를 일으켰다. 침대 밑에 등을 기대고 앉은 그는 지유의 머리를 다정하게 쓰다듬으며 침착한 목소리로 말을 이었다.

"앨범 준비해서 본격적으로 활동에 들어가면 자주 못 볼 거야. 그래도 연락은 매일 할게. 틈나는 대로 만나고. 미안해."

"미안해하지 말아요. 다 알고 있었던 건데요, 뭘."

지유가 이탄의 허벅지를 베고 누우며 대꾸했다. 그의 두 다리를 끌어안고 엎드려 누운 그녀의 머리칼을 이탄이 섬세한 손길로 어루만졌다. 그의 따스하고 긴 손가락이 머리에 닿는 느낌이 좋아, 지유는 스르르 눈을 감으며 종알거렸다.

"신재 씨는 나만 봤으면 좋겠지만, 이탄이란 가수는 무대 위에 설 때가 가장 멋지잖아요. 동영상 찾아보니까 그렇더라고."

"후후. 역시 그렇지?"

"스스로 너무 잘 아는 것 같아서 얄밉네요."

"그 대신 내 알몸은 당신 차지잖아."

이탄이 고개 숙여 지유의 귀에 입술을 바싹 가져다 대고는 속삭였다. 뜨거운 숨결과 그보다 더 뜨거운 그의 발언에 지유가 몸서리를 치며 고개를 들었다.

"무슨 아이돌 가수가 이렇게 음탕해요?"

"당신 앞에선 그냥 남자니까. 아니야?"

"와! 할 말 없게 만드네."

장난기 가득한 눈빛으로 입매를 비딱하게 올리는 이탄을 지유가 어이없다는 표정으로 쳐다보았다. 그러자 이탄이 그녀에게 얼굴을 바짝 들이밀더니 이번에는 입술 위에 대고 중얼거렸다.

"그래서, 내 알몸 보기 싫어? 다른 여자가 봤으면 좋겠어?"

"……싫어요. 신재 씨는 내가 다른 남자 앞에서 옷 벗어도 괜찮……."

"그런 얘기 꺼내지도 마! 죽여 버릴 거니까."

이탄은 순식간에 완력으로 몸을 굴려 지유를 덮쳤다. 위로 올라타 음산하고 소유욕에 찬 눈동자로 그녀를 내려다보는 이탄에게 지유가 어이없다는 투로 말했다.

"내가 바람피우면 죽이겠다는 건가요?"

"당신 말고 그 어떤 놈이 죽겠지. 아니면 사회에서 매장당하거나."

"이제 보니 무서운 사람이네."

"알았으면 다른 데로 눈 돌리지 마. 나도 그런 짓 하기 싫으니까."

이탄이 상체를 낮춰 지유의 목에 얼굴을 묻으며 말했다.

지유는 어리광 부리듯 몸을 비비는 그를 꼭 안아주었다. 그의 머리칼을 손가락으로 감으며 지유가 웃음기 어린 목소리로 얘기했다.

"신재 씨 주변에는 미녀가 넘쳐 날 텐데. 불안해도 내가 더 불안하지 않겠어요?"

"날 내보인 여자는 당신밖에 없어."

이탄이 고개를 들면서 말했다. 지유의 맑고 까만 두 눈을 내려다보며 그는 감미로운 저음으로 읊조렸다.

"날 말없이 받아준 여자는 당신밖에 없어. 그리고 당신, 충분히 예뻐. 내가 불안할 만큼 예쁘다고. 설마 모르는 거야?"

"에이, 신재 씨가 더 예쁘죠."

"뭐야?"

"아하하!"

지유의 장난스러운 대꾸에 이탄이 괜스레 소리치며 양손으로 그녀의 옆구리를 간지럽혔다. 지유는 까르르 웃으며 허리를 구부렸다. 진저리를 쳐도 그가 멈추지 않자, 그녀는 숨넘어가는 목소리로 항복을 선언했다.

"그만, 그만요! 내가 잘못했어요."

"알면 됐어. 안아줘."

이탄이 언제 그랬냐는 듯이 지유를 다시 꼭 껴안으며 어리광을 부렸다. 지유는 그에게 폭삭 안기며 일부러 한숨을 쉬었다.

"참 감당하기 벅찬 남자야."

"알아. 그런데도 받아줘서 고마워."

이탄이 지유의 이마에 입 맞추며 대꾸했다. 지유는 괜히 뾰로통해져서 새침하게 받아쳤다.

"그러니까 내가 미안해지잖아요."

"안 미안해도 돼. 그 대신 날 더 예뻐해 줘."

"충분히 그러고 있는 거 같은데."

"아직 멀었어."

이탄이 지유의 얼굴 여기저기에 뽀뽀를 해대며 장난스럽게 말했다. 지유도 후후 웃으며 이탄의 얼굴 곳곳에 자잘한 입맞춤을 했다.

그렇게 애정과 온기를 나누며 두 사람은 서로 끌어안은 채 잠이 들었다. 서울로 돌아가면 둘 다 쉴 틈 없이 바빠지겠지만, 그래도 괜찮을 것 같다는 믿음이 슬그머니 싹튼 건 이날 밤이었다.

지유는 이탄에게, 이탄은 지유에게, 보이지 않는 실을 묶어준 듯했다.

10. 말간 행복, 짙은 그림자

"죽여주네."

녹음실 밖에서 이탄과 함께 헤드셋을 쓰고 있던 소하가 무심결에 중얼거렸다.

드러머 윤경림과 기타리스트 스티븐 제이의 합주. 고막으로 내리꽂히는 강렬한 드럼 연주와 현란하면서도 섬세한 기타 선율이 어우러져 그야말로 '귀르가즘'의 극치를 달리는 중이었다. 저렇게 성격 괴팍한 친척 형을 왜 여기저기서 못 불러 안달하는지, 소하는 지금 그 이유를 눈과 귀로 확인하고 있었다.

"와, 형! 진짜 최고십니다!"

이윽고 두 사람이 연주를 마치고 녹음실 밖으로 나오자, 이탄이 의자에서 벌떡 일어나 기립 박수를 치며 소리쳤다. 원 샷 원 킬. 단 한 번의 연주로 녹음을 완벽히 끝내는 윤경림과 스티븐 제이에게는 사실 이런 찬사가 부족했다.

"아부하지 마, 새끼야! 줄 거 없어."

윤경림이 불퉁한 눈초리로 이탄을 째려보며 대꾸했다. 이탄은
넉살 좋게 웃으며 그에게 다가갔다.

"아부가 아니라 진심이에요, 형! 내가 이래서 형을 고집한 거라
니까요? 게다가 스티븐까지 데려오시고, 정말 감사드려요. 스티븐
도 연주가 진짜 기막히네요!"

이 녀석이 이리 꿀 바른 말을 잘하는 인간이었나?

소하는 속으로 혀를 내두르며 엉거주춤 의자에서 일어났다. 경
림 형과 스티븐 제이가 저런 칭찬이 안 아까운 연주를 한 건 맞지
만, 아무리 그래도 이탄은 이리 살가운 녀석이 아니었다. 두 사람
이 그렇게 마음에 들었나?

'뭐, 그럴 만하지만.'

소하는 쭈뼛쭈뼛 이탄과 경림, 스티븐 제이의 곁으로 다가갔다.
그는 아직도 경림과 어색한데, 이탄은 처음 만난 날부터 신기할
정도로 경림과 가까워졌다. 거기다 경림도 이탄이 가져간 음악 파
일을 듣자마자 바로 연주한다고 했으니, 둘 사이에 뭔가 통하긴
통했나 싶었다.

"노래 잘 입혀라. 못해서 나 성질나게 하지 말고."

경림이 소파에 털썩 앉으며 이탄에게 말했다. 그러자 스티븐 제
이가 그 옆에 앉으며 대꾸했다.

"에이, 알아서 잘하겠죠. 프로잖아요."

"걱정 마세요. 마음에 들 때까지 작업 안 끝낼 거니까."

이탄이 두 사람의 맞은편에 앉으며 입매를 삐딱하게 올렸다. 그

모습을 본 경림이 빙글거리며 말했다.

"내가 이래서 이 자식이 마음에 들었다니까. 야, 스티븐! 너 아이돌 중에 이런 애 본 적 있냐?"

"나는 뭐, 아이돌을 많이 만나봤나? 만나본 애라고는……아! 걔 있잖아, 우림이. 그 친구도 눈빛이 괜찮던데."

"아, 우림이! 그 녀석도 근성 있지. 근데 걔는 우리랑 같이 할 일을 안 만들어주잖아. 물론 소하 이 새끼보단 예의 바르지만."

경림이 이탄의 옆으로 다가와 앉은 소하를 보며 이죽거렸다. 생전 연락 한번 안 하다가 일이 생기니까 그제야 알음알음 번호를 알아내 전화한 소하를 비꼬는 것이다.

소하는 속으로 이를 빠드득 갈았지만, 참을 인을 꾹꾹 새기며 경림에게 말했다.

"아, 미안하다고 했잖아요, 형. 앞으로 종종 연락할게요."

"됐다, 이 새끼야! 이탄이 아니었으면 계속 생깠을 놈이 무슨……."

"형도 진짜 뒤끝 기시네. 그럼 무슨 명분으로 연락을 해요? 다짜고짜 전화해서 '형, 나 아이돌 그룹 카이저 됐어요.' 이래요?"

"우림이는 그랬다, 이 새끼야!"

"네, 죄송합니다. 제가 친척 간에 심히 격조했습니다."

결국 소하가 한숨을 푹 내쉬며 항복을 선언하는 걸로 대화가 종결됐다. 동생인 우림도 갖춘 예의를 나잇살이나 더 먹은 그가 안 차렸다고 손윗사람이 뭐라 하는데 끝까지 대거리를 할 수도 없고.

옆에서 두 사람의 대화를 들으며 킥킥 웃던 이탄이 말이 나온 김에 조심스레 입을 열었다.

"경림 형, 우림이 이야기가 나와서 말인데요."

"뭐?"

경림이 얘기해 보라는 투로 이탄을 보았다. 이탄은 그의 눈을 똑바로 응시하며 말을 이었다.

"다음에 우림이 곡에도 참여해 주세요. 우림이도 슬슬 솔로 앨범 준비할 때가 됐거든요."

"곡 들어보고 나서. 나는 핏줄 특혜 없다."

경림이 비뚜름히 웃으며 이탄을 쳐다보았다. 이탄은 짙은 미소를 지으며 고개를 끄덕였다.

"알아요. 형이 같이 하고 싶도록 만들어야죠, 우리가."

"하여튼 물건이야, 이 새끼."

경림이 빙글거리며 뱉어냈다. 그 또한 이탄이 어지간히 마음에 든 모양이었다.

며칠 뒤 저녁에 거하게 한잔하기로 약속한 후 윤경림과 스티븐 제이는 스튜디오를 떠났다. 소하와 함께 두 사람이 엘리베이터를 탈 때까지 배웅한 이탄은, 작업실 안으로 들어오자마자 안도의 한숨을 길게 내쉬며 소파 위로 널브러졌다.

"아, 한시름 덜었다!"

"뭐야, 너? 긴장한 거였어?"

소하가 소파 옆으로 다가가 이탄을 내려다보며 미간을 찌푸렸다. 전혀 그렇게 안 보였는데 긴장이란 걸 했다고?

"그럼 경림 형 같은 사람이랑 작업하는데 긴장을 안 해?"

"큭큭! 앞에선 잘도 여유 부려놓고 다 허세였구만?"

"됐어! 끝났어! 이제 나만 잘하면 돼, 나만."

이탄이 몸을 뒹굴어 옆으로 돌아누우며 구시렁거렸다. 그를 가만히 보던 소하가 맞은편에 앉으며 낮은 음성으로 물었다.

"그런데 우림이 얘기는 일부러 한 거야?"

"우림이도 저 형하고 작업하고 싶을 테니까. 아니면 왜 계속 찾아갔겠어?"

"하긴. 그 녀석도 붙임성 좋은 성격은 아니지."

그런데도 줄기차게 경림 형을 찾아갔다면 원하는 건 이탄과 같을 것이다. 장마철 소나기가 때려 붓는 듯한 윤경림의 드럼 연주.

그러나 경림은 우림과 한 번도 협업하지 않았다.

"음악적인 조언을 들으러 갔을 수도 있는데, 너도 알다시피 경림 형이 친절한 성격은 아니잖아."

이탄이 일어나 앉으며 말했다. 소하가 짧게 고개를 끄덕이며 대꾸했다.

"그렇지. 그런데 솔로 앨범 얘기는 우림이랑 해본 거야?"

"그건 아닌데, 낼 때 됐잖아. 걔라면 욕심 있을 거고."

"이럴 때 보면 참 세심해, 우리 리더."

"그걸 이제 알았냐? 베프란 놈이 나한테 관심이 없어."

이탄은 고개를 살살 저으며 오른손 검지를 세워 얄밉게 좌우로 흔들었다. 그러자 성질이 불뚝 솟은 소하가 당장에 이탄의 옆으로 가더니 팔로 목을 걸며 소리쳤다.

"아까 내가 경림 형 앞에서 꾹꾹 눌러 참는 거 봤지? 근데도 내가 너한테 관심이 없냐? 너 좋으라고 그 핍박과 수모를 견뎌냈는데?"

"컥컥! 맞다. 내가 실언했다."

이탄은 과장되게 목 졸리는 소리를 내며 바로 인정했다. 소하는 이탄을 놓아주곤 자리에서 일어났다.

"그만 일어나. 오늘 이 곡 녹음 끝낸다며."

"그래야지. 넌 피곤하면 먼저 들어가."

"됐다, 자식아! 너도 원 샷에 끝내."

"그게 되면 얼마나 좋겠어."

이탄이 소파에서 일어나며 구시렁거렸다. 그러곤 소하와 함께 음향기기 앞으로 가서 작업을 재개했다.

그 후로 다섯 시간이 넘도록 두 사람은 스튜디오에 틀어박혀 있었다. 몸은 힘들고 신경은 예민했지만, 그건 기분 좋은 피로였다. 합이 잘 맞는 동료이자 친구로서 소하와 이탄은 오랜만에 그것을 실컷 즐기며 함께 작업을 마무리해 갔다.

[작가님, 보내주신 소설 다 읽어봤어요. 정말 재밌네요! 두 달 후에 세 작품이 완결되는데, 그때 바로 연재를 시작하면 어떨까요? 작가님만 괜찮으시다면 제가 밀어붙일게요.]

나이브 웹소설 담당자 오수정은 지유가 전화를 받자마자 흥분한 목소리로 용건을 토해냈다. 지유는 당연히 그러겠다고 대답했다. 그러자 수정은 일주일 후에 나이브 본사 건물에서 만나 향후 일정과 계약에 대해 논의하자고 했고, 지유는 흔쾌히 알았다고 했다.

"됐다!"

전화를 마친 지유는 양팔을 높이 들며 환호했다. 담당자 수정에게 원고를 보낸 후 보름 동안 얼마나 가슴 졸였는지 모른다. 이탄과 여행을 갔을 때는 그래도 괜찮았지만, 집으로 돌아오고 나서부턴 계속 소설이 통과되지 못하면 어떡하나 하는 걱정뿐이었다. 부모님 집에 가서도, 소설을 꾸준히 쓰면서도 마음 한편으론 죽 그 걱정을 했다.

이제 희소식을 들었으니 열과 성을 다해 소설을 쓰는 일만 남았다. 지유는 생글생글 웃으며 이탄에게 얼른 문자메시지를 보냈다.

「소설 연재 통과됐어요. 두 달 후에 연재 시작해요.」

「축하해! 인기 많으면 좋겠다.」

그에게서 바로 답변이 왔다. 지유는 미소를 감추지 못하며 다시 이탄에게 메시지를 보냈다.

「남자 주인공이 멋있어서 반응 좋을 거예요. 다 신재 씨 덕분이에요.」

「소설을 쓴 건 당신인데, 뭘. 잠깐만.」

답장을 받은 지유는 그가 바쁜데 방해한 건가 싶어서 아차 했다. 여행 갔을 때 약속한 대로 그는 매일 연락했지만 하루도 쉴 새 없이 일에 매달리는 듯했다. 핸드폰을 통해 들리는 목소리만으로도 피로가 느껴질 정도였다.

그런데 10분이 지나기 전에 이탄에게서 전화가 왔다. 지유는 얼른 핸드폰을 들었다.

"전화해도 괜찮아요? 바쁜 거 아니에요?"

[아니야. 차 안으로 들어왔어. 집에 가서 좀 쉬려고.]

"그래요. 가서 좀 자요."

지유가 그에게 들리지 않도록 소리 없이 한숨을 내쉬며 말했다.

지금도 그의 목소리는 피로에 젖어 있었다. 대체 얼마나 무리하고 있는 걸까?

[잠은 안 와. 그보다 당신이 보고 싶어. 아, 스트레스 쌓여! 우리 못 본 지 얼마나 됐지?]

이탄이 운전석 위로 늘어지며 푸념했다. 지유가 픽 웃으며 답했다.

"오늘로 딱 열흘 됐네요."

[당신은 나 안 보고 싶어?]

"당연히 보고 싶죠. 왜요, 야심한 밤에 찾아가기라도 할까요?"

[응.]

이탄이 기다렸다는 듯이 대꾸했다. 지유는 쿡쿡거리며 그에게 물었다.

"언제 갈까요?"

[오늘 밤 자정 넘어서. 그런데 내가 더 늦을 수도 있어. 저녁에 멤버들이랑 모이기로 했거든.]

"아…… 그럼 신재 씨 집에 가서 기다리고 있을까요?"

[그래 주면 좋지. 주차장 출입구 비밀번호 알려줄 테니까 운전해서 와. 내 편의만 봐달래서 미안해.]

"뭐, 소설이 통과된 기쁜 날이니까 남자 주인공께 이 정도는 해드리지요."

지유가 명랑한 목소리로 새침하게 얘기했다. 덩달아 기분 좋아진 이탄이 장난기를 가득 담아 말했다.

[황송합니다, 작가님. 그런데 이왕 오는 거, 소설도 들고 오면 안 될까? 이 남자 주인공이 1장 이후로 소설을 하나도 못 봤는데.]

"아, 그러네요. 읽고 싶어요?"

[내가 주인공인데 당연하지. 그리고 〈Missing her〉 뮤직 비디오 만들 때 참고하려고. 물론 작가님이 동의해 주신다면.]

"미싱 허? 그게 그 뱀파이어 노래 제목이에요?"

[응. 오늘 새벽에 후반 작업까지 다 끝냈어.]

"와, 잘됐네요! 고생 많았어요. 그럼 내가 소설 프린트해서 갈 테니까 신재 씨는 그 노래 들려줘요."

[안 그래도 그러려고 했습니다, 작가님. 그럼 협상 체결?]

"Deal. 밤에 만나요."

[운전 조심해서 와.]

그렇게 그와의 통화를 마쳤다.

지유는 핸드폰을 손에 든 채 춤추듯이 거실에서 빙글빙글 돌았다. 소설이 통과됐고, 밤에 그와 만나기로 했고, 그가 그녀의 소설을 읽은 후 영감받아서 만든 노래를 듣기로 했다. 알록달록한 풍선이 파란 하늘로 두둥실 떠오르듯 마음이 둥둥 뜨는 기분이었다. 그러니까 지금은 행복해도 되지 않을까? 살아 나갈 힘을 얻어도 되지 않을까?

지유는 눈초리를 부드럽게 휘며 컴퓨터 앞으로 갔다. 콧노래를 흥얼거리며 소설을 출력한 그녀는 나갈 차비를 했다. 아직 밤이 되려면 멀었지만 집에만 있기에는 이날이 너무 아까웠다. 그를 만나기 전에 미용실에 가서 머리도 하고 쇼핑도 해서 조금이라도 더 예쁘게 보이고 싶었다.

엄마한테 전화를 걸어 소설 연재가 통과됐다는 소식을 알리며 지유는 현관문 밖으로 나갔다. 진심으로 기뻐하며 축하해 주는 엄마의 밝은 웃음소리를 들으며 그녀는 힘차게 걸음을 옮겼다.

그래, 이런 게 사는 거였다.

❖

칸지가 드디어 일본 활동을 마치고 한국으로 돌아왔다.

막내에게 막 집에 도착했다는 연락을 받은 이탄과 소하는 다 같이 모여 저녁 식사를 하자고 말했다. 장소 제공은 소하가 하고, 음식은 소하의 어머니와 전담 매니저 동수가 준비해 주기로 했다. 그 대신 칸지는 일본에서 사온 사케를, 이탄은 활어회를, 우림은 와인 몇 병을 가져오기로 했다. 그렇게 카이저 멤버들은 소하의 집에서 몇 달 만에 뭉쳤다.

"고생했다, 우리 막내. 이번 일본 활동도 성공적이었어."

식탁에 음식을 한가득 차려놓고 멤버 넷이 둘러앉은 자리에서 이탄이 칸지에게 먼저 사케를 따라주며 치하했다. 칸지는 공손히 술을 받고는 바로 이탄의 잔에 술을 채워주었다. 그러곤 소하와 우림의 잔에도 사케를 따라준 후 잔을 들며 호기롭게 외쳤다.

"자자, 형들. 건배합시다! 카이저여, 영원하라!"

"풉! 영원하기엔 너무 징글맞지 않냐?"

"뭐야, 너? 왜 일본에 가서 대표님 말투를 배워왔어?"

이탄과 소하가 차례로 태클을 걸었다. 칸지는 한국에 와서 모처럼 기분 좀 내려는데 바로 타박하는 형들에게 볼멘소리로 구시렁거렸다.

"아, 쫌! 맞춰주라, 쫌! 나 진짜 죽도록 일만 하다 왔거든?"

"쿡쿡, 알았다. 고생한 우리 막내를 위해!"

"더불어 윤우림의 공연 성공을 축하하며!"

소하가 한마디, 이탄이 한마디를 덧붙이며 네 사람은 사이좋게 잔을 부딪쳤다. 다들 첫 잔을 단숨에 비우고 서로에게 다시 사케를 따라주며 네 사람은 그동안 못 나눴던 이야기를 풀어놓기 시작했다.

"공연 못 가서 미안하다. 영상 올라온 건 다 봤어."

소하가 우림의 잔을 채워주며 말했다. 우림은 픽 웃으며 술을 받았다.

"형이 오면 난리 나지. 우리 팬들도 많이 왔거든."

"들었어. 너 잘한다는 얘기밖에 없던데?"

"팬들이 쉴드 쳐 준 거지, 뭘."

"기사도 호평밖에 없던데, 왜. 벌써 다른 뮤지컬 제의도 받았다면서?"

"소식 빠르네. 누구한테 들었어? 대표님?"

"응. 대표님이 얘기해 주시더라. 네 칭찬을 엄청 하시면서."

소하의 옆에 앉아 대화를 듣고 있던 이탄이 우림의 물음에 답했다. 우림의 옆에 앉아 있던 칸지가 호들갑을 떨며 그에게 잔을 내밀었다.

"와, 우림 형! 축하해! 뮤지컬 배우로 완전히 인정받은 거네?"

우림은 칸지와 가볍게 잔을 부딪치곤 다시 이탄에게로 시선을 돌렸다. 그는 미간을 살짝 찌푸리며 입을 열었다.

"그 제안 어제 들어온 건데……."

"오늘 아침에 소하랑 만났거든. 형들답게 더 분발하라고 잔소리만 무지하게 하고 가셨어."

이탄은 웃으면서 농담조로 말했지만, 우림은 입을 다물고 말았다.

왕 대표가 이탄과 소하를 찾은 건 카이저 M 앨범에 그만큼 신경 쓰고 있어서다. 그건 우림이 또 다른 뮤지컬에서 배역을 따내는 것과는 비교도 안 될 만큼 중요한 일이었다.

칸지가 어느새 잔을 비운 이탄과 소하에게 다시 사케를 따라주며 말했다.

"형들 앨범 준비는 잘돼가? 참, 이탄 형 슬럼프 탈출 추카추카!"

"그게 무슨 슬럼프야? 정신 질환이지."

이탄이 칸지가 따라준 술을 한 모금 마시며 아무렇지도 않게 대꾸했다. 그러자 칸지가 대놓고 인상을 구기며 뭐라 했다.

"왜 예능을 다큐로 받아? 이거 내 컴백 환영회 아니야? 분위기 칙칙하게 만들 거야?"

"미안, 미안. 칸지 너, 진짜 고생 많았어. 네가 형들보다 낫다."

이탄은 사과하며 칸지의 잔에 술을 따라주었다. 그리고 회를 한 점 집어 칸지의 입에 쏙 넣어주었다. 칸지는 이탄이 먹여준 회를 우물우물 씹으며 언제 그랬냐는 듯 종알거렸다.

"근데 형, 이제 완전히 나은 거야? 그럼 내 솔로 앨범에 들어갈 곡도 써주나?"

"글쎄, 그건 모르겠다. 한 곡도 겨우 쓴 거라……."

이탄이 쓸쓸히 웃으며 사케를 한 모금 마셨다. 칸지는 일부러 목청 높여 그에게 소리쳤다.

"에헤이, 또 그런다! 예능, 예능!"

"알았어. 자꾸 분위기 깨서 미안하다."

이탄이 킥킥거리며 이번에는 수육을 한 점 집어 칸지의 입에 쏙 넣어주었다. 칸지는 고기를 냠냠 받아먹으며 개구쟁이 같은 미소를 지어 보였다.

이래서 사람들이 칸지에게 끌리는 거다. 상대방을 웃게 만드는 바이러스를 사방으로 흩뿌리니까.

"겨우 쓴 것치곤 대단한 곡을 만든 모양이던데."

우림이 중얼거리며 단번에 술을 들이켰다. 세 사람의 시선이 동시에 그에게 쏠렸다.

우림은 잔을 탁 내려놓으며 이탄을 직시했다. 그러곤 어둡게 가라앉은 목소리로 말했다.

"나도 들었어. 경림 형이 바로 드럼 치겠다고 했다면서? 벌써 녹음도 다 끝냈고."

"경림? 그 성격은 괴팍한데 실력은 끝내준다는 윤경림 드러머? 그 사람이 이탄 형 곡에 드럼을 쳤어?"

칸지가 눈을 동그랗게 뜨며 호들갑을 떨었다. 이 소식은 그도 처음 듣는 것이었다.

이탄 옆에 있던 소하가 침착한 목소리로 설명했다.

"우리 친척이야. 그래서 접근하기가 쉬웠지. 물론 곡이 그 형 마음에 들어서 같이한 거지만."

"우리 친척인데, 나는 몇 번을 만나도 같이 작업한 적이 없네. 곡 들고 찾아간 건 두 번뿐이지만. 그런데 탄이 형 곡은 어떻길래 경림 형이 단번에 수락한 거야?"

소하가 뭐라고 하던 우림의 시선은 이탄에게만 고정돼 있었다.

질투와 선망이 혼잡하게 뒤섞인 눈동자. 이탄을 처음 만난 후부터 언뜻언뜻 비추다 감추길 반복했던 그 눈빛을 지금은 숨기지 않고 드러낸 채로.

이탄은 우림을 피하지 않고 마주 보았다. 그리고 분명한 어조로 천천히 그에게 답해주었다.

"한 맺힌 드럼 연주가 필요한 랩메탈. 그래서 경림 형이 연주해야만 했어."

우림은 아무 말 없이 이탄을 계속 응시했다. 이탄은 차분하게 말을 이었다.

"우림이 넌 호소력 짙은 발라드가 잘 어울리지. 그런 곡을 제일 잘 쓰고. 드럼 연주가 꼭 필요한 곡이라면 모를까, 굳이 경림 형과 같이할 이유는……."

"나도 드럼 연주가 필요한 곡을 써서 가져갔거든. 경림 형한테 거절당하고 바로 지워 버렸지만."

우림이 얼굴을 찌푸리며 이탄의 말을 잘랐다. 이탄이 다시 입을 열려 했지만, 우림은 그가 말할 새도 없이 퍼부어대기 시작했다.

"나도 드럼 연주가 들어간 곡을 썼다고. 두 번 다 경림 형한테 거절당하고 포기하긴 했지만, 머리칼 쥐어뜯으면서 쓴 거였어. 노력하지 않은 게 아니란 말이야! 그리고 뭐? 나는 발라드가 잘 어울려? 그럼 형은? 형은 만능이잖아. 이거도 잘하고, 저거도 잘하고, 그냥 다 잘하잖아! 그런데 왜 아파? 아파도 한참은 모자란 내가 아파야지, 형이 왜 아플까? 대표님이 나한테 솔로 앨범 얘기를 왜 안 꺼내는지, 누구보다 이탄 형이 제일 잘 알잖아!"

"그만해, 윤우림!"

들다 못한 소하가 사나운 목소리로 우림에게 일갈했다.

우림은 입매를 비틀며 자리에서 일어났다. 그러곤 소하를 내려다보며 뒤틀린 음성으로 물었다.

"형은 내가 어떨지 한 번이라도 생각해 봤어?"

"항상 생각해. 나보다 탄이가 더 생각하고! 대체 뭐가 그렇게 불만인데? 언제 형들이 널 안 챙겨줬어? 나 따라서 SJ로 온 그날부터, 연습생이 된 그날부터 우리가 한 번이라도 널 소홀히 대한 적이 있었냐고!"

"알아. 내 실력으론 감지덕지하면서 감사해야 된다는 거, 잘 알아."

우림이 차갑게 내뱉었다.

소하는 한숨을 내쉬며 이 엇나간 사촌 동생을 쳐다보았다. 그러곤 최대한 이성적인 목소리로 타이르려 애썼다.

"후……. 너, 네 실력으로 카이저 멤버가 된 거야. 내 사촌이라고 가산점 준 거 하나도 없었어. 그리고 네가 누구보다 노력하는 거, 우리 다 알아. 팬들도 알고, 대표님도 아시고……."

"아니! 대표님 눈에는 이탄 형밖에 안 보이지."

우림이 비웃으며 소하의 말을 잘랐다. 한번 터뜨리고 나니 도저히 멈출 수가 없었다. 차갑고 독하게, 그는 오랫동안 누르고 눌러왔던 속내를 쏟아냈다.

"내가 아무리 노력해도 이탄 형은 따라잡을 수가 없으니까! 나뿐만 아니라 형이랑 칸지, SJ엔터테인먼트 소속 가수들 전부가 그렇잖아? 그래서 대표님은 늘 우리 이탄, 우리 탄이뿐이지. 연예인들의 연예인, 아이돌들의 아이돌, 저작권료를 제일 많이 벌어들이는 사람이 이탄 형이니까! 안 그래?"

"그래서, 내가 그렇게 부러웠어? 곡 하나 못 쓰고 병들어 곪아 터져 가는 날 보면서도?"

그때까지 우림이 퍼붓는 말을 잠자코 듣고 있던 이탄이 그를 올려다보며 물었다. 지독히도 낮고 차분한 음성이었지만, 우림은 이탄이 어느 때보다도 화났다는 걸 알았다. 그건 11년이 넘도록 이탄을 가까이에서 관찰한 사람의 본능으로 느낄 수 있었다.

우림은 조용히 이탄을 바라보았다. 뒤쫓기 위해 발버둥 치며 안간힘을 써봤자 한순간도 옆에 설 수 없었던 남자. 우림은 고통스럽게 얼굴을 일그러뜨리며 말했다.

"언제나, 항상, 형의 모든 것이 부러웠어. 지금도 마찬가지고."

"내 보기엔 네가 더 가진 게 많다 해도 넌 안 듣겠지?"

"되도 않는 소리 집어치워. 안 그래도 기분 충분히 더러우니까."

"윤우림, 너 진짜……."

결국 감정이 폭발한 소하가 자리에서 일어났지만, 우림은 그를 쳐다보지도 않고 집 밖으로 뛰쳐나갔다.

소하는 우림을 붙잡으려 빠르게 현관으로 뛰어갔다. 그러나 이탄이 서둘러 말렸다.

"그냥 둬!"

소하가 멈칫하며 이탄을 돌아보았다. 이탄은 천천히 사케를 한 모금 마시며 낮게 말했다.

"지금은 그냥 놔둬. 따라가 봤자 역효과야."

"……미안하다."

소하는 고개를 돌리며 어금니를 짓씹었다. 이탄이 일부러 더 신경 쓰라고까지 했는데……. 대충은 짐작했지만, 우림이 저 정도일 줄은 몰랐다. 저렇게 비틀려 있을 줄은…….

이탄은 픽 웃으며 잔을 내려놓았다.

"네가 왜 미안해. 네 사촌 동생이라?"

"아니, 네 말을 흘려들어서. 쟤가 어떤 줄 알고서 더 신경 쓰라고 한 거잖아."

"알면 어쩔 건데? 저 자기 비하를 스스로 극복해야지, 형들이 뭘 어떻게 해줄 건데? 와, 진짜! 우림 형, 진짜! 우아! 어이가 없네, 진짜?"

칸지가 연거푸 뱉어내다 갑자기 사케 병을 집더니, 병째로 술을 벌컥벌컥 마시기 시작했다.

"야, 야! 너까지 왜 이래?"

이탄이 얼른 손을 뻗어 술병을 잡으며 소리쳤다. 그러자 칸지가 성질이 잔뜩 난 목소리로 빽빽거렸다.

"그럼 술이라도 마셔야지, 뭐 해? 저렇게 깽판을 치고 나갔는데! 내 환영회라며? 나 수고했다고 만든 자리라며? 뭐야, 이게?"

그러곤 다시 힘주어 사케 병을 입에 대려는 칸지를 이탄이 말리면서 외쳤다.

"새로 산 예거 시계 너 줄게!"

그 순간 칸지가 멈칫했다. 그러기를 몇 초, 칸지는 툴툴거리며 다시 술을 병째로 들이켜려 했다.

"그까짓 거, 내가 사면 되지! 나는 뭐 돈이 없어? 나도 술 먹고 형들한테 깽판……."

"내 카드 너 줄게. 내일 마음대로 써라."

소하가 한숨을 푹푹 내쉬며 말했다. 힘없이 식탁으로 돌아오는 소하에게 칸지가 의심스럽다는 투로 물었다.

"진심이야?"

"옜다."

소하는 주머니에서 지갑을 꺼내 칸지 앞으로 툭 던지며 의자에 앉았다. 칸지가 휘둥그레진 눈으로 소하의 지갑을 들어 펼쳐 보았다. VVIP용 블랙 카드가 우아한 자태를 뽐내며 꽂혀 있었다.

"와하하하! 난 형들 사랑해!"

카드를 뽑아 든 칸지가 환호성을 질렀다. 이탄은 고개를 설레설레 저으며 칸지가 소하의 지갑을 본 순간 팽개친 사케 병을 집어 자신의 잔을 채웠다.

"주변에 칸지 같은 애만 있으면 삶이 참 단순해질 텐데. 안 그러냐?"

"미안하다, 정말. 내가 면목이 없다."

소하가 이탄에게 술병을 받아 자신의 잔과 칸지의 잔을 채우며 재차 사과했다. 이탄은 미간을 찌푸리며 소하의 등을 툭 쳤다.

"네가 미안해할 일이 아니라니까."

"맞아! 소하 형이 미안해할 일이 아니라, 우림 형이 우리한테 사과할 일이지. 그 형 성격상 언제 사과할지는 모르겠지만."

잽싸게 소하의 카드를 주머니에 챙겨 넣은 칸지가 고개를 끄덕이며 말했다. 이탄은 픽 웃으며 칸지에게 술잔을 내밀었다.

"이럴 때 보면 우리 막내가 제일 철들었단 말이야."

"그걸 이제 알았수? 그래서 시계는 언제 줄 건데? 오늘 밤? 내일 아침?"

"그냥 백화점 가서 네 맘에 드는 걸로 하나 사라. 나도 카드 줄 게."

이탄이 졌다는 표정으로 바지 뒷주머니에서 지갑을 꺼내주었다. 지갑을 냉큼 받아서 열어본 칸지가 찬란히 빛나는 카드 한 장을 꺼내며 부르짖었다.

"우하하하! 투 카드다! 뭐 사지? 뭐 사지? 나 내일 찾지 마. 아주 그냥 백화점을 쓸어버릴 거니까!"

"살살 긁어라, 살살."

소하가 또다시 한숨을 길게 내쉬며 말했다. 삶이 단순해지긴 개뿔이 단순해져! 칸지 같은 애 하나만 더 있으면 거리로 나앉겠구먼. 형 노릇 하기 참 고되다.

"우림이 자식, 한동안 놔둬야 되나⋯⋯."

쌉쌀한 사케를 입에 머금으며 소하가 자조했다. 이탄이 그에게 술을 따라주며 대답했다.

"당분간 놔두자. 혼자 생각해 볼 시간을 줘야지."

"그래⋯⋯."

술을 들이켜며 소하는 생각에 잠겼다. 그래도 9년간 함께 잘해왔다고 믿었는데 다 착각이었던 건지⋯⋯.

밤은 점점 깊어갔고, 남아 있는 세 사람은 간간이 농담을 던지며 평온하게 이야기를 주고받았지만, 마음속에선 근심이 떠나질 않았다.

속이 시끄러워 술을 마셔도 좀처럼 취하지 않는 밤이었다.

"생각보다 일찍 왔네요?"

드넓은 거실에 놓인 푹신한 소파에 앉아 프린트해 온 소설을 읽고 있던 지유가 집 안으로 들어오는 이탄을 보며 말했다. 밤 12시 반. 늦은 시간이었지만 지유는 그가 더 늦게 올 줄 알았다. 몇 달 만에 카이저 멤버들과 모여 회포를 푼다고 했으니.

"당신은 언제 왔어?"

이탄이 지유 옆으로 휘적휘적 걸어와 앉으며 물었다. 술 냄새가 진하게 풍기는 걸 보니 꽤 많이 마신 모양이다. 지유는 엷게 미소 지으며 대답했다.

"30분 전에요."

"오래 안 기다려서 다행이네."

이탄이 말하면서 지유의 다리를 베고 드러누웠다. 그가 피곤한 듯 눈을 감자, 지유는 그의 머리칼을 다정한 손길로 쓸어주었다. 그러면서 속삭이는 목소리로 물었다.

"취한 모습은 처음 보네요. 기분 좋게 마신 거죠? 여기까지는 어떻게 왔어요?"

"콜밴 불러서 타고 왔어. 기분이 좋았는지는…… 모르겠다."

"왜요? 무슨 일 있었어요?"

"휴……. 쉬운 게 하나도 없네."

취해서인지, 지쳐서인지, 이탄은 투정과 탄식이 뒤섞인 목소리로 말을 흘렸다.

지유는 천천히 얼굴을 내려 붉게 달아오른 그의 입술에 살며시 입 맞추었다. 쌉쌀한 알코올 향과 그의 뜨거운 체온이 입술을 통해 오롯이 느껴졌다.

"더 해줘. 진한 키스로."

그녀가 살짝 입술을 떼자, 이탄이 눈을 가늘게 뜨며 가라앉은 음성으로 요구했다. 지유는 입매를 올리며 장난스럽게 대꾸했다.

"그랬다간 나도 취할 거 같은데."

"자고 갈 건데 뭐 어때. 해줘, 빨리."

이탄이 오른손을 뻗어 지유의 머리를 당기며 칭얼거렸다.

지유는 보일 듯 말 듯 미소 지으며 그에게 다시 입술을 포갰다. 이렇게 고집부리는 그가 귀엽게만 보였다.

"후……."

여리고 촉촉한 입술이 살포시 내려앉자, 이탄은 혀를 내밀어 그녀의 입속으로 파고들었다. 그의 혀에 묻은 알싸한 술 냄새가 코끝을 아릿하게 스쳤지만 지유는 개의치 않았다. 뜨겁고 열정적으로 혀를 놀리며 두 손으로 그녀의 머리를 붙잡는 그를 지유는 애정 어린 태도로 받아주었다.

"당신이 와서 좋아."

한참 만에 입술을 뗀 이탄이 지유의 맑고 검은 눈동자를 올려다보며 말했다. 지유는 빙긋 웃으며 그에게 속삭였다.

"나도 신재 씨 만나서 좋아요."

"나 내일 쉬어. 하루 종일 같이 있자."

"그래요."

이탄은 부드러운 미소로 승낙하는 그녀를 와락 끌어안았다. 그때문에 갑자기 허리를 앞으로 구부리게 된 지유가 낑낑거리며 부탁했다.

"자세 좀 바꾸고 안으면 안 될까요? 지금 너무 힘든데."

"미안."

이탄이 킥킥거리며 지유를 놓고는 상체를 일으켜 소파에 기대 앉았다. 그러곤 지유의 얼굴을 지그시 바라보며 말했다.

"우리 열흘 만에 보는 거랬지? 꼭 한 달은 지난 거 같네."

"후후. 그만큼 보고 싶었다는 뜻으로 받아들여도 돼요?"

"응. 그동안 너무 힘들었어. 일은 바쁘고, 쉬지도 못하고, 마음 은 불편해지고……."

"큰일이네. 내가 뭘 도와주면 될까요?"

"이리 와서 어깨 빌려줘."

"그거라면 얼마든지요."

지유는 이탄의 곁으로 더 가까이 다가가 앉았다. 이탄은 입매를 위로 올리며 그녀의 어깨에 스스럼없이 이마를 기댔다.

"후…… 이제 좀 낫네. 당신 없으면 어쩔 뻔했을까?"

"그런 말을 들으니 보람찬데요? 그런데 내가 더 그렇죠. 신재 씨 덕분에 소설 쓰고, 나아지고, 그러고 있잖아요."

"당신한테는 내가 도움이 된다니 다행이야. 우림이 녀석한테는 아니지만……."

이탄이 지유의 쇄골에 입술을 묻으며 중얼거렸다.

지유는 그를 감싸 안으며 조용히 이야기를 들어주었다. 그녀가 위로하듯 손바닥으로 등을 쓸어내려 주자, 그는 슬픔이 묻어나는 목소리로 속내를 토해냈다.

"그래도 한솥밥 먹은 지 11년이 지났는데, 진작 좀 얘기하지. 그러면 싸우고 달래서라도 응어리나 덜 지게 했을걸. 그걸 이제까지…… 아냐. 내가 더 신경 쓸 걸 그랬어. 걔는 내가 신경 쓰는 것도 싫어하지만…… 후."

"신재 씨는 지금도 충분히 신경 쓰고 있잖아요."

잠자코 듣고 있던 지유가 위로하는 듯 말했다. 이탄이 투정처럼 그녀에게 반문했다.

"그랬다면 이 사달이 났겠어?"

"신경 쓰지 않는 사람은 그런 말 안 해요. 무슨 일인지는 모르겠지만, 신재 씨가 그 우림이란 친구한테 마음 쓴다는 건 분명히 알겠어요. 그걸 어떻게 표현할지가 신재 씨의 몫이라면, 어떻게 받아들일지는 그 친구의 몫이겠죠."

"내 표현이 잘못된 건가 의심이 들거든."

이탄이 고개를 들며 한숨을 내쉬었다.

자신은 호의로 베푼 일을 상대가 악의로 받아들일 때가 있다. 물론 오해를 잘 풀면 되겠지만, 이탄은 9년 넘게 연예계 생활을 하면서 아주 작은 문제로 관계가 틀어지는 꼴을 수없이 봐왔다. 때로는 질투로, 때로는 실낱같은 의심으로, 또는 자신의 비틀린 마음 때문에.

우림과 이탄의 관계는 그 모든 것이 잡탕처럼 뒤섞여 있었다. 전혀 의도하지 않았지만, 어쨌든 그는 우림에게 크나큰 자격지심을 안겨주고 말았다.

"서로 마음이 있다면 언젠가는 풀릴 거예요. 시간이 걸리더라도."

지유가 경험이 우러나는 목소리로 말했다. 이탄이 그녀의 얼굴을 바라보았다.

"그렇게 생각해?"

"네. 풀리지 않는다면 둘 중 하나가 그럴 마음이 없다는 거겠죠. 나는 진심을 다했는데도 상대가 원하지 않으면 뭘 어쩌겠어요. 강요할 수는 없으니까."

"꼭 득도한 사람처럼 말하네."

이탄은 픽 웃으며 다시 지유의 허벅지를 베고 드러누웠다. 지유는 자연스럽게 손으로 그의 머리칼을 쓸어 넘겨주었다. 그녀의 애정 어린 손길을 받으며 가만히 누워 있던 이탄이 나지막이 입을 열었다.

"나중에, 혹시라도 우리 사이에 오해가 생기면 말이야. 내가 최선을 다해서 당신한테 다가갈 테니까, 당신도 내가 그러고 있다고 생각해 줘. 내 노력이 모자라 보여도 혼자서 슬퍼하거나 날 외면하지 말고."

"내가 그럴까 봐 걱정돼요?"

지유가 엷은 미소를 띠며 이탄을 내려다보았다. 짙게 물든 그의 갈색 눈동자가 그녀를 곧게 바라보고 있었다.

"나는 그런 데 서툴러. 지금처럼 오해를 쌓기만 하지. 그러니까 미리 부탁하는 거야."

높낮이 없는 어조로 차분히 이야기했지만, 지유는 그가 경험으로 하는 말이라는 걸 느꼈다. 그의 눈빛이, 약간 빠르게 뛰는 심장 소리가 그걸 증명하고 있었다.

"이렇게 다정한 사람인데요, 뭘."

지유는 눈초리를 부드럽게 휘며 그의 뺨을 어루만졌다. 이탄은 픽 웃으며 손을 들어 그녀의 얼굴을 손가락으로 쓸었다.

"내가 다정해? 남들은 차갑다고 하던데."

"음…… 인상이 차가워 보이기는 해요. 알고 보면 세심하고 다정한 사람이지만."

"그거 칭찬이야, 욕이야?"

"음…… 글쎄요. 뭘까요?"

"또 놀린다!"

"아하하! 간지러워요!"

이탄이 태도를 확 바꿔 갑자기 양손으로 옆구리를 간지럽히자, 지유가 자지러지며 소리쳤다.

지유는 진저리를 치며 그의 두 손을 붙들었다. 그러나 힘으로 남자인 그를 이길 리가 없었다. 이탄이 그녀의 손을 뿌리치며 간지럽히기를 계속하자, 지유는 몸서리치며 상체를 뒤틀다 옆으로 풀썩 쓰러졌다. 이탄은 그제야 손을 거두며 몸을 위로 올려 그녀와 마주 보고 누웠다.

"그렇게 이기지도 못할 거 왜 자꾸 놀려?"

"쿡쿡. 이제 기분이 좀 나아졌어요?"

지유가 장난기 가득한 눈으로 반문했다. 이탄은 입을 벌리며 그녀의 볼을 꼬집었다.

"와! 또 이런 식으로 날 나쁜 놈 만들지?"

"아파요!"

지유가 토라진 투로 말하며 그의 가슴팍으로 폭 파고들었다.

이탄은 어쩔 수 없다는 듯 웃으며 볼을 꼬집던 손으로 지유의 머리를 쓰다듬었다. 그러곤 그녀의 머리에 입 맞추며 속삭였다.

"고마워, 같이 있어줘서."

"나도 고마워요."

지유가 얼굴을 들고 미소 지으며 대답했다. 이탄은 그런 그녀의 입술에 가볍게 키스했다. 그리고 또. 또 한 번.

자잘한 입맞춤을 아낌없이 해대며 두 사람은 서로를 눈에 담았다. 이탄은 지유를, 지유는 이탄을. 세상에 오직 둘만 존재하듯이.

오로지 서로만을 바라보며 어루만지는 눈먼 시간을 그렇게 함께 보냈다.

11. 사보타주

　국내 최고의 연예전문지 〈어태치〉의 한강준 기자. 연예계의 굵직굵직한 뉴스를 발 빠르게 가장 먼저 터뜨리는 연예인 최고의 적. 그러나 확실한 증거 없이는 절대로 기사를 쓰지 않는 노련한 12년 차 베테랑 기자.

　연예계 종사자라면 누구도 그를 적으로 만들고 싶어 하지 않았다. 그건 냄새를 풍기는 곳이면 어디든 찾아가 물고 늘어지는 한강준 기자의 집요함 때문이기도 했지만, 어떤 기사를 쓰든 주관적인 시선을 최대한 배제하는 그의 프로 정신 때문이기도 했다.

　그러니 이왕이면 그와 친분을 쌓을 것. 최소한 예의 바르게 안면은 터둘 것. 그것이 한강준 기자를 대하는 연예인들의 공식 모토였다.

　아이돌 그룹 KOK의 리더 유주는 거기서 한 걸음 더 나아가, 그를 어떻게든 아군으로 삼기 위해 끈질기게 노력했다. 이날도 유주는 청담동 고급 일식집의 밀폐된 다다미방으로 은밀히 한강준 기자를 불러냈다. 서로 본 지도 한참 됐고, 곧 자신의 솔로 앨범이 나오니 겸사겸사 식사나 하자고 청한 것이다.

딱히 거절할 명분도 없고 오랜만에 유주를 만나는 것도 나쁘지 않아, 한강준 기자는 두말없이 유주의 청을 승낙했다. 유주가 말한 일식집으로 찾아간 그는 직원의 안내에 따라 미로 같은 복도를 통과해 어느 방으로 들어갔다. 먼저 와서 기다리고 있던 유주가 환한 미소를 지으며 자리에서 일어났다.

"와, 기자님! 이게 얼마 만이에요?"

"그러게. 그동안 잘 지냈어? 유주 씨는 어째 볼 때마다 더 멋있어져?"

"에이! 아이돌 환갑인 사람한테 빈말이 심하시다! 어서 자리에 앉으세요. 여기, 음식 바로 가져다주세요."

직원이 대답하며 방에서 나가자, 두 사람은 마주 보고 편히 자리했다. 이윽고 죽과 샐러드, 두부 요리와 소라회 등 가벼운 전채와 청주를 가져온 직원이 음식을 차려놓고 조용히 방에서 빠져나갔다. 유주는 밝은 음성으로 화제를 꺼내며 한강준 기자에게 먼저 청주를 따라주었다.

"제가 연락은 자주 못 드려도, 기자님 기사는 꼬박꼬박 챙겨 보고 있어요. 얼마 전에도 특종 하나 하셨잖아요."

"특종? 어떤 거?"

술을 받은 한강준 기자가 유주에게서 술병을 받아 그의 잔을 채워주며 물었다. 유주가 빙긋 웃으며 대답했다.

"민송이랑 채준 커플 결혼 기사요. 그 커플 열애 기사도 한 기자님이 제일 먼저 내시지 않았어요?"

"그랬지. 둘 다 계속 잡아떼긴 했지만. 근데 결혼 기사는 내가 처음으로 안 냈어. 내가 언제 내야 되나 보고 있는데, 한양일보 기자가 먼저 냈지. 사실 나는 조심하고 있었거든."

"왜요?"

"취재하다 보니까 둘이 진심 같더라고. 정말 결혼하고 싶어 하는데, 엄청 신중히 진행하는 분위기 있잖아, 왜. 그런데 중간에 기사 터져 봐. 그러다 그 커플 결혼 틀어지면? 이 바닥에서 그런 꼴을 한두 번 본 것도 아니고."

"우아, 역시 우리 한 기자님! 진짜 인성 갑이시라니까? 연예계에 한 기자님 같은 분만 있으면 좋겠네요."

"괜히 아부하지 마, 유주 씨. 그래도 기사는 공정하게 쓸 거야."

"네, 네. 물론이죠."

둘이 주거니 받거니 하며 술잔을 기울이는데 직원이 문을 두드리더니 커다란 회 접시를 내왔다. 유주는 싱싱하고 쫄깃한 회를 한 기자에게 권하며 그의 빈 잔에 청주를 따라주었다. 그러고는 본론을 슬슬 꺼내기 시작했다.

"제 이번 솔로 앨범이 일주일 뒤에 풀리잖아요. 제가 정말 열심히 작업했거든요. 피처링으로 참여한 사람들도 대단하고. 그런데 엊그제 들었는데, 카이저 M 앨범이 저랑 2주 차이로 나온다네요."

유주는 씁쓸한 표정을 지어 보이며 잔을 단번에 비웠다. 연기하는 게 아니라, 그는 진심으로 기분이 언짢았다. 그 얘기를 듣는 순

259

간 얼마나 울화가 치밀었는지. 이탄 이 새끼는 왜 사사건건 그와 부딪치는 걸까?

한 기자가 위로하듯 유주에게 술을 따라주었다. 아이돌 그룹 카이저와 KOK의 악연 아닌 악연은 연예계에서 모르는 이가 없었다.

"유주 씨 앨범도 반응 좋을 거야. 유주 씨가 실력이 없어, 인지도가 없어? KOK도 음원 깡패잖아."

물론 KOK는 어떤 성적으로도 카이저를 이긴 적이 없지만, 그 말은 고이 접어두기로 했다. 굳이 앞에 있는 유주를 기분 상하게 할 건 없으니.

그리고 그룹 카이저는 상당히 예의 바른 친구들이지만, 이런 식으로 그를 접대해 준 적은 없었다. 그러니 간간이 불러내 밥이라도 사주는 유주에게 팔이 굽는 건 아무리 공정한 한강준 기자라도 어쩔 수 없었다.

"하아……. 반응이 좋기만을 바라야죠, 뭐. 카이저 M이 워낙 인기가 많아서 걱정되기는 하지만요. 이탄이 그 친구는 참 능력도 좋아요. 어떻게 연애하면서 앨범까지 만들었대? 저는 능력이 딸려서 앨범 작업만 하는데도 무지하게 힘들었거든요."

"그게 무슨 소리야? 이탄이 연애를 하다니?"

한 기자가 술잔을 입으로 가져가다 말고 두 눈을 번뜩이며 물었다. 그러자 유주가 눈을 동그랗게 뜨며 되물었다.

"모르셨어요? 기자님은 당연히 아실 줄 알았는데?"

"유주 씨한테 처음 듣는 얘기야. 그거 확실한 거야? 괜히 찌라시 뿌리는 거 아니고?"

한 기자가 청주를 한 모금 마시며 날카롭게 눈을 빛냈다. 이 바닥에서 12년이나 굴러먹은 기자답게 그는 단순한 '카더라 통신'으로 낚일 사람이 아니었다.

'그래서 그 돈을 들여 따로 조사한 거지. 정말 아무것도 안 나왔으면 섭섭할 뻔했어. 안 그래, 이탄?'

유주는 보일 듯 말 듯 입매를 위로 올렸다. 아직 명백한 증거가 나온 건 아니었다. 하지만 아무것도 아니라며 넘기기에는 심하게 수상한 구석이 있었다.

그는 자신이 알아낸 사실에 추측을 덧붙여 한 기자를 교묘히 낚기 시작했다.

"사실 저도 정확히는 몰라요. 아시잖아요, 저 앨범 준비로 바빴던 거. 제가 이탄한테 신경 쓸 틈이 어디 있었겠어요? 엊그제 카이저 M 얘길 듣다가 같이 몇 마디 들은 거지."

"그 몇 마디에 이탄이 연애 얘기가 섞여 있었다? 출처가 어딘데?"

걸려들었다.

유주는 회심의 미소를 지었다. 역시 한 기자. 집요하게 말꼬리를 붙잡고 늘어지는 데 선수다. 이런 사람에게는 대놓고 먹이를 던지는 것보다 이렇게 빙빙 돌려서 꼬아가며 낚시질을 하는 방식이 더 잘 먹힌다.

유주는 입질을 해오는 한 기자를 슬슬 약 올리기 시작했다.

"그건 당연히 말 못하죠. 기자님이 모르시는 얘기를 제가 어떻게 더 말해요? 그래도 같은 아이돌인데."

유주는 괜스레 술잔을 빙글빙글 돌리며 입을 꾹 다물었다. 예상대로 달아오른 한 기자가 유주를 재촉했다.

"좋아. 그럼 출처는 빼고 팩트만 말해봐. 알지? 아이돌 그룹은 팬덤만 들이파도 웬만한 사생활은 다 나오는 거. 그런데 지금 그 얘긴 아직 아무도 모르는 거야."

"제가 말씀드리면…… 나중에 제 부탁 하나만 들어주시겠어요?"

유주가 한 기자를 보며 은근한 목소리로 물었다. 그러자 한 기자가 픽 웃으며 팔짱을 꼈다.

"거래를 하자? 그건 정보의 질에 따라 다르지."

"제가 드리는 정보만큼만 부탁드릴게요. 그 이상은 바라지도 않아요."

"좋아. 어디, 얘기해 봐."

"일반인이래요. 어느 바닥 유명 인사가 아니라."

"뭐? 그 얘기 진짜 확실해?"

한 기자가 미간을 찌푸리며 입을 벌렸다.

유주의 이 말은 이탄이 만나는 여자가 단순히 연예인이 아니란 뜻이 아니었다. 연예계와 정재계는 물론, 어떤 분야에서도 이름이 알려지지 않은 지극히 평범한 사람. 그 대단한 이탄이 지금 그런 여자를 만나고 있다는 말이었다.

"저야 모르죠. 그냥 듣기만 한 거니까. 그게 진짜인지 아닌지는 한 기자님이 알아보셔야 되지 않을까요?"

유주는 교묘하게 책임을 돌리며 청주가 반쯤 찬 술잔을 느리게 빙빙 돌렸다.

한 기자는 유주를 보며 입매를 비틀었다. 너구리 같은 자식. 눈치채고는 있었지만 이제 보니 유주는 생각했던 것보다 훨씬 고단수였다. 하긴, 너도 이 바닥에서 9년 넘게 굴러먹은 놈이지.

그는 유주의 얼굴을 뚫어지게 쳐다보며 물었다.

"그럼 내가 알아보지 않아도 되는 건 뭔데?"

"이탄이 부모님과 함께 사는 집이랑 회사 근처에 매입한 주상 복합 아파트 말고, 독채 빌라를 한 채 더 샀대요. 주로 거기서 그 여자랑 만난다나?"

진실과 가설이 뒤섞인 유혹적인 정보 하나.

"그리고 이탄이 수시로 그 여자 집에 가나 봐요. 자기 차 놔두고 밤에 몰래 말이죠. 그런데 그 여자 집이, 그냥 자취하는 평범한 직 장인이 살 만한 오피스텔이래요. 제가 드리는 정보는 여기까지."

매우 구미가 당길 만한 정보 둘. 유주는 거기까지 말하고 두 손 을 들어 보였다.

이탄에게 진짜 여자가 있는지, 그 직장인들이 주로 사는 오피스 텔에 왜 가는지는 유주도 몰랐다. 하지만 이탄은 분명 비밀스러운 독채 빌라를 소유하고 있고, 새벽에 어떤 오피스텔 건물로 가끔 들어갔다. 그거면 충분했다.

"생각보다 자세한데? 꼭 따라다니면서 알아낸 것처럼."

한 기자가 이죽거리는 투로 말했다. 유주는 픽 소리를 내며 아 무렇지도 않게 대꾸했다.

"그러니까 기자님이 당연히 아실 거라고 생각한 거예요. 제 귀 에도 이런 얘기가 들어올 정도니까. 솔직히 말해놓고도 좀 찝찝하 네요."

유주는 머리를 살래살래 흔들며 젓가락을 들었다. 회를 한 점 집어 입으로 가져가는 그에게 한 기자가 술을 따라주며 얘기했다.

"어쨌든 고마워. 건수를 줬으니 나머지는 내가 알아보지. 대가는 나중에 후하게 치를게."

"그래 주신다면 저야 감사하죠. 자, 기자님도 한 잔 드세요."

유주가 유들유들한 목소리로 인사하며 한 기자에게서 술병을 받아 청주를 따라주었다. 두 사람은 가볍게 잔을 부딪쳤다.

이로써 한강준 기자와 술자리를 가진 목적은 이루었다.

유주는 음모의 미소를 지으며 술을 죽 들이켰다. 이제 이탄에게 폭탄이 떨어지기를 기다리면 된다. 이왕이면 카이저 M으로 활동하는 중간에 펑 터지면 더 바랄 나위가 없겠지.

그는 술잔을 탁 내려놓으며 맞은편에 앉아 있는 한 기자에게 싱긋 웃어 보였다. 부디 한 기자가 제 몫을 다해주길 바랄 뿐이었다.

앨범을 준비하는 동안 시간이 인터넷 광랜 속도보다 더 빠르게 흘렀다.

메인타이틀곡은 소하가 작곡하고 이탄이 편곡한 펑키한 리듬의 댄스 음악 〈Skip!〉, 서브타이틀곡은 SJ엔터테인먼트 소속 작곡가와 작사가가 공동 작업한 감미로운 발라드 〈다시 또 너를〉, 그리고 히든 트랙으로 이탄이 쓴 〈Missing her〉, 이렇게 세 곡을 담았다. 스스로에 대한 우려와 혼란 속에서 시작했지만, 소하와 주변 사람들의 힘으로 예상보다 훨씬 만족스러운 작업물이 나와 이탄은 한시름 마음이 놓였다.

한 가지 불만이 있다면 지유를 너무 뜨문뜨문 만나는 것. 물론 그녀도 그가 앨범 작업에 매달린 두 달간 소설을 쓰느라 정신없었지만, 이탄은 가끔 불안한 생각에 잠 못 이루었다.

이러다 지유와 멀어지면 어쩔까.

그녀가 외로움에 지쳐 그를 놔버리면 어쩌지?

평범하게 연애하고 싶다고 한다면? 안 그래도 지난 관계가 상처로 얼룩진 그녀인데……

걱정이 꼬리에 꼬리를 물어 도저히 잠들지 못할 때면 그는 참다못해 지유에게 전화를 걸었다. 지유는 아주 늦은 밤에도 꼬박꼬박 그의 전화를 받아주었다. 때로는 잠에 흠뻑 취한 귀엽고 섹시한 목소리로.

[응…… 여보세요?]

"미안해. 내가 깨웠구나."

말은 그렇게 했지만 지유가 전화를 받지 않았다면 다시 걸었을 거다. 그래도 안 받으면 밤을 꼬박 새웠겠지.

이탄은 스스로를 질책하며 그녀가 뭐라 말해주길 기다렸다. 이런 식으로 그녀를 괴롭히고 싶지는 않은데……

[괜찮아요. 자주 못 보는데 목소리라도 들어야죠. 잠이 안 와요? 아니면 이제 들어왔어요?]

지유가 나른한 음성으로 종알거렸다. 이탄은 미간에 주름을 만들며 픽 웃었다.

"이해심도 넓지. 그냥…… 잠이 잘 안 와. 이상하게 불안하네."

[어떤 게 불안한데요? 앨범 작업도 잘됐다면서요.]

"당신. 이러다 당신이 훨훨 날아가 버릴까 봐 불안해."

[내가 어딜 가요? 소설 쓰느라 아무 데도 못 가는 거 알면서.]

"응. 그래서 다행이지."

[와, 나빴다!]

지유가 목소리를 높여 이탄을 나무랐다. 그는 킥킥 웃으며 바로 인정했다.

"알아, 나쁜 거. 자주 만나지도 못하면서 욕심만 많아가지고. 그렇지?"

[욕심 좀 부려도 되죠, 뭐. 신재 씨는 그만큼 멋진 남자니까.]

"왜 갑자기 아부야? 나 뭐 줄 거 없는데?"

[어, 그래요? 에이, 괜히 립 서비스 했다.]

"뭐야? 이 나쁜 여자!"

[후후, 비겼다.]

그녀와 장난스럽게 말을 주고받으며 불안한 마음이 조금 가시긴 했지만, 근본적인 문제는 해결되지 않았다.

이탄은 부풀어 오른 감정을 한가득 담아 토해냈다. 부디 그녀도 자신과 같은 마음이길 바라면서.

"보고 싶어. 못 봐서 힘들어. 당신도 그래?"

[그럼요. 당연히 보고 싶죠. 나야 신재 씨 동영상 찾아보면서 버티고 있지만.]

"왠지 불공평하네, 그거. 나도 다음에 만나면 당신 동영상이나 찍어놔야겠다."

그렇게 투덜거리듯 말하면서도 지유에게 언제 만나자고 말할 수가 없었다. 뮤직비디오 촬영, 언론사 인터뷰, 화보 촬영 등, 잠잘 시간도 부족할 정도로 스케줄이 줄줄이 잡혀 있었다.

늘 겪어왔던 일이고 지유에게도 충분히 설명했지만, 이탄은 오히려 자신이 더 힘겨워한다는 생각이 들었다. 좋아하는 사람조차 마음대로 못 만나는 이 현실이라니.

[힘내요, 신재 씨. 불안해하지 말고요. 그럴 이유 없어요.]

지유가 그의 마음속을 들여다보기라도 한 것처럼 말했다. 이탄이 낮게 웃으며 대꾸했다.

"왜 그럴 이유가 없어? 이렇게 예쁜 여자를 혼자 내버려 두고 있는데."

[그 예쁜 여자가 카이저 동영상만 찾아보면서 칩거 중이거든요. 나도 며칠 뒤면 소설 연재 들어가잖아요. 그럼 더 정신없어져요.]

"아, 맞다! 연재 시작하면 페이지 링크 걸어서 문자로 보내줘."

[네, 남주님. 그러니까 내 말은, 걱정하지 말고 열심히 일하라는 거예요. 어차피 신재 씨보다 멋진 남자도 없는걸요. 소설 속에나 있을까? 아니면 꿈속?]

이제는 정말 졸려서 못 견디겠는지, 지유의 목소리가 점점 웅얼 거림으로 변했다.

자기가 지금 무슨 말을 하는지 인식하고는 있을까? 깨고 나면 다 잊어버리는 거 아니야? 이탄은 피식거리며 지유에게 말했다.

"알았어. 시간 나는 대로 만나러 갈게. 그만 자."

[네. 신재 씨도 잘 자요. 불안해하지 말고요…….]

"알았어."

이탄은 전화를 끊었다. 지유가 했던 말을 곱씹으며 그는 깊이 생각에 잠겼다.

어쩌면 그보다 지유가 더 불안할지도 모른다. 아니, 분명 그럴 것이다. 그는 이토록 화려한 세계에 있고, 그녀는 말 그대로 집에만 있으니까.

그럼에도 이 새벽에 전화한 그를 따스한 말로 달래주는 그녀.

자기도 상처 입은 채 아파하면서 불안정한 그를 이 정도로까지 치료해 놓은 그녀, 류지유.

지유는 알까? 이탄이란 이름으로 살아가는 이신재의 주변에 인형처럼 예쁘고 잘빠진 여자는 수두룩하지만, 그의 병든 마음을 진심으로 대해주고, 어루만져 주고, 온정으로 안아준 여자는 그녀뿐이라는 걸.

그래서 진지하게 연애를 한 적은 있지만, 그의 마음에 이토록 깊숙이 들어온 여자는 류지유뿐이라는 것을.

지금까지 지유와 만나면서 이와 비슷한 말을 몇 번 했지만, 그의 마음이 똑바로 전해졌는지는 모르겠다. 그러니 다음에 그녀를 만나면 분명하게 말해야겠다. 이신재에게 류지유는 그런 여자라고. 그러니까 이탄이란 아이돌 가수의 주변 환경 때문에 불안해하지 말라고.

이탄은 희미한 미소를 지으며 스르르 눈을 감았다. 이제는 지유를 생각하며 잠들 수 있을 것 같았다.

드디어 웹소설 《어둠을 타고 그대에게》의 연재 페이지가 열렸다.

지유는 떨리는 심정으로 포털사이트 나이브의 정식 연재란에 접속했다. 고작 프롤로그가 공개됐을 뿐이지만 독자 반응을 보고 싶었다. 몇 번이고 수정하면서 보다 매혹적으로 쓰려고 애쓴 그녀의 노력을 독자들이 알아줄지. 아니, 그보다는 이 소설을 흥미롭게 느낄지.

다행히 다음 이야기가 기대된다는 댓글이 주를 이뤘다. 지유는 안도의 한숨을 내쉬며 가슴을 쓸어내렸다. 벌써 다음 편을 결제해서 읽었다는 댓글도 적지 않게 달린 걸 보니 출발이 괜찮았다.

그녀는 얼른 연재 페이지의 주소를 복사해 이탄에게 문자로 보내주었다.

「축하해, 작가님! 우리 같이 흥하자고.」

이탄이 바로 답장을 보내주었다. 지유는 잔잔한 미소를 지으며 그에게 말했다.

「고마워요. 신재 씨도 이제 내일이네요. 텔레비전 앞에서 기다리고 있을게요.」

「그러게. 드디어 내일이네. 나 새삼 긴장된다? 무대에 선 지 9년이 넘었는데 왜 이러나 몰라.」

「당연히 잘할 거예요, 신재 씨는. 무대에만 서면 카리스마가 폭발하던데요, 뭘. 신재 씨보다는 내가 걱정이죠. 그래도 소설이 인기 있어야 신재 씨 앞에서 얼굴을 드는데…… 흑흑.」

「걱정하지 마. 남자 주인공이 워낙에 멋지잖아. 인기가 없으면 말이 안 돼요, 말이.」

「아, 네……. 긴장된다는 건 순 거짓부렁이었구나. 나는 또 그걸 진심으로 받아들였네요.」

지유는 킥킥거리면서 그의 말을 받아쳤다. 톱스타 아이돌 가수와 나누는 이런 시시껄렁한 농담이라니. 이 상황과 대화 내용이 겹쳐져 지유는 새삼스레 그녀 자신이 소설 속 여주인공이 된 기분이 들었다.

하기야, 그를 만나는 몇 달 내내 그런 기분이기는 했지만.

「아니야. 진짜로 긴장돼. 심지어 지금도 연습 중이라고. 힘들어…… 흑 흑흑.」

이탄에게서 엄살과 어리광이 섞인 답변이 날아들었다.

지유는 아차 싶었다. 그가 얼마나 정신없는 나날을 보내고 있는 줄 뻔히 알면서도 기쁜 나머지 대화를 계속하고 싶었다. 전화는 못해도 이렇게나마 그와 연락하고 싶었다. 그에게 방해가 되는 줄 도 모르고.

지유는 서둘러 문자를 보냈다.

「기운 내요, 신재 씨. 팬들도 나도 응원하고 있으니까요. 그렇다고 지나치게 무리하지는 말고요. 그럼 이만할게요.」

「그래. 당신도 힘내. 연락할게.」

그로써 문자 대화가 끝났다.

지유는 소파에 기대앉아 조용히 한숨을 내쉬며 이탄을 떠올렸다.

"보고 싶어요."

사실은 이 말이 하고 싶었다.

이탄을 못 만난 지도 벌써 3주가 지나 4주가 되어가고 있었다. 그것도 녹초가 되어 귀가한 그가 자기 집으로 와주길 부탁했고, 지유는 그의 집에 있는 내내 그가 자는 모습만을 보다 나왔다. 이탄은 지유를 꼭 끌어안은 채 열 시간이 넘도록 죽은 듯이 잠만 잤다.

그래도 지유는 괜찮았다. 자신이 그만큼 그에게 안심되는 사람이라는 뜻이니까. 그리고 보고 싶었던 그를 그렇게나마 볼 수 있으니까.

하지만 그 이후로 더 바빠진 이탄은 잠시도 그녀를 만날 틈이 없었고, 그래서 지유는 소설에만 매달렸다. 그 덕분에 더 만족할 만한 이야기가 나오긴 했지만, 문득문득 이탄이 보고 싶은 건 어쩔 수 없었다.

그가 미안해할까 봐 일부러 얘기하지 않았지만.

"후⋯⋯. 다른 연예인들도 이러나?"

지유는 자기도 모르게 혼잣말했다. 다른 연예인도 만나는 사람을 한두 달 못 보는 건 예삿일처럼 여길까? 아니면 남의 눈길을 피해서 만나는 특별한 방법이 있을까?

아무것도 알 수가 없어 지유는 답답했다. 연애도 길게 딱 한 번 해봤을 뿐이고, 주변에 연예인은커녕 예술 계통 종사자도 없었다. 나이브 연재 작가들 몇몇과 연락하고 지내기는 하지만 가까운 사이는 아니고, 회사 동료들은 퇴직한 후 몇 달간 방황하면서 연락이 다 끊겼다.

지유는 자신의 좁디좁은 인간관계에 새삼 한숨이 나왔다. 이럴 때 도움이 되는 방법을 하나라도 알면 좋을 텐데.

아무것도 모르는 지유는 그저 조용히 이탄을 응원하며 소설을 쓸 뿐이었다. 이탄이 부를 때마다 최대한 은밀히 그를 만나러 가면서.

그는 지유가 자신을 말없이 받아주고 곡을 쓰게 만들어줬다고 했지만, 그녀가 생각하기에 자신은 그에게 별로 해준 게 없었다. 그는 그녀를 수렁에서 꺼내어 다시 소설을 쓰게 해주고, 인정해주고, 그녀만 바라보고 있다고 말해주었는데.

그럼에도 그와 최대한 오랫동안 만나고 싶고, 이 순간마저도 이렇게나 그가 보고 싶으니 자신은 얼마나 욕심 많은 인간인가.

지유는 그에게 깊이 빠져들고 나서야 그 사실을 비로소 깨달았다.

그에게 이토록 마음을 내어주고 나서야…….

"당신이 보고 싶어."

지유는 미간을 찌푸리며 슬프게 웃었다. 보고 싶어요. 안고 싶어요. 안기고 싶어. 오직 당신한테만.

이래서 깊이 빠지기가 무서웠는데…….

'이제 와서 뭘 어쩌겠니. 그래도 송재림 그 쓰레기는 확실히 잊었잖아. 다행이지 않아?'

깊디깊은 곳에 잠들어 있던 내면의 류지유가 소리 내어 웃었다. 그녀를 비웃는 것이 아닌, 오히려 위로하는 듯한 목소리로.

"그래. 정말 다행이지."

지유는 피식 웃었다. 그 대신 이탄이라는 치명적인 늪에 더 깊숙이 빠져 허우적거리고는 있지만, 송재림이 터럭만큼도 생각나지 않는 건 진심으로 잘된 일이니까.

그러니까 지금은 그에게 빠져 있자. 아직은 그에게 폐가 되지 않으니.

지유는 힘주어 몸을 일으켰다. 소설 속 이탄을 더욱 고혹적이고 매혹적으로 그려내기 위해, 그녀는 컴퓨터 앞에 앉아 글쓰기에 몰입해 나갔다.

❖

"수빈 씨, 이번에는 정말 대단한 분들이 나오실 차례죠?"

"네, 현오 씨. 카이저 M이 새로운 곡으로 여러분을 찾아왔답니다!"

"우아, 카이저 M이라니! 저 진짜 팬이에요!"

"저도 그래요, 현오 씨. 저 역시 카이저 M이 컴백하길 손꼽아 기다렸다고요."

"이번에 카이저 M이 들려줄 노래는 펑키한 리듬의 댄스곡 〈Skip!〉과 감미로운 발라드곡 〈다시 또 너를〉이라고 합니다."

"그럼 카이저 M의 컴백 무대, 바로 만나볼까요? 뮤직 스타트!"

남자 아이돌 가수 현오와 깜찍한 대세 여배우 수빈의 재기발랄한 소개가 끝나기도 전에 고막을 찢을 듯한 함성이 터져 나왔다. 카이저 M의 뮤직레인 출연 소식을 들은 팬들이 벌 떼처럼 몰려들어 공개홀을 가득 메운 탓이다.

이윽고 빠른 비트의 〈Skip!〉이 울려 퍼지기 시작하자, 곡의 콘셉트에 맞게 의상을 완벽히 갖춰 입은 이탄과 소하가 무대 위로 모습을 드러냈다. 이탄은 붉은색 정장을, 소하는 검은색 정장을 빼입고 눈매를 진하게 강조한 스모키 메이크업과 금색 피어싱을 해서, 안 그래도 강렬한 인상을 더욱 돋보이게 꾸민 상태였다.

두 남자는 노려보는 듯한 눈빛으로 앞에 있는 카메라와 수많은 팬들을 응시했다. 그러다 전주가 끝나며 무대에서 불꽃이 터지자, 동시에 발을 움직여 퍼포먼스를 시작했다.

"꺄아아아! 오빠! 이탄 오빠!"

"소하 오빠, 사랑해요!"

이탄과 소하의 격렬하고 절도 있는 춤동작과 함께 노래가 본격적으로 시작됐다. 팬들은 함성을 지르다 못해 울부짖었고, 거기에 뜨거운 조명과 펑펑 터지는 불꽃이 더해져 공개홀은 터지기 직전의 활화산처럼 달아올랐다.

이탄과 소하는 이날의 무대를 준비하고 또 준비한 프로답게 아랑곳하지 않고 최고로 멋진 모습을 보이기 위해 노래하고 춤을 췄다. 단 한 소절을 부르더라도 완벽하게! 그것이 카이저 M을 보겠다는 일념 하나로 새벽부터 이곳으로 달려와 줄을 선 팬들에 대한 예의였다. 그리고 카이저 M을 여기까지 이끌어준 모든 사람들에 대한 보답이었다.

"사랑해요, 카이저! 영원해요, 카이저!"

"이탄 오빠아!"

〈Skip!〉의 무대가 끝나기도 전에 울며불며 난리를 치는 팬이 속출했다. 싸울 듯이 서로를 마주 보는 동작으로 노래를 마친 이탄과 소하는 애써 숨을 고르며 감정을 가라앉혔다. 바로 이어서 〈Skip!〉과 상반되는 발라드곡 〈다시 또 너를〉을 불러야 했다. 자기의 실수와 이기심으로 연인과 이별한 남자의 괴로운 심정을 담은 이 곡은, 언뜻 들으면 사랑 노래 같지만 사실은 팬에 대한 카이저의 마음을 대변하는 노래였다.

"참 생각대로 되지 않아, 널 만나는 건. 참 생각대로 되지 않아, 널 보내 버린 난……."

부드럽지만 애달픈 느낌의 피아노 반주와 함께 소하가 특유의 저음으로 먼저 노래를 시작했다. 그 순간, 팬들이 합의라도 한 듯 고성을 멈추고 조용히 그의 목소리에 귀 기울였다.

"돌아오라 할 수 없어 입을 다문 난 침묵의 늪 속에서 허우적거려. 빛도 없고 너도 없는 늪에 빠져 나는 기도해. 네가 부디……."

소절을 이어받은 이탄이 애절한 목소리로 열창했다. 진심을 담아 노래하는 그를 팬들은 홀린 듯 우러러 보았다. 그리고 다시 소하가 한 소절, 이탄이 한 소절. 그러다 노래가 끝났을 때, 그 어느 때보다도 우렁찬 박수와 함성이 폭발하듯 터져 나왔다.

"최고예요! 사랑해요!"

"카이저! 카이저! 영원불멸 카이저!"

"오빠아아! 이탄 오빠아!"

팬들의 우레 같은 갈채 속에서 이탄과 소하는 허리 굽혀 그들에게 인사했다. 10년이 되어가는 시간 동안 한결같은 사랑을 퍼부어 준 팬들에게, 그 어떤 때에도 카이저의 강하고 든든한 아군이 되어준 그들에게, 우러나는 마음으로 감사를 전했다.

이들이 있기에 카이저의 무대가 있는 것이다. 이들이 존재하기에 아이돌 그룹 카이저가 지금까지 존재해 온 것이다. 그리고 앞으로도.

"꺄아아! 소하 오빠, 가지 말아요!"

"가지 마요!"

다음 무대를 준비하는 가수를 위해 카이저 M은 그만 들어가야 된다는 걸 알면서도 팬들은 목청 높여 외쳤다. 그렇게라도 자기들이 얼마나 카이저를 기다려 왔는지, 얼마나 사랑하는지를 전하고 싶었던 것이다.

이탄과 소하는 그런 팬들에게 빙긋 미소 지으며 무대 아래로 내려갔다. 카이저 팬클럽에서 지원군이 몰려왔고, 관객의 상당수가 이탄과 소하의 팬이라 더 열광적인 건 맞았지만, 오늘의 이 무대로 두 사람은 직감할 수 있었다.

이번 앨범은 이미 성공했다는 걸.

"얘들아, 반응이 엄청나! 벌써 다섯 개 음원 사이트 1위 찍었고, 언론도 대호평이야. 하하하! 축하한다, 애들아! 아유, 이 보석 같은 자식들!"

출연자 대기실로 들어가자, 이탄의 전담 매니저 정우가 입을 함지박만 하게 벌리며 호들갑을 떨었다.

정우 형의 이런 모습을 얼마 만에 보더라? 이탄은 보조 코디네이터가 내미는 수건과 물병을 받으며 피식 웃었다. 소하도 기분이 좋은지 멋쩍은 미소를 지었다. 수건으로 얼굴을 대충 닦은 이탄은 소하의 등을 툭 치며 말했다.

"고생했다, 브로. 여기 계신 모두들, 고생하셨습니다."

"고생하셨습니다."

이탄이 고개를 꾸벅꾸벅 숙이며 인사하자, 소하가 질세라 인사를 거듭했다. 그러자 모여 있던 카이저 M 전담 스탭들 모두가 두 사람에게 박수를 쳐 주었다.

"하하하! 너희들이 제일 고생했지. 대표님도 무대 보셨다고, 진짜 멋졌다고 연락하셨어. 오늘 저녁에는 스케줄 비우고 다 같이 회식하라신다."

"예스!"

"이예!"

정우의 말이 끝나자마자 여기저기서 환호성이 터졌다.

이탄은 씩 웃으며 소하를 보았다. 소하는 입술을 빙긋 올리며 이탄과 눈빛을 교환했다.

'이제부터가 시작이지만 벌써 반은 성공했어. 네 덕분이다.'

'아니, 네 덕분이지.'

말없이 대화를 마친 두 사람은 동시에 픽 웃으며 서로의 등을 두드려 주었다. 이런 기분이 그리웠다. 무대 위에서 온몸을 태우고 내려와 느끼는 이 묵직하고 만족스러운 보람이.

'다음에는 넷이서 함께 느끼자고.'

'그래, 꼭.'

"자자, 그럼 정리하고 저녁 먹으러 가자! 대표님이 음식점 예약까지 다 해놓으셨단다."

"와! 역시 우리 대표님!"

"쏠 때는 쏘실 줄 안다니까?"

두 배로 흥이 오른 스탭들이 룰루랄라 신나게 뒷정리를 해나갔다. 그 모습을 뿌듯한 눈길로 바라보던 이탄이 시선을 돌려 정우에게 물었다.

"형, 내일 스케줄은 몇 시부터지?"

"늦어도 오전 11시까지는 청담동 숍으로 가야 되니까, 내가 10시 반에 데리러 갈게."

"그래? 그럼 난 저녁만 간단히 먹고 빠질게."

"왜? 설마 너 또 위 아파?"

옆에서 이탄과 정우의 대화를 듣고 있던 소하가 대번에 눈빛이 바뀌어 물었다. 걱정이 그득한 눈으로 자신을 바라보는 소하를 이탄이 툭 쳤다.

"아니야. 그냥 오랜만에 일찍 들어가서 쉬려고 그래. 내일도 정신없잖아."

"하긴. 그래, 편할 대로 해."

정우가 납득하며 고개를 끄덕였다. 그럼에도 염려하는 눈길을 거두지 못하는 소하의 등을 이탄이 툭툭 치며 말했다.

"가자, 마누라. 괜히 그런 눈으로 쳐다보지 말고. 이 형이 설렌 다."

"말하는 거 보니까 살 만하구만. 그래, 가자."

이탄과 소하는 스탭들과 함께 우르르 대기실을 빠져나갔다.

보람차게 일을 마치고 동료들과 함께하는 자리는 언제나 즐거 운 법. 그들은 화기애애하게 담소를 나누며 공개홀을 나섰다. 기 다리고 있던 팬들이 이탄과 소하를 보자마자 난리를 쳐 댔지만, 그 또한 기쁘기 그지없었다. 두 사람은 반갑게 손을 흔들어주며 보디가드의 보호 아래 밴에 올랐다.

지금은 그저 이 모든 현상을 카이저 M으로서 즐기면 될 뿐이었 다.

환하게 터지는 불꽃 속에 선 이탄은 심장이 터질 만큼 눈부셨 다.

무대 위의 그에게서 눈을 떼지 못하는 내내 지유의 심장은 쿵쿵 격렬하게 자신의 존재를 과시했다. 봐, 저 남자를. 널 그토록 열정 적으로 안아준 저 남자를. 그가 바로 이탄이야.

이탄이 무대에서 내려가고 난 뒤에도 지유는 한 시간이 넘도록 그의 잔영에 사로잡혀 있었다. 현란하면서도 절도 있는 댄스, 감정에 젖은 눈빛, 시원하게 올라가는 호소력 짙은 목소리.

그 누가 감히 이탄을 일개 아이돌 그룹의 가수라고 무시할 수 있을까? 퍼포먼스의 화신이 된 것처럼 빛나는 조명 아래서 자신이 가진 모든 재능을 폭발시키는 남자를. 그는 뮤즈 그 자체였다.

정신을 차리고 보니 뮤직레인이 끝나고 뉴스를 시작한 지 오래였다. 지유는 소파에서 일어나 좁은 거실을 천천히 거닐었다.

저렇게나 대단한 사람이 그 밤에 지유에게 손을 내밀어주었다.

그녀에게 먼저 연락해 자신의 약한 모습을 드러내 보였다.

그녀의 소설 속 남자 주인공이 돼주었고, 함께 여행을 갔고, 그녀만 만나겠다고 약속해 주었다.

"이게 다 현실이란 말이지?"

지유는 미간을 찌푸리며 스스로에게 물었다.

분명 현실로 일어난 일을 자신은 몇 번이나 더 의심하게 될까? 그가 저 하늘에 떠 있는 별 같은 존재로 느껴질 때마다?

옆에 있을 때는 그저 남자인데, 그녀가 좋아하는 신재 씨인데, 왜 그는 그녀만 만나지 않으면 어느새 저 하늘로 올라가 보석처럼 반짝이는 것일까? 절대로 손에 닿지 않을 것처럼…….

"하아…… 한심하다."

지유는 무릎을 오므리고 그 자리에 주저앉았다.

만약 그녀가 아닌 다른 여자라면 이 현실을 당당히 즐겼을지도 모르겠다. 그 멋진 카이저의 이탄이 누구도 아닌 자신만을 만나고 있다며, 오히려 더욱 자신감을 가졌을지도 모른다.

그러니까 지유도 조금은 용기를 낼 필요가 있지 않을까? 어쨌든 그는 지유가 예쁘다고 말해주었으니까. 그가 자신을 내보이는 여자는 지유뿐이라고 말해주었으니까.

움츠러들고 소극적이 된 마음에서 벗어나 다시 가슴을 펴도 되지 않을까? 이렇게나 멋진 이탄이 그녀만을 봐주고 있는데.

지유는 부스스 자리에서 일어났다. 그러곤 조용히 침실로 들어가 화장대 앞에 앉았다.

뾰루지 자국 하나 없이 맑은 피부와 쌍꺼풀이 없는 큰 눈매, 작지만 오뚝한 코를 가진 지유는 연예인만큼은 아니지만 예쁘장한 편이었다. 다만 그늘진 눈빛과 아래로 처진 입매가 지유를 시무룩하고 소심한 사람으로 보이게 했다.

지유는 손으로 입술 끝을 만지며 입매를 위로 올려보았다. 다시 잘 웃고 싶었다. 그에게 예쁘게 미소 짓는 모습을 보이고 싶었다. 곱게 화장한 얼굴을 보여주고 싶었다.

지유는 메이크업 베이스를 집었다. 이따가 그와 만나기로 한 것도 아닌데 갑자기 화장이 하고 싶어졌다. 그냥 한껏 치장하고 싶어졌다.

자연스러우면서도 얼굴 윤곽이 돋보이게 화장을 마친 지유는 옷장으로 가서 원피스 몇 벌을 꺼내 거울에 비춰 보았다. 그중 하나를 골라 당장 그 원피스로 갈아입었다. 그러고 나서 전신 거울 앞에 서니, 스스로 봐도 제법 예뻐 보였다.

지유는 내친김에 가까운 서점으로 외출하기로 했다. 옷에 어울리는 핸드백을 꺼내 들고 구두를 신은 그녀는 오피스텔을 벗어나 어둠이 내린 길거리를 사뿐사뿐 걸었다. 걸어서 15분 거리인 서점으로 가서 소설책을 한 권 사고, 카페로 걸음을 옮겨 딸기 생크림 케이크와 카푸치노 한 잔을 맛있게 먹었다.

그러고 나서 집으로 왔는데도 어쩐지 화장을 지우고 싶지가 않았다. 지유는 잠들기 전까지 꾸며 입은 채 있기로 했다. 예쁜 원피스를 입고 소파에 앉아, 잔잔하면서도 밝은 음색의 어쿠스틱 기타 음악을 들으며 소설책을 읽기로 했다. 향이 좋은 원두커피도 한 잔 내렸다. 그렇게 스스로 평온하고 좋은 기분이 되어 혼자만의 시간을 가졌다.

느닷없이 핸드폰이 울릴 때까지.

또로롱.

지유는 엷게 미소 지으며 핸드폰을 집어 들었다. 새벽 1시가 되어가는 늦은 시간에 문자메시지를 보낼 사람은 한 명뿐이었다.

「건물 입구 비밀번호 좀 알려줄래? 콜택시 타고 가는데 5분 뒤면 도착해.」

지유는 화들짝 놀라 이탄이 보낸 메시지를 다시 읽었다.

물론 그와 못 만난 지 한 달이 되어가기는 했다. 그래도 그렇지, 이 밤에 택시를 타고 오다니. 이리 조심성 없이 굴어도 되는 걸까? 그것도 컴백 무대를 가진 날에 말이다.

어쨌든 그녀는 급히 답장을 보냈다. 5분 있다가 도착한다고 했으니 늦어도 15분 뒤에는 이탄이 집 안으로 들어올 것이다. 더 이상 소설이 눈에 들어오지 않았다.

「문 앞이야. 열어줘.」

정확히 14분 후에 이탄에게서 또 문자가 왔다.

지유는 서둘러 현관으로 나가 문을 열었다. 그가 집 안으로 들어오자마자 그녀는 머리를 문밖으로 내밀고 조심스럽게 복도를 살핀 후 얼른 문을 걸어 잠갔다. 그 모습을 본 이탄이 피식 웃으며 지유의 머리를 장난스럽게 쓰다듬었다.

"걱정하지 마. 충분히 조심했으니까."

"그래도 그렇죠! 이렇게 함부로 돌아다녀도 되는 거예요?"

"안 될 건 뭐야? 내가 대통령이라도 돼? 그리고 봐. 아무도 못 알아보게 잘 입었잖아."

이탄은 두 팔을 펼쳐 한 바퀴 돌아 보였다. 그러곤 소파에 털썩 주저앉았다.

"아이고, 힘들다!"

지유는 신음처럼 푸념하는 그를 걱정스럽다는 눈빛으로 바라보였다. 커다란 티셔츠와 헐렁한 카고 바지 위에 자기 사이즈보다 큰 점퍼를 걸쳐 입은 그를 확실히 쉽게 알아볼 수는 없을 듯했다. 게다가 화장을 싹 지우고 액세서리를 다 뺀 후 캡 모자에 후드까지 푹 눌러썼으니까.

그래도 혹시 모르지 않나?

지유는 조용히 한숨을 내쉬었다. 보고 싶은 사람을 봐서 반가운 마음이 먼저 들어야 맞는 건데…….

"걱정 그만하고 이리 와서 앉아. 몇 시간 있다 가야 돼."

이탄이 그녀를 올려다보며 말했다. 점퍼에 달린 후드와 모자를 벗은 이탄의 얼굴에서 피로가 물씬 묻어났다. 지유는 그에게로 다가가 옆에 앉으며 타이르는 투로 얘기했다.

"집에서 쉬지 그랬어요. 너무 피곤해 보여요."

"못 만나도 너무 못 만났잖아. 또 언제 시간이 생길지 몰라서 온 거야."

이탄이 지유의 뺨을 어루만지며 대꾸했다.

지유는 어쩔 수 없다는 표정으로 살짝 웃었다. 그토록 화려한 무대 뒤에 감춰진 그의 민낯은 이렇게 지치고 피로에 젖어 있었다. 더 이상 뭐라 할까? 그저 이렇게 말할 수밖에.

"무리해서까지 와줘서 고마워요. 많이 보고 싶었어요."

"나도. 그런데 이 야심한 시각에 왜 그렇게 꾸미고 있어?"

"신재 씨한테 예쁘게 보이려고?"

이탄이 이상하다는 듯이 묻자, 지유가 고개를 기울이며 생긋 웃었다. 그러자 이탄이 의심스럽다는 얼굴로 눈을 가늘게 떴다.

"내가 올 줄 알았다고? 초능력이라도 생겼어?"

"그보단 다음에 만날 때 예쁘게 보여야지 하면서 미리 연습해 본 거예요. 그런 김에 밖에 나갔다 왔고요."

"그러다 다른 남자가 꼬이면 어쩌려고? 바람나려고?"

그가 양손으로 지유의 목을 잡는 시늉을 하며 음산하게 깔린 목소리로 물었다.

지유는 미간을 찌푸리며 그의 두 손을 잡았다. 그러곤 웃음기 하나 없는 말투로 그의 눈을 똑바로 바라보며 이야기했다.

"다른 남자 싫어요. 지금 내 눈에는 신재 씨밖에 안 보이니까. 그러니까 안아줄래요? 신재 씨 눈에 내가 예쁘게 보인다면요."

"그걸 말이라고 해?"

이탄이 미간을 찌푸리며 웃었다.

그러기를 잠시, 그는 타오르는 눈빛으로 지유의 입술을 덮쳤다. 마치 그녀를 먹어치울 것처럼. 삼켜서 자기 것으로 만들어 버리려는 것처럼.

12. 달콤함의 대가

"아아, 신재 씨!"

양손으로 이탄의 머리를 부여잡으며 지유가 못 견디겠다는 듯 소리쳤다.

소파에 앉아 뜨겁게 키스를 나누던 그들은 허겁지겁 서로의 옷을 벗었다. 이탄은 지유가 말릴 틈도 없이 그녀의 허벅지 사이로 들어갔다. 그녀의 팬티를 순식간에 벗겨 내리고서 망설이지 않고 입술을 검은 수풀 아래로 가져다 대었다.

"시, 신재 씨!"

얼굴이 화끈 달아오른 지유가 그를 밀어내려 했지만, 이탄은 그녀의 허벅지 안쪽을 양손으로 단단히 붙들어 벌리고 혀를 내밀었다. 뱀처럼 혀를 놀려 그녀의 수풀 바로 아래, 가장 깊숙한 곳에 숨겨진 붉은 돌기를 집요하게 핥기 시작했다.

"아! 아흡!"

지유가 엉덩이를 움찔거리며 서둘러 양손으로 입을 막았다. 이 오피스텔은 이탄의 독채 빌라처럼 방음이 잘되지 않았다. 게다가 거실 소파에 앉아 이러고 있으니, 문을 다 닫았더라도 아래위 층으로 신음이 새어 나갈 것이다.

지유가 허리를 비틀며 자꾸만 몸을 뒤로 빼려 하자, 이탄이 낮게 깔린 목소리로 꾸짖었다.

"가만히 있어. 안 그러면 더 못살게 굴 거야."

"여기서 이러지 말고……."

"안 돼. 가만히 있어."

"으흡!"

항의해도 소용없었다. 지유는 다시 손으로 입을 틀어막고 그가 선사하는 진하다 못해 아픈 자극을 견디기 위해 안간힘을 썼다.

뜨겁고 매끈한 혀가 조가비 속을 파고들어 그녀의 음핵을 끈질기게 괴롭혀댔다. 여성 호르몬이 그를 환영하며 기쁨의 눈물을 흘리고 맑은 액체를 왈칵 쏟아냈다.

지유는 신음을 크게 내지 않으려 애쓰면서, 그가 미끈거리는 혀를 짓궂게 날름거릴 때마다 온몸으로 진저리를 치며 읍읍 소리만 낼 뿐이었다. 흥분에 젖은 젖꼭지가 볼똑 튀어 오르는 게 느껴졌다.

"나한테도 해줘."

그녀를 실컷 맛보고 나서야 고개를 든 이탄이 몸을 일으키며 말했다.

지유가 촉촉하게 젖은 눈동자로 올려다보자, 그는 그녀의 눈앞에서 팬티를 내려 보였다. 팽팽한 천 조각 속에 감춰져 있던 그의 무성한 검은 수풀과 장대하게 솟아오른 성기가 적나라하게 모습을 드러냈다. 지유는 그 순간 얼굴이 새빨개져 눈을 가리고 말았다.

"제대로 봐. 그리고 와서 사랑해 줘."

이탄이 입매를 씩 올리며 말했다. 이제까지 몇 번이나 봐놓고 왜 볼 때마다 저렇게 부끄러워하는 걸까? 그 점이 귀엽기는 하지만.

지유는 머뭇거리며 눈에서 손을 뗐다. 그러곤 기어들어 가는 목소리로 그에게 말했다.

"많이 서툴 거예요……."

"괜찮으니까 빨리 와."

이탄이 부드럽게 미소 지었다.

지유는 주춤거리며 일어나 그에게로 다가갔다. 그 앞에 무릎을 꿇고 앉아 양손으로 조심스럽게 남성을 잡았다. 그러곤 그의 남성 끝부분에 깃털처럼 부드럽게 입을 맞췄다.

"흐음……."

이탄이 숨을 길게 내쉬며 신음했다.

지유는 용기를 내어 혀를 내밀었다. 남성의 뿌리 부분을 두 손으로 살짝 잡은 채 혀로 정성스레 귀두 부분을 할짝할짝 핥기 시작했다. 그러다 최대한 입안 깊숙이 그의 것을 머금었다.

"하아……. 좀 더 해줘."

이탄이 지유의 머리를 한 손으로 가볍게 잡으며 말했다. 작은 입으로 자신의 굵은 성기를 깊이 머금으려 애쓰는 그녀가 너무 자극적으로 보였다. 그래서 당장이라도 그녀 안으로 들어가고 싶은데도 꾹꾹 눌러 참으며 그녀를 내려다보고 있는 거였다.

지유는 그의 말에 순종적으로 따랐다. 그녀의 입으로는 반도 머금을 수 없을 만큼 장대한 남성을 입안에 가득 채운 채 지유는 최선을 다해 그의 것을 빨기 시작했다.

"윽! 크흣!"

이탄의 입에서 자기도 모르게 신음이 새어 나왔다. 서툴지만 뜨겁게 혀를 놀리며 그를 애무해 주는 지유가 못 견디게 사랑스러웠다. 그녀의 혀가 주는 자극으로도 몸이 부르르 떨렸지만, 무릎 꿇고 앉은 채 그의 남성을 노골적으로 빨아대는 그녀의 모습에 흥분이 몇 배로 치솟았다. 발끝에서 머리끝까지 남성호르몬이 날뛰는 기분이었다.

이탄은 더 이상 못 참고 지유의 머리를 떼어내었다.

"왜, 왜요?"

갑자기 그에게서 떨어진 지유가 눈을 토끼처럼 뜨며 물었다. 붉게 부푼 그녀의 입술에서 맑은 액체 한 줄기가 흘러내렸다.

젠장! 진짜 침대 위에서 남자를 미치게 하는 재주가 넘치는 여자다. 이탄은 어금니를 짓씹으며 지유를 일으켜 세웠다. 그러곤 소파에 앉으며 명령조로 그녀에게 말했다.

"와서 내 위에 앉아."

천장을 향해 빳빳이 곤두선 성기를 앞세운 채 왕처럼 앉아 낮게 깔린 목소리로 요구하는 이탄을 지유는 거절하지 못했다. 그녀도 이미 달아오를 대로 달아올랐기 때문에. 저 대단한 남성을 받아들이는 순간 어떤 쾌락을 맛볼지 이미 알고 있는 그녀의 몸이 벌써부터 바르르 떨고 있으니까.

지유는 순순히 이탄이 시키는 대로 했다. 그의 어깨를 붙잡고 조심스레 허벅지 위로 내려앉으며 천천히 그의 남성을 받아들였다.

"하으읏……."

그의 것이 그녀를 대창처럼 아래에서부터 위로 꿰뚫었다. 그것만으로도 지유는 어쩔 줄을 몰라 했다. 그의 성기를 품고 있는 것만으로도 질 속이 꿈틀꿈틀 비명에 찬 움직임을 시작하는 게 느껴졌다.

"후우……."

이탄은 신음 섞인 한숨을 내뱉으며 오른팔로 그녀의 허리를 단단히 둘렀다. 왼손으로 소파 손잡이를 꽉 움켜쥔 그는 본격적으로 하체를 튕기기 시작했다.

"아! 아! 아흣!"

지유는 양팔로 그를 부둥켜안으며 교성을 질러댔다. 어떻게든 참고 싶은데 참아지지가 않았다. 그가 너무 격하게 움직여서, 굵고 뜨거운 그의 무기로 그녀의 내부를 마구 휘저어놔서, 신음이 나오는 걸 도저히 참을 수가 없었다.

하지만 이 집에서 천장이 떠나가라 소리를 지를 순 없었다. 지유는 아예 이탄의 어깨에 입술을 묻었다. 이탄에게 매달린 채 그녀는 온몸을 바들바들 떨며 입을 막으려고 안간힘을 써댔다.

"그냥 소리 질러. 참지 말고."

이탄이 숨을 헉헉거리며 말했다. 사실은 그녀의 이런 모습을 보는 게 더 견디기가 힘들었다. 그에게 애처롭게 매달려 쾌락을 주체할 수 없어 몸부림치는 지유의 모습을 보는 게 훨씬 더 자극적이었다. 이대로 가다가는 지유의 몸속에다 분출해 버릴 것 같았다.

지유는 도리질을 하며 겨우 입을 열었다.

"이 집은 방음이 잘 안 돼…… 아아!"

이탄이 일부러 거칠게 허리를 튕겼다. 지유의 입에서 바로 비명이 터져 나왔다. 지유는 울상이 된 얼굴로 그를 보았다. 간절한 목소리로 그에게 애원했다.

"신재 씨, 제발요……. 흣! 제발……."

"그럼 키스로 내 입을 막아. 둘 다 조용해지고 좋잖아."

그가 짓궂게 비틀린 음성으로 말했다.

꼭 괴롭히려는 것처럼 굴었지만 이탄의 얘기가 맞았다. 지유는 서둘러 그에게 입술을 포갰다. 두 팔로 그의 목을 끌어안고 깊게 입을 맞췄다. 그러자 이탄이 기다렸다는 듯이 더더욱 강렬히 허리를 튕기기 시작했다.

"응! 응! 으읍!"

놓칠세라 꽉 붙들어 안으며 서로의 입을 입술로 막은 채 관계하고 있는데도 신음이 연달아 밖으로 새어 나갔다.

아래로는 그의 남성을, 입으로는 그의 혀를 받아들이며 지유는 혼이 나갈 지경이 되었다. 쾌락의 바다에 푹 빠져 숨이 멎어가는 기분이었다. 하지만 이대로 그와 함께 죽는대도 지금 이러는 걸 멈추고 싶지 않았다.

더, 좀 더! 아아! 지유는 속으로 외쳤다. 차라리 그와 한 몸이 되었으면! 영원히 떨어지지 않았으면! 머릿속에서 엄청난 양의 폭죽이 펑펑 터졌다.

"안 돼, 그만!"

이탄이 불현듯 소리치며 지유를 급하게 밀어냈다. 눈을 동그랗게 뜬 지유가 거실 바닥에 주저앉은 것과 동시에 그의 남성이 희뿌연 액체를 울컥울컥 쏟아냈다.

지유는 멍한 눈으로 그 모습을 바라보았다. 흥분의 여운을 느낄 새도 없이 그가 빠져나가 버렸다. 그의 것으로 가득 찼던 질 속이 아직도 움찔움찔 뛰어대는 게 느껴졌다.

"밀어서 미안해. 위험할 뻔했어."

사정을 마친 이탄이 소파 옆 협탁 위에 놓여 있던 휴지로 손을 뻗으며 말했다. 그가 몸에 묻은 액체를 다 닦아낼 때까지도 지유는 멍하니 보고만 있었다.

이탄이 바닥으로 내려와 앉으며 지유를 마주 보았다.

"왜 그래? 별로 세게 밀지는 않았는데……. 혹시 어디 다쳤어?"

이탄이 미안해하는 얼굴로 지유의 몸을 살피며 물었다. 지유는 잠시 그를 보다가 시선을 내리며 조그맣게 대꾸했다.

"아니에요. 너무 갑자기 끝나 버려서……."

"미안. 피임을 안 했잖아. 사실 이러는 것도 위험해."

"알아요. 별로 위험한 날은 아니지만."

대답하는 지유의 목소리에서 아쉬움이 잔뜩 묻어났다.

이탄은 픽 웃으며 장난스럽게 그녀의 머리를 쓰다듬었다. 그러면서 은근한 어조로 물었다.

"혹시 집에 콘돔 있어? 제대로 다시 할까?"

"없어요. 있어도 신재 씨 몸 상할까 봐 또 하고 싶지 않아요."

지유가 입매를 살짝 올리며 대답했다. 그러곤 따스한 눈빛으로 그를 쳐다보자, 이탄이 무슨 소리냐는 듯 과장되게 반응했다.

"내 체력을 우습게 보는 거야? 왜, 내가 무대에서 쓰러지기라도 할까 봐?"

"계속 무리했잖아요. 그러지 말고 조금이라도 자요. 그게 내가 바라는 거예요."

지유의 말에는 진심 어린 애정이 담겨 있었다.

이탄은 두 팔로 지유를 꼭 껴안았다. 그녀를 곰 인형처럼 끌어 안고 상체를 좌우로 흔들며 그는 기쁨에 젖은 목소리로 물었다.

"내가 당신을 정말 좋아한다고 말했던가?"

"아니요. 그 말은 안 했어요."

지유가 손으로 그의 등을 어루만지며 말했다. 그러자 이탄이 분명한 어조로 이야기했다.

"그럼 지금 말할게. 난 당신이 정말 좋아."

그러고는 지유를 놓으며 그녀의 맑은 두 눈을 바라보았다. 지유가 살며시 미소 지으며 그를 응시하자, 이탄은 한 번 더 또똑하고 분명하게 자신의 마음을 전했다.

"널 정말 좋아한다고, 류지유."

"나도 그래요. 신재 씨가 정말 좋아요."

지유가 예쁘게 웃으며 그에게 답해주었다. 이탄은 그녀를 와락 끌어안았다.

이 여자다. 이탄을 이신재인 채로 사랑해 주고, 그가 어떤 모습을 보여도 진심으로 좋아해 줄 여자는 이 여자뿐이다. 류지유가 바로 그만의 연인이었다.

"고마워. 당신 안 만났으면 진짜 어쩔 뻔했을까?"

이탄이 벅차오르는 감정에 잠겨 말을 토해냈다. 그의 품에 폭 안긴 채 지유가 속삭이듯 종알거렸다.

"나야말로요. 신재 씨 안 만났으면 어쩔 뻔했을까…… 아직도 실연의 늪에 빠져 허우적거리고 있었겠죠?"

"됐어! 그런 얘기 하지 마. 이렇게 만났으니까."

"그러게요. 그날 밤에 나한테 손 내밀어줘서 고마워요."

"나도 그날 밤에 받아줘서 고마워."

"후후. 따뜻하다."

지유는 이탄의 어깨에 머리를 기대며 눈을 감았다.

더 이상 슬프지 않았다. 아프지 않았다. 무섭지 않았다. 그로 물든 이 시간이 그저 행복할 뿐이다.

그리고 그가 간대도 심장을 따스하게 적신 이 여운은 아주 오랫동안 그녀를 따뜻하게 만들어줄 것이다.

지유는 눈을 감은 채 가만히 그의 체온과 심장 소리를 느껴보았다. 두근두근. 그녀의 심장이 그의 심장과 함께 진한 울림을 내며 공명하고 있었다.

카이저 M은 텔레비전 속을 종횡무진 누볐다. 방송 프로그램 출연 요청이 쇄도했고, 출연한 프로그램마다 시청률 최고 기록을 갱신했으며, 잡지 인터뷰에 화보 촬영, 광고 섭외가 줄줄이 들어왔다.

특히 고무적인 일은, 19세 청취 불가곡이라 히든 트랙으로 넣었던 이탄의 〈Missing her〉가 예상보다 좋은 성적을 내고 있다는 거였다. 음원 사이트 다섯 군데에서 3주간 10위 권 내에 머물렀고, 유튜브에 뮤직 비디오를 공개한 날에는 세 군데에서 1위를 차지하기도 했다. 뮤직 비디오에서 긴 백금발의 뱀파이어로 분한 이탄의 파격적인 모습에 팬들이 미치도록 열광했기 때문이다.

메인타이틀곡인 〈Skip!〉과 서브타이틀곡인 〈다시 또 너를〉이 사랑받는 것도 물론 기분 좋았지만, 이탄은 무엇보다 사람들이 〈Missing her〉에 관심 갖는 것이 기뻤다. 심지어 평론가들은 세 곡 중 〈Missing her〉를 가장 수작으로 꼽았고, 어떤 이는 이탄의 재발견이라는 말까지 남겼다. 그리고 그가 이 곡을 발판으로 삼아 대한민국 가요계에 길이 남을 진정한 뮤지션으로 거듭나길 바란다는 덕담을 했다.

이탄은 이 모든 이야기를 지유와 공유했다. 그녀는 그보다 더 열성적으로 카이저 M에 대한 소식을 찾아가며 읽었고, 〈Missing her〉 뮤직 비디오가 공개된 날에는 마치 소설 속의 남자 주인공 카이가 살아나온 것 같다며, 그녀답지 않게 몹시 흥분하기도 했다.

이탄은 지유와 이런 대화를 하는 게 즐거워서, 스케줄이 쉴 틈도 없이 빡빡한데도 가끔 고집을 부렸다. 그래서 밤늦은 시간에 억지를 써서 지유를 집으로 불러들이기도 했다.

"랄라~. 당신이 오니까 너무 좋다."

이탄은 콧노래를 부르며 거실 소파에 앉아 있는 지유에게 와인 잔을 내밀었다. 지유는 한숨을 폭 내쉬며 그에게서 잔을 받았다.

"자꾸 이래도 되는지 모르겠어요. 꼬리가 길면 밟힐 텐데……."

"왜, 내일 아침에 스캔들 기사라도 뜰까 봐 무서워?"

"당연하죠. 신상이 탈탈 털려서 몰매 맞으면 어떡해요?"

지유가 걱정하는 투로 반문했다. 이탄은 고개를 저으며 와인 잔을 들고 지유 옆에 앉았다.

"안 그래. 내 팬들은 오히려 행복을 빌어줄걸?"

"내가 걱정하는 건 팬이 아니라 파파라치예요. 그리고 카이저 안티 팬들."

"아…… 그건 나도 걱정되네."

이탄이 대답하며 와인을 한 모금 마셨다.

카이저의 안티 팬들 중에는 처음부터 안티였던 사람도 있지만, 원래는 카이저 팬클럽 활동을 했다가 멤버의 스캔들이나 다른 이유 때문에 안티로 돌아선 사람도 있었다. 그들은 카이저가 자신을 실망시켰던 행동과 비슷한 일을 저지르면 사정없이 물어뜯기 위해 달려들었다. 그중 몇몇은 파파라치를 능가할 정도였다.

"그러니까 집에서 만나는 건 이제 그만두는 게……."

"우리, 보름 만에 만났어. 그리고 이 집은 나랑 매니저 정우 형 밖에 모른다니까?"

지유가 조심스럽게 꺼낸 말을 이탄이 단박에 잘랐다. 조심하는 건 좋지만, 자주 보지도 못하는데 지유가 이런 얘기를 하는 게 서운했다.

"파파라치가 따라붙을 수도 있잖아요. 아까 오면서도 누가 따라올까 봐 얼마나 마음 졸였는데요."

"당신을 어떻게 안다고 따라와? 날 따라왔다가 잠복하고 있다면 모를까. 그리고 내가 당신 부르기 전에 걸어서 동네 한 바퀴 돌았는데, 파파라치 같은 건 없었어. 걸어 다니는 사람도 나밖에 없었고. 그 정도로 안전한 동네야, 여기."

하기야 상위 1퍼센트의 재력이 없으면 못 들어오는 곳이기는 했다. 주변에 어떤 사람들이 사는지 이웃끼리 대충 알고 있기 때문에, 그에 맞지 않는 차나 사람이 오면 바로 티가 나는 동네이기도 했고.

그런 지역에서 톱스타가 따라준 와인을 마시며 이런 푸념을 늘어놓고 있다니. 인생은 참 예측할 수가 없다.

지유는 픽 웃으며 말했다.

"알았어요. 그만 걱정할게요. 더 조심하면 좋겠지만……."

"만약에 진짜 스캔들이 터지면 당신은 어쩌고 싶어?"

이탄이 지유의 얼굴을 쳐다보며 은근한 말투로 물었다.

"모르겠어요. 가끔 상상해 봤는데, 머릿속으로 시뮬레이션이 잘 안 돼요. 나는 한 번도 겪어본 적 없는 일이잖아요."

지유가 작게 한숨을 내쉬며 대답했다. 유명 인사는커녕 연예인도 아닌 그녀는 막상 그 일이 현실로 닥치면 어떨지 쉽게 상상이 되지 않았다. 다만 다른 배우나 연예인의 스캔들이 터졌을 때 읽었던 기사로 보아 사생활이 심하게 폭로된다는 것만 알 뿐.

"나도 상상해 봤지. 스캔들이 제대로 터져서 나와 당신의 관계가 온 세상에 알려지면 어떻게 할까."

이탄이 와인을 한 모금 마시며 나직이 말했다. 지유는 그의 얼굴을 보며 조용히 이어질 얘기를 기다렸다.

"생각해 봤는데, 내 행동은 당신이 뭘 원하느냐에 따라 달라지겠더라고. 나와의 관계를 인정하고 싶은가, 부정하고 싶은가."

"신재 씨한테는 부정하는 게 더 낫지 않나요?"

지유가 희미한 미소를 띠며 물었다. 그러자 이탄이 얼굴을 찌푸리며 반박했다.

"무슨 소리야? 칸지는 벌써 두 번째 공개 연애 중인데. 우리 팬들, 그렇게 팍팍하지 않아."

국내의 잘나가는 여배우와 몰래 사귀다 어태치 기자에게 걸려 포털사이트 검색어 순위 1위를 차지했던 칸지는, 그녀와 헤어진 후 2년이 지나자 인기 많은 일본 모델을 사귀어 다시 화려하게 뉴스를 장식했다. 게다가 진심인지, 그 모델과 만난 지 3년이 되어 가는 지금까지도 여전히 잘 만나고 있었다.

그런데도 팬들은 열렬히 칸지를 응원했다. 오히려 그 일본 모델과의 스캔들이 터진 후 일본 내에서 인지도와 인기가 한층 치솟았다.

"칸지 씨야 유명 인사하고만 사귀니까 그렇죠. 만약에 신재 씨가 나랑 만나는 게 알려지면…… 차라리 자기랑 만나지 그러냐는 댓글이 폭발할걸요?"

지유가 씁쓸하게 웃으며 중얼거렸다.

아무리 안 그러려고 해도 그런 유명 연예인과 비교하면 자신감이 떨어지는 건 어쩔 수 없었다. 꾸며 입은 거울 속의 그녀 자신이 제법 예뻐 보여도, 그런 미인들과는 비교할 수도 없었다.

물론 외모가 전부는 아니다. 지유에게는 그녀만이 가진 매력이 있고, 이탄과 영감을 공유해 소설도 썼으니까. 그도 지유의 그런 점에 끌린 것이다.

하지만 불쑥불쑥 걱정이 치미는 걸 어쩌란 말인가? 그만큼 이탄이란 남자가 대단한걸.

"제발 자신감 좀 가지면 안 돼? 당신, 충분히 예쁘고 매력적이라니까?"

이탄이 와인 잔을 거실 바닥에 내려놓으며 목청을 높였다. 대체 그 망할 놈의 새끼는 이 여자의 자존감을 어디까지 무너뜨리고 간 거야?

이탄 자신이 상대적으로 너무 화려해서 지유가 자신 없어하는 건 알겠지만, 그녀는 때때로 정도가 심했다. 그리고 그 저변에는 지유에게 깊은 상처를 입힌 예전 남자친구가 있었다.

그놈 때문에 아파하고 방황하다 그를 만난 거야 참 잘된 일이다만, 이탄은 이제 지유가 그 새끼에 관한 모든 걸 삭제해 버리길 바랐다. 기억뿐만 아니라 감정과 상처, 공유했던 시간까지 전부 다.

불가능한 욕심이겠지만.

"알겠어요. 더 노력해 볼게요. 신재 씨처럼 멋진 사람이 날 좋아해 주니까."

지유가 엷게 웃으며 대답했다. 왠지 더 이상 반문했다가는 이탄이 진심으로 화낼 거 같았다. 그녀를 생각하는 마음으로 그러는 것이라 고맙기는 했지만, 지유는 그를 화나게 만들기는 싫었다.

이탄이 지유의 머리를 쓰다듬으며 타일렀다.

"그래. 이렇게 생각해 봐. 당신이 내 타입이 아니었다면 그날 밤에 내가 보자마자 같이 나가자고 하지는 않았을 거라고. 다른 매력이야 그 후에 알게 된 거잖아. 물론 알고 나서 당신이 더 좋아지긴 했지만."

"네, 알겠어요. 사실 신재 씨는 내 타입이 아니지만⋯⋯."

"뭐야?"

지유가 말꼬리를 흐리며 은근슬쩍 시선을 돌리자, 이탄이 그게 무슨 소리냐는 듯 외쳤다. 지유는 시선을 내리깔며 종알거렸다.

"뭐랄까. 신재 씨는 너무⋯⋯ 예뻐요. 아름답죠. 사실 이렇게 생긴 남자는 바라보기에는 좋아도 만나기에는 좀⋯⋯."

"그래서, 내가 당신 타입이 아니다? 와! 느닷없네? 어이는 더 없고! 그럼 날 왜 만났어?"

이탄이 펄펄 흥분하며 쏘아붙였다. 마치 생전 처음으로 '당신은 너무 못생겼다'는 얘기를 들은 것 같았다.

지유는 그를 보며 배시시 웃었다. 그의 짙은 갈색 눈동자를 들여다보며 지유가 실크처럼 부드러운 음성으로 말했다.

"홀려서요. 신재 씨한테 홀렸거든요, 내가. 그날 밤부터 지금까지 죽."

"하!"

이탄은 할 말을 잃고 지유의 얼굴을 빤히 쳐다보았다. 분명 듣기 좋은 말인데, 팬이 이렇게 말해주었다면 아주 환하게 웃었을 텐데, 만나는 여자에게 들으니 기분이 설명할 수 없이 복잡 미묘해졌다.

물론 그는 관중과 시청자를 홀리게 만들어야 하는 아이돌 가수다. 그런데 지유가 말하니 왜 구미호라도 된 듯한 기분이 드는 걸까?

"홀려도 너무 홀려서 문제긴 하지만요. 그래서 신재 씨가 하는 말에는 거절을 못하더라고요, 내가."

지유는 와인 잔을 거실 바닥에 내려놓고 다시 그의 얼굴을 바라보며 생긋 웃었다. 그때까지도 이탄은 대꾸할 말을 찾지 못한 채 입을 벌리고만 있었다.

지유는 양팔로 그의 목을 나긋하게 두르며 귓가에 입술을 대었다. 그러곤 작지만 또렷한 음성으로 그에게 속삭였다.

"그런데 계속 홀려 있어도 좋을 거 같아요. 설사 나중에 어떤 대가를 치른다 해도. 진심이에요."

"……작가 맞구나. 말로 남자를 한 트럭은 홀릴 수 있겠다."

이탄이 지유를 껴안으며 구시렁거렸다. 지유가 킥킥거리며 말했다.

"그런 극찬을 해주다니, 기분 좋은데요?"

"근데 다른 남자한테는 이러지 마. 말했지? 죽여 버릴 거야."

"후후! 무서워라."

지유는 빙긋 웃으며 그의 목에 매달렸다. 그와 이런 식으로 달콤한 농담을 주고받는 것도 좋았다. 그가 재치 있게 잘 받아주니 더욱.

이탄은 지유를 감싸 안고 그녀의 뺨에 얼굴을 비볐다. 지유는 조그맣게 웃으며 그를 받아주었다.

오래 같이 있을 수 없기에 소중한 시간. 이런 시간을 계속 그와 만들어가고 싶었다. 지칠 때까지, 질릴 때까지.

[아직 증거를 제대로 못 잡으셨나 봐요, 한 기자님.]

유주가 느닷없이 전화를 걸더니 다짜고짜 말했다.

한강준 기자는 그 말뜻이 뭘 의미하는지 단박에 눈치챘다. 그런데도 모르는 척 시치미를 떼었다.

"무슨 증거? 내가 증거 잡을 게 한두 건이어야지."

[에이, 알면서 그러신다. 그러다 다른 기자가 먼저 선수 치면 어쩌시려고요? 대한민국을 들썩일 특종인데 멍하니 놓치시려고요?]

살살 약 올리면서 유들유들 말하고 있지만, 한강준 기자는 유주가 바짝 달아오른 상태라는 걸 알았다. 카이저 M이 앨범을 내자마자 돌풍을 넘어 토네이도를 일으켰고, 그와 동시에 KOK에 대한 관심이 촛불처럼 훅 꺼져 버렸으니까. KOK 팬도 상당히 많았지만, 카이저의 범아시아적인 팬덤을 도저히 이길 수 없었던 것이다.

한 기자는 여유 부리며 유주의 말을 받아쳤다.

"아무리 특종이라도 잘 익혀야 내는 거야. 섣불리 건드렸다가는 일만 커진다고. 그걸 유주 씨가 같이 감당해 줄 것도 아니고. 안 그래?"

SJ엔터테인먼트는 국내 3대 대형 기획사 중 하나고, 언론 인맥이 상당하다. 그러니 확실한 물증을 잡고 터트려야지, 안 그랬다간 어마어마한 후폭풍을 맞을 것이다. 거기에 카이저 팬덤까지 가만히 안 있겠다고 덤벼들면…… 휴.

한 기자는 지금 그런 위험을 같이 부담하겠냐고 유주에게 물은 것이다.

아니나 다를까, 유주는 바로 꼬리를 내리며 말을 돌렸다.

[아니, 뭐, 취재야 기자님 소관이지, 저는 잘 모르니까요. 다만

저는 근사한 소스를 드렸는데 활용을 제대로 못하실까 봐 걱정돼서……. 별다른 뜻은 없었어요.]

"그래, 그렇지. 유주 씨한테 별 뜻이 있었겠어? 그리고 유주 씨, 내가 재밌는 거 알려줄까? 내가 들고 있는 건 중에 KOK에 대한 것도 있어."

[에이, 그런 건 저한테 미리 알려주셨어야죠. 혹시 우리 멤버들 중에 누가 무슨 짓 했어요? 제가 모르는 일이 있을 리 없는데?]

은근히 던진 말에 당황한 기색이 역력했지만, 유주는 태연히 잘 대꾸했다.

'이 녀석도 뭔가 걸리는 게 있긴 하군. 그냥 던져 본 말에 이렇게까지 반응하다니.'

한 기자는 픽 웃으며 말했다.

"때 되면 알려줄게. 물론 기사로 내기 전에. 그러니까 멤버들 걱정은 하지 마."

[네. 감사합니다. 그럼 한 기자님만 믿을게요.]

"그래."

[네.]

유주와 통화를 마친 한강준 기자는 의자에 앉은 채로 몸을 뒤로 젖혀 기지개를 죽 켰다. 목을 좌로 한 번, 우로 한 번 돌린 그는 컴퓨터 화면의 자료 폴더를 클릭했다. 그중 '이탄'이란 이름의 파일을 열자, 그동안 한 기자가 따라붙어서 찍었던 사진이 주르륵 떴다.

이탄이 어떤 오피스텔로 들어가는 사진 한 장, 이탄의 개인 승용차가 으리으리한 독채 빌라의 주차장으로 들어가는 사진 한 장,

그리고 그 독채 빌라의 주차장에서 어떤 젊은 여성이 운전하는 작은 경차가 나오는 사진이 한 장.

여기까지 찍었을 때 한 기자는 유주가 해준 말이 모두 사실이라는 걸 알았다. 다만 이탄과 그 젊은 여성이 같이 있는 사진은 한 장도 찍을 수가 없었다. 이탄의 스케줄이 지나치게 바쁜 탓도 있지만, 두 사람이 엄청나게 조심히 움직이며 만나고 있기 때문이었다.

그런데 유주는 어떻게 이런 걸 알게 됐을까? 한 기자가 유주에게 이탄에 대한 정보를 들은 후 조심히 알아본 바에 의하면, 유주 외에는 아무도 모르는 이야기였다.

그래서 결론을 한 가지로 낼 수밖에 없었다. 유주가 이탄의 약점을 캐기 위해 사적으로 그를 조사했다는 것. 그러고는 마치 남에게 들은 말인 양 한 기자에게 은근슬쩍 정보를 흘렸다는 것.

"뭐, 건수를 준 건 좋은데……."

방식이 상당히 야비했다. 게다가 이탄이 만나는 여자가 일반인인지라 스캔들이 터지면 그쪽이 입을 피해가 꽤 클 텐데 말이다.

"어떻게 할까……."

한강준 기자는 손가락으로 마우스를 톡톡 두드리며 고심했다.

친히 전화까지 해서 깐죽대는 걸 보니, 유주는 한 기자가 원하는 대로 움직여 주지 않으면 분명 다른 기자에게도 정보를 흘릴 게다. 그 기자가 특종에 환장한 놈이라면 거품을 물고 달려들겠지. 대한민국을 뒤흔들 빅뉴스가 될 테니까. 아마 어지간한 사회 정치 뉴스는 이탄과 이 일반인 여성의 스캔들에 푹 파묻혀 버릴 것이다.

여러모로 찜찜하기 그지없었다.

"정말 계륵이 따로 없군."

한 기자는 인상을 찌푸리며 의자에서 일어났다. 어쨌든 그는 기자였다. 취재를 위해서라면 어디로든 달려가는. 그러니 움직여야 했다. 사실을 어떤 식으로 폭로할지는 그의 몫이지만.

그는 컴퓨터를 끄고 조용히 사무실을 나섰다. 결정적인 장면을 찍을 때까지, 이탄의 일은 무조건 그 자신만 알고 있어야 했다.

－카이…… 하앍! 내 목을 물어줘!

－어디서 카이 같은 남자 안 떨어지나? 뱀파이어가 너무 스윗하다고!

－그런데 〈Missing her〉 뮤직 비디오 보면서 카이가 떠오른 건 저뿐인가요? 이탄이 완전 카이 같던데.

－저도 동감. 카이가 살아서 움직이는 줄!

－댓글 읽고서 방금 〈Missing her〉 뮤직 비디오 보고 온 사람입니다. 그냥 카이=이탄이네요. 크흑! 내 심장!

연재를 시작한 지도 벌써 한 달이 넘었다.

담당자 오수정에게 새로운 연재 원고를 써서 보낸 후 가벼운 마음으로 독자 반응을 살피던 지유는 일순간 숨이 멎는 줄 알았다. 2주 전, 카이저 M이 〈Missing her〉 뮤직 비디오를 공개했을 때 일었던 불안이 결국 현실이 되어 나타나고야 말았다.

뱀파이어로 분장한 이탄이 지유가 쓴 소설 속의 남자 주인공 카이와 똑같다고 말하는 사람이 나온 것이다!

지유는 심각한 얼굴로 독자들이 연재소설을 읽고 쓴 댓글을 샅샅이 뒤져 보았다. 언제부터 이런 글이 달린 건지 알아야 했다. 안다고 해서 뭐라고 대응할 수 있는 것도 아니지만, 아무튼 알기라도 하고 싶었다.

마침내 소설 속의 카이와 〈Missing her〉 뮤직 비디오의 이탄이 유사하다는 말이 맨 처음 나온 게 정확히 일주일 전이라는 사실을 알아낸 지유는 그에게 메시지를 보냈다.

「어떡하죠? 소설 속 카이랑 〈Missing her〉 뮤직 비디오 속의 당신이랑 똑같다는 댓글이 달리기 시작했어요.」

「그래? 언제부터?」

이탄에게서 바로 답장이 날아왔다. 지유는 재빨리 그에게 답했다.

「정확히 일주일 전이요.」

「흠, 생각보다 늦네? 난 뮤직 비디오 공개되자마자 그런 얘기가 나올 줄 알았는데. 더 인기 있는 소설로 만들어봐, 작가님.」

"뭐예요?"

지유가 당황해서 소리쳤다. 그럼 알아보라고 일부러 카이랑 똑같이 분장했다는 말인가? 뮤직 비디오 콘셉트 때문에 그렇게 한 게 아니고?

지유는 할 말을 잃고 핸드폰 화면만 응시했다. 이게 화를 내야 되는 상황일까, 기뻐해야 하는 상황일까?

도무지 갈피를 못 잡고 있는데 핸드폰이 진동했다. 이탄이었다. 지유는 황급히 전화를 받았다.

"여보세요?"

[왜 아무 말이 없어? 그게 그렇게 놀랄 일이야?]

핸드폰 너머에서 이탄이 쿡쿡 웃는 소리가 들렸다. 꼭 놀리는 듯한 말투라, 지유는 미간을 찌푸리며 그에게 항의했다.

"당연히 놀라죠! 이러다 당신 팬들이 알아채기라도 하면⋯⋯."

[뭘 어떻게 알아채? 당신 소설 속의 남자 주인공이랑 내가 너무 비슷해서? 그렇게 따지면 모든 아이돌 가수가 로맨스 소설 속의 남자 주인공이고, 여자 주인공이지. 안 그래?]

"아니, 그렇긴 한데, 신재 씨가 카이랑 너무 똑같이 분장했잖아요. 일부러 백금발 가발에 푸른색 칼라 렌즈까지 끼고⋯⋯."

[영화 〈뱀파이어와의 인터뷰〉에서 탐 크루즈도 백금발에 푸른 눈으로 분장했어. 나만 그런 게 아니야. 당신 소설을 읽은 독자니까 나랑 남자 주인공을 동일시한 거지.]

"아니, 그렇긴 한데⋯⋯."

더 이상 반박할 말이 없었다. 지유는 스르르 입을 다물었다.

그래, 지나친 기우일지도 모른다. 세상에 어느 독자가 '카이저의 이탄이 이 소설 속의 남자 주인공이랑 똑같이 분장했어. 그러니 분명 작가와 이탄은 관계가 있을 거야. 아니, 둘이 사귀는 게 분명해!'라는 말도 안 되는 추측을 하겠는가?

과민하게 마음이 찔리는 지유가 아니고선.

[그러니까 쓸데없는 걱정 그만하고 우리 놀러나 가자.]

이탄이 마치 노래 부르듯 말했다.

"놀러 가자고요? 이 시점에? 시간은 있고요?"

지유의 목소리가 한층 높아졌다.

카이저 M은 한창 활동에 여념이 없었다. 타이틀곡의 마지막 무대는 지난주 뮤직레인에서 이미 했지만 방송 프로그램과 공식 행사 여기저기에 얼굴을 비추고 있었고, 듣기로는 라이브 홀에서 팬들과의 만남도 가진다고 했다.

그런데도 놀러 가자니. 설마 이 남자는 내심 스캔들이 터지길 바라는 걸까?

[3일간 휴가 받았어. 이번 앨범 준비하면서부터 우리 한 달에 한 번, 2주에 한 번, 이렇게밖에 못 만났잖아. 사유지라 아무도 접근 못하는 곳에 있는 별장을 빌렸으니까, 1박 2일로 가자. 거절하면, 나, 진짜, 진심으로, 삐칠 거야.]

마지막 말은 한 음절, 한 음절 힘주어 꾹꾹 눌러 말했다.

지유는 입을 다물었다. 그가 이렇게까지 말하는데 거절할 수가 없었다. 솔직한 마음으로는 거절하기가 싫다는 게 더 큰 문제지만.

하지만 그녀의 머릿속에선 빨간색 경보등이 삐삐 울리고 있었다. 뮤직 비디오 속의 이탄과 그녀가 쓴 소설 속의 남자 주인공이 너무 닮았다는 댓글을 본 순간부터, 아니, 〈Missing her〉 뮤직 비디오를 본 순간부터 작고 미미하게 울리기 시작한 그 경보등은, 이제 요란한 소리로 지유에게 위험을 알리고 있었다.

'위험해, 가지 마. 네 직감을 믿어. 이번에는 그의 말을 들어주지 마!'

이탄이 한숨을 내쉬며 말했다.

[좋아. 그렇게 걱정되면 이런 방법은 어때? 내가 그 사유지 근처에 있는 읍내 공영 주차장 주소를 문자로 보내줄 테니까, 거기

로 시간 맞춰서 와. 나도 시간 맞춰서 갈 테니까.]

"……여행이 그렇게 가고 싶어요?"

머릿속의 빨간 경고를 무시하고 지유가 소리 내어 물었다. 핸드폰 너머로 푸념하는 이탄의 목소리가 들려왔다.

[여행이 문제가 아니라, 당신하고 제대로 만나지를 못하잖아. 바쁘면 그럴 수 있어. 알아! 이 바닥 결별 사유 1위가 '서로 활동하다 바빠서 자연히 멀어졌다' 거든. 그런데 난 당신하고 그러기 싫다고!]

"신재 씨랑 자주 못 본다고 해서 다른 남자를 만날 것도 아닌데요, 뭐."

지유가 픽 웃으며 대꾸했다. 더 이상 뭐라 할까. 그녀가 보고 싶다고 어린애처럼 투정을 부리는 이 남자한테.

[알아. 당신이 그럴 거라는 건 믿어. 하지만 이건 다른 문제야. 욕구불만이라고, 내가!]

"뭐야, 또 음탕한 얘기였어요?"

이탄이 내뱉은 한탄조에 지유가 어이없다는 투로 반문했다. 그러자 이탄이 힘 빠진 목소리로 대답했다.

[그래, 그렇다고 치자. 그런데 당신한테만 그러잖아. 그러니까 같이 가자. 오늘 밤에 또 당신 집으로 쳐들어가게 하지 말고.]

"어휴…… 알았어요. 언제 가자는 건데요?"

[내일모레. 전화 끊으면 바로 주소 보내줄게.]

이탄의 목소리가 순식간에 바뀌었다. 지유는 고개를 설레설레 저으며 그에게 말했다.

"알았어요. 내일모레 만나요."

[응. 고마워. 쪽!]

그러고서 전화를 끊었다.

그녀와 어지간히도 같이 있고 싶었나 보다. 전화로 뽀뽀 같은 건 하지도 않던 남자인데 이렇게 들뜨다니.

지유는 한숨을 푹 내쉬었다. 여전히 머릿속에선 빨간 경보등이 울리고 있었다. 그와는 늘 몰래 만났는데, 앨범 준비 기간에도, 한 달 동안 활동을 하면서도 만나기는 했는데, 유독 불안한 기분이 드는 건 왜일까? 그런 댓글을 읽어서일까, 아니면 본능에 따른 직감일까?

하지만 불안해하면서도 지유는 그와 함께하기 위해 갈 것이다. 그와 약속했기 때문이기도 하지만, 무엇보다 그녀도 그가 너무 보고 싶으니까.

지유는 불안을 떨쳐 버리려는 듯 세차게 머리를 흔들었다. 아무도 접근할 수 없는 사유지라고 했다. 그가 그렇다면 그런 것이다. 게다가 서울에서 함께 만나 가지도 않는다. 이런 첩보 작전을 방불케 하는 여행이라면 괜찮지 않을까?

그녀는 스스로를 달래며 컴퓨터 앞에서 일어났다. 괜찮다. 괜찮을 것이다.

SJ엔터테인먼트 건물 주차장에서 자신이 소유한 승용차를 타고 도로로 나온 이탄은 부모님과 함께 사는 집으로 향했다. 그곳에서 두 시간을 보낸 그는, 자기 차를 놔두고 다른 차에 올랐다.

아마 가족이 쓰는 차인 듯했다. 그러곤 바로 독채 빌라로 향했다.

이 정도로 밀착 취재를 하기 위해서는 조수가 필요했다. 한강준 기자는 후배 중에서 가장 입이 무겁고 듬직한 오 기자를 선택해, 새벽부터 그와 함께 이탄을 뒤쫓는 중이었다. 다행히 이탄이 오늘 스케줄이 있어 시작은 어렵지 않았다.

문제는 이탄이 부모님 집으로 들어간 후부터였다. 베테랑 아이돌 가수답게 용의주도한 이탄이 자기 차를 놔두고 언론에 알려지지 않는 가족 차에 오르는 바람에, 하마터면 그를 놓칠 뻔했다.

소유한 독채 빌라의 주차장으로 들어간 이탄은 세 시간 동안 나오지 않았다. 그쯤 되니 한 기자는 초조해졌다. 이대로 오늘은 공치는 게 아닐까? 집에서 잠수 타고 쉬는 거 아니야?

하지만 한 기자 또한 베테랑답게 노련하고 집요했다. 저녁이 되어 어스름이 깔리고, 러시아워가 다 지날 때까지 그는 끈덕지게 이탄을 기다렸다. 그리고 마침내 이탄이 탄 차가 주차장에서 빠져나오는 걸 목격했다.

한 기자는 최대한 조심히 이탄의 차 뒤로 따라붙었다. 지금 그에게 들키면 모든 게 다 끝난다. 기자가 따라붙었다는 걸 안 순간부터 이탄은 빌미를 만들지 않을 테니까. 한 기자는 숨죽이며 운전을 계속했다.

서울을 벗어나 고속도로로 들어간 이탄은 속도를 내었다. 그렇게 달리고 달려 어느 한적한 마을의 읍내로 들어섰다. 호텔은커녕 펜션도 없을 법한 작은 마을이라, 한 기자는 후배와 함께 고개를 갸웃했다. 이런 곳에는 왜 왔을까? 설마 여기에 친척이라도 사는 건 아니겠지?

속도를 줄인 이탄은 어느 공영 주차장으로 들어가 차를 세웠다. 그러곤 30분가량 차에서 나오지 않았다. 한 기자와 오 기자는 주차장 입구 맞은편의 어두운 그림자 속에 은밀히 차를 세운 후, 대포 카메라로 이탄의 차를 집요하게 관찰했다. 어느 작은 차가 주차장으로 들어가 이탄의 차 바로 뒤에 설 때까지.

긴 생머리에 마른 듯한 몸을 가진 여자가 차에서 내리더니 트렁크를 열어 커다란 비닐봉지 두 개를 꺼냈다. 속에 든 것이 많은지, 여자는 낑낑거리며 짐을 옮겼다.

그때, 차 문이 열리며 이탄이 뛰어내렸다. 얼른 여자에게로 달려가 대신 짐을 든 이탄은 자기 차의 트렁크를 열어 여자가 가져온 비닐봉지들을 실었다.

"지금이야! 찍어!"

작은 시골 마을 읍내의 공영 주차장에는 이탄과 여자 말고는 아무도 없었다. 아무도 모르게 어둠 속에 숨어 있던 한 기자와 오 기자는 미친 듯이 카메라 셔터를 눌렀다. 이탄과 여자가 얼굴을 마주 보며 웃는 모습, 이탄이 다정하게 짐을 들어 트렁크에 싣는 모습, 그 후 두 사람이 함께 이탄의 차에 올라타 떠나는 모습까지 전부 카메라에 담았다.

"따라붙을까요?"

이탄이 탄 차가 유유히 공영 주차장에서 빠져나가는 걸 보며 오 기자가 물었다. 그러나 한 기자는 고개를 저었다.

"아니, 이거면 충분해. 더 따라갔다간 들킬 거야."

"네. 그럼 서울로 갑니다, 선배님!"

오 기자는 휘파람을 불며 시동을 걸었다.

특종이다! 대한민국을 넘어 아시아까지 들썩일 특종!

이탄과 저 여자는 한동안 고달프겠지만, 뭐 어쩌겠는가? 연예인의 숙명이 그런 것을. 오 기자는 이 대단한 임무에 자신을 동참시켜 준 선배가 무척이나 고마울 따름이었다.

그러나 서울로 올라가는 내내 한강준 기자는 말이 없었다. 그저 조용히 몇 번이고 자신이 찍은 사진들을 들여다볼 뿐.

13. 일어나 보니 하루아침에

"말해봐. 사실이야, 아니야?"

SJ엔터테인먼트 대표 이사실. 스캔들 기사를 보자마자 이탄과 정우, 소하와 동수까지 불러들인 왕 대표가 맞은편에 앉아 있는 이탄을 향해 물었다.

이탄은 서서히 고개를 들어 왕 대표를 응시했다. 그러곤 차분한 눈빛으로 입을 열었다.

"사실이에요. 만난 지 반년 넘었어요."

그의 대답을 들은 왕 대표가 눈을 감으며 한숨을 내쉬었다. 소하는 이탄의 얼굴을 흘끔거렸고, 매니저 정우와 동수는 왕 대표의 눈치를 살폈다.

왕 대표가 탄식하듯 말했다.

"왜 하필이면 활동 중간에 들켰어……."

"조심할 대로 조심했어요. 자주 만난 것도 아니고, 일부러 제 차도 잘 안 타고 다녔는데…… 죄송합니다."

이탄은 고개 숙여 왕 대표에게 사과했다.

그 역시 이렇게 빨리 스캔들이 터지길 바란 건 아니었다. 적어도 이번 카이저 M 활동이 끝나고 나서, 그가 방송에 얼굴을 비치지 않을 때 알려졌으면 했다. 그래야 지유에게도 다른 멤버들에게도 피해가 적을 테니까.

진심으로 좋아하는 사람을 만나도 어쩔 수 없이 주변에 피해를 끼치는 직업, 그게 아이돌이고 연예인이라는 걸 뼈저리게 알고 있으니까.

그런데 언제부터 따라붙은 건지, 〈어태치〉의 베테랑 기자 한강준이 기사를 터트리고야 말았다. 그나마 다행인 건, 기사에 이탄이 차를 타는 모습이 찍힌 사진만 실었다는 거였다.

불행인 건, 한 기자가 이탄이 만나는 여자가 일반인이라고 기사에 썼다는 점이었다. 이것은 그가 더 많은 정보를 알고 있을 거라는 사실을 암시했다.

"후…… 일단 시간을 벌자. 기자들한테는 사실 여부를 확인 중이라고만 대답하고, 탄이 너는 아무 말도 하지 마. 이번 활동, 2주만 지나면 공식 스케줄 종료야. 그때까지만 다들 노력하자. 팬들과의 만남 때도 이 기사랑 관련된 질문은 철저하게 받지 말고. 알았어?"

"네, 알겠습니다."

왕 대표의 지시에 매니저인 정우와 동수가 동시에 대답했다. 왕 대표는 생각났다는 듯 다시 입을 열었다.

"아, 그리고 정우 너는 한강준 기자한테 연락해. 동수랑 같이 자리 만들어서 2주 동안만 기사 묻어주면 안 되겠냐고, 그 대신 나중에 큰 거 하나 주겠다고 설득해 보란 말이야."

"그게…… 벌써 해봤는데 안 먹혔습니다."

정우도 15년째 매니저 생활을 하고 있는 사람이었다. 지금 왕 대표가 말한 내용은 정우도 이미 생각하고 있던 것들이었다.

하지만 한강준 기자는 정우의 말을 칼같이 자르며 전화를 끊었다. 자기도 고생할 대로 고생해서 취재했고 그걸 기사로 냈으니, 은근슬쩍 뭉개 버릴 생각은 안 했으면 좋겠다면서.

차라리 다른 연예부 기자처럼 큰 건수나 뇌물로 회유할 수 있는 사람이라면 대처하기가 수월할 텐데. 정우도 한 기자 때문에 골이 아팠다.

"안 되면 될 때까지 해야지! 계속 설득해 봐!"

"알겠습니다."

정우는 대답하며 고개를 숙였다. 왕 대표의 말도 틀리진 않았다. 되든 안 되든 어쨌든 노력은 해봐야 했다.

자기 때문에 흥분하고 긴장한 눈앞의 사람들을 보면서 이탄은 어둡게 한숨을 토해냈다. 당장 지유와의 관계를 인정하고 세상에 밝히겠다고 말하기에는 걸리는 게 너무 많았다.

카이저 M은 그 혼자만의 활동이 아니다. 카이저 M을 결성한 건 그가 아닌 왕 대표였다. 그런데 어떻게 여기 앉아 있는 사람들의 의견을 무시하며 자기 맘대로 하겠다고 고집 피우겠는가? '이탄'이란 아이돌 가수는 '이신재' 개인의 것이 아닌데.

게다가 지유와는 아직 대화조차 나눠보지 못했는데.

"탄아. 헤어지라는 것도 아니고, 부정하라는 것도 아니야. 그냥 2주만 조용히 있자는 거야. 그 여자랑도 만나지 말고. 무슨 뜻인 줄 알지?"

"네, 알아요."

왕 대표가 확인하려는 듯 재차 묻자, 이탄이 고개를 끄덕이며 대답했다. 지금으로썬 왕 대표의 말이 가장 현명한 처신이었다. 입 다물고 가만히 돌아가는 상황을 지켜볼 필요가 있었다. 그리고 한강준 기자를 최대한 설득해 봐야 했다.

"그럼 다들 나가 봐. 소하랑 탄이는 남은 활동에 집중하고."

"네, 알겠습니다."

"알겠습니다, 대표님."

이탄은 세 사람과 함께 힘없이 자리에서 일어섰다.

좋아해도 좋아한다 말하지 못하고, 싫어해도 싫어한다고 티 낼 수 없는 직업. 모든 직업에 이와 같은 고충이 있겠지만, 연예인과 정치인은 유독 이런 특징이 두드러졌다.

충분히 알고 있다고 생각했는데, 이제는 언제든 빙긋 웃는 가면을 탈착하는 게 가능하다고 여겼는데, 그것이 다 착각이었다는 사실을 이탄은 이 자리에서 확실히 깨달았다.

그래서 그는…… 몹시도 아팠다.

'이딴 게 무슨 애인이야. 만난다고 떳떳이 밝히지도 못하는데…….'

이탄은 얼굴을 일그러뜨리며 대표 이사실을 빠져나갔다.

지유가 보고 싶었다. 만나지 못한다면 목소리라도 듣고 싶었다. 이토록 불안한 감정에 휩싸여 있을 때면 더더욱.

그런 마음이 칼날이 되어 그의 심장을 아프게 후벼 파고 있었다.

❖

—카이저 이탄, 일반인 여성과 몰래 데이트.

그룹 카이저의 이탄이 평범한 일반인 여성과 꾸준히 만나온 것으로 밝혀졌다. 두 사람은 이탄이 소유한 한남동의 독채 빌라와 여성의 오피스텔에서 은밀히 만나왔으며, 사람들의 눈을 피해 주로 밤에 몰래 데이트를 한 것으로 확인됐다. 이탄의 소속사 SJ엔터테인먼트는 이탄에게 사실 여부를 확인 중이라는 답변을 했으며…….

지유는 인터넷 기사를 읽고 또 읽었다. 포털사이트 나이브와 세움 검색어 순위에는 이탄이 이미 1위로 올라와 있었고, SNS에는 그 일반인 여성이 누구냐는 글이 실시간으로 떠올랐다.

무얼 먼저 걱정해야 되는 건지 지유는 당최 감을 잡을 수가 없었다. 그는 괜찮을까? 곧 기자들이 그녀의 집으로 몰려올까? 그럼 어떻게 하지? 당장 짐을 싸서 어디로 피신해야 되나? 부모님께는 뭐라고 말씀드려야 할까?

머릿속 사고 회로가 고장난 것처럼 대답 없는 질문들을 계속 쏟아내고 있었다.

지유는 한숨을 내쉬며 의자에서 일어났다. 인터넷에서 눈을 떼고 찬찬히 생각이란 걸 해야 했다.

때마침, 이탄에게서 문자메시지가 왔다.

「기자랑 협의 중이야. 더 이상 아무 일도 없을 거야. 저녁에 전화할게. 너무 걱정하지 마.」

그래. 그는 노련한 아이돌 가수다. 이렇게 안절부절못하는 그녀와는 차원이 다른……

이탄의 문자를 보고 나니 머리가 약간 차갑게 식었다.

그는 이미 기사에 대처해 움직이고 있었고, 현재로썬 지유가 할 수 있는 일이 없었다. 그저 더는 기사가 나지 않도록 간절히 기도하면서 한동안 그와 만나지 않는 것밖에는……. 아마 그도 저녁에 그런 이야기를 꺼낼 테지.

그 후 그와의 관계가 어떻게 흘러갈지는 모르겠지만…….

지유는 인상을 쓰며 웃었다. 대한민국의 모든 신문에 '이탄과 만나는 일반인 여성'이라고 실렸는데도, 수십 수백만의 네티즌이 그녀의 정체가 궁금해서 난리를 치고 있는데도, 정작 자신은 그와의 앞날을 가장 걱정하고 있다니.

진짜 이탄이란 남자한테 푹 빠지긴 빠졌나 보다. 아니, 이신재란 남자한테…….

지유는 두 손으로 얼굴을 가리며 쿡쿡거렸다.

이래서 그에게 깊이 빠지지 않으려고 안간힘을 썼다. 늘 도망갈 준비를 했다. 그와 언제 끝나더라도 상처받지 않으려고 마음을 다잡은 거였다.

'자, 봐. 결국 대가를 치르기 시작한 거야. 부디 이걸로 그치길 온 힘을 다해 기도하자.'

'그래도 그가 좋잖아. 안 그래?'

스스로를 비웃는 지유에게, 저 심연 속에 살고 있는 류지유가 물었다. 지유는 얼굴을 일그러뜨리며 입매를 올렸다.

'맞아. 그가 정말 좋아. 상황이 이렇게 됐는데도 그 남자 생각밖에 안 나. 그렇게 돼버렸어……'

왕자는 자신을 구해준 인어공주 대신 이웃 나라 공주를 선택했다. 왜냐하면 왕자에게 인어공주는 예쁘고 착하지만 말 못하는 평민 처녀로 보였고, 이웃 나라 공주는 '공주'였으니까. 주변의 모두가 '왕자'는 '공주'랑 결혼하길 바랐으니까.

이탄과 만나면서도, 그가 꿈결처럼 그녀에게 잘해줄 때도, 지유는 늘 이 생각을 잊지 않으려고 애썼다.

그래서 언젠가 그에게 자신이 방해가 되면, 그가 온전히 나아져서 그녀의 정신적인 위안이 더는 필요치 않게 되면, 나도 당신 덕분에 수렁에서 빠져나왔다고, 즐거웠다고, 그러니 행복을 빌어주며 당신을 보내겠다고, 슬프지만 웃으면서 인사하려고 했다. 그리고 그건 지금도 마찬가지였다.

"그런데 생각만 해도 아프네."

지유는 피식거리며 중얼댔다. 생각하는 것만으로도 심장이 찢기는 듯했다. 숨이 막히고 피가 거꾸로 곤두서는 듯했다. 그냥 그를 보내는 상상만 해도……

그가 진짜로 떠날까 봐 몹시 두려워졌다.

너무…… 아팠다.

[늦게 전화해서 미안해. 많이 걱정했지?]

그가 무척 미안해하는 말투로 물었다. 지유는 다정하고 부드러운 목소리로 그에게 답했다.

"당연히 걱정했죠. 신재 씨는 어떡하나…….”

[내 걱정만 한 거야? 당신 걱정은 안 했어?]

이탄이 피식 웃으며 말했다. 지유는 일부러 장난스럽게 대꾸했다.

"물론 했죠. 기자들이 오피스텔로 찾아오는 거 아닐까? 나 어디로 피신해야 되나? 부모님한테는 뭐라고 말씀드리지? 그냥 해외로 튈까? 등등.”

[그 정도까지는 아니야. 기사가 더 이상 안 나게 하려고 애쓰는 중이고. 진짜 미안해.]

"어떤 게 미안한데요?”

지유가 희미한 미소로 물었다.

그가 대체 무엇을 미안해해야 하는 걸까? 유명한 아이돌 가수라는 걸? 평범한 그녀를 만났다는 걸? 아니면 그녀를 진심으로 대해준 걸?

[전부 다. 당신한테 피해주는 모든 것. 몰래 만나야 되는 것도 미안하고, 떳떳이 밝히지 못하는 것도 미안하고, 그리고…….]

"신재 씨, 우리 조용해질 때까지 만나지 말아요.”

대답을 늘어놓는 이탄에게 지유가 먼저 잘라 말했다.

지유는 알고 있었다. 그가 지금 이런 부탁을 해야 된다는 걸. 그 말을 하는 게 너무 미안해서 이렇게 사과만 연신 해대고 있다는 걸.

이탄은 잠시 말이 없었다. 그러다 간신히 짜낸 목소리로 겨우 입을 열었다.

[미안해. 그러기 싫은데, 정말 싫은데, 그러자고 해야 돼······. 이번 활동, 2주면 끝나. 그때까지만 봐줘. 그 후에는 기사가 터지든 말든 당신하고 만날 거니까.]

"음, 다 좋은데, '기사가 터지든 말든'이란 표현이 걸리네요. 기사는 웬만하면 터지지 말아야죠. 그러니까 최대한 안 터지게 노력해 봐요."

일부러 가볍고 천연덕스럽게 말해서 그의 짐을 덜어주고 싶었다. 그녀가 괜찮다고 속아주길 바랐다. 지유는 픽 웃으며 얘기를 계속했다.

"2주면 금방이잖아요. 길지도 않은데요, 뭘. 오히려 이번 앨범 준비하면서 더 못 만났고. 그러니까 신재 씨도 너무 속상해하지 말아요. 그냥 열심히 활동하면서 기사를 막는 것에 힘써요."

[고마워. 매일 연락할게. 당신도 무슨 일 있으면 바로 전화해. 알았지?]

"그럴게요. 그만 걱정하고 자요. 많이 늦었어요."

[그래. 당신도 잘 자. 내일 또 전화할게.]

아쉬움이 흠뻑 묻어나는 음성으로 이탄이 밤 인사를 했다.

이 정도면 됐다. 잘해냈다.

지유의 눈에서 눈물 한 방울이 또르르 흘러내렸다.

그의 목소리를 듣는 내내 얼마나 울고 싶었는지 모른다. 좋아서, 이토록 다정한 그가 눈물이 날 만큼 기뻐서, 그리고 슬퍼서······. 당장이라도 울고 싶은 걸 꾹꾹 눌러 참으며 아무렇지도 않게 그와 대화하느라 지유는 진이 죽 빠졌다.

"당신이 좋아······."

바닥에 주저앉으며 지유는 속삭였다.

그래서 그를 기다릴 수 있었다. 그를 보내줄 수 있었다. 더 큰 일이 터진다 해도 버틸 수 있었다.

지유는 비로소 자신의 마음을 확연히 들여다보았다.

"그러니까 나도 약속 지킬게요. 도망가지 않아……."

당신이 이토록 애틋하게 나만을 바라보는 한 절대로.

스스로에게 다짐하며 그녀는 눈을 감았다.

SJ엔터테인먼트는 이탄에게 사실을 확인 중이라는 답변만을 반복했고, 이탄은 아무 말 없이 카이저 M 활동에만 전념했다.

왕 대표의 지시대로 라이브 홀에서 진행된 팬 미팅 때도 이탄의 스캔들과 관련된 질문은 모조리 빼버렸고, 무사히 행사를 잘 마쳤다.

기사가 터진 지 며칠이 지났지만 후속 기사는 올라오지 않았다. 그저 이탄이 사귄다는 일반인 여성이 누구냐에 대한 추측성 글만이 종종 올라왔을 뿐. 그것도 일주일이 지나니 시들해졌다.

슬슬 카이저 M의 앨범 활동도 마무리되어 가고 있었다. 이미 녹화 방송은 촬영을 모두 끝마치고 방영만이 남아 있었고, 실제로 참석해야 하는 무대 행사와 파티도 하나씩만 잡혀 있었다.

다행히 지유의 정체도 더 이상 밝혀지지 않았다.

기사가 터진 후 일주일간 웬만해선 집 밖으로 나가지 않던 지유는 안도의 한숨을 내쉬며 부모님 집으로 향했다. 엄마가 며칠 전부터 오라고 성화였는데, 그녀가 우려하는 마음에 못 가고 있던 참이었다. 하지만 이제 괜찮을 성싶었다.

부모님 집에서 이틀간 푹 쉬고서 오피스텔로 돌아온 지유는 모자를 깊이 눌러쓰고 근처의 대형 마트로 향했다. 냉장고에 남아 있는 식재료가 없었다.

사흘 치 반찬거리를 사 들고 오피스텔로 돌아온 그녀는 건물 현관 출입문의 비밀번호를 누르려고 섰다. 그런데 그때 회색 셔츠를 입은 남자 한 명이 느닷없이 나타났다.

"저기요, 아가씨. 이 건물에 사세요?"

지유는 흠칫 놀라며 남자에게서 떨어졌다. 그러자 남자가 그녀와 약간 거리를 벌리며 말했다.

"놀라지 마세요. 저는 기자예요. 이곳에 사는 주민분께 물어볼 게 있어서요."

"제, 제가 바빠서요. 죄송해요."

지유는 얼른 몸을 돌리며 미세하게 떨리는 손으로 서둘러 비밀번호를 눌렀다. 이윽고 현관문이 스르르 열리자, 지유는 뛰듯이 안으로 들어갔다.

"어! 저기요, 아가씨!"

남자가 손을 뻗어 지유를 붙잡으려 했다. 지유는 그에게 잡히지 않으려고 재빨리 걸음을 옮겼다. 때마침 다행히도 어떤 아주머니의 앙칼진 목소리가 남자를 붙들어 세웠다.

"아니, 아저씨는 아직도 여기에 있어요? 내가 안 가면 경찰에 신고한다고 했어요, 안 했어요?"

"아이, 아주머니. 저 기자라니까요? 취재할 게 있어서 온 거예요. 기자 명찰도 보여 드렸잖아요."

"아, 됐고! 아저씨가 그런 식으로 굴면 이 오피스텔에 사는 사람들한테 피해가 되잖아요. 잔말 말고 가요!"

"참, 아주머니도! 저도 취재를 해야 된다니까요? 그러지 말고 협조를 좀……."

"아, 글쎄! 가요! 가라니까? 나 지금 112 누른다?"

지유가 엘리베이터를 타고 위로 올라갈 때까지도 두 사람은 오피스텔 현관문 앞에서 옥신각신했다.

지유는 두근거리는 가슴으로 엘리베이터 안에서 서성였다. 분명 기사는 더 이상 나지 않았다. 이 오피스텔을 둘러싼 다른 사건도 일어나지 않았다. 요 근래 매일같이 인터넷 기사를 샅샅이 뒤진 그녀는 누구보다 그 사실을 잘 알고 있었다.

그런데도 기자가 찾아왔다. 도대체 왜? 무엇 때문에?

엘리베이터 문이 열리자, 지유는 뒤에서 누가 쫓아오기라도 하는 것처럼 서둘러 집으로 뛰어갔다. 문을 열고 집 안으로 들어갈 때까지도 심장의 두근거림은 가라앉지 않았다. 작은 핸드백에서 핸드폰을 꺼낸 지유는 진정하려고 안간힘을 쓰며 이탄에게 문자 메시지를 보냈다.

「오피스텔 앞에 기자가 찾아왔어요. 무슨 일 때문인지는 모르겠는데, 괜히 가슴이 두근거리네요.」

"후……."

지유는 크게 심호흡을 한 후 시장 가방을 들고 거실로 들어갔다.

그가 아무 일도 아닐 거라고 말해주길 바랐다. 그녀가 지레 겁을 집어먹고 걱정하는 거라며 타일러 주길 바랐다. 아니, 분명히 그럴 것이다.

마트에서 사온 식재료를 냉장고에 정리해 넣으며 지유는 이탄이 대답해 주길 기다렸다. 어서요. 내 노파심이라고 해줘요. 어서……

하지만 마침내 이탄에게서 온 답장은 그녀의 바람과는 전혀 다른 내용을 담고 있었다.

「오늘 저녁 8시에 이 주소로 와. 기다릴게. 서울시 성북구 보문동 ○○ 아파트 1동 27층 펜트하우스.」

무슨 일이 생겼다.

지유는 직감했다. 아니면 그가 이런 얘기를 할 리 없으니까.

심장이 더욱 거칠게 뛰어댔다. 머릿속에서 빨간 경보등이 요란하게 울려댔다. 온몸으로 퍼져 나가는 심장 박동을 느끼며 지유는 다시 한 번 그가 보낸 문자메시지를 읽었다.

결국 모든 게 탄로 나고 만 것일까?

'그러면 어때서? 네가 범죄라도 저질렀니?'

내면 저 깊은 곳에 도사린 류지유가 비웃듯이 말했다.

그래, 죄를 저지른 건 아니지. 다만 지나치게 잘난 남자를 만났을 뿐. 그래서 그녀와 만난 것만으로 그에게 폐가 될까 두려울 뿐.

'그래서? 네가 먼저 그를 떠날 거니?'

"아니."

지유는 미간을 찌푸리며 웃었다. 마음은 이미 정하지 않았나.

핸드폰을 바닥에 내려놓은 지유는 식재료를 마저 정리했다. 오후 5시. 그가 말한 아파트까지는 운전해서 가면 한 시간 내로 도착할 테니, 지금부터 천천히 준비해서 나가면 늦지 않을 것이다.

아주 예쁘게, 곱게 꾸미고 가야지. 그녀의 모습을 본 그가 조금이라도 안심할 수 있도록.

지유는 차분히 이탄을 만나러 갈 차비를 시작했다.

이탄이 오라고 한 펜트하우스는 엘리베이터부터 따로 분리되어 있었다. 그곳에 사는 사람이나 주인에게 초대받은 손님이 아니면 아예 들어갈 수가 없는 구조였다.

지하 주차장에 차를 세우고 아파트 안으로 들어가는 입구에서 펜트하우스의 초인종을 누른 지유는, 이탄이 일부러 이곳을 구했다는 걸 알 수 있었다. 그녀를 만나기 전에 구했는지, 만나고 나서 구했는지는 모르겠지만, 그는 늘 이런 상황에 대비하고 있었던 것이다.

엘리베이터를 타고 27층에 도착하자 현관문이 딱 하나 보였다. 지유는 잠깐 머뭇거리다 벨을 눌렀다. 입매를 위로 올리며 부드러운 표정을 지어 보려고 애썼다. 적어도 오늘은 그에게 경직된 얼굴을 보이고 싶지 않았다. 굳은 표정으로 기억되고 싶지 않았다.

"어서 와. 오느라 고생했어."

이윽고 이탄이 문을 열어주며 말했다. 지유는 그에게 생긋 미소 지으며 안으로 들어갔다. 그러자 나타난 넓고 탁 트인 공간에 그녀는 자기도 모르게 감탄사를 내뱉었다.

"와! 여기 정말 크네요. 운동장으로 써도 되겠어요."

사방을 두리번거리며 들어오는 지유를 보며 이탄이 피식 웃었다.

"혼자 살기에는 지나치게 넓지?"

"네. 가구가 거의 없어서 더 넓어 보여요."

드넓은 거실과 주방에는 소파 하나와 식탁 하나, 냉장고 하나만이 놓여 있었다. 게다가 실내가 온통 하얀색이라 집 안이 더 휑해 보였다.

"들어온 지 얼마 안 돼서 그래. 나흘 전에 매입했거든."

이탄이 그녀의 두 눈을 곧게 응시하며 말했다.

지유는 가만히 서서 그의 짙은 갈색 눈동자를 들여다보았다. 아프지만 피하지 않겠다는 뜻이 확연히 드러나는 눈빛. 그녀는 보일 듯 말 듯 입매를 올리며 그에게 말했다.

"그럼 휴지라도 사올 걸 그랬네요. 새집에 초대해 준 건데."

"그건 다음에. 다시 이 집에 올 때 사다 줘."

이탄이 입술 끝을 희미하게 올리며 답했다.

그 한마디로 지유는 알 수 있었다. 그는 결코 그녀를 놓을 생각이 없다는 걸. 그러나 분명 어떤 일이 일어났다는 것을.

"말해봐요, 신재 씨. 괜찮아요."

지유가 침착한 음성으로 입을 열었다.

이탄은 섣불리 대답을 하지 못했다. 다만 가만히 그녀의 검은 눈망울을 바라볼 뿐.

몇 분이 지나도록 말을 못하는 이탄을 지유가 타이르려는 찰나, 비로소 그가 고통스러운 목소리로 이야기를 꺼냈다.

"사진이 찍혔어. 우리 여행 갔던 날…… 어태치 기자가 따라붙었어. 그게 내일 터질 거야."

"그랬구나."

지유의 얼굴에 씁쓸한 미소가 떠올랐다. 그래서 기자가 오피스텔 앞으로 찾아왔던 것이다. 지유가 모자를 푹 눌러쓴 데다 도망치듯 건물 안으로 뛰어들어 가서 제대로 알아보지 못한 모양이지만.

너무나 미안해서 어떻게 사과해야 될지도 모르겠다는 표정으로 이탄이 말을 이었다.

"어떻게든 막아보려고 했는데…… 안 됐어. 물론 당신 얼굴은 가려져서 나갈 거지만, 정보는 어느 정도 노출될 거야. 기사로도 알려질 거고……. 미안해. 정말…… 미안해."

"그래서, 내가 어떻게 하면 되는데요? 당신은 어떻게 할 거고요?"

지유가 놀랍도록 차분한 어조로 물었다. 이탄은 얼굴을 찌푸리며 그녀에게 반문했다.

"나한테 화 안 났어?"

"어떻게 화를 내요. 신재 씨가 최선을 다했어도 안 된 건데. 그리고 이런 상상, 안 해본 것도 아니고요."

지유가 픽 웃으며 말했다. 그녀를 바라보던 이탄이 고개를 숙이며 토해냈다.

"내가 여행 가자고 졸랐으니까. 그때 찍힌 거니까."

"나도 신재 씨가 보고 싶어서 간 거예요. 그러니까 이건 공동 책임이에요."

죄책감에 얼굴을 못 드는 이탄을 지유가 부드러운 말투로 달래

주었다.

그날, 안 좋은 예감이 계속 드는데도 그를 택한 건 지유였다. 머릿속에서 빨간 경보등이 왱왱 울리는데도 불나방처럼 그에게 뛰어간 건 그녀였다. 그런데 어떻게 그를 탓할 수 있을까? 이미 모든 게 자기 탓이라며 자책하는 그를.

이탄은 고개를 들고 다시 지유를 바라보았다. 성큼성큼 지유에게 다가간 그는 그녀를 와락 끌어안았다.

"다행이다."

그녀를 숨 막히도록 껴안은 이탄이 잠긴 목소리로 말했다.

지유도 그를 꼭 끌어안았다. 토닥토닥 달래듯 그의 등을 쓸어내리며 지유가 나직하게 물었다.

"뭐가 그렇게 무서웠어요?"

"당신이 부정하라고 할까 봐. 우리 관계를…… 아예 없던 일로 하자고 할까 봐."

"그게 신재 씨에게 더 낫다면 그렇게 해요. 난 괜찮아요."

"아니! 하나도 안 나아!"

이탄은 소리치며 지유를 밀어냈다. 양손으로 그녀의 어깨를 붙들며, 그는 격하게 감정을 토해냈다.

"그리고 괜찮긴 뭐가 괜찮아! 당신, 하나도 안 괜찮잖아. 그냥 나 편하라고 하는 말이잖아! 그런데 당신이 그러는 거, 나 하나도 안 편해. 아니, 진짜 싫어!"

지유는 타오르는 그의 눈동자를 말없이 바라보았다.

그가 왜 이리 격하게 반응하는지 그녀는 알고 있었다. 이탄은 지유가 잠들어서 못 들었을 거라고 생각했겠지만, 지유는 그가 예전에 잠자리에서 고백하듯 중얼거렸던 과거를 기억하고 있었다.

다만 그녀는 그가 되도록 덜 다치길 바랄 뿐이었다. 어차피 터진 일이라면 피해를 최소화하길 바랄 뿐이었다. 그러기 위해서 그녀와의 관계를 부정해야 된다 할지라도.

그게 다였다.

"그러니까 그딴 소리 하지도 마! 애인 취급도 못 받게 하지 말라고……."

말하면서 이탄은 지유를 격하게 끌어당겨 그녀의 어깨에 얼굴을 묻었다.

아프게 하려는 게 아니었는데. 그저 당신에게 폐가 된다면 날 부정해도 된다는 말이었는데. 왜 당신이 부정당한 얼굴을 하는 건가요…….

지유는 조심스레 그의 어깨를 어루만졌다.

"아니에요, 신재 씨……. 그런 뜻이 아닌 거 알잖아요."

"알아. 그런데 난 그런 기분이 들어. 그러니까 두 번 다시 그런 말 꺼내지 마."

"알았어요. 안 할게요."

지유는 그의 뺨에 입술을 대며 속삭였다.

누구보다 화려하고 멋지지만 너무나 여린 사람. 누가 봐도 대단하고 강렬한 카리스마를 가졌지만 이토록 섬세한 남자.

지유는 이 모든 걸 가진 이탄을 좋아하게 된 거였다. 오히려 그가 가진 이런 나약한 면들에 더 끌린 거였다.

그러니 그녀도 제대로 용기를 내야 했다. 어떤 대가를 치르든 상관없다고 이미 결심했으니까. 그만큼 그를 좋아하게 돼버렸으니까.

"그러면 내가 어떻게 하면 될까요? 한동안 어디로 가 있을까요?"

몇 분간 가만히 그를 끌어안고 있던 지유가 나직한 음성으로 물었다.

이탄은 그제야 고개를 들고 다시 그녀를 바라보았다. 그녀의 손을 잡고서 식탁 앞으로 갔다. 이제 보니 그 위에는 카드 한 장과 봉투 두 장, 스마트폰 하나가 놓여 있었다. 그는 펼쳐 놓은 물건을 하나하나 짚으면서 지유에게 설명했다.

"이건 내일 제주도행 첫 비행기 티켓이야. 이건 내 명의로 된 핸드폰, 비자카드고, 이 봉투 안에는 현금이 들었어. 이렇게 이기적인 요구를 해서 정말 미안한데, 내일 아침에 일단 제주도로 가. 그리고 되도록 사람이 없는 곳으로 이동해. 아니면 바로 해외로 넘어가도 되고."

"그 말은 내일 오피스텔로 기자들이 들이닥칠 거란 얘기네요. 다른 주민들한테 폐 끼치겠네."

지유가 핸드폰을 집어 들며 중얼거렸다. 그녀 한 몸이야 피하면 된다지만 다른 주민들한테 끼칠 피해는 어떻게 할까? 만약 기자들이 그녀의 부모님 집까지 알아낸다면?

"내가 선수를 칠 생각이야. 카이저 공식 홈페이지랑 SNS에 당신이 사생활 침해를 심하게 받아서 벌써 피신한 상태라고 올릴 거거든. 그러니까 더 이상 건드리지 말아달라고."

"그걸로 괜찮을까요?"

"하는 데까지는 해봐야지. 당신 부모님 집까지 찾아가게 만들

수는 없으니까. 당신도 가족들한테 잘 설명해 줘."

"그럴게요."

지유가 핸드폰을 내려놓으며 힘없이 대답했다.

언제까지 피해 있어야 될까? 그런 걱정이 안 될 리 없다. 미안하고 초조해서 그녀의 표정을 살피기에 급급한 이탄을 안심시키느라 괜찮은 척 노력하고 있지만, 사실 그보다는 이런 상황을 처음 겪는 지유가 마음이 훨씬 불안한 게 당연했다.

이탄은 다시 지유의 어깨를 붙잡았다. 그러곤 진심을 담아 그녀에게 호소했다.

"한 달, 그 안에 모든 게 잠잠해질 거야. 내가 어떻게든 그렇게 만들게. 이 상황에 믿어달라고 말하는 게 웃기지만, 내가 진짜 무슨 수를 쓰든 당신 생활 원래대로 돌려놓을게. 그리고 이거……."

그는 오른쪽 바지 주머니에서 팔찌를 꺼냈다. 지유가 전에 그에게 채워주었던 뱅글과 똑같이 생긴 팔찌였다. 지유는 예쁘게 반짝거리는 그 은팔찌를 보며 살포시 웃었다.

"언제 샀어요?"

"며칠 전에. 다음에 당신 만나면 줘야지 하고 있었어. 이런 때 주려고 한 건 아니야."

이탄이 지유의 오른쪽 팔목에 뱅글을 채워주면서 말했다. 똑같은 팔찌가 그와 그녀의 팔목에서 빛나고 있었다. 지유는 오른손을 들어 팔찌를 보면서 빙긋 미소 지었다.

"고마워요. 이거 보면서 당신 생각할게요. 당신이 준 목걸이도 하고, 준비해 준 것들도 잘 쓸게요."

"지금은 해줄 게 이 정도밖에 없어. 한 달 후에 내가 다 보상해

줄게. 당신 불편하게 만든 거, 다 갚아줄게."

이탄은 다시금 지유를 꼭 끌어안았다.

지유는 얌전히 그에게 안기며 그의 어깨에 얼굴을 기댔다. 속삭이는 목소리로 그에게 화답했다.

"이걸로 충분해요. 내가 작가인 게 그나마 다행이네요. 어디서든 글은 쓸 수 있으니까."

"응. 진짜로. 노트북도 들고 다니기 가벼운 걸로 바꿔. 여기저기로 여행 다니고 싶으면 다니고, 하고 싶은 거 생기면 다 해. 그 대신 내가 저 핸드폰으로 거는 전화만 피하지 마. 알았지?"

"기분 좋네요. 이렇게 멋진 남자가 절절히 애원하다니."

"당신은 나한테 그만한 가치가 있는 여자니까. 날 늪에서 꺼내준 유일한 여자니까."

"신재 씨도 날 늪에서 꺼내줬잖아요."

지유는 고개를 들어 그를 바라보았다. 그의 입술에 살며시 입 맞추며 작게 물었다.

"그럼 우리, 한 달 후에 보는 건가요?"

"아니. 내가 웬만큼 정리해 놓고 3주 뒤에 당신 있는 곳으로 갈 거야. 그때부터 둘이서 여행 다니자. 조용한 곳에 가서 둘만 있자."

이탄이 그녀의 입술 위에 대고 달콤하게 읊조렸다. 지유는 배시시 웃으며 그의 목에 양팔을 둘렀다.

"굉장히 로맨틱하게 들리네요."

"내가 좀 그렇잖아. 그러니까 건강히 다니고 있어. 문자도 자주 하고. 나도 매일 전화할 테니까."

"알았어요."

지유는 다시 그에게 머리를 기댔다.

내일부터 폭풍이 몰아칠 것이다. 그 폭풍은 한동안 심각하게 그녀의 삶과 주변 환경을 휘저어놓을 것이다. 그건 어쩔 수 없는 일이다. 최대한 오랫동안 피하고 싶었지만, 이탄과 만나는 한 언젠가는 일어날 재해였기에.

하지만 그는 모든 책임을 지려 했다. 폭풍을 막을 수는 없으니, 그 대신 그녀를 무장해 피신시키려 했다. 그리고 그 피해를 되도록 자신이 뒤집어쓰려 했다.

이런 그를 어떻게 멀리할 수 있을까? 이토록 그녀를 아껴주는 그를.

지유는 문득 송재림을 떠올렸다. 이제는 재림을 생각해도 아무런 느낌이 들지 않았다. 6년간 그토록 애달프게 좋아했는데, 무엇을 희생해서라도 그와의 사랑을 지키고 싶었는데, 지금은 언제 그랬냐 싶게 머릿속이 이탄으로 가득 차버렸다. 이탄이 그녀를 완전히 점령해 버렸다.

그녀는 그것이 싫지 않았다. 그 때문에 도망치듯 몸을 피해야 하는 지금마저도.

"나 당신한테 정말 홀렸나 봐요."

지유가 그의 귓가에 대고 장난스럽게 속삭였다. 이 감정을 달리 뭐라고 표현할 수 있을까? 이 극단적인 상황에서도 이토록 그가 좋은 것을.

"홀린 건 오히려 나 같은데? 당신한테는 뭘 해줘도 아깝지 않거든."

지유를 껴안은 채로 이탄이 피식 웃으며 대꾸했다. 그러자 지유
가 옅게 미소 지으며 말했다.

"잘됐네요. 나만 홀렸으면 억울하잖아."

"그래, 잘됐지. 그러니까 나만 생각하고 있어. 다른 남자가 유
혹해도 눈길 주지 말고."

"신재 씨도요. 다른 여자는 안 쳐다봤으면 좋겠어요."

"그런 얘기는 처음 해주네. 기분 좋은데?"

이탄이 지유의 머리칼에 입술을 묻으며 속삭였다. 지유는 옅게
입매를 올리며 그의 품으로 더 깊숙이 파고들었다.

떨어지고 싶지가 않았다. 떨어지기가 싫었다. 지금 헤어지면 한
달은 못 볼 것이기에.

그래서 지유는 집으로 돌아가 여행 가방을 싸야 하고, 이탄은
SNS에 올릴 손 편지를 써야 하는데도, 두 사람은 작별 시간을 자
꾸만 늦추고 있었다. 1분이라도 더 같이 있고 싶어서.

애틋한 눈빛으로 바라보며 어쩔 수 없이 서로에게 손을 흔들 때
까지, 두 사람은 그렇게 서로를 꼭 보듬어 안고만 있었다.

14. 껍질을 깨니 드러난 것들

-이탄, 밀회 현장 발각! 몇 달간 몰래 만나와.

이탄과 만나는 일반인 여성, 사생활 침해로 피신.

이탄, 손 편지로 심경 고백.

이탄과 만나는 여성은 누구?

이탄, 사생활 침해 호소.

이탄을 사로잡은 여성, 작가로 밝혀져.

인터넷 포털 사이트와 연예 전문지가 온통 이탄과 그가 만나는 일반인 여성으로 도배됐다. 연일 자극적으로 올라오는 기사의 헤드라인을 보며 왕 대표의 스트레스는 하늘로 치솟았다.

진짜로 환장하겠는 건, 이탄이 이미 카이저 공식 사이트와 개인 SNS에 사실 폭로를 해버렸다는 것이다. 어떻게 정보를 입수했는지 그는 기사가 터지기 단 몇 분 전에 직접 손 편지를 써서 공개해 버렸고, 그 때문에 평소에도 파파라치에 가깝다는 비난을 받아온 〈어태치〉에 대한 안 좋은 여론이 형성되고 있었다. 더불어 이탄은 동정표를 받고 있었고.

어차피 전부 밝힐 거라면 영악하게 처신한 것이긴 한데, 왕 대표는 이 모든 것이 마음에 들지 않았다. 한강준 기자도, 이탄도 도무지 그의 뜻대로 움직여 주지 않았기 때문이다.

그래, 여자를 만나는 건 좋다. 하지만 굳이 지금이어야 했을까? 군대에 다녀와서, 하다못해 카이저 데뷔 10주년이라도 채우고 관계를 인정해도 되지 않나? 왜 가까스로 정상을 탈환한 이 시점에 스캔들을 대놓고 인정한단 말인가!

똑똑.

한창 열에 북받쳐 있는데, 대표 이사실 문을 두드리는 소리가 들렸다. 왕 대표는 신경질적으로 외쳤다.

"들어와!"

문이 열리며 이탄의 매니저 정우가 들어왔다. 정우는 왕 대표에게 고개 숙여 인사한 뒤 책상 앞으로 가서 섰다.

"탄이가 뭐래?"

"편지에 쓴 그대로랍니다. 전에 말씀드렸던 대로 관계를 부정할 생각 없고, 앞으로도 그 여자랑 진지하게 만날 거랍니다. 이번 앨범에 수록된 곡을 쓰는 데도 그 여자 도움을 많이 받았다고요."

"그게 무슨 소리야? 곡 쓰는 데 그 여자 도움을 받다니?"

"탄이가 그 여자 소설을 읽고 영감받아서 쓴 곡이 〈Missing her〉랍니다. 그 여자 덕분에 다시 곡을 쓸 마음이 들었답니다. 거기까지 듣고 나왔습니다. 더 이상 뭐라고 할 수가 없더라고요."

정우는 말하고서 조용히 한숨을 내쉬었다.

주변의 누구도 이탄을 다시 일으켜 세울 수 없었다. 지독하게 방황하는 걸 눈으로 보면서도 그를 도울 수가 없었다.

그런데 그 여자가 이탄을 다시 서게 해주었단다. 신경안정제와 항우울제를 끊게 만들었단다. 그런 이야기를 듣고 무슨 대꾸를 할 수 있을까? 가족도, 소하도 못해준 걸 해낸 여자라는데.

"그럼 그 여자가 진짜 작가란 말이야?"

왕 대표가 눈썹을 치켜세우며 물었다. 정우는 고개를 끄덕였다.

"네. 웹소설 작가랍니다. 그 외에는 입을 다물었고요."

"후……. 알았어. 일단 나가봐."

어차피 물은 엎질러졌다. 이제는 대놓고 막을 수가 없다. 그저 최대한 빨리 이 사태가 사그라지도록 노력하는 수밖에.

왕 대표는 손을 휘휘 저으며 정우에게 나가라고 손짓했다.

정우는 고개를 꾸벅 숙인 후 소리 없이 대표 이사실을 나왔다. 이런 상태의 왕 대표는 혼자 두는 게 나았다. 더 건드려 봤자 화난 데 기름만 붓는 꼴이다.

그리고 사실 정우는 이탄에게 그런 얘기를 들은 후부터 그의 연애를 말리고 싶지 않아졌다. 오히려 그 여자가 이탄을 그렇게까지 치유해 놓았다면 할 수 있는 한 도와주고 싶었다. 그에게는 이미 마음의 빚이 있으므로…….

예전, 이탄이 작곡가 설진과 비밀리에 만나고 있을 때 카이저의 인기는 하늘을 모르고 치솟는 중이었다. 그래서 무조건 막고 보자는 왕 대표의 은밀한 압력에 정우도 동의한 거였다. 이탄은 아직까지도 모르는 일이지만, 설진에게 찾아가 관계를 먼저 부정해 달라고 청탁한 것도 정우였다.

하지만 이번에는 상황이 다르다. 지금 정우는 이탄이 괜찮기만을 바랐다. 그가 절망의 늪에 빠져 허우적거리는 꼴을 다시는 보고 싶지 않았다.

'그러려면 왕 대표를 주시해야겠지.'

정우는 결심을 굳히며 왕 대표의 수행 비서에게 문자메시지를 보냈다. 혹시 왕 대표가 정우도 모르게 어떤 술수를 쓸 수도 있으니, 그도 만약에 대비해 이 일 저 일을 준비해 둘 생각이었다.

적어도 그만큼은 이탄이 소중했다. 10년이 되어가는 세월을 함께하면서 정우에게 이탄은 어느덧 그런 존재가 되어버렸다.

인터넷에 폭주하는 기사들을 보면서 이탄이 향한 곳은 웃기게도 작업실이었다. 실시간으로 재생산되는 기사들을 읽으며 그는 얄궂게도 노래 가사와 리듬이 팍 떠올랐다. 현재 일어난 사태에 대해 사람들이 떠드는 말, 그에 대한 자신의 감정을 담아 곡 하나를 써낼 수 있을 듯했다.

1년이 넘도록 죽어라고 아무것도 못 쓰겠더니. 이탄은 이 모순적인 상황에 킥킥 웃음밖에 나오지 않았다.

헤드폰을 끼고 앉아 반주를 만들기 위해 기타로 코드를 잡고 있는데, 작업실 문이 벌컥 열리며 소하가 들어왔다. 전화도 안 받았는데 귀신같이 이곳으로 찾아온 그를 올려다보며 이탄은 픽 웃었다.

"잘도 알고 쳐들어왔네. 역시 내 마누라야."

"농담이 나오냐, 지금? 회사를, 아니, 바깥세상을 다 뒤집어놓고?"

"바깥세상이 왜 뒤집어져. 내가 무슨 쿠데타라도 일으켰어? 스물아홉의 건장한 청년이 연애 좀 하겠다는데 뭘 그리들 소란인지."

이탄이 헤드폰을 벗으며 버럭버럭 소리치는 소하에게 대꾸했다.

그는 의자에서 일어나며 기타를 내려놓았다. 그러곤 소하를 똑바로 마주 보며 물었다.

"잔소리하러 왔냐, 응원하러 왔냐?"

"멀쩡한지 보러 왔다. 근데 너무 멀쩡하다 못해 곡 작업을 하고 있네? 너, 제정신 맞는 거지?"

소하가 고개를 살짝 기울이며 의심스럽다는 투로 반문했다. 이 소동 속에서 너무나 평온하게 곡 작업을 하고 있는 이탄의 정신 상태가 심히 걱정된다는 표정이었다.

이탄이 코웃음을 치며 말했다.

"왜, 내가 아예 미쳐 가지고 이러는 걸까 봐? 지극히 정상이니까 걱정 마셔. 신기할 정도로 작업이 잘돼서 나도 이상하지만."

"그 여자분은? 괜찮아?"

소하가 조심스럽게 말을 꺼냈다. 진심으로 염려하며 묻는 친구에게 이탄은 한숨과 함께 대답했다.

"이런 문제아랑 만나는데 괜찮을 리가 있나? 기사 터지기 전에 여행 보내긴 했는데, 어떻게든 상황을 수습해 봐야지. 아주 미안해 죽겠다."

그러곤 터덜터덜 소파로 걸어가 널브러지듯 주저앉았다. 그런 이탄을 보며 소하가 툭 내뱉었다.

"진심이구나?"

"그럼 진심이니까 이러지, 아니면 이러겠어? 차일까 봐 겁나 죽겠구만."

"팬들이 들으면 대성통곡을 하겠군."

"사실이 그런 걸 어떡하냐? 날 감당할 여자가 그리 쉽게 나타나는 줄 알아?"

"하긴. 그건 그렇지, 음."

소하가 갑자기 진지해진 얼굴로 고개를 끄덕이며 말했다. 그 모습을 본 이탄이 옆에 있던 쿠션을 소하에게 집어 던지며 외쳤다.

"야! 너 나가!"

"안 그래도 가려고. 너무 멀쩡해서 걱정했던 시간이 아까워."

소하가 쿠션을 잡아채며 킥킥거렸다. 계속 놀리는 소하에게 이탄이 발길질하는 시늉을 하는데, 또 문이 벌컥 열리며 누군가가 들어왔다. 그의 얼굴을 확인한 이탄은 미간을 찌푸리며 피식 웃었다.

"내가 사고를 치긴 친 모양이네. 윤우림까지 쳐들어온 걸 보면."

"형은 이 상황에 그런 농담이 나와?"

우림이 사색이 된 낯빛으로 물었다.

이탄은 입술 끝을 비뚜름히 올리며 소파에서 천천히 몸을 일으

컸다. 그러곤 우림과 마주 서서 그의 눈을 똑바로 바라보며 물었다.

"그래서, 넌 뭘 하러 왔는데. 질책이야, 사과야?"

우림은 섣불리 입을 열지 못하고 이탄의 얼굴만을 쳐다보았다. 온갖 감정이 뒤섞여 소용돌이치는 우림의 혼란스러운 눈동자를 들여다보며 이탄이 낮은 목소리로 말했다.

"아직 정리가 안 됐군. 다 되면 다시 와. 그 정도는 기다려 줄 테니까."

그러고서 느릿한 걸음으로 우림을 지나쳐 작업실을 나가려 하는데, 우림이 불현듯 외쳐 물었다.

"어떻게 할 건데, 형은?"

"뭘?"

작업실 문 앞에서 멈춰 선 이탄이 고개를 슬쩍 옆으로 돌리며 되물었다. 그러자 우림의 입에서 즉시 대답이 튀어나왔다.

"우리. 카이저."

그리고 나. 아직도 형을 향한 이 거지 같은 감정을 주체 못하고 발광하는 날 말이야.

소리 내지 않아도 우림의 마음속 외침이 들리는 듯했다.

이탄은 입매를 비스듬히 올리며 뒤돌아서 우림을 보았다. 우림도 서서히 몸을 돌려 이탄을 마주 보았다. 두려움마저 뒤섞인 우림의 두 눈을 곧게 응시하며, 이탄은 가라앉은 음성으로 입을 열었다.

"카이저는 나 혼자서 어떻게 할 수 있는 그룹이 아니야. 나한테 그런 권한은 없어."

"형이 만들었잖아."

우림이 얼굴을 일그러뜨리며 말했다. 그래서 형이 없으면 카이저도 없는 거잖아. 이탄 없는 카이저는 생존할 수 없을 테니까.

"아니, 우리 모두가 만든 거지. 대표님이, 소하가, 너랑 칸지가, SJ엔터테인먼트 직원들과 팬들이. 그중 하나라도 빠지면 카이저가 버틸 수 있을 거 같아?"

이런 생각으로 9년이 넘는 시간을 그들과 함께 살아왔다. 힘들고, 울고 싶고, 때로는 도망치고 싶어도, 이탄은 이 사람들 덕분에 견딜 수가 있었다. 치열한 아귀다툼이 반복되는 이 연예계에서 정상을 지키며 살아남을 수 있었다.

"내가 빠져도 안 되고, 네가 빠져도 안 돼. 알아듣겠어? 그러니까 제발 굴 좀 그만 파고 차라리 그 시간에 곡을 써라. 공연을 하든가. 너, 능력 되잖아."

무심하게 내던지는 말속에 우림을 향한 인정과 응원이 담겨 있었다.

우림은 아무 대구도 못하고 찌푸린 얼굴로 이탄을 쳐다보기만 했다. 픽 웃으며 다시 몸을 돌린 이탄은, 문을 열고 나가려다가 문득 생각났다는 투로 내뱉었다.

"아, 형 연애에는 간섭하지 말고. 그러면 맞는다."

그러고서 휑하니 작업실을 나가 버렸다.

그때까지 뒤에서 두 사람을 보고만 있던 소하가 고개를 설레설레 저으며 말했다.

"미쳐도 단단히 미쳤어, 저거. 하긴, 그러니까 손 편지 같은 걸 쓰고 앉았겠지."

이탄의 역사상 그건 처음 있는 일이었다.

쿡쿡 웃던 소하는 우림에게 다가가 어깨에 손을 툭 올렸다. 그러곤 아무 일도 없었다는 듯이 이탄을 뒤따라 작업실 밖으로 나갔다.

별것 아닌 행동이었지만, 우림은 이로써 확연히 느낄 수 있었다. 이탄과 소하는 이미 그를 이해하고 용서했다는 것을.

"하! 나만 등신 같네."

작업실에 혼자 남은 우림은 자조하며 중얼거렸다.

아직도 꼬마인 채 자라지 못한 건 그뿐이었다. 독한 마음으로 노력하며 저들과 함께 달려왔어도 자기밖에 모르는 어린애로 남아 있는 건 그뿐이었다. 따지고 보면 막내인 칸지마저도 항상 개인보다는 카이저를 먼저 생각하며 움직였는데.

"하아……."

갑자기 온몸의 힘이 죽 빠진 우림은 천장을 바라보며 한숨을 토해냈다. 리더인 이탄도 인정하는 그를 인정하지 못하는 건 그 자신뿐이었다. 이탄을 향한 자격지심에 눈이 멀어 스스로를 끊임없이 괴롭힌 것도 그 자신이었다.

그런데도 멤버들은 그를 있는 그대로 받아주고 있었다. 자신을 미워하다 못해 이탄까지 미워한 그를, 같은 멤버로서 품어주고 응원해 주며 여기까지 끌고 와주었다. 사실은 이미 알고 있는데, 자기감정에 도취돼 모른 척하고 싶었던 것뿐이었다.

"그래. 차라리 그 시간에 곡을 쓸걸."

우림은 울듯이 웃으며 이탄이 의자 위에 내려놓고 간 기타를 바라보았다. 공교롭게도 그것은 우림이 3년 전, 이탄의 생일날 선물

한 것이었다. 그를 질투하면서도 선망하는 마음에 자신이 가지고 싶었던 한정판 기타를 이탄에게 사서 안겨주었다. 이 기타로 또 놀랄 만큼 멋진 곡을 써달라고. 그래서 모두를 감탄하게 해달라고.

그러면 자신은 대체 이탄을 미워하는 것일까, 좋아하는 것일까?

우림은 성큼성큼 다가가 이탄의 기타를 집어 들었다. 헤드폰을 쓰고 의자에 앉아 손가락으로 코드를 짚으며 기타를 연주해 보았다. 디리링— 은은하면서도 맑은 소리가 그의 손놀림에 따라 점차 리듬으로 변해갔다.

그는 점점 깊이 기타 연주에 빠져들었다. 잡스러운 생각이 하나둘 사라져 갔다.

—그녀는 저를 어두운 늪에서 꺼내준 사람입니다.

제가 신경안정제를 삼키며 방황할 때 아무 말 없이 절 받아주고, 다시 곡을 쓰게 만들어준 사람입니다.

여리고 평범한 여성이며, 조용히 살고 싶어 하는 사람입니다. 다만 우연히 저를 만나 진심으로 대해줬을 뿐입니다.

그러니 여러분께 간절히 부탁드립니다. 부디 과도한 관심을 자제해 주십시오. 더 이상 그 사람의 사생활을 침해하지 말아주십시오. 그저 한없이 부족한 저를 탓해주십시오……

인적이 드문 한적한 바닷가를 거닐며, 지유는 이탄이 SNS에 올린 손 편지를 읽고 또 읽었다.

몇 번을 읽어도 질리지 않았다. 조금의 거짓도 느껴지지 않았다. 그녀에 대한 그의 진실 된 마음이 절절히 와 닿을 뿐.

살면서 이런 애정을 다른 누군가에게서 또 받을 수 있을까?

지유의 입가에 잔잔한 미소가 떠올랐다. 아직은 바닷바람이 꽤 싸늘했다. 모자를 푹 눌러쓰고 도톰한 재킷을 두 손으로 여며보아도 으스스한 한기가 스며들었다.

지유는 푸른 보석처럼 빛나는 수면을 바라보며 제법 사납게 치는 파도를 조용히 응시했다. 몸은 추웠지만 마음은 그 어느 때보다도 따뜻했다. 이런 표현은 글로만 존재하는 줄 알았는데…….

그녀는 고개를 숙여 이탄이 보낸 문자메시지를 다시 죽 읽어보았다.

「지금은 어디야?

밥은 제때 먹고 있지? 더 마르면 안 돼.

당신 소설, 점점 인기가 많아지더라.

제주도는 있을 만해? 여권은 챙겼어?」

그는 매일 두세 통씩 문자를 하거나 전화를 했다. 지유는 약속대로 꼬박꼬박 그의 연락을 받았다. 그리고 장소를 옮길 때마다 그에게 살갑게 보고했다. 그래서 이리 떨어져 있는데도 마치 그가 옆에 있는 것처럼 느껴졌다. 그의 부재가 하나도 느껴지지 않았다.

지유는 후후 웃으며 서울에 있는 엄마에게 연락했다. 제주도에 온 날부터 그녀는 매일같이 엄마에게 전화를 걸고 있었다.

처음에는 그저 머리를 식힐 겸 제주도로 여행을 왔다고만 말했다. 그러다 이튿날, 아주 신중히 말을 고르며 엄마에게 비밀을 털어놓았다. 마치 사고처럼 유명한 가수를 만나 사귀게 되었는데, 그걸 기자들이 알아버렸다고. 그래서 잠시 서울을 떠나 여행 온거라고. 매일 전화할 테니 걱정하지 말고 비밀을 지켜달라고.

다행히 그때까지도 부모님 집에 기자들이 찾아가지 않았고, 신상도 더 이상 알려지지 않아 조금은 마음을 놓은 참이었는데, 어젯밤 동생 지한에게서 난데없이 전화가 왔다. 지한은 지유가 전화를 받자마자 다짜고짜 물었다.

[누나가 만난다는 가수, 혹시 이탄은 아니겠지?]

"……기자가 집으로 찾아갔니?"

일순간 얼어붙은 지유가 간신히 입술을 떼어 묻자, 지한이 말도 안 된다는 듯 소리쳤다.

[설마 맞아? 누나가 이탄이랑…….]

"류지한, 똑바로 대답해! 기자들이 집으로 찾아갔냐고!"

지유는 지한의 말을 자르며 앙칼지게 소리쳤다. 평소와 완전히 다른 누나의 태도에 지한이 당황한 투로 대꾸했다.

[아니, 안 왔어. 그냥 엄마가 푸념하는 걸 듣고 물어보는 거야. 지금 스캔들 때문에 난리 난 가수는 이탄밖에 없으니까.]

"후……. 소리 질러서 미안해. 혹시 기자가 보이면 바로 연락해."

지유가 길게 한숨을 내쉬며 말했다.

지한은 잠시 말이 없었다. 그러다 낮게 가라앉은 목소리로 지유에게 재차 물었다.

[누나, 진짜 이탄하고 만나?]

"……응."

지유는 머뭇거리다 결심하고선 바로 대답했다.

가족에게까지 숨기고 싶지는 않았다. 최소한 가족 앞에서는 떳떳하게 그와 만나고 싶었다. 그는 그만큼 지유에게 커져 버렸으니까. 그러고 싶을 만한 진심을 그녀에게 주었으니까.

[그 사람, 누나한테 진심이야?]

지한이 나지막하게 물었다. 지유는 망설임 없이 답했다.

"응. 아무한테도 말하지 마. 영주한테도. 왜인지 알지?"

[알아. 나도 기자들이 떼로 몰려오는 걸 보고 싶진 않아.]

지한이 지극히 낮은 목소리로 말했다. 지유는 조용히 한숨을 토해내며 동생에게 부탁했다.

"엄마 아빠한테도 그렇게 말씀드려 줘. 미안해, 이런 일에 끌어들여서."

[아직 아무 일도 안 일어났는데 뭐가 미안해? 그리고 이건 오히려 자랑스러워해야 될 일 아닌가? 다른 사람도 아닌 우리 누나가 그 대단한 이탄을 만나다니.]

마지막 말에는 장난기가 서려 있었다.

지유는 지한이 누나를 편하게 해주려고 일부러 이런다는 걸 알고 있었다. 평소에는 철부지처럼 굴어도, 지한은 무슨 일이 생기면 듬직하게 누나를 챙기려 드는 구석이 있었다.

"아무튼 무슨 일 생기면 바로 전화해. 나도 엄마한테 매일 전화할 테니까. 알았지?"

[알았어. 몸이나 잘 챙겨.]

염려하는 말과 함께 지한은 전화를 끊었다.

"후우……."

지유는 그 자리에 쭈그려 앉았다.

가족에게까지 피해를 끼치고 싶지는 않은데, 그래도 역시 든든한 아군은 가족뿐이었다. 송재림 때도, 지금도. 다만 남자 때문에 연이어 문제를 일으킨 딸이 된 것 같아 서글플 뿐.

지유는 씁쓸한 표정으로 이탄에게 메시지를 보냈다.

「남동생이 알게 됐어요. 비밀은 지킬 애예요.」

「뭐야. 여태껏 가족들한테 말 안 했어? 그거 되게 서운하네. 내가 어디 가서 꿀리진 않는데.」

"푸훗!"

예상과 완전히 다른 반응에 지유는 갑자기 웃음이 터졌다.

하기야 그는 편지를 올린 날 이미 가족들한테 시달렸을 것이다. 어디 가족뿐이랴? 멤버들, 소속사 직원들, 온갖 언론 기자들한테 지금도 들들 볶이고 있을 텐데.

그런 생각을 하니 이탄에게 너무 미안해졌다. 할머니 할아버지들만 사는 조용한 시골 마을로 피난 와 그녀 혼자서만 한가롭게 글을 쓰고 있으니까. 그것도 그가 준 돈을 쓰면서.

지유는 서둘러 그에게 마음을 전했다.

「지금 많이 힘들죠? 혼자만 편해서 미안해요.」

「당신이 뭐가 편해? 나 때문에 도피 중인데.」

「나는 신재 씨처럼 시달리고 있지 않으니까요. 예쁜 바다 보면서 소설도 잘 쓰고 있고요.」

「그건 부럽네. 나도 당신 옆에서 예쁜 바다 보고 싶다.」

「그러게요. 나도 신재 씨가 옆에 있으면 좋겠어요.」

지유는 대답하며 쓸쓸히 웃었다.

안 본 지 고작 일주일밖에 안 됐는데, 매일 연락해서 떨어져 있어도 곁에 있는 것 같았는데, 불현듯 그가 그리워졌다. 그에게 안기고, 손을 잡으며 입 맞추고 싶었다. 매혹적인 그의 체향에 흠뻑 취하고 싶었다.

「유혹하지 마. 오늘 밤에 비행기 타고 싶어지잖아.」

이탄이 농담 반, 진담 반이 섞인 답장을 보냈다. 지유는 피식 웃으며 그에게 답했다.

「알았어요. 그럼 쉬어요.」

「응. 내일 전화할게. 아무 생각 하지 말고 자.」

지유는 부드러운 미소를 띠며 이탄과 나눈 대화를 찬찬히 다시 읽어보았다. 그러다 그의 얼굴을 그려보면서 스르르 잠이 들었다. 자신은 그에게 홀린 게 분명하다고 또다시 생각하면서.

하루가 지나고, 또 하루가 지나고, 제주도에 온 지 벌써 열흘이 지났는데도 지유가 웹소설 작가라는 것 이상의 정체는 드러나지 않았다.

이쯤 되니 지유는 조금 더 마음을 놓았다. 혹시 몰라 머무는 마을을 옮기기는 했지만 그곳에서도 할머니 할아버지들은 지유를 그저 여행객으로만 여겼고, 허름한 민박집에 묵는 그녀를 그저 특이하다고만 생각했다. 그러다 지유가 조용한 곳을 찾아다니며 글을 쓴다고 말하면 이내 납득했다는 듯 고개를 끄덕였다.

그래서 지유는 오히려 자유롭다는 느낌을 받았다. 제주도의 유명한 절경도 못 보고, 일부러 사람 많은 곳을 피해서 돌아다니고는 있지만, 그래도 어디서든 아름답고 푸른 바다가 보였다. 비행기를 타면 당장이라도 외국으로 떠날 수 있었다.

다행히 소설도 잘 써지고, 이탄이 준 핸드폰으로 어디를 가든 그와 통화할 수 있어, 지금 지유를 막을 건 아무것도 없었다. 다만 혹시 모를 사태에 대비해 가족과 되도록 가까운 곳에 있을 뿐, 지유는 그 어느 때보다도 자유로웠다. 이 또한 이탄이 새롭게 선사해 준 경험이었다.

오히려 서울에 있을 때보다 이탄과 연락하는 횟수도 늘었다. 가족과도 마찬가지였다. 그래서 마음도 더없이 포근하고 따뜻해졌다. 곁에 있는 소중한 사람들이 훨씬 더 소중해지고, 분명 도피 생활 중인데도 즐겁게 여행을 온 듯했다.

지유가 그 감정을 고스란히 전하자, 이탄은 후후 웃으며 실컷 만끽하라고 말해주었다. 곧 함께 그 기분을 누려보자고.

그런 예쁜 빛깔의 행복에 젖어 있었기에, 느닷없이 걸려온 그 전화가 더욱 불쾌하게 느껴졌다.

핸드폰의 연락처 목록에선 지운 지 오래였지만, 그녀의 두뇌는 단번에 그것이 누구의 전화번호인지 기억해 냈다. 1년이 다 되어가도록 이 번호로 전화가 걸려온 적이 한 번도 없다는 것도.

처음에는 의심이 들었다. 그날 이후로 연락 한 통 없던 송재림이 하필이면 지금 이 시점에 전화한 이유가 뭘까? 설마…….

'아니야. 기사로도 안 나간 걸 개가 어떻게 알겠어?'

지유는 세차게 고개를 저으며 전화를 무시했다.

하지만 재림은 무슨 꿍꿍이인지 그다음 날 저녁에도 전화했다. 지유가 또 안 받자, 그다음 날 저녁에도. 게다가 셋째 날 저녁에는 아주 끈질기게 물고 늘어졌다.

핸드폰을 노려보며 머릿속으로 온갖 가정을 떠올리던 지유는 결국 전화를 받고 말았다. 차라리 받아서 이 찜찜한 기분을 없애 버리는 게 나을 듯했다.

[받았구나! 다행이다…….]

지유가 전화를 받자, 익숙한 목소리가 안도의 한숨을 내쉬며 말했다. 지유는 낮게 깔린 음성으로 그에게 짧게 물었다.

"네가 너무 끈질겨서. 용건이 뭐야?"

[……네 소설 읽었어. 나이브 메인에 올랐더라.]

재림이 어렵사리 말을 꺼냈다.

지유는 미간을 찌푸리며 잠시 입을 다물었다. 그러다 뚝뚝 끊는 어조로 재차 물었다.

"그래서? 용건이 뭔데?"

[후……. 알아. 나랑 말하기도 싫겠지. 그래도 너랑 얘기하고 싶었어. 할 말이 있어…….]

재림은 한숨을 길게 내쉬며 말꼬리를 흐렸다.

지유는 참을성 있게 침묵을 지켰다. 다시는 그와 얽히고 싶지 않았지만, 목소리를 듣는 것조차 싫었지만, 그래도 만약이라는 게 있으니까. 혹시 재림이 뭔가를 알고 전화한 걸지도 모르니까.

뜸을 들이던 재림이 결심한 듯 말을 토해내기 시작했다.

[내가…… 멍청했어. 진짜 못되고 이기적이었어. 그래서 너한테 해선 안 될 짓을 했지. 넌 정말 소중한 사람이었는데……. 그런 생각이 들 때마다 미쳐 버리겠더라. 지유야, 내가…….]

"됐으니까 이유를 말해. 왜 갑자기 전화해서 이러는 거니?"

듣다 못한 지유가 소리쳤다.

이따위 얘기를 듣고 싶은 게 아니었다. 이런 말 따윈 영영 안 듣는 게 나았다. 이제 와서 이래 봤자, 자기 죄책감을 덜어내겠단 수작으로밖에 안 보이지 않나?

[미안하다, 정말. 네가 나한테 어떻게 해도 할 말이 없어. 만나서 무릎 꿇고 빌기라도 하고 싶어. 진심이야.]

물기 어린 목소리로 재림이 속삭였다.

어이가 없어서 지유는 할 말을 잃었다. 눈앞에서 다른 여자애를 품에 안고 비겁한 얼굴로 이별 통보를 할 때는 언제고, 자기 때문에 깊은 수렁에 빠져 익사해 갈 때는 연락 한 통 안 해놓고, 헤어진 지 1년이 되어가는 마당에 대체 왜 이러는 걸까?

지유는 이성적으로 생각해 보려 애썼다. 말하는 걸 들어보니 송재림은 현재 지유가 겪고 있는 일에 대해 아는 것이 없었다. 그저 우연히 전화한 시기가 맞아떨어진 모양이다. 그렇다면 혹시…….

"너, 그 여자애랑 헤어졌니?"

지유가 얼음처럼 차가운 목소리로 물었다.

재림은 몇 초간 말이 없었다. 그러다 겨우 소리 내어 대답했다.

[좀 됐어. 오해하지는 마. 한 달도 넘게 생각하다가 전화한 거니까. 걔랑 헤어져서 연락한 게 아니야.]

"그러니까 왜? 난 이제 네 목소리도 듣기 싫은데."

[알아. 그럴만해……. 그때는 내가 제정신이 아니었어, 지유야. 너무 힘들고, 지치고, 너한테 미안하고……. 내가 너무 못나게 느껴졌어. 넌 멋지게 사회생활 하는데, 나만 제자리에서 도느라 정신이 나갈 거 같았다고! 그래서 스트레스로 희영이랑 그만…….]

"그만! 그만해. 끊자."

더는 참을 수가 없었다. 지유는 핸드폰을 귀에서 떼어냈다. 재림이 서둘러 외치는 소리가 기계 속에서 들려왔다.

[제대로 사과할게, 지유야! 만나서 얘기 좀 하자. 내가 이번에는 꼭…….]

지유는 핸드폰의 전원을 꺼버렸다.

이런 인간을 왜 그리도 사랑했을까? 왜 힘들어도 꾹꾹 참고 버티면서 끝까지 함께하려고 했을까? 자기감정밖에 모르는 이 이기적인 놈을.

지나간 사랑을 후회하고 싶지는 않았다. 좋았던 추억까지 싸잡아서 욕하고 싶지는 않았다. 어쨌든 송재림과 그녀는 서로 좋아해서 만났으니까. 분명 서로밖에 눈에 안 들어오는 시절이 있었으니까.

하지만 재림은 마지막까지 자기밖에 모르는 인간이었다. 지유에게 했던 결혼 약속을 무책임하게 깨버리고 바람을 피웠을 때도, 지유의 마음 따위는 무시한 채 자기감정에만 취해 전화한 지금까지도.

지유는 얼굴을 찌푸리며 쿡쿡거렸다.

'이런 인간을 그렇게 못 잊어서 방황한 거야? 밤마다 미친년처

럼 헤매면서 혼자 엉엉 울기나 하고? 내가 왜? 도대체 왜……'

그래도 딱 한 가지는 감사했다. 그 때문에 이탄을 만났으니까. 그날 밤, 아프고 허전한 가슴을 끌어안고 그 클럽으로 들어가지 않았다면 이탄을 만날 수 없었을 테니까.

"그래……. 그건 정말 고맙지."

인생이란 대체 얼마나 얄궂고 경이로운지.

지유는 다시 핸드폰의 전원을 켜고 연락처 목록을 뒤졌다. 그러곤 이탄이 준 핸드폰으로 부모님과 지한, 담당자 오수정에게만 문자메시지를 보냈다. 당분간은 이 전화번호로만 연락하자고.

그러고서 이탄에게 시간 날 때 전화해 달라고 메시지를 보냈다. 그는 바로 연락해 주었다.

[왜? 무슨 일 생겼어?]

이탄이 낮은 음성으로 물었다. 지유는 일부러 평소보다 더 밝은 목소리로 그에게 말했다.

"아니요. 아무 일도 없어요. 신재 씨, 나 해외로 나가도 될까요? 여기저기로 여행하고 싶어져서요."

[얼마든지. 그런데 진짜 아무 일 없는 거지?]

"없어요. 걱정 말아요."

지유는 웃으며 고개를 저었다.

진심으로 그녀를 염려해 주는 그의 목소리가 듣기 좋았다. 자기가 더 힘들 텐데도 그녀의 상태를 먼저 살피는 그가 고마웠다.

그래서 지유도 그에게 무언가 해주고 싶었다. 그녀가 할 수 있는 일이라면 뭐라도 하고 싶었다.

지유는 그에게 물었다.

"어디로 갈까요? 이왕이면 신재 씨가 원하는 곳으로 가 있을게요."

[어디든 상관없어. 우주로만 안 나가면 따라갈 수 있으니까. 당신이 가고 싶은 데로 가 있어.]

이탄이 낮게 웃으며 말했다.

지유는 진한 미소를 띠며 그와의 통화를 마쳤다. 그러곤 마음 놓고 짐을 싸기 시작했다. 이 따뜻하고 섬세한 왕자님은 자신이 한 말은 꼭 지키는 사람이니까. 그렇다는 믿음을 이미 그녀에게 주었으니까.

지유는 되도록 가볍게 여행 가방을 챙겼다. 남아 있는 어두운 감정의 찌꺼기는 이곳에 모두 버리고 가기로 마음먹었다.

15. 달에서 태양으로

사건은 예상치도 못하게 해결되었다.

이탄의 스캔들을 능가하는 초대형 스캔들이 불현듯 폭탄처럼 터져 버린 것이다. 마치 이탄과 지유를 도와주려고 작정한 것처럼.

―KOK 유주, 트윙클 효미와 심야 밀회

회사 선후배에서 연인으로! 언제부터?

유주와 효미, 심야 데이트 현장 발각

한밤중 몰래 데이트! 차 안에서 둘이······.

낯 뜨거운 헤드라인이 종일 봇물처럼 쏟아졌다. 기사와 함께 실린 사진이 밤중에 둘이서만 차 안에 있는 모습이라 사람들의 호기심을 더욱 부채질했다. 스캔들을 터트린 〈어태치〉 기자가 정말 야한 사진도 가지고 있다더라, 둘이 호텔에 가는 걸 봤다더라 하는 식의 글이 실시간으로 올라왔고, 인터넷은 두 사람의 이야기로 가득 찼다.

작업실 소파에 반쯤 드러누운 채 스마트폰으로 기사를 죽 읽어보던 소하가 휘파람을 휙 불었다.

"야, 심하네. 네 얘기는 아예 쏙 들어갔다."

"그러게. 유주한테 고맙다고 밥이라도 사야 될 판이다."

이탄은 킥킥거리며 음향기기와 연결된 컴퓨터를 만졌다. 근래 새로 쓴 곡들이 마무리되어 가고 있었다.

소하가 이탄의 뒤통수를 쳐다보며 짓궂게 말했다.

"너무하는 거 아니냐? 유주랑 효미는 지금 죽을 맛일 텐데."

"왜 죽을 맛이야? 인정하고 당당히 사귀면 되지. 둘이 잘 어울리는데, 왜."

이탄이 컴퓨터 화면에서 눈을 떼지 않으며 대꾸했다.

"뭐, 틀린 말은 아닌데……."

소하는 중얼거리며 다시 핸드폰 화면으로 시선을 돌렸다. 저 녀석은 이럴 때 보면 참 냉정하다. 그러기 어려울 줄 뻔히 알면서 저리 쉽게 말하다니. 하기야, 저 녀석이 겪은 일에 비하면 쉬우려나?

"어쨌든 온 우주가 네 연애를 돕는군."

소하가 빙글거리며 말했다. 이탄은 픽 웃으며 소하의 실없는 소리를 받아쳤다.

"부러우면 너도 연애해. 언제까지 솔로로 살래?"

"그게 마음대로 되냐? 그리고 나는 군대나 다녀와서 하련다."

"아…… 군대."

생각하니 갑자기 기분이 땅을 뚫고 지구 핵까지 곤두박질쳤다. 참, 군대 문제가 남아 있었지……. 그건 지유한테 어떻게 말한다?

그때, 노크 소리가 들리더니 문이 벌컥 열리며 칸지와 우림이 안으로 들어왔다. 칸지는 이탄과 소하를 보자마자 호들갑을 떨며 떠들었다.

"봤어? 유주 형이랑 효미 스캔들! 혹시 형들은 알고 있었어?"

"유주가 효미한테 관심 있다는 건 알았지. 둘이 언제부터 만났는지는 몰라."

소하가 몸을 일으켜 똑바로 앉으며 말했다. 칸지는 그 옆으로 가서 앉으며 촐랑거렸다.

"오, 그건 알았어? 난 아무것도 몰랐네? 이 둘 때문에 이탄 형 스캔들이 완전히 파묻혔어! 대표님이 좋아서 아주 활짝 웃고 계시던걸?"

"그래?"

이탄이 반문하며 어쩔 수 없다는 듯 웃었다.

유주와 효미에게는 미안한 일이지만, 왕 대표와 이탄은 어떤 이유로든 언론의 관심 밖으로 밀려난다면 목적을 달성하는 거였다. 굳이 유주와 효미를 희생양으로 삼고 싶지는 않았지만 말이다.

"그런데 우리, 왜 모이라고 한 거야? 할 말 있는 거 아니야?"

세 사람을 보면서 한쪽에 조용히 서 있던 우림이 조심스러운 투로 물었다.

그는 이미 칸지에게도 사과한 상태였다. 칸지가 형은 뭘 해줄 거냐고 물어서 집으로 엄청 비싼 새 소파를 보내주기까지 했다.

하지만 이탄의 얼굴을 대놓고 마주하는 건 아직 어려웠다. 그가 편해지려면 시간이 더 필요할 것이다.

이탄은 의자에 앉은 채로 몸을 빙글 돌리며 대답했다.

"형님이 이 혼란스러운 와중에도 너희들을 위해 곡을 썼으니라. 하나는 칸지 꺼, 하나는 우림이 꺼. 둘 다 솔로 앨범에 넣어. 대표님께는 벌써 들려 드리고 허락받았으니까."

"우아! 형! 우아! 연애에만 정신 팔린 줄 알았더니 곡을 다 썼어? 언제?"

칸지가 소파에서 벌떡 일어나며 외쳤다. 우림도 말은 안 했지만 눈을 크게 뜨고 이탄을 바라보았다.

이탄은 자신만만하게 후후 웃으며 칸지와 우림을 위해 쓴 곡을 차례대로 틀었다. 칸지의 곡은 성격과 잘 맞게 발랄한 트로트와 신나는 댄스 리듬을 섞어서 만들었고, 우림의 곡은 부드럽고 청량한 어쿠스틱 기타 연주에 달콤한 노랫말을 입힌 것이었다.

두 곡을 다 들은 칸지가 폴짝 뛰어 이탄의 목에 매달렸다.

"우리 형! 우리 멋진 리더!"

"그래그래. 꼭 1위 해서 이 형에게 보답해라."

이탄이 칸지의 머리를 강아지처럼 쓰다듬으며 장난스럽게 말했다. 그런 두 사람을 쳐다보던 우림이 어렵사리 입술을 떼었다.

"고마워, 형. 미안……해."

"됐다. 둘 다 코피 터지도록 열심히 해라. 그래야 내 통장에 저작권료가 팍팍 찍히지. 아, 주주 배당금도."

"와, 형! 그게 목적이었어? 지금도 지폐 다발 속에서 수영할 만큼 돈이 많으면서! 괜히 감동했잖아?"

칸지가 고개를 번쩍 들며 억울하다는 투로 말했다. 그러자 이탄이 팔짱을 끼며 오른손 검지를 세워 얄밉게 좌우로 흔들었다.

"비즈니스의 세계에 공짜는 없단다, 동생아. 지금 대표님이 신나서 너희 둘 솔로 앨범 발매 스케줄 짜고 계시니까 각오하고."

"야, 이탄!"

소파에 앉아서 이 훈훈한 현장을 생중계로 지켜보던 소하가 문득 그를 불렀다. 이탄은 고개를 갸웃하며 소하를 보았다.

"왜?"

"나는? 뭐 없냐?"

"너 뭐가 또 하고 싶어? 쉬고 싶은 게 아니고?"

이탄이 어이없다는 말투로 물었다. 카이저 M 활동을 끝낸 지 얼마나 됐다고 뭘 또 한단 말인가?

그러자 소하가 인상을 구기며 물었다.

"그럼 집에서 자고 있던 난 왜 불러냈어? 그냥 전화로 얘기하지."

"할 말 있어서."

이탄이 의자에서 천천히 일어나며 말했다. 소하는 덩달아 일어서며 미간을 찌푸렸다.

"무슨 말?"

"한두 달 여행 다녀온다고. 너랑 난 당분간 휴가잖아."

이탄이 편안한 얼굴로 답했다. 그러자 소하가 푸념을 늘어놓듯 말했다.

"그러니까, 전화로 얘기하면 되는 걸 왜…… 잠깐. 너, 혼자 가는 거 아니지?"

"빙고."

이탄이 대답하며 씩 웃었다.

"혼자가 아니면? 형이 구구절절 편지로 쓴 그 여자분이랑 같이 가는 거야, 그럼?"

칸지가 동그래진 눈으로 물었다. 이탄은 후후 웃으며 고개를 끄덕였다.

"응. 너희만 알고 있어라. 대표님 아시면 뒤로 넘어간다. 매니저들한테도 비밀이야."

"우리는 믿어?"

우림이 낮게 물었다. 이탄은 그런 우림을 보며 엷게 미소 지었다.

"믿지, 그럼. 멤버들을 안 믿으면 누굴 믿어?"

"……이 새끼. 결국 자랑질 하려고 곤히 자고 있던 날 불러냈단 얘기군."

소하가 눈을 치뜨며 으르렁거렸다. 이탄은 다시 오른손 검지를 세워 흔들며 소하에게 다가갔다. 그러곤 친구의 어깨에 다정히 왼팔을 두르며 말했다.

"노노. 비행기 타기 전에 회포나 풀자고 부른 거지. 우리 이번 활동 끝나고 회식 안 했잖아. 오랜만에 둘이서 회나 먹자. 너희 둘은 일할 준비하고. 곧 매니저들이 들이닥칠 거야."

이탄의 이야기가 끝나기 무섭게 노크 소리가 똑똑 들리더니, 문이 벌컥 열리며 칸지의 매니저와 우림의 매니저가 들어왔다. 칸지가 인상을 쓰면서 종알거렸다.

"뭐지, 이 당한 것 같은 기분은?"

"뭐긴. 너랑 내 차례란 뜻이지. 열심히 하자."

우림은 칸지의 어깨를 툭 치고서 매니저 승준을 따라 군말 없이 나갔다.

매니저를 따라 터덜터덜 작업실 밖으로 나가기 직전, 칸지가 고개를 획 돌려 이탄과 소하에게 처량한 표정으로 물었다.

"나도 형들이랑 회 먹고 일하면 안 돼?"

"안 돼. 대표님이 지금 당장 오라셨어."

칸지의 매니저 장훈이 그를 질질 끌고 가며 잘라 말했다. 칸지는 애처롭게 팔을 허우적거리며 이탄과 소하에게서 멀어졌다.

다들 나가고 소하와 둘만 남자, 이탄이 기지개를 한껏 켜며 신음했다.

"웃차! 이 정도면 얼추 해결된 건가?"

"잘 해결된 거지. 무엇보다 네가 나아졌고."

소하가 진지한 목소리로 답했다. 이탄은 싱긋 웃으며 소하를 와락 끌어안았다.

"고맙다, 친구. 네 덕분이야."

"한 것도 없는데, 뭘. 나중에 그 여자분이랑 자리나 한번 만들어라. 우리 문제아 구제해 줘서 고맙다고 인사나 하게."

"좋지. 자, 우리도 나가자."

"그래, 가자."

소하와 이탄은 어깨동무를 하고서 작업실 밖으로 나갔다.

여러 일이 있었고, 사건도 펑펑 터졌지만, 다행히 카이저는 건재했다. 이탄과 소하 자신이 그걸 증명했고, 이어서 칸지와 우림이 해낼 차례였다.

할 수 있는 데까지, 갈 수 있는 데까지 그들은 계속 가볼 참이었다. 때로는 혼자서, 때로는 둘이서, 또 때로는 넷이서. 그렇게 나아가며 서로를 이끌어줄 것이다.

지금까지 그래 왔듯, 앞으로도 죽.

[일 터지기 전에 미리 알려준다고 했잖아요!]

핸드폰 너머에서 유주가 악을 썼다.

한강준 기자는 핸드폰을 귀에서 떼었다. 어찌나 큰 목소리로 빽빽거리는지, 옆자리에 앉아 있는 후배 오 기자한테까지 다 들릴 정도였다.

[감사는 못할망정 뒤통수를 쳐요? 내가 가만있을 거 같아?]

"유주 씨. 그 기사, 내가 낸 거 아니야. 취재 기자 이름 봤을 거 아냐. 내가 데스크도 아닌데 무슨 권한으로 동료 기자한테 기사를 쓰라 마라 해? 안 그래?"

한 기자가 차분한 음성으로 유주에게 설명했다. 반박할 말이 없어 잠시 입을 꾹 다물고 있던 유주가 다시 목청을 높였다.

[그래도 정보 교환은 하고 살 거 아니에요! 나한테 미리 알려줬으면 사진 나가는 거라도 막잖아!]

"후……. 내가 진짜 이 말까지는 안 하려고 했는데, 그거, 막아서 그 정도인 거야. 유주 씨네 대표님이 아무 말씀도 안 해주셨나 보네."

한 기자가 일부러 한숨을 푹 내쉬며 대꾸했다. 그러자 유주가 당황한 목소리로 물었다.

[그게 무슨 소리예요? 그럼 우리 대표님이 기사가 터질 걸 알고 계셨단 말이에요?]

"응. 알고 계셨어. 더한 사진도 많은데, 유주 씨네 대표님이 사정사정하셔서 그 사진만 나간 거라더라. 내 동료도 그쪽 사정 봐줘서 그만큼만 한 거래. 유주 씨네 대표님이 그걸 왜 말씀 안 하셨는지는 모르겠지만."

유주는 더 이상 말이 없었다. 한 기자는 태연한 어조로 마무리를 했다.

"더 궁금한 건 유주 씨네 대표님께 물어봐. 그래도 할 말이 있으면 기사 쓴 내 동료한테 연락하고. 그럼 이만."

그러곤 바로 전화를 끊었다. 옆자리에서 한 기자와 유주가 통화하는 걸 내내 듣고 있던 후배 오 기자가 휘파람 소리를 내며 말했다.

"휘유! 유주도 성깔이 보통은 아니네요."

"평소에는 예의 바르고 싹싹한데, 다급하니까 본색이 나오는 거지. 애가 머리가 좋지는 않아."

한 기자가 픽 웃으며 말했다. 오 기자는 덩달아 웃으며 그에게 인사했다.

"어쨌든 선배님, 감사합니다. 건수도 주시고, 이렇게 뒤치다꺼리까지 해주시다니."

만약 한 기자에게서 KOK가 수상하니 파보라는 언질을 받지 않았다면 이번 기사를 터트리지 못했을 것이다. 물론 KOK 멤버들 중에서 유주부터 따라다닌 건 오 기자 자신의 감을 믿고 한 행동이었지만.

한 기자는 풋 웃으며 후배의 어깨를 툭 쳤다.

"취재랑 기사 쓰는 건 오 기자가 다 했는데, 뭘. 그래도 고마우면 오늘 저녁에 삼겹살이나 사."

"그 정도야 얼마든지 해드려야죠. 선배님 덕분에 배운 게 얼마나 많은데요."

오 기자가 넉살 좋게 대답했다. 그러곤 다시 자기 책상으로 돌아가 일에 몰두하려던 그는, 문득 생각났다는 듯이 한 기자에게 속삭였다.

"그런데요, 선배님. 이건 제가 호기심에 묻는 건데요. 선배님은 이탄이 마음에 드세요?"

"그게 무슨 소리야?"

모니터를 응시하던 한 기자가 고개를 슬쩍 돌리며 어처구니없다는 투로 되물었다. 오 기자는 앉은 채로 의자를 끌어 한 기자에게 바짝 다가가서 말했다.

"아니, 처음부터 기사로 다 내보낼 수 있었는데, 선배님이 고집하셔서 이탄 사진만 나갔던 거잖아요. 첫 기사 내고 열흘 뒤에나 둘이 찍힌 사진 내보내고. 그것도 이탄이 선수 쳐서 사생활 침해다, 너무 힘들다 떠드는 바람에 우리만 실컷 욕먹었고요. 선배님이 이탄을 많이 봐주셨다는 생각이 들어서요."

"처음부터 둘이 찍힌 사진이 나갔어도 어차피 우린 욕먹었어. 상대가 일반인이잖아. 그리고 다들 그 여자한테 피라냐처럼 달라붙었겠지."

사실 그랬다면 일이 훨씬 커졌을 것이다. SJ엔터테인먼트와 이탄이 손을 쓰기도 전에 그 여자의 신상이 까발려졌을 테니까.

하지만 한 기자는 그렇게까지 만들고 싶지는 않았다. 아무리 자신이 특종에 죽고 사는 기자라지만, 이 세계와 전혀 상관없는 여자가 이탄과 만난다는 이유만으로 난도질당하는 걸 보고 싶지는 않았다. 그런 꼴은 12년 동안 진저리날 만큼 봐왔으니까.

그래서 그는 이탄과 여자가 찍힌 사진을 풀라는 데스크의 압박을 일주일이 넘도록 버텼다. 마지막에는 어쩔 수 없이 넘겨주고 이탄에게 귀띔해 주었지만.

그러니까 한 기자는 이탄이 아니라, 그 일반인 여성을 봐준 셈이었다.

"하긴. 차라리 연예인끼리의 스캔들이 깔끔하죠. 깔끔하다고 표현하니까 좀 웃기지만."

이 바닥의 생리를 꿰뚫은 지 오래인 오 기자는 한 기자의 말을 단박에 알아들었다. 한 기자는 픽 웃으며 오 기자의 등을 툭툭 두드려 주었다.

"역시 내 후배. 내가 이래서 오 기자를 좋아한다니까? 앞으로도 같이 잘해보자고."

"여부가 있겠습니까, 선배님. 그럼 오늘은 저랑 같이 칼퇴하고 삼겹살 콜?"

"좋지."

두 사람은 미소 띤 얼굴로 각자의 자리로 돌아갔다.

비록 때때로 파파라치라고 지탄받을지라도, 스스로 정한 선을 엄연히 지키면서 살고 있는 그들이었다.

「쿠바에 도착했어요.」

"대체 어디까지 갈 셈이야? 진짜 우주에만 안 나갈 건가?"

이탄은 핸드폰을 쳐다보며 중얼거렸다. 새벽에 도착한 문자메시지를 아침에 일어나자마자 읽은 참이었다. 그는 졸린 눈을 비비며 지유에게 답장을 보냈다.

「며칠 내로 갈 테니까 거기에 있어. 그러다 남극까지 날아가지 말고.」

「안 그래도 그러려고 했어요. 기다릴게요. 보고 싶어요.」

지유에게서 바로 문자메시지가 왔다. 이탄의 입가에 잔잔한 미소가 피어올랐다. 그는 얼른 그녀에게 말했다.

「나도 보고 싶어. 조심히 다니고 있어. 한눈팔면 안 돼. 알지?」

「네. 신재 씨도 오늘 잘 보내요.」

지유와 짤막하게 대화를 마친 이탄은 기지개를 켜며 자리에서 일어났다. 그녀 말고도 소하와 칸지, 우림, 정우 형, 심지어 왕 대표님에게서도 연락이 와 있었다. 그는 간략하게 답변을 주르륵 보낸 뒤 욕실로 직행했다.

모처럼 여행 좀 다녀오겠다는데 대체 왜 이리들 괴롭히는 건지. 그 때문에 진즉 탔어야 할 비행기를 일주일이 지난 지금까지도 못 탔다. 그사이에 지유는 도쿄를 거쳐 쿠바까지 날아가 버렸고.

하지만 내일 안에는 그도 무조건 비행기를 탈 것이다. 이대로 계속 뭉그적거리다간 꼼짝없이 붙들려 칸지와 우림의 솔로 앨범 프로듀싱에까지 참여할 기세였다. 이탄은 그러기 전에 얼른 한국을 떠나기로 결심했다.

차가운 물로 세수한 이탄은 정신을 제대로 차리고 컴퓨터를 켰다. 그러고는 가장 빨리 쿠바의 도시 하바나로 갈 수 있는 비행기 티켓을 검색했다. 다행히 내일 저녁 6시에 인천에서 출발해 토론토를 거쳐 쿠바로 들어가는 비행기의 티켓이 남아 있었다. 이탄은 재빨리 좌석을 선택해 결제를 끝마쳤다.

"됐어! 이제 짐이나 싸볼까?"

그는 콧노래를 부르며 컴퓨터 앞에서 일어났다. 그러곤 드레스룸으로 가서 24인치 트렁크를 꺼낸 후 꼭 가져가야 할 물품을 메모지에 쓰기 시작했다.

유명한 아이돌 가수 이탄이 아니라, 이신재라는 평범한 남자로서 지유와 함께 자유로이 돌아다니고 싶었다. 그러려면 짐은 되도록 단출한 게 좋겠지.

그는 즐거운 상상을 마음껏 하면서 펜으로 이것저것을 써 내려갔다. 아까부터 핸드폰이 신경질적으로 마구 울려대는 걸 무시하고서.

그러나 끝까지 모른 척할 수는 없었다.

"그래, 받는다, 받아."

이탄은 터덜터덜 걸어 탁자 위의 핸드폰을 집어 들었다. 전화를 받자마자 칸지의 빽빽거리는 목소리가 들려왔다.

[아오, 형! 왜 이렇게 전화를 안 받아?]

"왜? 또 무슨 일인데?"

이탄이 심드렁하게 물었다.

요 며칠 동안 곡 분석을 한다, 앨범 콘셉트를 잡는다, 목소리 톤이 어떤지 들어달라, 그 외의 매우 다양한 이유로 칸지와 우림에게 시시때때로 불려갔다. 왕 대표도 덩달아 신나서 이탄을 불러댔고.

그래, 좋다. 다 좋은데, 그만 떠나겠다고!

하지만 이탄이 그러든지 말든지, 칸지는 다다다 용건을 쏘아댔다.

[오늘 형이 써준 곡 녹음한다고 했잖아! 형 여행 가기 전에 녹음하려고 내가 다른 사람들 들들 볶아서 스케줄 앞당긴 거란 말이야. 빨리 회사로 와. 어서, 지금 당장, 롸잇 나우!]

"후…… 칸지야. 너도 우림이처럼 알아서 하면 안 되겠니?"

이탄은 진심으로 한숨을 토하며 말했다. 그러나 칸지는 단박에 그의 말을 잘랐다.

[그건 프로듀싱 능력이 있는 사람이나 하는 거고, 난 내가 잘하는 거에 집중해야 되니까 빨리 와. 안 그러면…… 다 불어버릴거얏!]

"야! 너! 조용히 안 해? 옆에 누구 있어?"

순간적으로 혈압이 확 오른 이탄이 소리쳤다. 이 녀석은 믿는 게 아니었는데!

[지금은 아무도 없어. 나 혼자 녹음실에서 전화하는 거거든. 그러니까 어서 와, 형. 기다리고 있을게. 우후훗!]

그러고서 전화를 뚝 끊어버렸다.

이탄은 지끈거리는 머리를 한 손으로 누르며 어금니를 꽉 깨물었다. 남들은 그더러 여우라고 하지만, 이탄이 보기에 카이저 최고의 여우는 칸지였다. 다들 그걸 모르고 녀석에게 홀랑홀랑 넘어가는데, 그게 또 칸지의 특출한 능력 중 하나였다.

"이럴 때 보면 아주 웬수야, 웬수!"

그는 투덜거리면서도 결국 나갈 차비를 했다. 애초에 멤버를 민네 어쩌네 폼 잡으면서 칸지 앞에서 떠들어댄 자신의 입이 진짜 웬수였다.

칸지와 음향기사 조필현, SJ엔터테인먼트 소속 작곡가이자 선배 가수인 오동탁과 함께 작업실에서 한창 녹음에 열중하고 있는데, 노크 소리가 들리더니 매니저 정우가 안으로 들어왔다. 마침 노래의 사비 부분 녹음을 막 끝낸 터라, 이탄은 기지개를 켜며 헤드셋을 벗었다.

"어서 와, 형. 계속 회사 안에 있었어?"

"탄아, 누가 널 회사로 찾아왔다는데?"

정우가 의심스럽다는 목소리로 이탄에게 말했다. 이탄은 고개를 갸웃하며 옆에 올려두었던 핸드폰을 켜서 확인하고는 얘기했다.

"온다고 연락한 사람 없는데. 누구라는데?"

"이름이 류지한이래. 경비실에서 너무 당당하게 네가 이름을 들으면 자길 알 거라고 했다는데? 그래서 나한테 연락이 왔고."

"류지한? 처음 듣는 이름인데. 류지…… 아!"

순간적으로 머릿속에 뭔가가 번뜩 스쳤다. 류지한. 류지유. 누가 들어도 남매인 게 티 나는 이름 아닌가?

지유에게 남동생 이름이 뭐냐고 전화해서 물어봐야 할까? 하지만 지금 쿠바는 새벽이었다. 그리고 왠지 그녀의 남동생이 누나에게 말하고서 이곳으로 찾아왔을 것 같지는 않았다.

잠시 고민하던 이탄은 정우에게 부탁했다.

"그 친구, 5층 소회의실로 데려다줘, 형. 내가 곧 올라갈게."

"아는 사람 맞아?"

정우가 여전히 의심스럽다는 투로 물었다. 이탄과 친분이 있다며 찾아오는 사람이 어디 한둘이어야지.

"맞는 거 같아. 아니면 바로 내보내면 되고."

이탄이 한가롭게 대답하며 일어났다. 그러곤 녹음실로 가서 문을 열더니 칸지에게 말했다.

"잠깐 쉬자, 막내야. 손님이 찾아왔어."

"알았어. 아후, 고되다!"

칸지가 기지개를 죽 켜며 녹음실 밖으로 나왔다. 정우는 고개를 갸웃거리면서도 이탄의 부탁을 들어주기 위해 작업실 밖으로 나갔다.

한 10분의 차이를 두고, 이탄은 천천히 5층 소회의실로 올라갔다. 회의실 문 앞에 도착할 때까지 지유의 동생이 맞을까, 아닐까 계속 생각하면서.

왠지 그녀의 동생이 아니라면 실망할 것 같았다. 안 그래도 지유를 본 지 오래됐는데, 그녀와 닮은 가족을 만나면 기분이 좋아질 게 아닌가?

이런저런 생각을 하며 문을 열고 안으로 들어가니, 앳된 얼굴의 남학생 한 명이 의자에 앉아 있었다.

"오! 누나랑 많이 닮았네."

이탄은 싱긋 웃으며 그의 맞은편에 앉았다. 이탄의 얼굴을 본 순간 눈이 커다래진 지한이 멋쩍은 표정으로 물었다.

"그렇게 닮았어요?"

"응. 지유가 남자로 변했다고 해도 믿겠어. 아, 말 편히 해도 되지? 지유 동생이니까."

"네. 편히 말씀하세요. 어쨌든 불쑥 찾아왔는데도 만나주셔서 감사합니다. 지유 누나 동생 류지한이라고 합니다."

지한은 말하면서 의자에서 일어나 이탄에게 꾸벅 고개 숙여 인사했다. 이탄은 미소로 그에게 답했다.

"만나서 반가워. 지유 남자친구 이신재야. 편히 앉아."

"네."

이탄은 다시 의자에 앉는 지한을 물끄러미 바라보았다.

지한은 눈 둘 곳을 몰라 시선을 아래로 내렸다.

직접 이탄을 만나보겠다며, 만나서 진심으로 누나를 생각하는지 알아내고 말겠다며 호기롭게 이곳으로 찾아온 것까지는 좋았다. 다행히 그가 회사에 있었고, 관대히 자신을 만나준 것까지도 좋았다.

그런데 왜 이렇게 똑바로 쳐다보기가 힘들단 말인가? 이 사람은 뭘 먹고 이렇게 잘생긴 거야? 눈빛은 또 왜 이렇게 날카로워? 누나가 진짜로 이 남자를 만난단 말이야? 언제 간이 그렇게 커졌지?

지한은 이탄이 본능적으로 내뿜는 강렬한 기운에 눌리는 기분이 들었다.

"널 보니까 지유가 더 보고 싶다."

계속 지한을 바라보던 이탄이 낮은 목소리로 중얼거렸다. 지한은 순간적으로 시선을 들어 이탄을 쳐다보았다.

"네?"

"지유랑 못 만난 지 3주가 넘었거든. 뭐, 나 때문에 떠난 거라 할 말은 없지만. 그사이에 지유는 훨훨 날아서 쿠바까지 갔고, 나는 아직도 여기에 붙들려 있지. 그것도 오늘로 끝이지만."

"쿠바요? 누나가 지금 쿠바에 있어요?"

지한이 미간을 찌푸리며 큰 소리로 물었다. 이탄은 고개를 갸웃하며 되물었다.

"몰랐어? 집에 매일 전화한다고 했는데?"

"엄마랑 통화하는 거죠. 그리고 어제까지는 일본에 있다고……."

"아까 쿠바로 갔다고 나한테 연락 왔어. 그래서 나도 내일 쿠바로 떠나려고."

이탄이 눈초리를 부드럽게 휘며 답했다.

와, 이 눈웃음! 이러니까 여자들이 이탄을 목 놓아 외치며 맥을 못 추는 거다. 여자친구인 영주도 그렇고, 누나도 그렇고.

지한은 머리를 흔들며 마음을 다잡았다. 어쨌든 이곳까지 찾아온 목적을 이루어야 했다.

"형."

"말해. 듣고 있어."

이탄이 지한을 지그시 보며 대답했다.

왜 자꾸 이런 눈으로 쳐다본단 말인가? 부담스러워 죽겠네, 진짜!

지한은 은근슬쩍 눈길을 아래로 내리며 말했다.

"실례인 줄은 아는데, 확실히 묻고 싶어서 왔어요. 그냥 오지랖

떠는 남동생이려니 생각해 주세요."

"누나한테 진심이냐고? 응. 완전 진심이야. 편지로 써서 올린 글도 다 진심이고."

질문이 나오기도 전에 이탄의 입에서 답변이 술술 나왔다.

지한은 시선을 들어 그의 두 눈을 들여다보았다. 빨려들 것 같은 짙은 갈색 눈동자가 지한을 강렬한 눈빛으로 뚫어져라 바라보고 있었다. 지한은 자기도 모르게 얼굴을 붉히며 고개를 옆으로 돌렸다.

"형, 원래 이렇게 사람을 빤히 보세요? 형 같은 사람이 그러니까 되게 부담스럽네요."

"아, 미안. 자꾸 지유가 생각나서."

이탄이 멋쩍게 웃으며 분위기를 전환하려는 듯 시선을 아래로 내렸다. 지한이 어처구니없다는 투로 소리쳤다.

"와! 중증이시네요! 진짜 알 수가 없네. 어떻게 형같이 화려한 사람이 우리 누나랑……."

"누나도 충분히 예뻐. 그리고 그 예쁜 누나가 지금 쿠바에서 불안하게 혼자 돌아다니고 있지. 너는 안 불안해?"

"물론 누나도 예쁘죠. 내 친구들도 누나만 보면 소개해 달라고 아우성이었으니까. 그래도 형 주변에는 예쁜 연예인들이 널렸는데……."

"그래서, 누나가 네 친구 중에 누구랑 만났는데?"

이탄이 날카로운 음성으로 말을 잘랐다.

얼음처럼 차갑게 식은 그의 표정을 보며 지한은 할 말을 잃었다. 그러기를 잠시, 지한은 너털웃음을 지으며 이탄에게 말했다.

"안 만났어요. 내가 철벽 쳤으니까. 더 이상 물을 필요가 없겠어요. 이만 가보겠습니다."

그러고는 의자에서 일어섰다. 이탄은 피식 웃으며 그를 따라 일어났다.

"만나서 반가웠어. 다음에 정식으로 보자."

"네, 형. 바쁜데 시간 내주셔서 감사합니다."

"그래."

이탄은 대답하며 친근하게 지한의 어깨를 툭 쳤다. 지한은 빙긋 미소를 지어 보이고는 문을 향해 걸어갔다. 그러다 나가기 직전, 고개를 돌려 이탄을 불렀다.

"형!"

"응. 말해."

따뜻한 미소로 지한의 뒷모습을 응시하고 있던 이탄이 바로 답했다. 지한은 몇 초간 머뭇거리다가 조심스럽게 입을 열었다.

"이건 정말 노파심에 말하는 건데요. 아니, 남자로서 꼭 부탁드리는 거라고 할게요. 부디 군대는 무사히 다녀와 주십쇼."

"아아……."

말을 마친 지한은 고개를 살짝 숙여 보인 후 소회의실 밖으로 나갔다. 이탄은 갑자기 그늘이 드리워진 얼굴로 한숨을 푹 내쉬었다.

아, 군대. 그놈의 군대!

지한이 왜 저런 부탁을 남기고 떠났는지는 충분히 이해했다. 군대 문제로 구설수에 오른 연예인이 어디 한둘이어야 말이지. 지한은 누나와 이탄, 둘 모두를 위하는 마음으로 저런 말을 한 것이다.

하지만 이탄은 지한의 얼굴을 봐서 좋았던 기분이 급격히 우울해졌다.

물론 그는 군대를 아주 정상적으로 다녀올 계획이었다. 데뷔 10주년 기념 앨범을 발매하고 나서 바로.

그런데 지유가 기다려 줄까? 물론 그녀의 성격이라면 기다려주겠지. 하지만…… 하지만…….

이탄은 힘없이 고개를 저으며 소회의실을 떠났다.

군대. 그것은 지유와 이탄의 사이를 갈라놓으려 하는 또 다른 복병이었다.

스무 살 무렵부터 지유는 쿠바에 꼭 와보고 싶었다. 아바나의 말레콘 방파제에서 연인과 손을 붙잡고 걸으며 사랑의 밀어를 속삭여 보고 싶었다. 빈티지 차를 타고 아바나 시내 곳곳을 누비며 낭만적인 드라이브를 해보고 싶었다.

푸른 바다가 한눈에 내려다보이는 호텔에서 나와 방파제 위를 산책하며, 지유는 이탄과 함께할 데이트를 몇 번이고 떠올려 보았다.

굳이 어디를 가서 즐거운 게 아니었다. 고급 레스토랑에서 맛있는 요리를 먹는다고 좋은 게 아니었다. 그저 그와 함께 이 낭만적인 도시를 거니는 것만으로도 행복할 터였다. 이곳에서라면 그도 자유로울 수 있을 것이다.

붉게 물드는 하늘을 바라보며, 지유는 달콤한 상상에 젖어 이탄을 기다렸다. 한 시간 전에 그에게서 공항에 도착했다는 연락이 왔다. 지유는 얼른 자신이 묵는 호텔의 주소를 알려주었다. 이곳까지 오느라 몹시도 피곤할 그를 위해 저녁에 맛있는 음식을 먹고 함께 일찍 잠자리에 들 생각이었다.

그녀는 화사한 미소를 지으며 호텔로 천천히 걸어갔다.

곧 이탄이 지유의 눈앞에 나타날 것이다. 이 아름다운 빛으로 가득한 이국에서 그와 새롭게 얼굴을 마주할 것이다. 그녀를 만나기 위해 이 먼 곳까지 날아와 준 그와. 언론과 세상의 따가운 시선을 모두 헤치고 당당히 그녀에게 진심을 고백한 그 고혹적이고 용감한 현대판 왕자님과.

지유는 단 한순간도 그를 만난 걸 후회하지 않았다. 설사 그가 지극히 평범한 사람이 되어 나타난다 해도 기쁘게 그를 맞이할 터였다. 오히려 그런 그를 더욱 깊이 사랑할 것이다.

"많이 기다렸어?"

감미로운 목소리가 등 뒤에서 들려왔다.

지유는 환하게 웃으며 뒤돌아서 그를 바라보았다. 짙은 파란색 셔츠에 검은색 모자를 푹 눌러쓴 이탄이 여행 가방을 돌돌 끌면서 그녀에게 다가오고 있었다.

입매를 부드럽게 올리며 지유에게로 걸어온 이탄은 한 발짝 바로 앞에서 멈춰 섰다. 그러고는 사랑스럽다는 눈길로 그녀를 내려다보며 나지막하게 속삭였다.

"달려와서 안길 줄 알았는데."

"그건 너무 진부하잖아요."

지유가 붉게 물든 입술로 호선을 그리며 말했다. 이탄은 눈초리를 휘며 그녀에게 조금 더 가까이 다가갔다.

"그럼 어떤 게 안 진부한 건데?"

"음…… 이거?"

지유는 대답과 함께 그의 셔츠 깃을 두 손으로 잡으며 발끝을 세워 그에게 살며시 입 맞췄다.

장미 향이 물씬 풍기는 그녀의 보드라운 입술을 느끼며 이탄은 눈을 감았다. 그러다 지유가 살그머니 입술을 떼자, 그녀의 이마에 가볍게 이마를 부딪치며 읊조렸다.

"이게 가장 진부한 거 아냐?"

"아니. 이건 언제 해도 좋은 거죠. 보고 싶었어요, 신재 씨. 키스해 줘요."

"언제 들어도 좋은 말이네."

이탄은 지유의 등과 허리를 양팔로 감아 안으며 진하게 입을 맞췄다. 그에게 매달려 짙은 그의 체취를 흠뻑 마시며 지유는 눈을 감았다. 그저 바라보는 것만으로도 기분 좋은 꿈. 그 꿈이 현실이 되어 그녀에게로 날아든 순간이었다.

세상에는 이탄, 자신에게는 이신재인 이 매혹적인 남자와 함께, 지유는 지금 온몸으로 그 꿈을 느끼고 있었다.

에필로그

　"어……."

　넓은 호텔 객실의 크고 푹신한 침대에 앉아 노트북으로 메일을 읽던 지유가 눈을 크게 뜨며 왼손으로 입을 가렸다. 탁자 앞에 앉아 한가롭게 커피를 마시며 창밖의 바다를 바라보고 있던 이탄이 고개를 돌려 지유를 보았다.

　"왜 그래? 무슨 일 생겼어?"

　지유는 대답을 못하며 계속 노트북 모니터만 응시했다. 이탄의 표정이 딱딱하게 굳었다. 그는 의자에서 일어나 지유에게 다가갔다.

　"도대체 무슨 일인데 그래?"

　이탄은 침대로 올라가 지유의 옆에 앉으며 모니터를 들여다보았다. 지유의 나이브 웹소설 담당자 오수정에게서 온 메일이 열려 있었다.

―팬시 엔터테인먼트는 작가님의 작품을 꼭 계약하고 싶어 해요. 이미 드라마 작가로 내정해 둔 사람도 있다고요. 빠른 시일 내로 작가 님을 뵙고 계약 절차를 밟고 싶답니다.

그래서요 작가님, 꿀 같은 여행 중에 정말 죄송한 말씀인데요, 슬 슬 한국으로 들어오심이 어떨는지요? 떠나신 지 벌써 한 달이 넘었사 온데…….

"팬시 엔터테인먼트면…… 드라마 〈권력자들〉로 히트 친 데 아 냐?"

메일을 읽은 이탄이 말했다. 지유는 멍한 얼굴로 고개를 끄덕였 다.

"맞아요. 나도 방금 찾아봤어요."

"오! 잘됐……는데 한국으로 가야 된단 얘기군."

이탄은 화색이 도는 얼굴로 기뻐해 주다가 순식간에 어둡게 가 라앉았다.

지유의 작품이 팬시 엔터테인먼트와 계약해 드라마로 만들어지 는 건 아주 멋진 일이다만, 아직 한국으로 돌아가고 싶지가 않았 다. 이 자유로운 기분을 실컷 만끽하며 한 달은 더 지유와 돌아다 닐 참이었는데.

"그럼 나 혼자 다녀올까요? 신재 씨는 여기서 쉬고 있고요."

아직도 꿈인지 현실인지 믿기지 않는다는 표정으로 지유가 말 했다. 한국에 가서 담당자 수정과 함께 팬시 엔터테인먼트 사람을 만나 드라마 계약을 체결하면 현실로 믿어질까?

이탄이 베개를 베고 드러누우며 말했다.

"아니야. 가서 일이 늘어질 수도 있잖아. 같이 들어가자. 내일…… 말고 모레."

"후후. 알았어요. 그럼 비행기 티켓 알아볼게요."

지유가 은은히 미소 지으며 대답했다. 그녀와 조금이라도 더 같이 있으려는 그가 너무 사랑스러웠다.

"그 대신 부탁이 있는데."

이탄이 누운 채로 앉아 있는 지유를 올려다보며 은근슬쩍 말을 꺼냈다. 지유는 모니터에서 시선을 떼고 그를 바라보았다.

"뭔데요? 내가 할 수 있는 거라면 뭐든지 들어줄게요."

"당신만 할 수 있는 거지."

이탄이 몸을 벌떡 일으키며 중얼거렸다. 침대에서 내려와 옷걸이 쪽으로 간 그는 크로스백을 뒤져 작은 황금색 상자를 꺼냈다. 그러곤 다시 지유에게로 성큼성큼 걸어가며 말했다.

"원래는 여행 마지막 날 근사한 곳에 가서 말하려고 했는데, 안 되겠어. 나는 한국으로 들어가기 전에 꼭 당신 대답을 듣고 싶거든."

"그거 설마……."

지유는 눈을 동그랗게 뜨며 노트북을 옆으로 내려놓았다. 그녀 앞으로 바짝 다가와 앉은 이탄이 상자를 열어 안을 보여주며 빙긋 웃었다.

"맞아. 당신이 생각하는 그거야. 류지유, 나랑 혼인신고 하자."

"네?"

황금색 상자 속에서 영롱하면서도 붉은 무지갯빛 오팔과 작은 다이아몬드들이 반짝반짝 유혹적인 광채를 내뿜고 있었다.

이탄은 반지를 꺼내 지유의 왼손 약지에 끼워주었다. 사이즈를 어떻게 알았는지, 반지는 지유의 손가락에 맞춘 것처럼 들어가 앉았다.

"할 거지?"

반지를 끼워준 이탄이 그녀의 왼손을 들어 손등에 입 맞추며 나지막이 속삭였다.

지유는 수정이 보낸 메일을 읽었을 때보다 더 멍해진 얼굴로 그를 바라보았다. 그러다 퍼뜩 정신을 차리며 그에게 물었다.

"이거 청혼이에요?"

"응. 그런데 결혼식은 나중에. 나 군대 다녀와서."

"맞다. 신재 씨 군대 가야 되죠……. 언제 가는데요?"

"데뷔 10주년 기념 앨범 내고 나서 바로. 아마 콘서트도 두어 번 하겠지? 아마 반년 안에 갈 거야."

"그렇구나……. 그런데 우리, 만난 지 1년도 안 됐잖아요."

"그게 뭐가 중요해? 당신하고 내가 이런 사이라는 게 중요하지. 그리고 난 절대로 당신 혼자 두고서 그냥 군대에 가고 싶지 않아. 불안해서 어떻게 가?"

"내가 그렇게 못 미더워요?"

"아니, 세상이 불안해서 그래. 너무 불안해서 탈영할지도 모른다고. 그러니까 해줘. 응?"

어린애처럼 조르고 떼쓰는 이탄을 보며 지유는 풋 웃음을 터트렸다.

사회생활을 일찍 시작해서 그런지, 험한 연예계에서 살아남은 사람이라서 그런지, 이탄은 이해심이 넓고 상당히 어른스러운 편이었다. 그런데도 가끔 지금처럼 그녀에게 아이같이 응석 부리거나 애교를 피울 때가 있었다.

그리고 지유는 자신만 보는 이탄의 이런 색다른 면이 싫지 않았다. 아니, 사실은 너무 귀여웠다.

그녀는 일부러 새침한 얼굴로 종알거렸다.

"왠지 족쇄 채우려는 거 같은데……."

"어, 맞아. 부정 안 해. 나보다 더 멋진 남자 찾을 자신 있으면 그 반지 빼든가."

이탄이 눈썹을 치켜세우며 짓궂은 말투로 받아쳤다. 지유가 깜짝 놀란 표정으로 소리쳤다.

"와! 너무한다! 신재 씨보다 멋진 남자가 어디 있어요?"

"그래, 없겠지? 그러니까 도장 찍자. 나도 당신만 볼 테니까."

이탄은 말하면서 지유의 손을 끌어당겼다. 순식간에 그의 품에 폭 안긴 지유가 작게 웃음 지었다. 그녀는 두 팔로 그에게 매달리며 속삭이듯 물었다.

"나는 그렇다 치고, 신재 씨는 괜찮아요? 나보다 멋진 여자 많을 텐데."

"당신보다 멋진 여자라……. 그거, 굉장히 주관적인 거야. 그리고 나는 이미 당신을 택했어. 당신밖에 없다고. 알잖아?"

이탄은 지유의 뺨에 입술을 비비며 그녀의 티셔츠 속으로 손을 집어넣었다. 보드라운 피부를 지분거리던 그의 길고 섬세한 손가락이 브래지어 잠금 고리를 툭 풀었다. 그가 슬금슬금 위로 오르며 그녀를 눕히자, 지유가 당황한 목소리로 그를 올려다보며 말했다.

"비행기 티켓 예약해야 되는데……."

"나중에 해. 지금은 이게 더 급하니까."

이탄이 티셔츠를 빠르게 벗어 던지며 대꾸했다. 그러곤 지유의 위로 올라 바로 입술을 부딪쳐 왔다. 지유는 체념한 듯 숨을 내쉬며 그를 열렬히 끌어안았다. 입술을 벌려 그의 뜨거운 혀를 깊숙이 받아들였다.

바닷바람이 시원하게 불어와 커튼을 살랑였다. 붉게 타오르는 태양이 서서히 수면으로 내려가며 창공을 진한 핑크빛으로 물들였다. 아름답게 저물어가는 쿠바의 하늘을 등진 채 이탄은 지유와 격렬히 사랑을 나누었다. 갈증이 극심한 사막의 여행자처럼 자꾸만 그녀의 혀와 타액을 빨아들였다. 그녀의 온몸에 키스 마크를 잔뜩 새겼다.

소리 없이 이국에 밤이 내려앉았다. 그때까지도 이탄과 지유는 서로 뜨겁게 몸을 얽은 채 침대 위에서 떨어질 줄을 몰랐다.

언제까지나. 언제까지라도.

— THE END —